Alain Claude Sulzer

Die siamesischen Brüder

Roman

Klett-Cotta

Erster Teil

1

Das schwimmende Haus bewegte sich sachte hin und her. In die Bewegung kam Ruhe. Untrennbar lagen sie nebeneinander, Eng neben Chang und Chang neben Eng, sahen sich auch mit geschlossenen Augen, spürten einander ständig, wiegten sich gleichzeitig im abnehmenden Schaukeln der knarrenden Wände. Eng versuchte Chang abzuwehren, und Chang versuchte Eng abzuwehren, erfolglos, ohne genau umrissenes Ziel. Jeder kämpfte dagegen an, seinen Bruder noch mit geschlossenen, fest geschlossenen Augen deutlich vor sich zu sehen, so als stünde, säße oder läge er neben ihm. Sie waren allein, Chou-Chou, ihre Mutter, hatte im Nebenzimmer englischen Besuch. Die unmögliche Trennung, ein Schlußstrich unter ihr bisheriges Leben, nahm, wenn sie es sich recht überlegten, immer deutlicher die befremdliche Gestalt zweier Wesen an, zweier Menschen, getrennter Jünglinge, die sich in verschiedene Richtungen voneinander entfernten, um schließlich eines schönen Tages bloß noch Schatten und Erinnerung zu sein, Schatten und Erinnerungen an den einen und an den anderen. Noch lagen sie in ihrem Bett auf dem Fluß. Einer auf der linken Seite, einer auf der rechten Seite. Chang links, Eng rechts, ungetrennt.

Eng, der hörte, wie Chou-Chou im Nebenzimmer für die Dauer nur weniger Silben die Stimme erhob, horchte auf Changs Atem. Der würgende Griff würde sich lockern, sobald sie getrennt wären; aber niemand war da, der sie auseinanderzureißen vermochte. Seine Gedanken bewegten sich nach draußen, verließen das Floßhaus, die Gegend, das Land. Chang schlief oder tat zumindest, als ob er schliefe. Er zog an der imaginären Klingel eines fremden Hauses, niemand öffnete. Er, der so unverbrüchlich mit seinem Bruder verwachsen war, bewegte sich frei von seinem Zwillingsbruder, mit dem er seit seiner Geburt, wie jener mit ihm, verbunden war. An das eigentümliche Aussehen der chinesischen Zwillinge, wie man sie in Siam nannte, weil der Vater Chinese und die Mutter Halbchinesin war, hatten sich die Einwohner von Macklong längst gewöhnt; so konnten sie sich hier frei bewegen, ohne daß Neugierige stehenblieben, mit Fingern auf sie zeigten, gestikulierten, Schreie ausstießen oder gar das ungewöhnliche Paar berühren wollten. Der ihn würgende Griff, der ihn am Einschlafen hinderte, lockerte sich allmählich, als er glaubte, sein Bruder Chang schlafe.

Aber Chang schlief nicht, sondern versuchte, nicht anders als Eng, den unzähligen Gedanken an seinen Bruder zu entfliehen, der neben ihm lag und wohl schlief. Keinen einzigen Schritt entfernten sie sich voneinander, kein Gedanke riß sich vom anderen los, stets kehrte der eine zum anderen zurück. Er hörte, wie der Engländer im Nebenraum auflachte, aufstand, das Floßhaus durch seine Schritte von neuem leicht ins Schwanken brachte und Chou-Chou ein unverständliches Angebot machte, das sie offenbar ablehnte. Sie entfernten sich nicht voneinander, wenn sie sich einander auch nicht annäherten. Der Frühling hatte begonnen, es regnete, die Wärme sog die Feuchtigkeit auf. Eines Tages würden sie verschmelzen, dachte Chang, nichts als ein einziger einsamer Fleck bliebe übrig, ein großer Schatten ohne Erinnerungen. Chang wird sich nicht an Eng und Eng sich nicht an Chang erinnern; ich mich nicht an ihn, und er sich nicht an mich, nur ein verschwommenes, da und dort von Licht durchbrochenes Rechteck bliebe von ihnen übrig, ein Kopf und ein Rumpf, zwei Füße, zwei Hände. Irgendwo auf dunklem flachen Land, im Reich Blinder, im Reich Tastender, im Reich Stummer. Nicht getrennt, sondern verschwommen wie die Umrisse des Zimmers, die ihn wie an Stricken in den Schlaf zogen. Das Schaukeln des Floßhauses nahm wieder ab.

Auch Eng hatte die Augen geschlossen und lag wach, ohne auch nur ein Wort dessen zu verstehen, was im Nebenzimmer zwischen Chou-Chou und dem Fremden besprochen wurde, dessen Gesicht ihm bekannt vorgekommen war. Chou-Chou hatte die Zwillinge in ihr Zimmer geschickt, nachdem sie ihm vorgestellt worden waren. Eng spürte, wie sich Changs Zehen und gleichzeitig seine Finger krümmten, im Schlaf zuckten, denn nun schlief er. Er war eingeschlafen, während er sich schlafend stellte. Bald würde Engs Atem in seinen Atem einstimmen, ununterscheidbar entwiche ein einziger Ton ihren beiden Mündern. Sie waren, wie Chou-Chou manchmal sagte, doppelt so schnell herangewachsen wie gewöhnliche Kinder. Sie sind keine gewöhnlichen Kinder, sagte sie im Nebenzimmer zu dem Engländer. Aber auch diese Bemerkung drang nicht bis an Engs Ohr.

Es war Nachmittag, und die Bewohner der anderen Floßhäuser begannen sich auf die lange Nacht vorzubereiten. Niemand betrat das Zimmer. Wie beruhigend, zu erfahren, sie hätten uns vergessen; als habe es uns nie gegeben, dachte Eng, als ihn die Stimmen seiner Mutter und des Fremden nicht mehr ablenkten, sondern in den Schlaf zu wiegen begannen. Der Fremde war ihnen bereits vor einigen Tagen zum ersten Mal aufgefallen, als er ihnen, wie auch an den darauffolgenden Tagen, heimlich den Fluß hinauf folgte. Die Stimmen aus dem Nebenzimmer wurden mehr und mehr von den anschwellenden Geräuschen aus den anderen Floßhäusern zugedeckt. Einer müßte verschwinden, dachte Eng. Sie holten gleichzeitig Luft und stießen sie gleichzeitig aus, aber schon seit einigen Monaten schliefen sie nicht mehr gemeinsam ein. Ihre Herzen mochten gleich schlagen, gleich schnell, stets im gleichen Takt, wenn sie sich bewegten gewiß schneller, in kürzeren Abständen, besonders, wenn sie schwammen, aber während der Zeit, die dem Einschlafen vorausging, verlor sich die Gleichzeitigkeit der Herzschläge. Eng lag stets länger wach als Chang.

Wie ein Riese beugte er sich, statt zu schlafen, über andere weit entfernte Orte, nach allen Seiten, vor und zurück, über Berge und Wälder und Häuser hinweg, nach Norden und Süden. Er dachte an seine Mutter, vergaß den Bruder, an

Tiere, immer wieder Elefanten, in weiter Ferne gezähmte und wilde Pferde, an seinen Vater, nördlich liegende weitere Flußläufe, die sie bisher nicht erreicht hatten, die sie eines Tages sehen würden, an sich darin badende, sich waschende Mädchen mit gelösten Haaren, Kämme schwammen auf der Wasseroberfläche, gingen unter, weshalb er nach ihnen tauchte, um sie den Mädchen zurückzugeben, zwischen ihren Füßen, zwischen den Zehen fanden sich die Kämme im feinen Sand, zwischen den rundgeschliffenen, farbenprächtigen Steinchen. Chang verschwand mit der Dunkelheit.

Noch war es nicht einmal Abend, aber bei geschlossenen Augen dämmerte es doch, wurde es bereits dunkel, war es finster, brach die Nacht herein, voller Tier- und Menschengeschrei, so daß es nicht selten am nächsten Morgen hieß, jemand sei erstochen, erwürgt oder einfach ertränkt worden. Mit jedem hinter ihm liegenden, vorbeigehuschten Augenblick fühlte Eng sich etwas freier, beweglicher, durch ein Fenster, das nicht rechteckig, sondern rund war, sah er stechend helle, kalte Sterne blitzen, er hörte einzelne, aus der Nacht in den Himmel aufsteigende Schreie, und er hörte jemanden stöhnen. Jetzt aber, in Wirklichkeit, klangen die vernehmlichen Stimmen freundlich und arglos. Stimmen ohne Gesichter hinter unsichtbaren Wänden, unter Türen, in Fenstern, auf dem Fluß und am Ufer. Nachts konnte auch der schlafende Chang ein anderer Mensch oder zu einem Tier werden, er wurde ein Haus oder eine Pflanze, ein ruhendes oder sich drehendes Rad, ein Automat, dessen Innenteile vibrierten, dessen Außenteile silbern glänzten. Irgendwo, Eng sah nicht, an welchem Ort, zu welcher Zeit, flogen die Türen auf, öffneten sich von unsichtbarer Hand Fenster, durch die heißer Wind eindrang, ein besonderer, ungesunder Wind, allen bekannten Winden unähnlich, wie durchlöchert von pfeilgleichen Eisströmen, der Wind nahm Eng mit und schob Chang weg, sie wurden fortgerissen und weggeschoben, jeder in eine andere Richtung, der eine nach vorn, der andere nach hinten oder seitlich, einer nach rechts, einer nach links; trotz des glücklichen Gefühls bei diesem Gedanken wurde Eng schwindlig davon. Der Wind also würde sie trennen, wo kein Messer half.

Des Windes wegen, der heftiger wurde, trat der Fluß über die Ufer und überschwemmte die Borde, alles Grüne, die Böschungen, das Bunte, Lebendige mit Schlamm, deckte es dann zu mit sprudelndem Wasser; die badenden Mädchen, spielenden Hunde, die Jungen mit den schmutzigen Beinen und verkrusteten Zehen, alle, die am Fluß gesessen und gespielt, herumgestanden oder gelegen hatten, sah er ertrinken, er sah zu, wie sie erfolglos mit hohen, bald heiser werdenden Stimmen um Hilfe riefen, die Augen weit aufgerissen, die Münder offen, bereit, gegen ihren Willen das Wasser aufzunehmen, die Körper unbeweglich zu machen, zu gefüllten Schläuchen.

Chang schlief abends ein, sobald sie sich hingelegt hatten, immer vor Eng, der am nächsten Morgen dennoch vor Chang aufwachte, der wie ein Stein schlief, auch wenn er ihn wachzurütteln versuchte. Chang bewegte sich nicht, es gab keinerlei Möglichkeit, sich zu rühren, gar umzudrehen. Engs Rücken schmerzte, täglich, jeden Morgen, die Beine waren taub und fühlten sich an wie aufgeschwemmtes Treibholz.

Eng schlief also weniger als sein Bruder, da er nach ihm einschlief und vor ihm aufwachte. Geräusche weckten ihn morgens auf, die seinen Bruder am Schlafen nicht hinderten, und hielten ihn nachts wach, ohne seinen Bruder zu stören, der sie nicht einmal wahrnahm. Er horchte auf sie so lange, bis er sie vermißte, wenn sie ausblieben, und nur selten entdeckte sein Gehör ein neues, noch unbekanntes Geräusch, einen bisher nie gehörten Ton. Manchmal setzte sich ein neuer aus zwei bekannten alten Geräuschen zusammen. Wie oft wäre er morgens gern früh aufgestanden, noch vor der Mutter, vor den anderen Geschwistern, um am Ufer spazierenzugehen, aber es half nichts, Chang schlief, er schlief weiter, selbst wenn er ihn auf den Kopf schlug. Manchmal öffnete er ein Auge, danach herrschte weiter Stille, in der Engs Müdigkeit zunahm, aber keine Befriedigung im Schlaf fand. Also lag er so lange wach, bis Chang endlich aufwachte. Dann hatte Eng morgens nicht selten die

Vision, Chang liege tot neben ihm. Er wachte auf, starrte, noch schlaftrunken, an die Decke oder an die Wand, beobachtete die von der Morgenröte aufgestörten Insekten, und war, ohne hinsehen zu müssen, überzeugt, sein Zwillingsbruder Chang sei nachts gestorben, vom Tod im Schlaf überrascht; er würde verfaulen, was würde man tun? Man würde sie der Verwesung wegen ins Freie an einen trockenen luftigen und sonnengeschützten Ort legen. Zuschauer würden um sie herumstehen und klagen, die Köpfe schütteln und leiser als gewöhnlich sprechen. So vieles war bedacht worden; immer wieder würde sich erweisen, daß man die eine oder andere Überlegung anzustellen unterlassen hatte. Feuchtigkeit beschleunigte die Zersetzung, Feuchtigkeit drang durch Ritzen und Löcher. Tiere, vor allem Vögel und Ratten, ließen nicht auf sich warten, um sich Changs Fleisch zu holen, in der Abenddämmerung und nachts, wenn niemand außer Eng anwesend wäre, um sie zu vertreiben. Eng hörte ihre Flügelschläge dicht am Ohr, kein schönes, starkes Rauschen, sondern ein ächzendes Knattern. Er hörte das Hacken, Ausreißen und Verschlingen und brauchte den Kopf nicht zu wenden, um deutlich erkennen zu können, was neben ihm geschah. Eine seltsame Leichenbestattung. Man konnte, solange er lebte, Chang nicht unter die Erde legen oder verbrennen. So wartete man.

Eng fürchtete sich nicht vor dieser wiederkehrenden Vision, sie befreite ihn. Nicht selten malte er sich aus, er selbst habe Changs Tod verschuldet, er habe ihn gewürgt, seine Kehle mit beiden Händen umklammert, aus denen alles Blut gewichen war, die Hände wie Eisenstäbe, knöcherne graue Stangen, die um seinen Hals lagen, bis Changs, seines Bruders Augen aus ihren Höhlen traten und die Zunge groß und dick aus dem Mund quoll.

Man würde Chang den Kopf abschneiden müssen, um Eng den grausigen Anblick und den Verwesungsgeruch zu ersparen; was blieb ihnen anderes übrig? Sie würden über den Rest des Körpers Decken, darauf stark duftende Kräuter legen, die zweimal, dreimal täglich, und mit fortschreitender

Fäulnis immer öfter gewechselt werden müßten, sie würden vor dem Wechseln der Tücher den Körper mit Wasser benetzen und mit immer stärkeren Essenzen besprenkeln. Eng hatte auch die Vision des Skeletts, durch das an stürmischen Tagen der Wind pfiff, an feuchten Tagen der Regen tropfte, er hörte es klappern und sah, wie sich einzelne Knochen hin und her bewegten, als schwebten sie frei oder von unsichtbaren Fäden gehalten; ein Bild, das ihn wider Willen zum Lachen reizte. Er wußte wohl, daß das Skelett seines Bruders ihn belasten würde, ihm, ohne eigenen Antrieb, ausgeliefert wäre, ihm, Eng, der es tragen müßte, ein Fischbeinkorsett ohne Inhalt. Sie würden ihn, hätte er Chang umgebracht, nicht bestrafen können, da jede Strafe auch eine Schändung des Leichnams des Opfers bedeutete. Doch konnte er Changs Ende überleben? Um wieviele Tage, Wochen, Monate, würde er nicht mitgerissen, verlangte nicht die rachsüchtige Gerechtigkeit, daß sie ihn zusammen mit seinem Bruder lebendig begruben oder verbrannten? Die Chinesen hätten darauf eine Antwort, dachte er zuweilen.

Er wußte nicht genau, wer die Hauptrolle spielte, ob er oder Chang im Mittelpunkt stand. Er hatte zahllose andere Erscheinungen, noch nicht dagewesene und sich wiederholende. Wäre Chang vor ihm oder zur gleichen Zeit wie er aufgewacht, und hätte er also aufstehen können, wann es ihm paßte, wären sie vielleicht nicht aufgetreten, sie hätten wohl keine Zeit gehabt, so breiten Raum in Engs Kopf einzunehmen. Oft beflügelten sie ihn schon nachmittags, wenn sie sich auf Geheiß ihrer Mutter trotz ihres Alters hinlegen und ausruhen mußten, wie auch an diesem Nachmittag, immer zwischen drei und fünf Uhr. Sie waren nun sechzehn Jahre alt.

Es gelang Eng kaum einmal, längere Zeit nicht an seinen Bruder zu denken, so sehr er sich auch dagegen wehrte, in ihm etwas anderes als einen atmenden, sich bewegenden Spiegel zu sehen, aus welchem ihm unentwegt sein eigenes Bild entgegensprang, das sprach wie er, aussah wie er, tat, was er auch tat, wie auch er alles tat, was das Spiegelbild tat. Darüber hinaus teilten sie sich, wie man ihnen erzählt hatte, mit einiger Wahrscheinlichkeit in mehrere lebensnotwendige innere Organe. Da man diese inneren Teile nicht sah, war es überflüssig, ja vielleicht gefährlich, sich diese Gleichheit und Gleichzeitigkeit in den Höhlen des Körpers vorzustellen. Doch gelang es Eng nicht ganz, das Bild gemeinsamer Eingeweide zu bannen. Niemals würde er das Innere dessen sehen, was sie tatsächlich verband, zusammenschloß.

Noch immer spielte Eng gern mit den kleinen, durch den langjährigen Gebrauch glattpolierten Holzkugeln, die ihm ein Unbekannter geschenkt hatte, als er ein kleines Kind war, die er auch jetzt in der geschlossenen Hand gegeneinanderpreßte und bewegte. Chang war es verboten, sie auch nur zu berühren, und er hatte sich bisher an das Verbot gehalten. Er selbst besaß keine solchen Kugeln.

Es roch nach stark gewürztem Schweinefleisch und Zitronengras, das in der Nachbarschaft zubereitet wurde. Eng verspürte jäh und heftig Hunger nach diesem Gericht, nach diesem Fleisch und nach der Person, die es zubereitete, deren Hände vor ihm auftauchten und sich den glattpolierten Holzkugeln näherten, die er festhielt. Eng sah den Fremden vor sich, der ihm die Kugeln überlassen hatte, einen Engländer in schwarzen Stiefeln, mit feinen, fast blauen Händen und dicht zusammenstehenden, grauen Augen, die das Kind lange betrachtet hatten, nur Eng, nicht Chang, den dieser Blick nicht zu erfassen schien; der Fremde hatte kein Interesse an seinem Zwillingsbruder bekundet. Es handle sich um einen Mann aus dem Meer, hatte er verstanden, und als ein Mann aus dem weiten, unvorstellbar tiefen, von riesigen, schillernden Fischen bevölkerten Wasser war er ihm in Erinnerung geblieben; wenn er heute auch wußte, daß es sich lediglich um einen englischen Seefahrer, wenn auch gewiß um keinen einfachen Matrosen, sondern einen Offizier gehandelt hatte, so war doch kein Stück seines Geheimnisses verloren; von Gold auf dem Grund des Ozeans, von zeitlosen Reisen unter schwarzen, sternenverhangenen Nachthimmeln, von wirbelnden, mahlenden Strömen, in welche sein Schiff getaumelt und aus denen es, obwohl stark beschädigt, doch wieder aufgetaucht war.

Der Engländer hatte, den Rahmen ganz ausfüllend, in der Tür gestanden, einen Mantel oder Umhang um die Schultern geschlagen, den grauen Blick auf Eng geheftet, unbeweglich, die Beine in den schwarzen Stiefeln leicht gespreizt. Eng erinnerte sich nicht, wo in diesem Augenblick seine Mutter und wo sein Vater gewesen war. Seinen Bruder hatte er angesichts dieses Mannes vergessen, aus dessen Mund ein eisiger Atem entwich, der Hauch jenes Todes, der die Seeleute in die Wellen, auf den Meeresgrund zieht.

Eng erinnerte sich, daß der fremde Engländer sehr höflich gewesen war, auch wenn er nicht gelächelt hatte. Seine Bewegungen hatten sich auf kaum wahrnehmbare Winke und Zeichen beschränkt, er hatte einen Finger bewegt, ein wenig mit dem Kopf genickt; sein Gesicht hatte die blasse Farbe der Weißen gehabt.

Hätte Eng jetzt die Augen geöffnet, wäre sein Blick unweigerlich auf Chang gefallen, auf dessen Gesicht, auf die ungewaschenen glänzenden Haare, die aufgerissene Oberlippe, das häßliche Ergebnis seiner Freßgier; das verhaßte bekannte Gesicht des Bruders. Engs Fratze, Changs Fratze, schwarzes Haar, durch das er früher manchmal zärtlich mit einer Hand gefahren war, glücklich darüber, zu spüren, wie es durch seine Finger glitt, das Herz weitete sich, etwas Fremdes zu fassen, Lebloses, das zu einem Lebenden gehörte, der sich von ihm unterschied, in einem anderen Körper wohnte, der ein Losgelöster hätte sein müssen, um ihn lieben zu können, wie man einen Bruder oder einen Freund liebt. Chang hatte damals, wie Eng, unendlich süß gerochen, wie alle Kinder riechen, milchig und wie eine Pflanze, als verströme der Stengel einer Blume das Aroma des darin verschlossenen Saftes. Jeder war mit weicher Haut bekleidet gewesen. Eng hatte sich nachts, wenn Chang schlief, über diese Haut gebeugt, um den Geruch tief einzuatmen, ihn so lange wie nur möglich, bis in seine Träume hinein, zu bewahren. Der Duft hatte sein Inneres überflutet.

Obwohl sie das Innere ihres Körpers nicht kannten und nie mit eignen Augen würden sehen können — erst Ärzte kämen in den Genuß dieses Privilegs —, mußten sie sich unbekannte Einzelheiten darin, verborgen in Kammern und Gängen, doch immer wieder vorstellen, die Herzen, die Lebern, Nieren, Stücke, die sie von geschlachteten Tieren kannten, das Innere, wie sie es bei ausgenommenen Enten und Schweinen gesehen hatten. Wenn der Magen rumorte, wußten sie nicht mit Sicherheit, um welchen Magen es sich handelte.

Doch wußten sie, trotz der Kenntnisse, die sie über eßbare, auf die Zubereitung durch eine Köchin wartende Tiere besaßen, weder über die Form noch die Größe des menschlichen, des kindlichen Herzens Bescheid, ob das Herz größer war als die Lunge oder die Lunge größer als das Herz und die Leber kleiner als die Milz. Daß ohne diese Teile die Körper nichts weiter als sterbliche oder schon tote Hüllen über verderblichem Fleisch gewesen wären, war gewiß von nicht geringer Bedeutung, aber Chang und Eng waren noch Kinder, trotz ihrer sechzehn Jahre, welche Schlüsse hätten sie angesichts dessen ziehen sollen, was sie sich ausmalten und doch nicht sahen; Chang wußte es sowenig wie Eng. Welche Bedeutung die einzelnen inneren Teile für diesen Schatten, den sie nach außen gemeinsam bildeten, auch haben mochten, sie sahen sie doch stets säuberlich voneinander getrennt, losgelöst, auseinandergehalten, ungleichzeitig arbeitend, wenn auch in nächster Nähe beieinander.

Im Traum sah Chang manchmal, den Kopf fest auf die Brust gedrückt und Eng dennoch nicht berührend, wie es nur im Traum möglich ist, hinein. Er betrachtete von außen das Innere seines Körpers, den Inhalt der nach außen gewölbten Schale, und dann rutschte er aus, ohne jedoch hinzufallen, an irgend etwas hielt er sich fest, das sich ihm auch wieder entzog, glitt hinein, wurde durch Kanäle gezogen, schwamm in durchsichtig hellem, klaren, glitzernden Wasser, gereinigt vom Blut, so drang er in die bereits bekannten, aber nie zuvor betretenen Höhlen und Kammern vor, in die kaltes Licht fiel, verbarg sich dort vor Eng, dessen Stimme er aus weiter Ferne als ein dumpfes, unverständliches Murmeln vernahm, obwohl er wirklich, mit lauter Stimme rief. Er spürte, wie Eng von außen gegen seinen Körper schlug, in welchem er sich aufhielt. Er reagierte jedoch weder auf Engs Rufen noch auf sein Pochen. Chang nistete sich ein wie ein Vogel. Er fühlte sich wohl, glaubte sich dick aufplustern zu können, umgab sich mit einer natürlichen, schützenden und wärmenden Decke, stand auf und hockte sich wieder hin, streckte die Füße aus und zog sie an, ließ die Fingerknöchel knacken und warf den Kopf zurück.

Er verschwand in den Falten dieser Decke, vom Wasser sanft auf der Oberfläche getragen, in dem er mit angewinkelten Beinen, um die er beide Arme geschlungen hatte, saß, staunend, in eine neue Welt geworfen, auf sich selbst gestellt, die ihn freudig erwartete, deren Tore sich widerstandslos geöffnet hatten, ohne sich hinter ihm zu schließen. Das wußte er. Es war vollkommen. Er kam aus dem Staunen gar nicht heraus. Er sang. Seine Stimme trug weit, vielleicht durch die Hülle sogar nach draußen, sprengte womöglich den Rahmen, in dem er sich bewegte. Was er nun nicht alles sah und schmeckte, fühlte und roch, Neuartiges, Fremdes, an ihn verschwendet; er war glücklich und hatte keinen Hunger. Er war ein einsam dahintreibender Wasservogel, aus weichem Flaum und starren, weißen Federn geschaffen, deren Kiele, obwohl spürbar, ihn nicht stachen, wiewohl sie von fremder Hand tief in seine Haut gebohrt worden waren, schwach erinnerte er sich an den Augenblick, als man angesetzt und zugestochen hatte. Doch erinnerte er sich dabei nicht an Schmerzen.

Es war, als könnte Eng nun aufatmen, endlich, die Schritte von Chang fort auf das große, fremde Schiff lenken, schließlich, ohne lange überlegt zu haben, dessen Planken betreten, die jubelnde, gröhlende Menge hinter sich lassend, ein Lärmen, über das sich die Klagen weinender, den Abschied ihrer Söhne bedauernder Frauen erhob. Dazu die Gerüche nach gebratenem und ausgebackenem Fisch und scharfem Curry, nach Fleisch, das zischend und winzige Blasen werfend im Öl unterging, sich darin um sich selbst drehte und wieder hochstieg, als habe es noch Leben in sich. Düfte von Gemüse, das den Geruch des Fleischs oder Fischs annahm, auf welches es gelegt wurde. Hoch über Eng der grünblaue Himmel, den die flatternden Segel hin und wieder freigaben. Er sah hinauf.

Zur Begleitung dieser Aussicht gab es die Geräusche des sich im Wind leise bewegenden Segeltuchs, das sich anfühlte, als sei es mit Holz durchwirkt, ebenso die Geräusche des stetig knarrenden, frisch lackierten Takelwerks. Hinzu kamen menschliche Stimmen aus dem Schiffsbauch, in den Eng erst später, wenn das Schiff in Fahrt gekommen wäre, hinuntersteigen wollte, dorthin, wo die Rahmen der Fenster, die Beschläge der Möbel, die Meßgeräte und Lampen, alle möglichen Apparaturen, deren Funktion er vielleicht nie verstehen würde, gelb metallen glänzten — immer von neuem auf Hochglanz gebrachtes Messing. Von dort unten drangen Rufe herauf, folgte Befehl auf Befehl in einer etwas dumpfen Sprache, die er nicht verstand, von Männern ausgesprochen, die das Tageslicht nur selten erblickten, oft wohl erst nach Einbruch der Dunkelheit oder frühmorgens, wenn undurchdringlicher Nebel Gespenster übers Wasser jagte, heraustraten, um frische Luft zu schöpfen, die meiste Zeit ihres Lebens auf dem Schiff unten zu bleiben gehalten waren. Jedoch hatte Eng in diesen Minuten keine Zeit, zu deren außerordentlichem Leben abzuschweifen und gar darüber nachzudenken, was es dort zu tun gab. Die Schiffsleute schienen von ihren vielfältigen Pflichten beflügelt zu sein. Eng bemerkte, wie jedem Befehl, jedem Ruf Bewegungen folgten.

Vor ihm tauchte im selben Augenblick, da er die ersten Schritte an Bord des Schiffs zu machen glaubte — alle diese Bilder und Geräusche entsprangen selbstverständlich seiner Fantasie —, eine elegante Dame auf, die in einem grünweiß gestreiften Liegestuhl saß, an deren Äußerem eine einzige Farbe ins Auge stach, das fast schwarze Rot eines Taschentuchs, das sich, zu welchem Zweck auch immer, in ihrer halb geöffneten Hand befand, festgehalten von Daumen, Zeige-

und Mittelfinger, während die andere Hand auf der schmalen Armlehne des Liegestuhls ruhte. Es war das schwarze Rot geronnenen Bluts. Ihr Kleid, auch ihre Haut war weiß. Sie schlug ein Bein übers andere und entblößte dabei sekundenlang ein Stück des in Bewegung gesetzten Beins. Sie blickte geradeaus über Bord ins offene Meer, vorbei an den verankerten Schiffen, über die Hafenmauer hinaus, die stechende Sonne auf dem Halbprofil. Was um sie herum geschah, schien sie nicht zu berühren und nicht einmal zu interessieren. Sie blinzelte nicht, wodurch der Eindruck entstand, sie habe keine Lider, doch war ihr Blick kein Starren. Mit der linken Hand zupfte sie mehrmals zerstreut an ihrem Kleid, so daß der Saum um einige Zentimeter hochrutschte und einen Teil der Fessel des übergeschlagenen Beins und schließlich den ganzen Fuß freigab, der, zierlich und in weißen Strümpfen verborgen, in ebenfalls weißen Schuhen steckte. Eng hätte sie jetzt gerne aufstehen, auf und ab gehen und abrupt stehenbleiben sehen, doch war sie offensichtlich in Gedanken verloren, die sie daran hinderten, ihre Umgebung wahrzunehmen. Sie rührte sich nicht. Sie blieb sitzen, was ihren Reiz erhöhte. Sie war nicht mehr ganz jung, sie hätte dem Alter nach seine Mutter sein können. Um auf sich aufmerksam zu machen, hätte er sie erschrecken müssen, doch wenn sie erschrocken wäre, hätte sich womöglich ihr Aussehen mit einem Schlag verändert, sie hätte ihm das Gesicht zugewandt und damit die Stellung aufgegeben, in der die Sonne sie nicht direkt traf; andererseits aber hätte die jähe Bewegung möglicherweise etwas von dem Duft gelöst, der zweifellos in ihren Kleidern hing, an ihrem Körper haftete, von ihrem Hals und ihren Schultern ausging, das Parfum wäre zu dem verzauberten Eng geströmt, er hätte es sehr tief eingeatmet und so lange wie nur möglich in seinen Lungen aufzubewahren gesucht. Eingefangenes, verwahrtes Geißblatt, englischer Duft, daran bestand kein Zweifel, der Geruch einer Dame, die es in ein fremdes Land verschlagen hatte, die sich kleine, auf den ersten Blick unwesentliche Teile ihres früheren, angenehmeren Lebens aufsparte, wie etwa dieses Parfum, von dem sie täglich immer kleinere Mengen, wenige Tröpfchen auf ihre Hand tupfte, auf Hals und Schultern verteilte, ohne ein Lächeln, versunken in diese Tätigkeit, in Erinnerungen an einen Spiegel, Leuchter, Parkett. Weit und breit war keine Menschenseele zu sehen; vom Liegestuhl abgesehen, auf dem sie saß, auch keine Möbel; hin und wieder kreiste über ihren Köpfen ein Vogel, wurde größer, schoß herunter, kreischte und verschwand ohne Beute aus Engs Gesichtskreis in einem anderen Abschnitt des klaren Himmels. Er studierte gern Landkarten und Atlanten.

Inzwischen hatte sie das hochgerutschte Kleid nach unten gezogen, es bedeckte die Fessel und den Schuh wieder. Sie wandte den Blick nicht, wirkte nun aber angespannt und begann mit den Fingerspitzen der freien Hand, bald schneller und heftiger werdend, auf die Armlehne zu trommeln, als habe sie sich plötzlich, ohne äußere Regung, in Erinnerung gerufen, daß sie nicht ohne eine bestimmte Absicht hier saß, sondern auf jemanden wartete, der in ihrer Vorstellung größer, breiter und verletzlicher war als in Wirklichkeit, ein Mann mit glattrasiertem Gesicht, fast rosiger Haut, dunklem, nassen Haar, der in seinen zu engen Kleidern, aus denen er herausgewachsen schien, den Eindruck eines Gefangenen machte, der sich freiwillig dem Zwang dieser zu kurzen Hosen, zu kurzen Manschetten, zu engen Kragen unterwarf, nicht ohne Behagen, weshalb er sich seines textilen Gefängnisses weder schämte noch versuchte, es zu verlassen, solange er unter Menschen war; unvorstellbar, daß er in Kleidern aufgetreten wäre, die seiner Größe und seinem kräftigen Körperbau entsprochen hätten. So machte er auf sie den Eindruck eines hochaufgeschossenen, betörenden Kindes, das gleichzeitig Schrecken und Zuversicht verbreitete. Aber trotz seiner Größe und Massigkeit waren seine Bewegungen keineswegs linkisch oder gar unbeholfen, im Gegenteil war sein Auftreten von einer beinahe furchteinflößenden und andere Männer erdrückenden Selbstsicherheit, die viele Frauen bis in ihre Träume verfolgte, in welchen er sich manchmal langsam näherte, manchmal von vorne, manchmal von hinten, manchmal wie im Sprung, raubtiergleich gewissermaßen; Träume, in denen er sich stets lächelnd über sie beugte, nie mit ernstem oder besorgtem Gesicht, viel größer als sie, sie um zwei Köpfe überragend, und doch kein mißgestalteter Riese; sehr klein hingegen seine Ohren; er nahm ihre Hände in seine Hand, öffnete, über sie gebeugt, den Mund, wobei die Lippen voller wurden, wässrig glänzten, küßte ihren Mund, während er mit der anderen Hand das Kleid im Rücken löste, auf dem sie seine kühlen Fingerspitzen, dann den warmen Handballen spürte, sein Hemd schon halb offen, ihre Körper nur noch durch dünne Seide und eine Spitzenborte voneinander getrennt, doch dann ging der Traum zu Ende, etwas Unvorhergesehenes mußte geschehen sein, sie wachte auf, atmete schnell und sah sich, in der Hoffnung etwas aus dem Traum wiederzufinden, im Zimmer um, wieder und wieder, irrend, nichts da, ein Zimmer, worin die bekannten Gegenstände aus dem täglichen Leben herumstanden. Das waren — oft — ein Sessel, ein gepolsterter Stuhl, eine Frisierkommode mit einem zwei- oder dreiteiligen Klappspiegel, eine Kommode voll Unterwäsche, Blusen und Strümpfen, ein Wandschrank mit Bettwäsche und Kleidern, ein Spiegel, davor ein Hocker, ein zweiwandiger Paravent, der Nachttisch, und all dies samt den halldämpfenden Teppichen und Läufern in Dunkel oder Halbdunkel oder in die aufkommende Morgendämmerung getaucht, deren Licht Unbehagen hervorrief, hineingestellt in einen größeren oder kleineren Raum mit einem oder mit mehreren größeren oder kleineren Fenstern. Leichtes Rascheln der sich blähenden Vorhänge, die jedoch meistens reglos schlaff herunterhingen, aus Organdy oder Musselin. Eng wurde schwindlig von der Sonne, die ihm in dieser Stellung ins Genick stach, von der Anstrengung, auf die Engländerin zu starren, ohne auf sich aufmerksam zu machen. Er wollte sie nicht durch ein Geräusch aus ihrer Haltung reißen. Von keinem anderen Ort aus wäre sie besser zu beobachten gewesen als von hier.

Eng sah mit geschlossenen Augen den großen Mann zu diesem Zeitpunkt vollständig nackt seitlich vor einem rechteckigen Spiegel auf dem Boden seiner Schiffskabine liegen und warten. Die eingelassenen Schränke standen offen, noch leer, ebenso der Reisekoffer des Mannes, in dem mehrere Anzüge hingen, wie Eng sie in Büchern abgebildet gesehen hatte, dazu zwei Spazierstöcke, einer mit Silberknauf, der andere ganz aus Elfenbein; vier Paar Schuhe in verschiedenen Farben, zwei Hüte; was sich in den zahlreichen Schubfächern befand, entzog sich seinem Blick. Es mußte sich um die am besten ausgestattete Kabine des ganzen Schiffs handeln. Das Bett war frisch mit weißer, faltenloser Wäsche bezogen, er hatte es nicht angerührt, er hatte sich neben das Bett gelegt; alles in der Kabine schien glattgestrichen, selbst seine Haut. Außer dem einen, rechten Lid, das etwas zitterte, bewegte sich nichts, die Umgebung bewegte sich nicht, nicht das Schiff, die Luft, die Gardinen, das Wasser, nicht die Schranktüren. Er lag auf der linken Seite, auf den Ellbogen gestützt, der Kopf von der geballten Linken gehalten, die rechte Hand flach auf dem Knie des aufgestellten rechten Beins, in dessen Oberschenkelinnenseite sich eine Mulde gebildet hatte, die wie der übrige sich spiegelnde Körper hellgoldgelb glänzte, dank des Sonnenlichts, das durch das runde Fenster einfiel, die rötlichbraune Holztäfelung überflutete und von dieser auf seine Haut zurückstrahlte. Die Nacktheit hatte alles Kindliche ausgelöscht. Er bewegte auch die freie Hand nicht. Das andere Bein war ausgestreckt, die Kniescheibe trat gewölbt hervor, während die andere unter der Hand verborgen blieb. Die schwarzen Haare standen in krassem Gegensatz zur Farbe seines Körpers. Eng bewunderte seine Reglosigkeit, seine Ruhe. Es schien ihm, er habe nie einen so stillen, so großen, so außerordentlichen und schönen Menschen gesehen. Der Mann, bestimmt kein Engländer, ein Abenteurer, der seine engen, zu kleinen, unförmigen Kleider abgelegt hatte, war ganz dem Spiegel zugewandt. Sich wohl betrachtend, lächelte er. Das war alles. Unter seinen schweren Schritten, dachte Eng, wäre das Schiff gewiß ins Wanken geraten.

Das rote Taschentuch floß wie ein erstarrtes Blutrinnsal aus ihrer Hand. Diese erweckte, vermutlich des Gegensatzes der Farben wegen, den Anschein, sie sei künstlich, aus weißem Porzellan. Was, wenn das Taschentuch, das sich in der Mitte dessen befand, was Eng in diesem Augenblick von der Welt zu sehen bekam, lediglich dem Zweck gedient hätte, die Prothese zu kaschieren, einen Fehler zu vertuschen, der dem Rest der Schönheit der Engländerin den Todesstoß versetzt hätte? Doch natürlich hätte sie im Fall einer solchen Mißbildung Handschuhe getragen, und trotz einer gewissen Unbeweglichkeit der Hand wäre niemandem aufgefallen, daß die Glieder, die sich unter dem Stoff oder Leder verbargen, künstlich und zu keiner Reaktion fähig waren. Die Finger begannen, sich zu bewegen.

Das Trommeln ihrer Finger brach nicht ab, es war so gleichmäßig wie zuvor, war jedoch langsamer geworden und, wie ihm schien, auch weniger heftig. Eng hatte sich daran gewöhnt, wie sie sich daran gewöhnt zu haben schien; nur eine Bewegung, wie ein unerklärliches Zeichen, ein ständig sich wiederholendes Geräusch, das sich in den unzähligen anderen Geräuschen verlor, sich mit ihnen vermischte: mit dem Wasser, das gegen das Schiff schlug, den aus dem Schiffsbauch heraufdringenden Befehlen, dem Jammern der Mütter, das an Deck kaum mehr zu vernehmen war, zu ahnen, den Rufen der Händler, die auf dem Quai ihre Waren anboten; all dem, was man hören muß, wenn man auf einem Schiff steht, mitten im Sommer, zwei Stunden vor dem Auslaufen, im Hafen umgeben von anderen mächtigen Schiffen, deren Balken, Stangen und Segeltücher die Luft mit hölzernem, steifem Lärm erfüllen, der jede Konversation unmöglich macht. Aber hier bestand kein Anlaß zu einem Gespräch. Wäre Eng auf die Dame in Weiß zugegangen, woran er gar nicht dachte, hätte er sie weder anzusprechen gewagt noch überhaupt mit ihr zu sprechen vermocht, da er ja ihrer seltsamen, in seinen Ohren wohlklingenden Sprache nicht mächtig war. Sie sprach Englisch, eine Sprache, dic ihm fast völlig fremd war; verständlich waren ihm einige wenige Brokken, die er von Seeleuten und Kunden im Hafen aufgeschnappt hatte, wenn sie Fische anboten, von Geschäftsleuten, die hier ihre Niederlassungen hatten, aber es waren Wörter, mit denen sich kaum etwas anfangen ließ. Vielleicht hätte sie sogleich zu lachen angefangen, und ihr helles, hohes Lachen hätte ihn zum Weinen gebracht, ihn allein.

Die Zeit war unendlich lange Zeit stehengeblieben, dünn wie die Luft, ebenso ungreifbar und unantastbar, widerstandslos und gegenstandslos, unsichtbar waren die Sterne, unsichtbar war der Mond, verschwunden waren die Lasten, das Ziehen und Drücken. Die Sonne brannte. Es war unwichtig, wo er sich befand, aber angenehm, daß da, wo er war, eine englische Dame in einem Korbsessel saß, fast ein Geist, fast durchscheinend, in Erwartung eines Dritten, der sich zur selben Zeit in seiner geräumigen Kabine am Fußboden von der Seite auf den Rücken drehte, vollgesogen vom eigenen Anblick, und mit der flachen, rechten Hand über seinen rechten Oberschenkel und über sein bis zum Bauchnabel hin angewachsenes Glied fuhr, auf dem sie schließlich, wieder reglos geworden, liegenblieb, während sich die dünne Haut über den Hoden zusammenzog und er ein Mal so laut und tief aufstöhnte, daß jemand, der in dieser Sekunde an der Kabine vorbeigegangen wäre, hätte zusammenzucken müssen. Das Gesicht des Mannes war verzerrt. Das war alles, bevor er aufstand und sich mit schnellen, kurzen Bewegungen wusch, sich nun nicht mehr betrachtend.

Wichtig erschien Eng allein die Tatsache, daß er verschiedene Vorgänge gleichzeitig zu sehen imstande war, und daß er die Engländerin betrachten konnte, ohne von ihr gesehen zu werden. Vielleicht wäre sie bei ihrem Anblick geflohen. Vielleicht hatte sie, wie die meisten, so etwas noch nie gesehen, von so etwas noch nie gehört. Langsam kroch die Angst ihm zurück in den Hals und auf die Brust, sie könnte den schönen, unsichtbaren Schleier durchdringen, hinter dem er sich verbarg als ein entflohener Schatten, einsam und doch nicht allein, getrennt und sie frei betrachtend wie etwa ein Maler sein Modell. Noch war er, andere Gedanken wieder verscheuchend, allein mit ihr an der Oberfläche dieses gefährlichen, verlockenden Gefährts, das sie in wenigen Stunden übers Wasser forttragen würde, das jetzt nur plätscherte, harmlos ruhiges Gewässer. Er wartete, von Glückswellen überströmt, die über seinen Körper rollten und durch seinen Kopf liefen, ihn forttrugen und zurückschlugen, ohne daß ihm Schmerzen zugefügt worden wären, als wäre er ein Teil des Wassers.

Chang und Eng waren gute Schwimmer, wie jeder, der sie kannte, bestätigen konnte. Mühelos fingen sie mit bloßen Händen Fische, die sie später auf dem Markt oder vom Boot aus verkauften, das sie gemeinsam ruderten, doppelt so schnell wie ein Erwachsener, behaupteten die Nachbarn. Aber an Chang dachte er jetzt nicht; als hätte es diesen mit den Wellen fortgespült, weggetrieben, als wäre er im Meer ertrunken, weit vom Ufer, weit von der Sicherheit festen Grundes entfernt. Aus der Ferne tönte eine Glocke, hoch und schrill, aus dem Schiffsbauch bemerkte er aufgeregtes Laufen, die Seeleute selbst aber waren verstummt. Als hätte der Gott des Lichts die Sonne ausgeblasen und der Gott der Dunkelheit seine Finger um die letzten Funken geschlossen. Als Silhouette, die allmählich verblaßte, saß die Engländerin da, ohne sich von den schnellen Veränderungen beirren zu lassen, noch immer bewegungslos. Chang hätte wahrscheinlich geschrien. Das Schaukeln des Floßhauses hatte ihn eingeschläfert, die Stimme seiner Mutter Chou-Chou sich verloren, ebenso die Stimme des Fremden, mit dem sie im Zimmer nebenan verhandelte.

Der weiträumige Salon ist abgesehen von der weißen Decke und dem oberen Drittel der Wände rot ausgeschlagen, auch die Türen, ein purpurnes Rot. Es ist nicht zu übersehen, daß das Material kostbar ist. Die Teppiche sind rot und weich und dämpfen die Schritte, die Wände mit roten, glänzenden Seidentapeten bespannt, die Stühle dagegen weiß, hoch, hart gepolstert, ebenso weiß die dünnen Marmorplatten der Tischchen und der verbleibende Rest der Wände oberhalb der dünnen schwarzen Linie, die die Tapete deutlich abgrenzt. Kein einziges Bild war zu sehen. Der Salon hatte keine Fenster. Alles, selbst Tische und Stühle, sogar die leise hin und her schwankenden Leuchter waren oder wirkten zierlich, zerbrechlich; die Tassen, die Untertassen, die Teller, die Milchkännchen und Kaffee- und Teekannen, die Zuckerdosen und silbernen Gebäckschalen, auf denen nur noch Krümel lagen, die von befeuchteten Fingern aufgetupft wurden, auch das feine Silber schien dem geringsten Druck noch so feiner Finger nachgeben zu müssen, hätte beim Aufschlagen auf die Tischplatte einen hohen Ton hervorgerufen, doch man ging mit äußerster Vorsicht damit um. Man flüsterte. Es herrschte eine heitere, gelöste Stimmung, die Luft war erfüllt vom Gemurmel der Leute, vom Klang von Silber, das gegen Porzellan schlug.

Die Hände, die dies alles hielten oder nur — abwesend oder zerstreut — befühlten, darüberstrichen, weglegten oder wegschoben, es entfernend, um es sicher zu wissen, waren nicht weniger zart, nicht weniger schlank. Die Gäste des Salons machten, zumindest auf den ersten Blick, alle den Eindruck, so zerbrechlich zu sein wie das Porzellangeschirr; ihre Bewegungen waren langsam, bleiern und überlegt; was sie sprachen, verstand man schon am Nebentisch nicht mehr, es verklang, auf den Köpfen der Frauen schwankten Hüte, über diesen die Leuchter mit den geschwungenen Glasarmen; die Passagiere beugten sich vor, lehnten sich zurück, ohne sichtbare Eile, legten einen Ellbogen andeutungsweise auf die Rückenlehne, falteten die Hände über dem Bauch, über der Brust, unter dem Kinn, warfen den Kopf in den Nacken, entzündeten Streichhölzer, rauchten Zigarren und Zigaretten, schlugen die Beine übereinander, stellten die Füße nebeneinander, zupften an ihren Westen und Hosenbeinen; hätte es jetzt im Salon zu schneien begonnen, wäre wohl niemand auf den Gedanken gekommen, aufzustehen, gar die Stimme zu erheben, um zum sofortigem Aufbruch zu rufen, sie wären zugeschneit.

Dem Salon fehlte nebst den Fenstern jede Art von Bildern oder Rahmen, es gab darin auch keine Spiegel, dagegen war in jede der vier Wände eine Tür eingelassen, durch welche vier kaum voneinander zu unterscheidende weißgekleidete chinesische Stewards mittleren Alters mit Tabletts eintraten, servierten, verschwanden und wiederkamen. Die Bewegung der Schwenktüren stieß immer wieder frische Luft in den roten Salon, dazu die Geräusche menschlicher Stimmen aus der Küche, und auch, aus weiter Ferne, ein seltsames Heulen, es konnte ein Hund sein, der Wind oder ein Mensch, eine Frau, ein Mann, ein Kind. Da man es aber schon so lange hörte, gestern und vorgestern schon gehört hatte, störte es nicht mehr, dachte niemand darüber nach, woher es kam und wovon es ausging. Am wahrscheinlichsten schien die Möglichkeit, daß dieses Heulen aus dem Schiffsbauch heraufdrang, den man ja doch nie betreten würde. Es wirklich zu wissen, war Sache des Personals, des Kapitäns, all jener, die für das Außergewöhnliche verantwortlich waren, solange man sich an Bord des Schiffs befand. Während Chang sich langsam darauf zubewegte.

Es herrschte eine entspannte, durch die dicken Teppiche gedämpfte Atmosphäre. Wen immer man auch gefragt hätte, er wäre der gleichen Meinung gewesen, wenn auch nicht jeder diese Art nachmittäglicher Ruhe und Entspanntheit genoß. Eine gewisse Starre lag nicht nur auf den Gesichtern der Leute. Vielleicht waren sie erschöpft von der vergangenen Nacht, von den Nächten davor und davon, daß sie hier kaum Bewegung hatten, sich seit Tagen lediglich von ihren Kabinen zu Tischen und Stühlen und zurück bewegten, und sich gleich wieder setzten, weil es kühl war, deshalb selten oder nie an Deck gingen, des häßlichen Anblicks von grauen Wellen und weißem Himmel, dieser feuchten Einheit überdrüssig; daher die Lähmung. Im übrigen war der Lärm der geblähten Segel und der ächzenden Maste, die dem Wind standzuhalten hatten, nicht lange zu ertragen. Viele klagten über Kopfschmerzen und Gefühle der Ohnmacht.

Dennoch hätte niemand widersprochen. Kaum etwas war so wohltuend leer wie die Stunden am Nachmittag im roten Salon. Man hätte genickt und sich wieder seinem Tischnachbarn oder seiner Lektüre, seiner Tischnachbarin zugewandt, das Ohr nur etwas, kaum merklich, in ihre Richtung drehend, damit einem auch nichts von dem entging, was sie erzählte. Die Kinder waren bereits hinausbegleitet worden, möglicherweise schliefen sie schon, wahrscheinlicher war, daß die Mädchen oder Gouvernanten ihnen vorlasen, wozu sie gehalten waren. Es war unzweifelhaft die Zeit der Abenddämmerung, aber es dämmerte nicht. Die Nacht würde das helle Grau jäh überrumpeln. Es war kaum jemandem möglich, sich daran zu gewöhnen.

Es konnte noch eine Weile dauern, bis die ersten Gäste aufstanden, erst die Männer, danach die Frauen, den Salon verließen und in den weiträumigeren, aber gleich hohen, hell tapezierten Eßsaal wechselten, am Tisch den ersten Porto oder Sherry oder die erste Flasche Wein bestellten und, schon etwas lauter, auf das Wohl irgend eines Anwesenden oder eines Abwesenden an Land anstießen, daß die Gläser klirrten, Toasts so laut und vernehmlich ausgaben, daß sich die Gäste in der näheren Umgebung mit gespielter Entrüstung umdrehten, vereinzelt ebenfalls ihre Gläser in die Luft hielten, bis alle ihre Stimmen gleichmäßig etwas erhoben hatten und sich gegenseitig nicht mehr störten. Die Nacht war hereingebrochen. Sie warteten essend, trinkend und sich unterhaltend auf den Umstand, der sie an diesem Abend in bessere Stimmung versetzen würde. Irgend etwas, auch dem hätte niemand widersprochen, geschah immer, es konnte sich um eine arrangierte Kleinigkeit handeln. Die Unterhaltung stockte. Sie hätten einen fremden Betrachter vielleicht an eine Schar Lebloser auf einem ungesteuerten Schiff erinnert, das bis zum letzten Passagier vom schnellen Tod heimgesucht worden war: ein Geisterschiff, vor dem die Menschen in den Häfen, an den Stränden mit Entsetzen flohen.

Während Chang sich auf das seltsame Heulen zubewegte, glaubte er den älteren Herrn mit dem grauen Schnurrbart, der in der Mitte des Eßsaales saß, seinen Namen aussprechen zu hören. Nein, er rief ihn. Aber war das möglich! Chang, er spürte es, wurde vom Blut, das ihm ins Gesicht schoß, heiß übergossen, während er sich Engs Wut ausmalte, woran sollte er sich halten, auf welches Bild sollte er sich konzentrieren, war es auszudenken, daß der ältere Herr ihn, Chang, ohne Eng rief. Er riß sich los, wild und frei, nach ihm, nach niemand anderem, hatte der ältere Herr gerufen. Chang! der ältere Herr schlug ein Bein übers andere, und der Fuß des übergeschlagenen rechten Beins wippte vor ihm in der Luft, als hätte er darüber keinerlei Gewalt. Chang hatte sich losgerissen, er hatte sich davongemacht. Im selben Augenblick ging eine angespannte Bewegung, wie ein Erschauern, durch den Saal.

Der genossene Wein hatte die allgemeine angenehme Stimmung nach beendeter Mahlzeit noch eine Weile halten können; abschließend die Schnäpse. Keine Frage aber, daß sich inzwischen der größere Teil dieser Gesellschaft, deren einzelne Mitglieder einander zumeist nur vom Sehen, nicht unbedingt mit Namen kannten, auf jenen besonderen Zwischenfall konzentrierte, ihn insgeheim beschwörend, von dem sie hofften, er würde so bald wie möglich eintreten, noch bevor man so müde war, daß einem nichts als der Weg zurück in die Kabine übrig blieb, um sich nach einem ereignislosen, langweiligen Tag unzufrieden ins Bett zu legen, wo man sich müde, aber schlaflos, betrunken und übersättigt, hin und her wälzen würde. Noch war es möglich, vermittels der Fantasie abzuschweifen, doch hatten schon viele heimlich zu gähnen begonnen. Sie hielten die Hände vor die Gesichter, auf die Münder.

Ganz im Gegensatz dazu der ältere Herr, der sich bis dahin durch freundliche Unscheinbarkeit ausgezeichnet hatte und sich nun schon seit einiger Zeit Gedanken darüber machte, welche Worte es zu wählen gälte, wenn Chang den Saal beispielsweise durch jene Tür betreten hätte, auf der seine Blicke schon lange ruhten. Wie sollte er seine Rede beginnen, wenn Chang vor ihm stand, die Blicke aller Anwesenden auf sie gerichtet, auf ihn und Chang, den abgetrennten Teil einer Rarität, die eines Tages weltberühmt sein würde.

Chang trat ein. Changs weißes Hemd und seine schwarzen Hosen waren blutüberströmt; er trug Lackschuhe, einen zylindrisch geformten Hut, und er war allein, ohne Eng, von dem er sich losgerissen hatte; alle Blicke auf sich gerichtet, so stand er mitten im Speisesaal, nachdem er gestolpert und beinahe hingefallen war. Er hatte sich gerade noch aufrichten können, er war nicht hingefallen, aber die Leute konnten nicht übersehen haben, wie unsicher er auf seinen zwei Beinen stand. Die Wunde in der Brust hatte die Neugier der Wartenden, deren Trägheit einer aufgeregten Geschäftigkeit gewichen war, sofort auf sich gezogen; einige hatten sich von ihren Stühlen erhoben und reckten die Köpfe, andere standen auf ihren Stühlen, weitere, vor allem Frauen, denen keine Aufmerksamkeit geschenkt wurde, sprangen, um besser sehen zu können, immer wieder hüpfend in die Höhe.

Wie ein Horn stand das knorplige Knochenstück aus Changs blutbeflecktem Hemd vor; das Band, das ihn bisher mit Eng verbunden hatte. Chang hatte, wie der ältere Herr in diesem Augenblick fand, den Gesichtsausdruck eines soeben geschlachteten Schweins. Dieser Ausdruck rührte gewiß nicht von den Schmerzen. Chang hatte sich, zu seiner Freude, zur eigenen Überraschung, von Eng gelöst, indem er sich weggerissen hatte, wie er es sich eindringlich seit vielen Jahren schon gewünscht hatte. Die körperlichen Schmerzen, die diese Trennung hervorrief, waren weit geringer als die Angst vor der Menge, die mit Spannung auf ihn gewartet zu haben schien, der er nun aber nicht das zu bieten vermochte, was sie, wie er ganz genau wußte, von ihm erwartete: ihn und Eng, beide Teile des abscheulichen, abstoßenden, unheiligen Wunders; Chang mit Eng. Er versuchte, sich über die Erwartungen der Zuschauer hinwegzusetzen, indem er auf den älteren, ihm unbekannten Herrn starrte, als sei dieser für sein Unglück im vollkommenen Glück verantwortlich; er würde ihm aus der Not helfen, hatte nicht er ihn dazu verführt, hier auf dem Schiff aufzutreten? Er wüßte das Publikum auf seine Seite zu ziehen, das von Changs Befreiung von einer unbeschreiblichen, in ihrer Tragweite kaum erklärbaren Last nichts wissen wollte, und vielleicht nichts wissen konnte, ein Publikum, das jetzt nur ihn und die Überreste der Verbindung zwischen ihm und seinem Bruder Eng sah, das Horn, aus dessen Ende, inzwischen etwas spärlicher, dickes Blut aufs Parkett tropfte, das Knorpelstück, das aus dem sauber vernähten runden Loch ragte, welches ihre Mutter Chou-Chou aus seiner Bluse geschnitten hatte, wie sie auch eines aus Engs Bluse geschnitten hatte. Bisher war das verbindende Glied, das einer Brücke gleichkam, den meisten Menschen verborgen geblieben. Die wenigsten hätten es jemals sehen wollen, aus kaum verhohlenem Ekel.

Er hörte das Heulen nicht mehr. Das nicht wahrgenommene Schaukeln des Floßhauses, auf welchem sie, seit sie denken konnten, lebten, war einem mächtigen, übermächtigen Aufwogen und Abwogen gewichen, das ihm mit jedem von vorn oder hinten nahenden und ihn treffenden Schwung einen Stoß in den Magen versetzte, der ihm das Gefühl gab, ein großes, hin und her schwingendes, willenloses Pendel zu sein. Er versuchte, erfolglos, die Augen zu schließen. Sie blieben offen. Sein ganzer Körper wurde nach vorne geworfen und nach hinten gerissen. Das Gesicht neigte sich dem Boden zu, der Hinterkopf neigte sich dem Boden zu. Das Schiff, auf dem er sich befand, hatte sich offenbar ganz der Macht des Meeres ausgeliefert, jede eigene Kraft verloren. Obwohl sich Chang vor nichts und schon gar nicht vor dem Wasser fürchtete, zitterte er.

Der ältere Herr kannte die Leute, er würde sie, die unruhiger wurden, bändigen, zähmen, mit einem einzigen Blick, einer Handbewegung, einem Atemzug zum Schweigen bringen. Chang zitterte am ganzen Körper und wunderte sich über das Ausbleiben der Vibration; es fehlte die Resonanz aus Eng. Er vermißte sie nicht länger als einen Augenblick, dann beruhigte er sich und vergaß für eine Weile, wo er sich befand, in welchem Zustand. Er vergaß alles. Er wurde jetzt wie sie, und sah ins Publikum, versuchte, sich einzelne Gesichter einzuprägen.

Der ältere Herr bat Chang freundlich und so, daß ihn jeder im Saal deutlich verstehen konnte, näher zu kommen, noch etwas näher, nachdem er selbst einige Schritte auf ihn zugegangen war, eher zögernd. Es war Chang nicht gelungen, sich auch nur ein einziges Gesicht zu merken. Er öffnete den Mund und entblößte seine Zähne. Er lächelte. Er fühlte sich weniger elend und schüttelte unwillkürlich den Kopf, als sei er etwas gefragt worden und verneine die Frage. Eine ältere Dame sank ohnmächtig in ihren Stuhl zurück, ohne daß irgend jemand von ihrem Schwächeanfall Notiz genommen hätte; ihr Zusammenbruch blieb unbeachtet. Das Kinn sank ihr auf die Brust, die Arme fielen zu beiden Seiten ihres schmächtigen Körpers herunter. Die Umstehenden waren erregt und neugierig, ihnen stockte das Blut in den Adern, einigen wurde schwarz vor Augen, mit jeder Bewegung Changs wuchs ihre Nervosität angesichts des abgetrennten Teils des Doppelmonsters, auf den sich ihre Blicke konzentrierten, der Teil, der nun sehr nah an den älteren Herrn herangetreten war und versuchte, eine Verbeugung zu machen. Es blieb bei einer lächerlichen Andeutung. Leise sagte jemand, das Ganze sei ihnen versprochen worden, nicht nur ein Stück. In das Zischen aus den Reihen der Zuschauer mischten sich einige Lacher, Chang zuckte zusammen. Er wünschte sich zurück. Er fürchtete den freundlichen Blick des älteren Herrn. Hinter dieser Freundlichkeit, die vermutlich bloß ein Wink, ein Zeichen ins Publikum war, verbarg sich die Gewalttätigkeit, die sich durch die Bewegung nicht verbergen ließ, mit der er seine kleine weiße Faust öffnete, um mit allen Fingern seiner Hand, die er gleich darauf einladend mit der Innenseite nach oben drehte, auf Chang zu deuten, der augenblicklich stehenblieb. Sofort hörte er auf zu zittern. Er ist nicht Gott, dachte er, aber diese Hand war zweifellos imstande, blitzschnell, wie die Zunge einer Schlange, vorzuschnellen und zuzuschlagen, wenn das Gegenüber, auf das sie zeigte, nicht gehorchen wollte. Aber was sollte Chang tun, welche Kunststücke vollführen, ohne Eng.

Die Strenge, die Fähigkeit zum Zorn, die in dieser Hand lag, bemerkte außer Chang niemand. Wer sie bemerkt hätte, wäre damit zufrieden gewesen, da niemand genau wissen konnte, zu welchen wilden, widernatürlichen Ausbrüchen und Handlungen dieser einsame, verloren wirkende eine Teil des siamesischen Zwillingspaars mit dem herausragenden Horn fähig war. Es war gut zu wissen, daß der ältere Herr ihn beherrschte und notfalls zurückhalten konnte.

Wo ist der andere! rief ein junger Mann, wir haben alle von dem zweiten gehört, der zu diesem gehört, wo ist Eng, Chang allein genügt uns nicht, wie verhält es sich mit Ihrem Versprechen, wie gedenken Sie es unter den gegeben Umständen einzulösen, etwa mit diesem Haufen siamesischen Elends; das kann doch nicht Ihr Ernst sein. Sie müssen auf der Stelle eine Erklärung abgeben, wer soll Sie sonst noch ernst nehmen, Mann! Es folgten, worauf der junge Mann es abgezielt hatte, Beifall und lautstarke Zustimmung von allen Seiten. Jedem, außer Chang, fiel auf, daß der ältere Herr leichenblaß geworden war. Er hob, um Zeit zu gewinnen, langsam und würdevoll die Hände, weshalb Chang sich bückte, als müßte er Schläge abwehren. Doch der ältere Herr wollte sich nur verteidigen, er würde den Zuschauern erklären, weshalb sich Chang von seinem Zwillingsbruder Eng getrennt hatte, und daß die Trennung in Wahrheit, wie unschwer zu erkennen sei, bei weitem das großartigere und bestaunenswertere Wunder als die verhängnisvolle und für beide tragische Verstrickung sei. Sie würden ihm, wenn womöglich auch bloß zögernd, applaudieren. Es bliebe ihnen nichts anderes übrig, als sich den Tatsachen zu fügen.

Chang und Eng wachten im gleichen Moment auf. Ihre Mutter Chou-Chou betrat den Raum, in dem sie schliefen, gefolgt von Robert Hunter, dem Mann, welchem sie soeben ihre beiden Söhne für eine beträchtliche Summe englischer Pfunde überlassen hatte. Mit jedem Schritt der Erwachsenen bewegte sich das Floßhaus. Keinem der Anwesenden fiel das Schwanken auf, das Geräusch von Ratten im Wasser, Stimmen aus der Umgebung.

Die beiden Erwachsenen waren vor den Matten stehengeblieben, auf denen die Brüder lagen. Das Schaukeln des Hauses glich sich wieder aus. Draußen war es vollständig dunkel geworden, Licht fiel aus dem Nebenraum, in dem Chou-Chou und Robert Hunter um Chang und Eng gehandelt hatten, wobei sie nur einmal die Stimmen etwas erhoben, ansonsten jedoch den Ton höflicher Konversation gewahrt hatten, wie er auf diesem festverankerten Boot selten gebräuchlich war; so hatten sie verhindert, daß eines der anderen Kinder oder gar der Gegenstand der Verhandlung ihren Worten folgen konnte. Chou-Chou war darum besorgt gewesen, im Kopf die vorgeschlagenen Summen so schnell wie möglich von einer Währung in die andere umzurechnen.

Nach einer Weile richteten sich die Zwillinge auf, erst Eng, der seinen Bruder kaum merklich um zwei Zentimeter überragte, fast im gleichen Augenblick Chang, der ein Gähnen unterdrückte. Eng war hellwach und äußerst aufmerksam.

Robert Hunter hatte, von seiner eleganten Kleidung abgesehen, keine Ähnlichkeit mit dem älteren Herrn, von dem Chang, wie er sich erinnerte, geträumt hatte. Chou-Chou, die eine Zigarette rauchte, hatte sie auf den Besuch eines englischen Kapitäns vorbereitet, der ihnen, wie sie wußten, seit einiger Zeit beim Fischen und bei sonstigen Geschicklichkeiten, für die sie weitherum bekannt waren, zugesehen hatte, ohne sich ihnen jedoch namentlich vorzustellen. Sie hatten ihn, der sich vor ihnen zu verbergen schien, bei Gelegenheit aus den Augenwinkeln beobachten können. Sie waren noch Kinder, gewiß, aber sie erweckten den Anschein von Jünglingen, wie Robert Hunter sich eingeredet hatte, bevor er Chou-Chou aufsuchte, um sie nach ihrer Meinung, einen Handel betreffend, zu fragen.

Gut, sagte Eng leise zu Chang, Warte, sagte dieser ebenso leise, ihrer Mutter Chou-Chou, nicht aber dem Fremden verständlich, der die Frau fragend ansah, die ihm ausdruckslos freundlich zulächelte und mit den Achseln zuckte, als habe auch sie kein Wort dessen verstanden, was nun plötzlich geheimnisvoll im Raum stand, zwischen Hunter und den Zwillingen. Undurchsichtig, daher gefährlich, dachte Hunter und beugte sich zu dem Doppelwesen herunter, das vier Beine, vier Arme, vier Augen, vier Ohren, zwei Köpfe, zwei Herzen, vermutlich zwei Geschlechtsteile und womöglich, wenn überhaupt, zwei Seelen besaß. Oder aber nur eine einzige Seele. Er legte seine Hände auf ihre Köpfe, und beide, Chang und Eng gleichermaßen, erschauerten und zwinkerten einander gleichzeitig zu. Hunter hätte erwarten können, daß Chou-Chou, die ihm vor wenigen Minuten mit einem Kopfnicken, sich dem Handschlag entziehend, ihre Kinder überantwortet hatte, weinen würde, doch hatte er sich nicht getäuscht, sie weinte nicht. Bewegungslos wie eine gehauene Figur, klein und breit, lächelnd, stand sie in der Mitte des Raums, hinter sich das Licht aus dem Nebenraum, vor sich den Mann, der ihren Kindern die Zukunft weisen würde. Sie streckte den Arm aus und berührte ihn am Ärmel, um anzudeuten, er solle sie und die Zwilinge allein lassen. Sie weinte weder jetzt noch würde sie beim Abschied von ihren Kindern weinen.

2

Auftritt der Zwillinge Chang und Eng, einer Attraktion ohnegleichen, unvergeßlich, unvergleichlich, Sonnenschein und Mondfinsternis, die Siamesischen Zwillinge nach ihrer Heimat genannt. Es riecht nach gesalzenem Fisch, gepökeltem Fleisch und eingelegtem Gemüse. Noch nach über einer Woche richtete sich ein wesentlicher Teil der Aufmerksamkeit der Passagiere, überwiegend Männern, die Handelsgeschäfte in den Fernen Osten führten, auf die zusammengewachsenen Zwillinge Chang und Eng, deren Haut zur Berührung reizte, weil sie so kindlich rein schien, matt bronzefarben, glatt und schimmernd; dünne, kurze Zöpfe, die Chou-Chou in ihre Haare geflochten hatte, schauten nur wenige Zentimeter unter ihren steifen, zylindrischen Hüten hervor.

Sie saßen auf dem Doppelstuhl, einem eigens für sie konstruierten Möbelstück aus Teakholz und schwarzem Leder, das sich beliebig, ganz nach den jeweiligen Wünschen der beiden, in diverse Stellungen bringen ließ. Sie konnten darin sitzen, liegen, sich zurücklehnen, wachen und schlafen. Die mittlere Armlehne befand sich etwa auf der Höhe ihrer Hüften. Sie hatten die Füße übereinandergelegt, die in schwarzen, lediglich zu den Knöcheln reichenden Stiefelchen steckten, Chang den rechten auf dem linken Fuß, Eng den linken auf dem rechten, in der Sonne, auf dem Oberdeck, da es um diese Zeit in den Kabinen unerträglich stickig war, die Beine weit von sich gestreckt und etwas gespreizt, weshalb die Hosenbeine über den Knien ein wenig spannten. Die grünen Augen funkelten zwischen den schmalen Augenschlitzen, durch welche sie sich von den anderen jugendlichen Passagieren zweifellos auch dann unterschieden hätten, wenn sie nicht zusammengewachsen gewesen wären. Die Sonne blendete. Eng erinnerte sich der Geschichte vom Drachen und vom jungen Mann aus dem Meer, der sich dem Drachen zitternd, aber mutig entgegenstellte. Etwas Kühlung oder doch ein Gefühl von Frische brachte der nur langsame, aber schwerfällige Gang des ächzenden Schiffs über die kaum bewegte See, ein wenig Schatten spendeten die beiden Sonnenschirme, die sie in ihren auffallend großen und kräftigen Händen hielten.

Sie hatten die Duncan am 5. Juni 1829 in Begleitung ihres Käufers (und Vormunds) betreten, der, wäre er nicht Engländer gewesen, ihr Vater hätte sein können, und sogleich waren alle drei von einer kleinen Schar neugieriger Reisender, vor allem Herren, umringt gewesen, die allerdings taktvoll Abstand hielten, sie nicht anfaßten, sie nicht einmal anzufassen versuchten, die Hände nicht nach ihnen ausstreckten, sie nur aufmerksam, etwas distanziert, jedoch nicht hochmütig betrachteten, als einen merkwürdigen, aber nicht unvorstellbaren Teil der Welt, von der sie mehr gesehen hatten als die Mehrzahl ihrer Landsleute. Die meisten hatten von den Siamesischen Zwillingen, als welche Hunter sie präsentierte, bereits als von den Chinesischen Zwillingen gehört, nachdem sehr bald bekannt geworden war, daß sie nach England übersetzen würden, wohin sie der Kapitän der Duncan, Robert Hunter, führen wollte, um sie so bald wie möglich einer größeren und gewiß interessierten Öffentlichkeit vorzuführen, in Salons und vielleicht, sollte es sich nicht vermeiden lassen, auf Jahrmärkten; in dieser Hinsicht behielt Hunter seine Pläne für sich, auch das Ausland betreffend; mit den Zwillingen selbst sprach er darüber nicht. Dank der vornehmen Zurückhaltung der anderen Passagiere, ertönten also weder entsetzte Schreckensschreie angewiderter Frauen noch aufreizende oder gar obszöne Ausrufe eines von Schaulust angestachelten Pöbels, nicht jene Ausbrüche, auf die Hunter, ohne es auszusprechen — er wirkte wortkarg und spielte in Gesellschaft den Zurückhaltenden, Besonnenen —, für die Zukunft baute, für seine Zukunft und die der beiden Kinder. Die Vertreter der kontinentalen und britischen Zivilisation hielten sich geflissentlich zurück, die wenigen Frauen an Bord hatten dem Entsetzen schon mehr als einmal ins Gesicht gesehen, in vielfältiger Form, und ihm widerstanden, auf jede erdenkliche Weise. Sie waren durch Mißgeschicke abgehärtet, die sie bis in diese fernen Gegenden begleitet hatten, die der schwüle Wind eher noch verschärfte, wohingegen die Kälte des Kontinents oder der Insel die Gefühle möglicherweise erstickt hätte. Nichts reizte sie zum Gesang, zum Klavierspiel. Sie hatten sich mit unterdrückter Wut in ihr Leben geschickt oder in das Leben ihrer reisenden Gatten; und wenn sie jetzt an Deck saßen und so taten, als betrachteten sie nichts weiter als ihre feuchten Hände, war es doch nur der trostlose Versuch, sich für einige Tage, für die Tage dieser Reise, der Hoffnung auf das Ende solcher und ähnlicher Reisen hinzugeben, an deren Ende der Einzug in ein Haus stünde, wo Verwandte, Freunde, Diener, Pferde und Hunde darauf warteten, ihnen die netteste Gesellschaft der Welt zu leisten, es ihnen behaglich zu machen, am Kaminfeuer, abends, bei Tisch, bei offenem Fenster morgens, in jeder nur vorstellbaren guten Gesellschaft, beim Ausritt, im Theater, in der Oper, von der man sich woanders wohl auch in diesem Augenblick Wunderdinge erzählte, bei der Lektüre neuer Romane, beim Lesen von Gedichten und keinesfalls auf Reisen; am unwiderruflichen Ende der Reisen. Statt dessen brannte die Sonne durch den zu leichten, hellen Stoff der Sonnenschirme, die die Hitze nicht mehr abzuhalten vermochten. Bald hatten sich alle Passagiere in die unteren Räume verzogen, um etwas zu trinken oder um sich hinzulegen, außer den Zwillingen, die, wie es schien, unter der sengenden Hitze nicht litten.

Die Mannschaft, in der Mehrzahl Asiaten, war angehalten, sich um ihre eigenen Angelegenheiten zu kümmern, man möge auf jede gehässige oder anzügliche Bemerkung verzichten; doch konnte natürlich niemand daran gehindert werden, sich beim Betrachten dieser Kuriosität seine Gedanken zu machen, nicht immer die feinsten.

Obwohl ihr während einer Choleraepidemie früh verstorbener Vater Chinese und die Mutter Halbchinesin war, hatte Robert Hunter, den sie Sir zu nennen hatten, sie als die Siamesischen Zwillinge vorgestellt, EINE SONDERBARKEIT ERSTEN RANGES, AUF REISEN AUF HOHER SEE NACH ENGLAND, EIN WELTWUNDER, DIE XIPHOPAGEN CHANG UND ENG, DER LINKE UND DER RECHTE, DERSELBE MENSCH, unter welchem Namen sie, verliefe alles nach seinen Wünschen und Plänen, weltweit berühmt werden mußten und ihm Vermögen und einen Ruf als außerordentlichen Menschenerzieher einbringen würden. Was Chang und Eng zweifellos in großem Umfang noch fehlte, war die unumgängliche Kultur, auf deren Pflege Hunter die ersten Wochen, wenn nötig Monate ihres Zusammenseins verwenden wollte, prüfend und überwachend aus dem Hintergrund, womöglich eingreifend, wenn es ihm geboten schiene, es würde ihm weder an Zeit noch Geduld noch an einem gewissen Interesse fehlen, die beiden Siamesen Chang und Eng unter seiner Anleitung sich verwandeln zu sehen, auf sein Geheiß hin, dessen Frau Mary kinderlos geblieben war und eher den Eindruck einer Witwe als den der Gattin eines Mannes machte, nach dem sie sich sehnte.

Keinesfalls durften sie in ihrer jetzigen geistigen Verfassung vor die breite Öffentlichkeit, nicht als schlitzäugige Barbaren oder bedauernswerte Mißgeburt auf sich aufmerksam machen, dann würde das Interesse, das beschränkte Interesse einer sich schnell anderen Attraktionen zuwendenden Masse, bald erlahmen. Sie sollten der freien, einer liebenswerten Welt als Bezwinger entgegentreten und nicht als Monstrum, das von ihr abhängig war.

Es galt, sie erst einmal gründlich in den Künsten der Konversation, der guten Manieren bei Tisch und in Gesellschaft, der englischen und französischen Sprache und Literatur, vielleicht sogar in Musik, vor allem im Kunstgesang zu unterweisen. Hunter wiegte sich in der Hoffnung, die beiden, die kräftige Stimmen besaßen, eines Tages im Duett singen zu hören, obwohl er selbst alles andere als ein Liebhaber von Opern, überhaupt der Musik war, von der er jedoch wußte, wie sehr sie von anderen geschätzt, ja heiß geliebt wurde, die dem Zauber der beiden gleichen und verdoppelten Stimmen zweifellos erliegen würden.

Solche Künste und Liebhabereien waren Robert Hunter, der seit seiner Jugend, seit seinem zwölften Lebensjahr, zur See gefahren war, ebenso fremd wie etwa der Umgang mit Kindern oder Hunden. Zum Zweck des Unterrichts hatte er durch die Vermittlung eines irischen Kaufmanns Verbindung mit Mr. Hawcraft, einem Dichter, aufgenommen, dessen Gedichte oder sonstige literarischen Hervorbringungen er nicht kannte, die er, hätten sie ihm vorgelegen, gewiß nicht gelesen hätte, der aber, wie ihm von verschiedenen Seiten bestätigt worden war, ein ausgezeichnetes, höchst verfeinertes, wortschatzreiches und ausgeprägtes Englisch sprach, in Oxford geschliffen, wurde gesagt, auch etwas Deutsch und wenig Französisch, das aber von Miss Charlotte Dine, deren Mutter Französin war, unterrichtet werden sollte, auf welche David Hawcraft den Kapitän schon beim ersten Gespräch aufmerksam machte. Sie war eine hübsche Frau mit sehr blassem, sich bei jeder Gelegenheit rötendem Gesicht, ihre Hände waren weiß und rein und blieben es in jeder Situation, manchmal trug sie helle Lederhandschuhe. Die Absätze ihrer Schuhe waren flach und die Schuhe von ausgezeichneter Qualität, wenn auch nicht neu. Der Vater war Ire gewesen, die Mutter nach dessen Tod in ihre Heimat nach Bayonne zurückgekehrt.

Hunter hatte Hawcraft drei Wochen vor seiner Abreise in Bangkok aufgesucht, in einem Hause etwas außerhalb der Stadt, und war über die Unordnung in dessen Zimmern erstaunt gewesen, ohne davor zurückzuschrecken. Er stand erstmals einem jener Wesen gegenüber, die sich als Künstler bezeichneten oder von der Welt als Künstler bezeichnet wurden. Nichts an ihm war auf den ersten Blick sonderbar oder sonderlich ausgeprägt, er hatte keine hohe Stirn, keinen düsteren, angsteinflößenden Blick, keine tintenverschmierten Hände, wie Hunter es insgeheim erwartet hatte, lediglich vorstehende grünliche Augen ohne Wimpern, als seien ihm diese versengt worden, und zwei Zahnreihen, die an einigen Stellen Lücken aufwiesen, wobei die übriggebliebenen Zähne eine bräunlich schwarze Färbung angenommen hatten. Das Außergewöhnliche, das ihn zur Kunst geführt haben mußte, wie Hunter sie sich vorstellte, sah er nicht, es verbarg sich. Hunter jedoch war nicht darauf versessen, das Außergewöhnliche zu ergründen.

Hawcraft schien ihm von abgerissener Eleganz. Er trug speckige, oft gewaschene Sachen, helles Grau, schwarz. Auffallend war, als er den Mund öffnete und erstmals zu einem längeren Satz ausholte, sein Englisch, das jenem Hunters weit überlegen war. Hawcraft, dem das Staunen Hunters nicht entging, war wendig genug, sich sogleich darauf einzustellen, ohne dem Kapitän das Gefühl zu geben, er verachte ihn wegen seiner Unbildung, ohne ihm aber auch das Gefühl zu nehmen, er sei, im Gegensatz zu ihm, ungebildet.

Es schien Hunter, daß der Mann, der Dichter geworden war, aus Gründen, die ihm verborgen blieben, aus einer adligen Familie stammte, aber sein Name sprach dagegen, und in gewisser Weise auch die Umgebung, ja das Land, in dem er seit vier Jahren lebte. Hunter fragte nicht nach seinen Gründen, welcher Umstand ihn nach Siam verschlagen habe, ob es unglückliche, nicht erhörte Liebe oder Abenteuerlust gewesen sei, die Frauen oder das Schicksal, zwei Worte, die sich in Hunters Kopf bildeten und zerfielen. Er setzte sich, sah sich flüchtig im Zimmer um, blickte aus dem weit geöffneten Fenster und sagte dann, sich dem Dichter zuwendend, sich gleichzeitig mit dem Taschentuch den Schweiß von der Stirn, vom Kinn und vom Hals wischend, er habe, sollte er den Dienst annehmen, seinen Siamesischen Zwillingen, die ihm bekannt sein dürften, da er bereits so lange Zeit im Land lebe, er, Hawcraft, habe seinen Siamesischen Zwillingen Chang und Eng, was links und rechts bedeute — der Dichter nickte —, ein Beispiel zu geben, er, Hawcraft, müsse ihnen das Vorbild sein, nach dem sie sich richten könnten, nicht ein Vater, diese Rolle gedenke er, der Kapitän, zu übernehmen, nicht ein Vater, nicht ein Onkel, kein ihnen Verwandter, vielmehr etwas Anderes, Fremdes, Besonderes, dem es nachzueifern gälte, ein Lehrer, mehr als ein Schulmeister, ein sie Führender, dem sie nachstreben müßten, gar nicht anders könnten, er verstehe ihn hoffentlich, er besitze ja hoffentlich jene Fähigkeiten, die nötig seien, dieses Amt, diese Pflichten zu erfüllen. Ein guter Geist, fügte Hunter erschöpft hinzu, auf den er sich völlig verlassen könne, auf den sich aber auch die zwar keineswegs unbeholfenen, jedoch nicht selten wehrlosen Zwillinge in schwierigen Situationen, in für sie schwierigen Situationen würden verlassen können.

Hawcraft hatte ihm ausdruckslos zugehört und dann schweigend zwei große Gläser auf den Tisch gestellt, eine Flasche, unbekannte Früchte, von denen keiner essen würde; Hawcraft hatte Sherry eingeschenkt.

Hunter hörte es draußen vor dem Fenster von den blauschimmernden Blättern eines Baums tropfen, dessen Namen er nicht kannte, den er hier zum ersten Mal zur Kenntnis nahm. Er wollte den Dichter danach fragen und vergaß es. Es fiel ihm auf, wie verächtlich jener das Glas zum Mund führte und es in einem Zug austrank, als müßte er den Inhalt so schnell wie möglich für immer aus der Welt schaffen, den er also nicht genoß. Die vorstehenden, wimpernlosen Augen schienen sich noch etwas zu weiten, der Kapitän war ein wenig vom Tisch abgerückt, um das Gesicht seines zukünftigen Angestellten, den er auf Mitte dreißig schätzte, besser erfassen zu können, die Stirn und den Mund, das Kinn und die spärlichen, blonden Haare. Das Angebot sei natürlich reizvoll, es sei interessant und deshalb bedenkenswert, alles habe seine Zeit, hatte Hawcraft nach einer Weile, sich zurücklehnend, mitgeteilt. Wonach sich der Kapitän mühsam erhoben und gehofft hatte, die Fülle seines Körpers würde dem anderen Respekt einflößen. Noch einmal hatte er, auch mit beiden Armen, ausgeholt, trotz der Schwüle sich heftig bewegend, angesichts des merkwürdigen Baums mit den merkwürdigen, sehr fleischigen Blättern vor dem Fenster, die sich nicht bewegten. Hunter spürte den warmen Hauch der Pflanze auch auf seinem Gesicht, deren Namen er nun nicht mehr wissen wollte, er hatte den Wunsch, bald von hier fortzukommen, weniger des Dichters als der Umgebung wegen, in der dieser lebte. Er hätte jedoch nicht deutlich sagen können, was ihn an ihr so erregte. Er holte noch einmal aus, er sei in Schottland geboren, Kapitän, er befahre die Weltmeere zur Zeit auf der Duncan, einem stolzen, hohen Schiff, wie er sich ausdrückte, das vor allem menschliche Fracht befördere, er habe ein Alter erreicht, in welchem man sich guten Gewissens zurückziehen dürfe, er wolle aber nicht wie ein Greis, der er ja nicht sei, wie vom Erdboden verschluckt verschwinden, ihm habe schon früher, schon immer, wie ihm vorkäme, vorgeschwebt, mit etwas Kuriosem, Groteskem, vielleicht sogar Schreckeneinflößendem vor die Welt zu treten. Das Schreckliche zu erfinden habe er nie ausreichend Fantasie gehabt, die Gelegenheit aber es zu ergreifen, habe sich ihm endlich geboten, als er zum ersten Mal über die Schwelle des Hausboots in Macklong trat, auf der ihn Chou-Chou, die Mutter der beiden, erwartete, zu einem unverbindlichen ersten Gespräch; ein zweites habe sich, nebenbei bemerkt, erübrigt, sie seien ziemlich rasch handelseinig geworden, ohne die gute Sitte und den Anstand zu verletzen, er sei schließlich kein Menschenhändler, Sklaventreiber verabscheue er, wer behaupte, er habe sich die Zukunft der Zwillinge bloß zum eigenen Nutzen und Vorteil gesichert, kriege es mit ihm zu tun, einem ehrbaren und geachteten Mann, einem Mann der Tat, der sich nicht nur zu verteidigen wisse, sondern auch anzugreifen imstande sei; doch ihm, einem Dichter, der ja das Leben kenne, das Schicksal der Menschen, zu Land und wohl auch zu Wasser, brauche er das sicher nicht zu erklären. Er hatte Atem geschöpft und bemerkt, wie das salzige Wasser unter den Ärmeln seines Rockes über seinen Körper rann.

Er habe die Gelegenheit beim Schopf gepackt, sich einen Traum zu erfüllen. Wie lange habe er sich doch diesen Traum versagen müssen. Man könne auch nicht behaupten, er sei ein auf den Meeren Herumirrender, keineswegs. Harte Arbeit steht dem, der herumirrt, im Weg, meinte er. Der Dichter schwieg. Seine Frau sei kinderlos, und, unter uns gesagt, keine Frau, mit der es sich verlohnte, nach den Genüssen der Sünde zu tauchen. Alles an ihm, so scheine es, stoße sie ab, wie eine Wand einen zugeworfenen Ball, und so auch seinen Samen, ganz wider die Natur, falls man hier von Natur überhaupt sprechen könne, da es sich doch vielmehr um rein menschliche Bedürfnisse und eine große Sehnsucht handle, den Wunsch, Kinder zu haben, sich in ihnen in Ruhe zu betrachten, während sie heranwuchsen und man selber alt wurde. Aber auch wenn ihr Körper seinen Samen aufnahm, habe sie ihn doch nicht angenommen. Den Samen, fragte Hawcraft abwesend in die nun eingetretene Stille. Hunter war versucht, mit der Hand auf den Tisch zu schlagen. Beim Anblick eines pfeilschnell im Blattwerk des Baums vor dem Fenster verschwindenden Tiers, das er nur als Schatten gesehen hatte, beruhigte er sich sofort, setzte sich wieder an den Tisch, sah Hawcraft an, schenkte selber von dem Sherry nach, auch in das Glas seines Gastgebers, der ihn musterte, trank das Glas in kurzen Zügen wie ein weitgereister, sehr durstiger Vogel und schwieg. Er versuchte, sich an das Gesicht, auch an den Körper, die Arme, die Brüste, die Beine, den Hals der Frau zu erinnern, von der er gerade zu sprechen versucht hatte, erfolglos, wie er einsah. Beides gelang ihm nicht. Wie aus der Ferne — das hätte, früher, ihre Stimme sein können, die sich von ihrem übrigen Wesen unterschieden hatte. Manchmal war sie am Pianoforte gesessen und hatte die englischen Lieder eines deutschen Komponisten gesungen, wie sie immer sagte, den Kopf etwas nach hinten geworfen, damit die Töne besser trugen, die Ellbogen an die Seiten gepreßt und die Arme ausgestreckt, die Finger wie Katzenkrallen auf den kühlen Tasten, an deren Berührung Hunter sich nicht erinnern konnte, vermutlich hatte er nie seine Hand darauf gelegt.

Sie fürchten sich vor irgend etwas, sagte Hawcraft. Fürchten? Ich fürchte mich vor dem Tod, sagte Hunter.

Im Tod ist alles gut und abgeschlossen und unter keinen Umständen rückgängig zu machen.

Hunter hatte sich in den Anblick des leeren, klebrigen Glases vertieft, auf dessen Grund sich das Braun abgelagert hatte und an dessen Rand, wie auch am Rand von Hawcrafts Glas, winzige Insekten herumkrochen.

Hunter schwitzte, seine Blicke folgten staunend den kleinen Bächen, die unter seinen Hemdsärmeln auf die Handrücken zuliefen, wo sie sich zu winzigen Pfützen sammelten, die er mit seinem Taschentuch auftupfte: der Himmel senkte sich wie eine Bleiplatte auf das Haus, aus dessen anderen Räumen keine Geräusche drangen.

Ihre Frau, sagte Hawcraft in die Stille, ist vielleicht schon tot, Hunter horchte nun auf, und eine andere wartet auf Sie, Sir, eine von Ihrer möglicherweise heimgegangenen Frau ganz sicher vollkommen verschiedene, nicht nur im Aussehen verschiedene Frau, wartet bereits in diesem Augenblick sehnsüchtig auf Ihr Kommen, die Gegenwart eines unbekannten Herbeigewünschten, wartet darauf, von einem Mann wie Ihnen, einem Welterfahrenen, Vielgereisten heimgeführt, erkannt, geschwängert zu werden, den Samen für Ihre Kinder in ihrem schon erregten Schoß aufzunehmen, den heiligen Saft, dem nun endlich Ihre Nachkommen entspringen können, aufzunehmen, glauben Sie ja nicht, es müsse stets alles beim alten bleiben, nur weil die Form der Küsten, der Anblick der Meere sich nicht zu verändern scheint. Stellen Sie sich ihre Brüste vor, den Hals, ihre vollen Brüste, ihren schlanken Hals, ihre kleine Nase, die helle kühle Stirn, die unerfahrenen Hände, fliegende Hitze, kleine Handgelenke, umfaßt von Ihren Händen, geküßt von Ihrem Mund, berührt von Ihrer Zunge, gebissen von Ihren Zähnen, wobei Hunter leicht errötete, von Hawcraft mit einem kurzen Blick bedacht, aber warten Sie nicht zu lange, sollte Ihre Gattin tatsächlich das Zeitliche für eine bessere Welt gesegnet haben. Warten Sie nur eben so lange, wie sich das Ersehnte nicht eingestellt hat. Und dann packen Sie zu, Sir. Doch je eingehender und länger Hunter daran dachte, Ja, vielleicht, sagte er mehrmals, desto schwerer fiel es ihm, es sich vor Augen zu führen und dort festzuhalten. Es entglitt. Ihm, dem die heraufbeschworenen Möglichkeiten Qualen und Freuden zugleich bereiteten, gingen sie doch über das Vorstellungsvermögen; sie zerbrachen hinter seinen Augen. Er hatte nie daran gedacht, nicht davon geträumt; er hatte in den Jahren dieser Ehe, trotz langer Abwesenheiten, nie an den Tod seiner Frau gedacht, und daß er natürlich täglich eintreten konnte, nie daran, daß an ihrer Stelle eine andere mit Ungeduld auf ihn wartete.

Ja, vielleicht, Sie mögen recht haben, Sie sind ein Dichter und leben davon, anderen Leuten Flöhe in die Ohren zu setzen, währenddessen ich mir noch nicht einmal recht vorstellen kann, mir eigentlich gar nicht vorzustellen wage, er suchte nach den passenden Worten, nicht weiß, wie es wäre, mit Blumen in der Hand das Grab der eigenen Frau aufzusuchen oder einen Kranz niederzulegen, Sie verstehen, Sie mögen ja Recht haben, es könnte in meiner Abwesenheit tatsächlich alles mögliche geschehen sein, alles, oder auch nichts, und dann? Ich weiß es wirklich nicht. Ein hübsches Mädchen, eine noch nicht erwachsene Frau, wer würde um Himmelswillen die Gelegenheit nicht ergreifen, sie einfach zu nehmen. Hunter wischte sich erneut den Schweiß von der Stirn und von den Händen, er hatte sich in größere Hitze geredet. Er sah sich nach Wasser, sonst einem erfrischenden Getränk um, hilfesuchend, Hawcraft schien seine Blicke nicht zu bemerken.

Mein Gott, ich bin seit drei, nein dreieinhalb Monaten ohne Nachricht von Zuhause unterwegs, das ist das Leben auf See. Sollte es eine solche Botschaft gegeben haben, ich meine, daß sie tot ist, hätte sie mich vermutlich bis heute nicht erreicht, würde mich aller Wahrscheinlichkeit nach nicht vor meiner Ankunft in Schottland überraschen, was heißt überraschen, nachdem wir nun so offen und vielleicht herzlos — aber je länger und angestrengter er daran dachte, vom Tod seiner Frau erfahren zu müssen, desto unwahrscheinlicher wurde es, daß sie, die nicht kräftig, aber zäh war, gestorben sein könnte und damit das Feld einer anderen, noch Unbekannten geräumt hatte, um ihm das Erbe zu sichern, den Weg für seine Nachkommen freizugeben.

Es fiel nicht schwer, sich die andere, das junge Mädchen, vorzustellen. Aber sie veränderte ihr Aussehen ständig, mit jedem Gedanken, sie ließ sich nicht in Ruhe betrachten, sondern entzog sich im Scherz, sie verschwand, wie auch der Versuch mißglückt war, sich die eigene Frau tot oder lebendig, aufrecht oder liegend vorzustellen. Essend und schlafend. Hawcraft sah ihn nun an.

In der Tat, sagte Hawcraft, der ernüchtert schien und plötzlich aufstand, um den Tisch herumging, sich in Hunters Rükken stellte und auf diese Weise den Kapitän zwang, sich auf seinem Stuhl umzudrehen, ächzend, in der Tat ist alles möglich, aber nichts muß geschehen sein. Er räusperte sich und blickte zu Boden.

Hunter wollte aufstehen. Er blieb sitzen und wandte den Blick wieder dem Fenster zu, starrte auf den merkwürdigen Baum davor, in dessen dunkelgrünem Laub das Tier, das er nur flüchtig gesehen hatte, vermutlich auf Beute lauerte, eine ihm nicht bekannte Rattenart vielleicht, ihn beobachtete, ein kleines, flinkes Tier, das die Früchte des Baums fraß, die dem Auge von hier aus verborgen blieben.

Hawcraft schien zu wenig zu essen und mehr zu trinken, als seiner Gesundheit zuträglich war; die Unordnung in den Zimmern schien anzuwachsen, je länger sie hier saßen. Hunter versuchte ihn sich im Umgang mit den Zwillingen vorzustellen und sah, wie sehr er sich auch bemühte, nichts weiter als den Dichter mit einem wippenden Stöckchen in der Hand, das hierhin und dorthin ausschlug, vor Chang und Eng auf und ab gehen; manchmal zeigte er mit dem Stöckchen von der Luft auf einen Gegenstand, was sie zum Sausen brachte, auf die Schiefertafel, die in der Zimmerecke stand, auf ein aufgeschlagenes Heft oder Buch, darin auf eine Zeile, Sprecht mir nach, buchstabiert, ihr habt es auswendig gelernt; die beiden hörte er kichern. Das Bild erlosch, nicht anders als eine vom Wind ausgeblasene Kerze, schnell. Unter seinen Kleidern zeichneten sich die Knochen ab. Vermutlich, dachte Hunter, von seiner eigenen Hellsichtigkeit überrascht, ein Masturbant. Es gibt, sagte Hawcraft, so viele junge Frauen wie es junge Männer gibt, die darauf brennen, die Unschuld zu verlieren und sich von ihrer Kindheit zu befreien. Und ein Mann in Ihrem Alter!

Es sind doch nichts weiter als Träume, dachte Hunter.

David Hawcraft hatte eine Miß Charlotte Dine erwähnt, die Tochter einer Französin und eines Iren. Wenn ihm daran gelegen sei, daß die Zwillinge ein tadelloses Französisch sprächen und auch rechnen könnten, Wie wir Engländer es gewöhnt sind, so empfehle er wärmstens Miß Charlotte, deren Muttersprache Französisch sei, eine Sprache also, die sie nicht habe erlernen müssen.

Hawcraft bewegte sich nicht. Er habe, sagte Hunter, vermutlich nicht einmal uneheliche Kinder in fremden Häfen gelassen. Er sähe die Zwillinge gern als Wesen, die die fehlenden Nachkommen zumindest teilweise ersetzten, wenn ihm der Sinn danach stehe, in trüben Stunden. Er wolle in solchen Augenblicken die Gedanken bei ihnen haben können, ohne ihnen dabei die reine väterliche Liebe entgegenbringen zu müssen. Sie gäben ihm etwas, weil er ihnen sehr viel gebe, nicht allein seinen Schutz und seine Sicherheit; aber Hunter wartete vergeblich auf die Zustimmung des Dichters.

Er hoffe, sagte er nach einer Weile, er sei dieser Aufgabe gewachsen. Sie sind nicht mehr lange Kinder, hatte Hawcraft schroff eingewandt. Nein, Hunter nickte abwesend, nicht mehr lange. Er sah zu Hawcraft auf, der inzwischen vor dem Fenster stand, ihm den Rücken zugekehrt hatte und auf einen Punkt außerhalb des Hauses sah.

Ich habe die Gelegenheit beim Schopf gepackt, sagte Hunter leise, nachdem ich die beiden mit eigenen Augen gesehen habe, deren Ruf ihnen von Shanghai bis Colombo weit vorausgeeilt ist und von manchem Echo begleitet war, weshalb ich es mir nicht habe nehmen lassen, sie mir anzusehen, sie sogar mehrmals und in verschiedenen Umgebungen in Augenschein zu nehmen. Ich habe sie weder blind noch kopflos, auf schnellen Erfolg setzend, erworben, im Gegenteil; allein die Muße wird die Blüten fruchten lassen. Bis dahin ist der Weg noch lang. Dies sei der Grund, weshalb er ihn aufgesucht habe. Es wird noch eine Weile dauern, bis man sie einem gebildeten erlauchten Publikum präsentieren kann. Weshalb ich ja gerade Sie aufgesucht habe, auf Empfehlung eines Freundes, Sie werden sie bestimmt in den Griff bekommen. Ich will sie zu mir heranziehen, aber Sie müssen mir dabei helfen. Sie sollen ewig eine guter Erinnerung an mich in sich tragen, beide, gleichermaßen, was die geringste Schwierigkeit sein dürfte. Sie verstehen. Ich bin der Fremde, der mit dem großen Schiff kam und sich erbot, ihnen die Welt zu zeigen. Ich habe die beiden mehrere Tage lang eingehend heimlich beobachtet. Die Zwillinge haben auch dies bemerkt, wie sie alles bemerken, wie sich scheinbar nichts vor ihnen verbergen läßt; was der eine nicht sieht, sieht der andere, hört es der eine nicht, hat es der andere schon vernommen, und so fort. Sie sind aufmerksam nicht für zwei, sondern für vier, nichts, das ihnen entginge, nichts, verstehen Sie, nicht das Geringste, aber Sie werden es selbst an Ihnen studieren können. Handelte es sich um englische Kinder, würde man von einem angeborenen oder natürlichen Sinn für Zurückhaltung sprechen. Jedenfalls haben sie getan, als bemerkten sie mich nicht, als ich, ein fremder weißer Mann, ihnen heimlich folgte. Es hat mich amüsiert, ihnen bei der Arbeit und bei ihren Vergnügungen zuzusehen, Beschäftigungen aller Art, wie sie für Jungen ihres Alters selbstverständlich sind. Und wie sie wortlos miteinander sprachen, unvorstellbar dem, der es nicht gesehen hat. Unvorstellbar. Wie sie oft kein Wort zu sagen brauchten, um sich gegenseitig verständlich zu machen. Man könnte denken, ihre Bewegungen und Handlungen würden von einem einzigen, großen Gehirn gelenkt, das die Aufgabe zweier Gehirne übernommen hat, was ohne Zweifel unheimlich wäre; unheimlich, monströs, beängstigend, sagt Hunter, nicht ohne eine gewisse Befriedigung. Nun ja, sagte er. Oft benötigen sie nicht einmal ein Zeichen, eine Geste, eine Kopfbewegung, einen Laut, ein Zischen. Wer weiß, wie das vor sich geht, und ob der Gedanke an ein einziges Gehirn so abwegig ist, wie er auf Anhieb erscheinen mag. Auf welchen verschlungenen Wegen sonst. Nie habe ich gesehen, daß der eine nach links, der andere im gleichen Augenblick nach rechts gehen will, daß der eine einen Schritt nach hinten macht, während der andere vorgeht. Niemals. Sie gehen stets gemeinsam, ohne zu zögern, zielstrebig auf einen Punkt, einen Menschen, eine Stelle zu und von da wieder einig weg. Ganz einfach, sie sind überein, ohne sich erst besprechen zu müssen. In gewisser Weise, fuhr Hunter fort, könnte man die Zwillinge als ein natürliches Wunder bezeichnen. Immer zusammen zu sein, für keinen Atemzug voneinander getrennt, sei schwer vorstellbar. Sie, der, wie ich feststellen konnte, ein gebildeter Mensch sind, müßten von einer Entsprechung in der griechischen oder nordischen Mythologie wissen, in denen es doch wie behauptet werde, von Parallelen nur so wimmle, oder nicht? Der Dichter, immer noch am Fenster und noch für eine Weile dort, ihm den Rücken zugewandt, zuckte etwas zusammen, das war alles, er antwortete nicht.

Er habe beobachtet, wie sie morgens das Floßhaus verließen und, pünktlich immer zur selben Zeit, ohne sich umzusehen, ein kleines Ruderboot bestiegen. Die Mutter, die nie hinter ihnen vor die Tür getreten war, mußte sie wohl kaum ermahnen, aufzupassen, aufmerksam zu sein, nicht mit leeren Händen zurückzukommen. Sie ist Witwe, das sagte ich bereits, den Vater hat die Cholera umgebracht, sagte ich das auch? Sie rudern fort, nachdem sie sich mit ihren vier Beinen von den Pfosten abgestoßen haben, an denen das Floßhaus vertäut ist, sie rudern gleichmäßig und schnell durch das schmutzige, bestialisch stinkende Wasser auf Fischfang, manchmal eine Stunde lang den Fluß hinauf, ich bin ihnen am Ufer gefolgt und habe ihnen von dort aus zugesehen, während sie sich vielleicht unbeobachtet glaubten, was ich inzwischen jedoch bezweifle. Hawcraft kenne die Gegend wohl auch, und auch die Gegend, in der sie lebten, er erinnere sich bestimmt an diesen viehischen Gestank, der sich in diesen Breitengraden leider allzu oft findet. Er hatte gesehen, wie sie an einem Flußdelta schwammen und tauchten; allein der Anblick des gemeinsamen Sprungs ins Wasser sei außerordentlich bemerkens- und sehenswert, zeichnen müßte man das können, so wunderbar ist das, wie sie pfeilschnell mit ihren Händen Fische packen, der eine noch etwas flinker als der andere. Sie brechen den Fischen mit einem kurzen, kräftigen Schlag das Genick, werfen sie ins verankerte Boot und tauchen wieder unter. Sie haben sehr kräftige, aber fast durchscheinende Hände, wodurch sich der Eindruck engelgleicher Schwerelosigkeit ihrer Bewegungen noch verstärkt. Diese Hände seien ihm gleich beim ersten Mal aufgefallen, Sie müssen darauf achten. Es wird auch Ihnen nicht entgehen. Es gebe, sagte Hunter, kaum etwas, das sie, natürlich ihrem Alter gemäß, jedoch ungehindert ihrer Verkrüppelung, nicht meisterhaft beherrschten, unvergleichlich besser jedenfalls als gewöhnliche Kinder ihres Alters, die, neben sie gestellt, nichts weiter als kleine, mehr schlecht als recht funktionierende Apparate seien. Tatsächlich, sagte der Dichter.

Ein Wunder, ein Geschenk, das er sich weniger erkauft als vielmehr, wenn er so sagen dürfe, erlaubt, gegönnt habe, auf seine kommenden alten Tage. Er werde es gut mit seinen Schützlingen meinen, aber er brauche Hilfe, um die erste große Hürde, die ihm bevorstehe, zu überspringen, Sie wissen, was ich meine, er brauche Unterstützung gegen seine Frau, die ja von den beiden bis heute nichts wisse und aller Wahrscheinlichkeit nach nicht gestorben sei, noch nicht, erstens sei sie bedeutend jünger als er, und zäh, wenn auch — er unterbrach sich.

Hatte Hawcraft wirklich, wie Hunter es sich einzureden versuchte, genickt, Zustimmung geäußert, irgend etwas geäußert, gehüstelt? Hunter war seit einigen Minuten davon überzeugt, daß nur dieser Mann, der englische Dichter, den er erst seit etwas mehr als einer Stunde kannte, ihm helfen könnte, die Welt davon zu überzeugen, daß er keinen Fehler, keine Dummheit begangen hatte, sich die zusammengewachsenen Zwillinge anzueignen. Es gelang ihm nicht, sie aus seinem Gedächtnis auszustreichen. Auch das Singen, sagte er, ebenso wie die Entenzucht, die sie auf dem Floßhaus betrieben hätten, die reichlichen Gewinn abwarf und wohl weiterhin unter Aufsicht der Mutter von den anderen Geschwistern unterhalten würde. Er werde sich von all dem selber überzeugen können, wenn er wolle, wenn es ihn reize. Er verspreche ihm nicht zuviel, er übertreibe nicht. Die beiden lassen sich ausbilden, lassen sich formen, es ist alles vorhanden, um vorbildliche Menschen! schrie er nun fast, aus ihnen zu machen, fügte er beinahe tonlos hinzu. Hawcraft wandte sich halb um, sah ins Zimmer, auf Hunter hinunter und drehte sich wieder zum Fenster. Hunter schien in Gedanken zu verharren.

Viel später sagte er sehr leise, alles sei da, sie über andere Menschen zu erheben, er solle sich nur selber ein Bild machen. Wenn auch nicht gerade Wunderkinder, und wenn auch manchmal ein gewisser ein wenig peinlicher Hang zur Melancholie in ihren Augen liege. Sie schreiben doch nicht etwa Gedichte, fragte Hawcraft. Wie bitte, Gedichte, wer weiß, vielleicht auch bald Gedichte, unter dem Einfluß und Schutz eines Dichters, wie Sie einer sind, nicht wahr, warum nicht Poesie? Und die Stimmen, ich übertreibe nicht, Sie werden sehen. Ich bin davon überzeugt, daß sich die beiden Stimmen ausbilden und entwickeln lassen, und zwar innerhalb nützlichster Frist, denn was sie tun, tun sie doppelt so flink und viermal so gut wie gewöhnliche Sterbliche, und das alles dank einer zehnmal schnelleren Auffassungsgabe, als man sie bei Erwachsenen finde. Nichts steht ihnen im Weg, wie es scheint, nichts, mit Ausnahme ihrer Unfreiheit, sich einzeln zu bewegen, aber das kennen sie nicht anders, seit sie zur Welt gekommen sind, durch ein geheimnisvolles Band verbunden. Sie werden der Welt bekannt werden. Ich werde sie weltberühmt machen, jeder wird von ihnen gehört haben, auch wenn es nicht jedem vergönnt sein wird, sie tatsächlich gesehen zu haben. Man wird von ihnen nicht mehr nur im Fernen Osten, in Küstenstädten und Häfen hören, sondern überall, in England, Amerika, Frankreich, Deutschland, womöglich in Afrika. Wie von Semiramis' Hängenden Gärten! Ich werde wohl kaum jene Ruhe finden, von der ich vorhin sprach, ich werde völlig in Anspruch genommen sein von dieser gewaltig großen Aufgabe.

Die Hängenden Gärten der Semiramis, sagte Hawcraft, nachdem er sich wieder hingesetzt hatte. Was wissen Sie von Semiramis' Hängenden Gärten, wo sie lagen, welche Düfte ihnen entstiegen, welche Farben das Auge blendete, fragte Hawcraft, wie erwacht.

Nichts, sagte Hunter, nein, eigentlich nichts, es sei nichts, nichts weiter als eine Vorstellung. Die siamesischen Brüder also, sagte Hawcraft, nachdem er sich etwas zurückgelehnt und die Fingerspitzen auf die Tischkante gelegt hatte, die siamesischen Brüder also in gleicher Gestalt auf ewig miteinander verbunden, einander gleich, aber in veränderter Form, mit anderen Worten dasselbe Gefäß mit vertauschtem Inhalt, an die Öffentlichkeit gebracht, über die sie sich ergössen. Jawohl, rief Hunter aus, genau. Es werde zweifellos ungeheure Anstrengungen kosten, sagte der Dichter, nun wieder erschöpft. Das weiß ich, sagte Hunter, und dafür zahle ich. Selbstverständlich. Er sei lange genug zur See gefahren, er habe einen großen Teil der Welt gesehen und kenne sehr wohl die Regeln des Anstands und guten Geschmacks, nicht wahr. Der Weg ist bereitet, gewissermaßen, wiederholte er, nur noch steinig, das ist alles.

Es wäre demnach an mir, An Ihnen, Hawcraft, jawohl, an Ihnen, die Steine aus dem Weg zu räumen, unterbrach ihn Hunter.

In dem Baum vor dem Fenster, dessen Stamm von Hunters Platz aus nicht zu erkennen war, schien irgend etwas vorzugehen, so sehr Hunter sich aber anstrengte, ein Stück Haut, ein Stück Fell oder Federn auszumachen, er konnte nichts erkennen. Ein Ast hatte sich bewegt, daran bestand kein Zweifel, soviel war zu sehen, und er wippte nach, ohne daß die schweren, wie durchtränkten Blätter raschelten; es war nichts weiter als eine träge Bewegung, durchsetzt von einer anderen, ungleich schnelleren.

Was für ein merkwürdiger Baum, sagte Hunter. Dann blickte er wieder auf den Dichter vor sich. Hemd und Hose klebten am Körper. Hunter bemerkte nun, erst jetzt, eine winzige Narbe am linken Unterarm des Dichters. Eine runde Narbe, über der die nachgewachsene Haut etwas aufgeworfen war.

Sie sind ein Dichter, sagte Hunter eindringlich, ein poetischer Mann, wie ich keinen kenne, können Sie sich vorstellen, daß ich in meinem langen Leben auf See niemals, nie zuvor einem Dichter begegnet bin, kein einziger Passagier war Dichter, keine einzige Frau Dichterin, bestenfalls heimlich, und also hat man es nicht erfahren. Sie, Hawcraft, Sie sind dazu imstande, die Steine auszuräumen, ich weiß es mit Sicherheit, das ist mehr als ein Gefühl, sehr viel mehr als eine vage Empfindung. Ich gerate nicht so leicht ins Schwärmen. Sie sind im Besitz der erforderlichen Eigenschaften, wie ich sehe, Sie sind im Besitz all dessen, was nötig ist. Daß die beiden Kinder aufmerksam, intelligent und aufnahmefähig genug seien, seiner Vorstellung von ihnen als neuen Wesen, oder als neuem Wesen, als Unbarbaren, zu erfüllen, davon sei er schon am ersten Tag, als er ihrer ansichtig geworden war, überzeugt gewesen, auf der Stelle sogar, damals an den Ufern jenes Flusses, dessen Namen er nicht behalten habe. Daß nun er, Hawcraft, genau der Richtige sei, die zahlreichen Anstöße zu geben, die zu diesem neuen Leben führten, dessen glaubte er sich in den letzten anderthalb Stunden versichert zu haben, weniger durch Worte als durch Gesten, weniger durch die spärlichen Worte selbst als durch deren

Wahl. Gebildeten Männern sei er in seiner langjährigen beruflichen Laufbahn ja immer wieder und in den unterschiedlichsten Gegenden und Verfassungen begegnet. Nichts ließen sie sich schneller anmerken als ihr Wissen, zu ihrem eigenen Nachteil. Es sei nicht anders, Als wenn ich jemand anheuere, mein Blick ist entscheidend, während das Verhalten des anderen, der sich im allergünstigsten Licht darzustellen versucht, ganz unerheblich bleibt. Meutereien erübrigen sich, sofern der Kapitän vom ersten Augenblick an in der richtigen Weise in Erscheinung tritt. Er verfüge, wenn über etwas, dann über ausreichend Menschenkenntnis. Er könnte jetzt ebensogut aufstehen und gehen, er sei seiner Sache ganz sicher, obwohl es sich immerhin um nichts weniger als um eine zweite oder dritte Geburt handle; er lachte, er war mit den letzten Worten über und über rot geworden, ein Umstand, der ihn in Hawcrafts Augen noch abstoßender machte, der nun den Mund zu einem allerdings kaum wahrnehmbaren Lächeln verzog, jene Miene, die er sich vor langer Zeit, in vergangenen Tagen, noch zuhause in England, als Ausdruck tiefer Verachtung angeeignet hatte, die ihr Objekt stets fand, ohne es aber gleich vernichtend zu treffen. Hunters Bild vom zukünftigen Lehrer der zusammengewachsenen Zwillinge schien gesichert, eine zweite Entdeckung nach der Entdeckung der Zwillinge am Fluß. Er war stolz auf den Dichter, auf diesen vorzüglichen, gebildeten und undurchschaubaren Mann. Ihm schien es sogar, Hawcraft habe, gleichzeitig fast unmerklich lächelnd, genickt, jawohl, genickt, wenn auch nur leicht, als gebe er jetzt endlich seine Zustimmung, Chang und Eng in der dem modernen europäischen Menschen angemessenen Lebensweise und Geistesart zu unterrichten. Er würde ihn noch fragen müssen, wie es um seine Musikausbildung stünde oder ob es nötig sein würde, einen eigens dazu ausgebildeten Lehrer anzustellen. Das hätte jedoch Zeit. Immer noch lagen Hawcrafts Hände in der gleichen Position auf der Kante des braungrauen Tischs, der aus einem, wie er nun bemerkte, ihm unbekannten exotischen Holz gefertigt war, dessen Maserung bei näherer Betrachtung den verworren gesponnenen Netzen winziger Spinnen glich.

David Hawcraft nahm die Hände vom Tisch, hob sie leicht, so daß sie zu schweben schienen, nur so viel über dem Tisch, daß der Eindruck entstand, dieser zöge sie noch an, er stoße sie schon ab. Hawcraft fuhr sich dann mit einer Hand durch die Haare, streckte den anderen Arm zur Seite aus, wie um etwas einzufangen, öffnete die Hand, spreizte die Finger, als benötigte er Raum, mehr Platz, sagte leise, näselnd, das sei nun wirklich die erstaunlichste — er hüstelte —, faszinierendste und unheimlichste Geschichte, die ihm jemals untergekommen sei und das Angebot des Kapitäns darum das unheimlichste und unwirklichste und die größte Herausforderung auch angesichts dessen, der ihn davor stelle. Hunter begriff nicht und sagte nichts, außer, Was könnte daran schon unheimlich sein, fragte er leise, etwas ängstlich, unheimlich sei ihm kein verständlicher Begriff, kein Wort mit richtigem Inhalt, in seinem ganzen Leben sei ihm nämlich nie und nimmer etwas Unheimliches begegnet, er könne sich jedenfalls nicht erinnern. Es handelt sich, sagte Hawcraft, wie Sie sehr wohl wissen, und er stand auf, es handelt sich bei den beiden Kindern, die nicht mehr lange Kinder sein werden, aller Wahrscheinlichkeit nach um sehr viel mehr als um ein einziges oder um einfach zwei einander ähnliche, gleiche oder fast gleiche Wesen, In ihnen, ich nehme an, daß Sie sich darüber zumindest unterschwellig im Klaren sind, steckt mehr, viel mehr, sind Zeichen verborgen, sind andere Wesen versteckt, eins im anderen, mehr Wesen, als wir uns im Augenblick vorstellen können, mehr als ein oder zwei Geschicke, sehr viel mehr Geschicke, wie Sie erkannt haben müssen, da doch Sie von einem Weltwunder gesprochen haben, Sie hatten den Gedanken, Semiramis' Gärten zu erwähnen, Sie haben sich von den Siamesischen Zwillingen, den Kindern unter Ihrer Obhut, auf den Gedanken an diese Gärten bringen lassen, die, obwohl längst verdorrt, und wieder zu Wüste geworden, noch immer und weiter unseren Geist beflügeln und erfrischen, sobald ihr Name in uns schwingt, zwischen uns steht, in uns aufgeht, um uns zu beleben wie Verhungernde, Verdurstende, das haben Sie, Sir, erkannt. Es blüht dort nicht eine Farbe, natürlich mehr, nicht hundert Farben, sondern, es schien, als bleibe ihm bei dieser Vorstellung das Herz stehen. Wieviele Quellen, Bäche sind versiegt, und doch ist das, was sie zum Blühen brachten nicht vergessen, nicht gänzlich vergessen.

Hawcraft war von seinem Stuhl aufgesprungen, der nur deshalb nicht nach hinten kippte, weil er ihn im letzten Augenblick mit beiden Händen packte und festhielt, so fest, daß Hunter einen Augenblick fürchtete, die obere Leiste der wackligen Rückenlehne werde unter seinen Fingern bersten.

Hawcraft ließ den Stuhl los und rieb sich die Hände. Nun hatte ihn die Sache gepackt, wie Hunter zu erkennen glaubte, die dürre Gestalt vor ihm wurde von ihr sekundenlang fortgerissen, er schien noch in die Höhe zu wachsen, blasser zu werden, wobei sich die rasierten Bartstellen blau abzeichneten. Er hatte die letzten Minuten wohl darauf verwandt, sich der Tragweite des Unterrichts, der ihm als neue Lebensgrundlage angeboten wurde, bewußt zu werden. Er malte ihn sich aus; eine Arbeit, die nicht in wenigen Wochen oder Monaten getan sein würde, die sich über Jahre erstrecken konnte.

Die Zwillinge sind noch etwas verschlossen und zurückhaltend, vor allem kaum verständlich, aber dieses Problem werden Sie lösen, höflich jedenfalls sind sie, wie alle Asiaten, und undurchsichtig, ein Umstand, den man wohl nie ganz außer Acht lassen dürfe. Und alles andere als abgeneigt, ihre Heimat, und damit ihre Mutter und die vielen Geschwister, Fragen Sie mich bloß nicht, wieviele es sind, zu verlassen, vielleicht für immer, sogar sehr wahrscheinlich für immer. Ich nehme an, sie sind sich darüber im Klaren. Sie verlassen alles für eine ganz andere Welt. Sie zeigten, habe er den Eindruck gewonnen, sie zeigten, wenn auch unterdrückt, große Lust, die Welt zu sehen, die anderen Dinge, die eine wohlhabendere Welt zu bieten vermag, darin seien sie neugierige Kinder, die sich auf nichts verließen als auf den inneren Antrieb, Unbekanntes, Niegesehenes zu entdecken. Und keiner fühle sich je allein, nicht zu vergessen. Der eine bestünde nicht ohne den anderen, nie sei einer allein, oder gar einsam. So sind sie weniger an ihre Heimat gebunden als unsere Landsleute, wobei ich selbst mich nicht erinnere, wann ich beim Gedanken an zuhause jemals einen Schmerz verspürt hätte. Wenn sie aber ihre gewohnte Umgebung verließen, hätten sie keine äußere Hilfe mehr, sie brauchten demnach eine Stütze, einen Verlaß, ihn, Hawcraft, und ihn, Hunter, oder jene Miss Dine, von der er gesprochen habe, vielleicht später auch, wenn alles gut ginge, seine Frau. Eine Stütze, und wenn es die einer Umgebung wäre, von Menschen, die sich an ihrem Anblick weder weideten noch stießen, er spreche jetzt von der unmittelbarsten Umgebung, vertrauten Menschen, also nicht vom später zu gewinnenden Publikum, solche Menschen also, auf die sie sich verlassen konnten, denen ihr Anblick familiär sei. Und zwar eine ungespielte Familiarität. Sie mögen es nicht, wenn man sie anstarrt oder ihnen das Gefühl gibt, man starre sie nur deshalb nicht an, sehe durch sie hindurch oder schaue weg, weil man spüre oder eben wisse, daß es ihnen unangenehm sei. Ohne Zweifel sind sie auf den ersten Blick wirklich nichts weiter als Ungeheuer, man werde sie also behutsam darauf vorbereiten müssen, sich nicht daran zu stören, als solche betrachtet zu werden, Wir werden sie lenken und ganz bestimmt daran gewöhnen können, daß allein die Lüsternheit der Fremden ihnen die Möglichkeit, viele Möglichkeiten, bietet, anständig wie gewöhnliche Menschen zu leben. Die Lüsternheit all jener, die es nach Sensationen verlangt, nach Erschreckendem, nach erschreckendem Fremdartigen, nur so könnten sie ihren Weg machen, ohne ständig Gefahr zu laufen, auf Abwege zu geraten. Sowas wollen die Leute sehen! So daß sie sich nicht mehr auf Schritt und Tritt vor dem Steinigungstod zu fürchten hätten. Er meine diesen Tod im übertragenen Sinn. Indem sie, sobald sie in der Öffentlichkeit auftreten, sogleich und immerzu von neugierigen Menschen umringt sein werden, können sie der Menge auch entfliehen, sie überwinden, sich über sie hinwegsetzend. Sie erst werde ihnen, indem sie für das Auftreten der Siamesischen Zwillinge bezahle, die Möglichkeit bieten, sich durch den Ruhm von der Last einer Kretinsexistenz zu befreien. Wer berühmt ist, das wissen Sie selbst, braucht sich um das Geschwätz der Leute nicht mehr zu kümmern. Wer berühmt ist, werde gerade begehrenswert, selbst der häßlichste Mensch. Natürlich würde es ihnen nie gelingen, wirklich zu entfliehen und trotzdem zu überleben, sie bedürften immer irgendeines Philanthropen, um sich über Wasser zu halten, man könne nur hoffen, es werde sich stets einer finden, der diese Rolle spiele. Sie werden immer auffallen, sie können gar nicht anders als auffallen, solange es keine Möglichkeit gibt, sie zu trennen, er habe von keinem Arzt gehört, der sich dazu bereit erklärt hätte, eine solche Operation durchzuführen, die natürlich mit unzähligen Risiken verbunden sei. Stets, sagte Hunter, werden sie eher unangenehm zum eigenen persönlichen Vorteil auffallen, sofern wir es richtig anpacken. Das wird ihnen nicht allein Bekanntheit, ja Ruhm, sondern auch ein beträchtliches Vermögen eintragen. Und Sie werden darüber ein Buch schreiben!

Sie werden über ihre Zeit als Lehrer der Siamesischen Zwillinge ein Buch schreiben, ein Gedicht! Sie werden es nicht bereuen, ihr Lehrer gewesen zu sein, während dieser Zeit auch genügend Lohn erhalten zu haben, um sich eine neue Existenz zu schaffen, anderswo als hier in dieser erbärmlichen Gegend. In den beiden liegt ein Schatz begraben, den zu bergen ich mir vorgenommen habe. Und wenn die beiden die Reise nicht überleben?

Hunter hielt einen Augenblick inne. Mit offenem Mund saß er da. Aber nein, die beiden sind zäh und ausdauernd. Die beiden können noch zwanzig Jahre leben.

Sie werden Chang und Eng vom ersten Tag der Überfahrt an auf das neue Leben vorbereiten. Die Zeit, das werden Sie ihnen unmißverständlich klar zu machen haben, ist vorbei, in der man sie als kleine doppelte Fischer und Taucher und Entenzüchter in der Wildnis Asiens gewähren läßt. Aus dieser mit Händen zu greifenden Chance, sich einen Namen zu machen, werden wir unseren Nutzen ziehen, nicht wahr, Hawcraft. Sie verlassen eine erfolgreich an sie gewöhnte Umgebung für einen ungleich bedeutenderen Teil der Welt, der von ihnen noch nichts oder nur vom Hörensagen gehört hat, und wenn nicht von ihnen, dann von ähnlichen Doppelmonstern, die zuhause das Dasein von Tieren fristen, sofern man sie nicht schon bei der Geburt zum Tode befördert hat. Gehört ja, aber gesehen nie. Das werde ich nun besorgen. Danach besteht zweifellos ein großes, ungestilltes Bedürfnis. Aber die Arbeit daran, unterbrach ihn Hawcraft, wird nicht so leicht sein, wie Sie sie sich offenbar vorstellen.

Leicht, ich sage nicht leicht. Aber wie sollen die beiden denn sonst überleben?

Indem Sie sie hier lassen, bei ihrer Mutter, mit den Geschwistern, als Fischer, Verkäufer von Fischen und Entenzüchter, mehr nicht.

Einen Augenblick war Hunter sprachlos. Haben Sie denn keinen Ehrgeiz, sie zu Menschen zu machen, zu deren Besichtigung, ich sage noch nicht Befühlung, Betastung, Hunderte, Tausende strömen werden? Im übrigen ist der Vertrag abgeschlossen und unterzeichnet, selbst wenn ich wollte, und ich will nicht, könnte ich nicht mehr davon zurücktreten, und ich bin keineswegs sicher, ob die beiden, die ja keine kleinen Kinder mehr sind, sondern beinahe erwachsen, glücklich darüber wären, nun doch hier bleiben zu müssen; immerhin besteht ihre Zukunft darin, die Welt zu sehen und sich ihr zu zeigen. Ihre Blicke sind wach und aufmerksam, auch das ist mir schon bei der ersten Begegnung aufgefallen. Es ist nicht an Ihnen, meine Entscheidungen zu kritisieren oder mich gar dazu zu überreden, sie rückgängig zu machen, ich werde das unter keinen Umständen tun.

Haben Sie bereits eine Vorstellung davon, wie die Zurschaustellung aussehen soll, fragte Hawcraft..

Noch sind wir nicht einmal auf See, noch habe ich nicht einmal mit der jungen Dame gesprochen, die Sie mir vorhin empfohlen haben, noch bleibt also eine ganze Menge Zeit, die wir anderen Problemen widmen wollen, nicht wahr. Sie haben noch immer nicht zugesagt, sagte der Kapitän und stand auf. Ich brauche Bedenkzeit.

Bedenkzeit, rief Hunter aus, ging langsam um den Tisch herum, so, als berechne er jeden einzelnen Schritt um seine Wirkung, auf den Dichter zu und legte die rechte Hand auf dessen Schultern, die andere dorthin, wo er das Herz vermutete, das er zu spüren glaubte, zumindest für einen Augenblick, Haben Sie so viel Zeit übrig? Ich habe sehr viel Zeit, sagte Hawcraft. Zwei oder drei Tage, dann werde ich mich entschieden haben. Zwei Tage und keinen einzigen Tag mehr, sagte Hunter, gefestigt in seiner Überzeugung, der Dichter habe sich in Wahrheit längst dazu entschlossen, die Reise nach England als Begleiter und künftiger Lehrer der Siamesischen Zwillinge anzutreten und zögere die Antwort nur heraus, um seine Besoldung, über die bisher nicht gesprochen worden war, in die Höhe zu treiben.

Gut, ich werde übermorgen nachmittag nach ihrer Entscheidung schicken lassen, einen Boten. Die Duncan, ein äußerst komfortables Schiff, sticht in einer Woche, genau heute in acht Tagen, nächsten Montag um sechs Uhr früh in See. Sollten Sie sich schon morgen entschieden haben, können Sie mich auf dem Schiff aufsuchen, Sie werden mich oder meinen Stellvertreter, der über alles unterrichtet ist, jederzeit dort antreffen, ich würde mich freuen, Ihnen meine Zwillinge unter Aufsicht geben zu können.

Nachdem der Kapitän das Haus mit den unaufgeräumten Zimmern, in denen David Hawcraft seit zwei Jahren wohnte, verlassen hatte, und Hawcraft ihm nicht einmal bis zur Tür des Zimmers gefolgt war, in dem sie sich aufgehalten hatten, legte sich der Dichter auf das ungemachte Bett im Nebenraum, einer winzigen Kammer mit nur einer schmalen Mauerritze als Lichtquelle, und schloß augenblicklich die Augen.

Neben dem hochfüßigen Bett, von einem Tischler gezimmert, den es aus Osteuropa hierher verschlagen hatte, standen Flaschen, leere und halbleere, auf den Dielen war verschüttete Flüssigkeit zu klebrigen Schlieren geworden, die aussahen wie geronnenes Blut, auf denen winzige, von bloßem Auge kaum wahrnehmbare Tierchen und vereinzelt größere Käfer und Ameisen herumkrochen, auf der Suche nach Freßbarem. Früher hatte er sie manchmal bei ihrer Jagd beobachtet, hin und wieder ganze Vormittage lang, auf dem Bauch liegend, halb blind.

Hawcraft, der sich langweilte, den das Nichtstun lähmte, war zufrieden, zu einer Abwechslung gekommen zu sein, die eine einschneidende Veränderung bedeuten konnte; Hawcraft, den jede längere Unterhaltung ermüdete, hing nun, mit geschlossenen Augen, schweren Gliedern, der Feuchtigkeit des angebrochenen Nachmittags ausgeliefert, jenen Wörtern nach, die der Kapitän für die Siamesischen Zwillinge und deren aussichtsreiche Zukunft gefunden hatte.

Zumindest glaubte er sich an diese Wörter zu erinnern. Es mochte am Alkohol liegen, daß Hawcraft, obwohl erst fünfunddreißig Jahre alt, die Hängenden Gärten der Semiramis, gerade sie, vergessen hatte. Dabei hatte deren Erwähnung ihn an diesem Mann am meisten beeindruckt. Als sei Hunter eine ihm verwandte Seele, die sich vor vielen Jahren an die graue, düstere See verkauft hätte. Hawcrafts Kammer, und er selbst, begann zu schwanken und drehte sich schaukelnd, ein wahrer Sturm brach an, kein Einhalt.

Kein Ertrinken. Aber als zerreiße dieser Sturm alles, das Zimmer und das Bett, die Tücher, die Kleider, die Flaschen, seinen Körper und Hunters Wörter. Und dennoch öffnete er die Augen nicht; hinter den Augen war eine von vielen kleinen, grellen Punkten durchsetzte Finsternis, ein Flirren, und wenn er nun die Augen geöffnet hätte, wären es unendlich viele schwarze Punkte gewesen, die das Halbdunkel in unendlich viele schwarze Löcher und Zwischenräume aufgesplittert hätte. Aber er behielt die Augen zu, die Hände an die Seiten gepreßt, lag still, selbst als ein Windstoß den Baum vor dem Fenster erzittern ließ, der von hier aus nicht zu sehen war; er sah sie sich emporschwingen, den Stamm erklettern, die Äste erklimmen, sich aufschwingen und winken, johlen und sich auf das Fensterbrett hocken, wie Affen, und reglos abwarten. So lange, bis er die Augen in einer Stunde oder auch erst, wenn die Nacht hereingebrochen wäre, wieder öffnete.

Chou-Chou war nicht am Pier gestanden, als die Duncan auslief, niemand war da, um zu winken, nur wenige verschlafene Neugierige, halbverhungerte Kinder, eine einäugige Frau standen im Schatten des massigen Schiffs, um einen letzten Blick auf die zusammengewachsenen Kinder zu werfen, die an diesem Morgen bei Sonnenaufgang ihre Heimat verließen, um sich, wie es hieß, fern von hier einen Namen zu machen, der, wenn alle Wünsche in Erfüllung gingen, über die nun noch vor ihnen liegenden Meere zurückgetragen würde. Kaum einer der zahlreichen Passagiere an Bord wurde verabschiedet, die meisten hatten sich bereits vor der Abfahrt in ihre Kabinen begeben.

Sie standen an Deck, unter dem knarrenden Großbramsegel, unter dem verblassenden Sternenhimmel im feuchten, salzigen Wind, in eine große graue Wolldecke gehüllt, schweigend oder jedenfalls so leise sprechend, daß niemand ihre Worte hören konnte, und was auch immer sie möglicherweise flüsterten, ohne die Hände vor die Münder zu halten, sie blieben reglos, angespannt, die Gesichter steinern, glatt, Erregung, gar Trennungsschmerz war ihnen nicht anzumerken, sie hielten sich an der Reling fest, mit zwei Händen, je einer Hand, einer linken und einer rechten, und wirkten dabei fast elegant. Sie drehten sich nicht um, als der Kapitän, den sie Sir Robert nannten, hinter sie trat, beide Hände auf ihre Schultern legte, schweigend; und wenn sie miteinander flüsterten, so konnte man nicht sehen, wie sich ihre Lippen bewegten, so daß Hunter mit noch größerer Genugtuung an die in ihnen schlummernden artistischen Fähigkeiten denken konnte. Die beiden erfüllten ihn mit Stolz und Zufriedenheit. Eine Weile war er so, ganz ruhig, in ihren Rükken stehengeblieben, bevor er sich zur Brücke hinauf begab, um das Kommando zu übernehmen und sich vom orangefarbenen Morgenrot beleuchten zu lassen, unrasiert, den Geschmack des Whiskys im Mund, den er am Abend und in der Nacht, weil er nicht schlafen konnte, getrunken hatte.

Chou-Chou war währenddessen in ihrem schwimmenden Haus, aus dem sie sämtliche Blumen entfernt hatte, in Gedanken versunken. Sie hatte nicht geschlafen und war schließlich aufgestanden. Nackt kniete sie, mit geschlossenen Augen, auf dem feuchten Boden, aber keine Bilder wollten vorüberziehen.

In die düsteren, kurzen, immer wieder mißlingenden Versuche, sich die Zukunft ohne Chang und Eng vorzustellen, mischte sich nur unbefriedigend die Hoffnung auf ein besseres Leben, das sich mittels des Geldes jenes Wohltäters aus England führen ließe, der sich großzügig der Kinder angenommen hatte. Einmal warf sie sich nach vorne, so daß die Stirn auf den Boden schlug, wie sie es wollte, und sie wünschte sich, dieses Ungeheuer, dieser schreckliche, verbrecherische Kopf möge an der Stelle aufreißen und platzen, wo er aufgeschlagen war, damit sie für die begangene Sünde bestraft werden konnte. Der Kopf sich seines wollüstigen Inhalts, seiner gierigen Gedanken entleeren, die sie dazu getrieben hatten, die eigenen Kinder an einen Fremden zu verkaufen, an einen Mann, den sie nicht kannte, von dem sie nichts wußte, der mit ihnen würde tun können, was ihm beliebte, als handle es sich um Sklaven. Sie richtete sich, noch immer auf den Knien, auf, es war nicht mehr nötig, den Kopf auf den Fußboden zu schlagen, das Gefühl des Aufpralls war da und erfüllte sie. Während Tagen, unendlich lang und unüberwindbar scheinenden Stunden, die kein Ende nahmen, und bis in die Träume, verließ sie dieses Gefühl, dieser erdrückende Schmerz nicht mehr. Sie schwieg darüber, mit wem hätte sie darüber sprechen sollen, obwohl sie von den Nichtunterrichteten und von jenen, die heuchlerisch so taten, als wüßten sie nichts von dem Handel mit dem fremden Weißen, immer wieder nach dem Verbleib der beiden Kinder gefragt wurde, die nun plötzlich allen im Lauf der Jahre ans Herz gewachsen sein wollten. Chang und Eng, die kleinen, flinken Fischer, die durchtriebenen, nicht selten makabre Scherze treibenden Fischverkäufer und Entenzüchter wurden nun zu den Lieblingen der Nachbarn und Kunden und aller Mütter, die besorgt die Köpfe schüttelten, wenn sie vom Schicksal der beiden hörten.

Während sie den Vorhang zur Seite schob, hinter dem sich

der weitverzweigte Fluß erstreckte, dachte sie wieder daran, daß das Geld, das ihr nun zur Verfügung stand, Gedanken an Pläne ermöglichte. Sie und die Kinder würden, stellte sie es geschickt an, aus der Armut herausfinden, in die sie nicht zuletzt Chang und Eng, alle ihre Kinder, natürlich alle ihre Kinder, gestürzt hatte, nach dem jähen, überraschenden Tod ihres Mannes während der Choleraepidemie. Vielleicht fände sie einen zweiten Mann oder würde bald auch sterben. Sie kannte den Punkt am Horizont, unter welchem die Zwillinge auf dem Schiff des Engländers entschwanden. Genau dorthin wollte sie nie mehr sehen. Aber es würde sich nicht immer vermeiden lassen. Nicht immer würde sie den Blick schnell genug senken können. Der Vorhang verdeckte nun in ihrem Rücken das Zimmer, in dem sie gekniet war.

3

Hawcraft erwachte im Sessel, ohne sich erinnern zu können, darin eingeschlafen zu sein. Die Filzdecke war heruntergerutscht und lag zu seinen Füßen. Er hatte den Weg zum Bett nicht gefunden, und war auf der Suche danach von einer Ecke des Zimmers in die andere gewankt. Eine Weile blieb er so sitzen, zusammengesunken, den Rücken halb auf der Sitzfläche, reglos, die Augen nun leicht geöffnet. Das kalte, feuchte Zimmer nahm allmählich die ihm bekannten Konturen an, streckte ihm nach und nach all die Gegenstände entgegen, die ihm längst bekannt, zum größeren Teil verhaßt waren, überwiegend Dinge, die ihm nicht gehörten. Die Stühle und den langen Tisch, die sich hinter ihm befanden, sah er glücklicherweise nicht, er hatte sie vergessen.

Er bewegte sich nicht, ließ nur den Blick wandern, die rot geränderten und geschwollenen, hervorquellenden Augen zwischen den nur halb offenen Lidern unterhalb der gefurchten Stirn, in die ihm die wirren Haare fielen. Er sah auf den fleckigen Teppich, auf die vor Schmutz starrende Filzdecke zu seinen Füßen, auf seine Schuhe, die er im Schlaf abgestreift haben mußte und die in unmittelbarer Nähe seiner Füße auf dem Teppich standen, von dem bei jedem Schritt Motten und Flöhe aufstoben, das Ungeziefer, das sich im Fell der beiden Hunde des Hauses ungehindert vermehren konnte, bis es sich in den Teppichen und, wenn diese übervölkert waren, auf den Menschen festsetzte. Er sah in die beinahe erloschene Glut, erblickte das Ende eines Holzscheits, das noch ein wenig glimmte, von dem keine Wärme ausging; die Steine im Kamininnern mußten kalt sein, das Zimmer war eisig, obwohl es noch nicht Winter war, es zog durch die geschlossenen Fenster; und das, was er diesmal allein, ohne den Kapitän, abends und nachts getrunken hatte, vermochte in seinem Körper auch als Nachklang keine Wärme mehr hervorzubringen. Er spürte nichts weiter als ein scharfes Brennen, das sich wie ein Strahl von der Kehle bis zur Körpermitte bohrte. Er konnte sich nicht an die Einzelheiten erinnern.

Er blickte von diesem letzten glimmenden Scheit auf, vom Kamin zu dessen glattpoliertem Steinsims, auf dem die staubbedeckten Andenken einer Frau standen, die seit der Entgegennahme dieser Geschenke nicht nur ihr Äußeres, sondern auch ihr Inneres ganz und gar verändert hatte. In diesen von Staub verschleierten Dingen war sie ebensowenig wiederzuerkennen wie in dem Medaillon, das sie ihm eines Tages, im Frühsommer, hinter vorgehaltener Hand, einen höhnischen Zug um die Lippen, gezeigt hatte; es mußte in der Küche oder auf dem Dachboden gewesen sein, beim Kochen, beim Überwachen der Köchin, oder beim Wäscheaufhängen, einer Tätigkeit, der sie sich gerne selber widmete. Er war nicht einmal imstande gewesen, zu erschrecken, weder über das kleine Portrait noch über ihren Gesichtsausdruck.

Eine silberne oder auch nur versilberte Tischglocke, die ihren Zweck auf dem Eßtisch der Hausherrin vermutlich nie erfüllt hatte, eine Flöte aus Elfenbein, die niemand je zu spielen versucht hatte, ein bemaltes Holzpferd, aber die Farben waren verblichen.

Sein Blick irrte fort, er schloß die Augen. Die Frau des Kapitäns war ein junges Mädchen gewesen, das junge Mädchen mit dem kupferroten Haar war aus der Tür getreten, vor der jener Mann stand, der ihr das Geschenk überreichen würde. Das Mädchen nimmt freudig überrascht das Holzpferdchen entgegen. Kaum aber hat sie es an sich genommen, wird sie von hinten am Arm gepackt und von ihrer Mutter wortlos ins Haus zurückgezerrt; hinter ihr fiel die Tür mit einem dumpfen Knall ins Schloß; vielleicht stand er noch davor. Ihre Mutter verschwand nach oben, als die Sehnsucht des Mädchens nach dem Mann vor der Tür bereits an ihr zu zehren begann. Sie setzt sich. Da beginnt das Sofa zu zittern, als bebe die Erde, der Mann, der ihre Hand für einen flüchtigen Augenblick streifte, legt sich über das Haus, er hat die Beine gespreizt, die Arme weit ausgebreitet, den Bauch, die Muskeln gedehnt, den Hals gereckt, die Haare gesträubt, sich geweitet und gestreckt, sich bäuchlings auf das ganze Haus gelagert, so daß es, als er es mit seinem Körper vollständig bedeckt, darin finster wird wie in einer Höhle, und wärmer, sie fühlt die Wärme seines Bauchs vom Dach her, den Druck seiner Schenkel von den Mauern, das Sofa hat gewankt, die Mutter erscheint am Ende der Treppe, ringt die Hände, bittet ihre Tochter um Verzeihung, aber sie gewährt sie ihr nicht; vielleicht hatte er einen Augenblick geschlafen; nach Atem ringend, als habe er eine Weile zu atmen vergessen, setzte Hawcraft sich gerade. Seine Finger waren steif vor Kälte.

Er drehte den Kopf zur Seite, erst nach rechts, vom Kamin weg zum einen Fenster, vor dem sich, obwohl es geschlossen war, der Vorhang im Durchzug leicht blähte, und hin und wieder gegen das Fenster gepreßt wurde. Davor stand die Doppelbank, eine gewöhnliche Schulbank, auf der die Zwillinge während des Unterrichts saßen, daneben die Tafel, die Kreiden, der trockene Schwamm.

Als er den Kopf zur anderen Seite wandte, wo neben einem weiteren Fenster sein Bett stand, war es, als risse ihn jemand an den Haaren zurück, die Kopfhaut zog sich zusammen, als knote sie jemand zu einem Bündel, der Schmerz schlug auf beide Schläfen, über denen sich die Haut wie auf einer Trommel spannte. Alles Blut wich aus seinem Gesicht. Alles Blut war aus seinen Händen gewichen, nirgendwo schien Platz, wo es sich hätte sammeln können, dick und violett traten die Adern auf dem weißen Hals vor. Das Frieren und die Kopfschmerzen machten ihn elender. Wie lange Zeit war er nun schon hier, er erinnerte sich nur schwach an einzelne Tage. Er versuchte, den Blick zu heben, in der Hoffnung, die Halsmuskeln würden sich entspannen und die Schmerzen nachlassen.

Auf dem Kaminsims reihten sich unbeweglich Mary Hunters Geschenke, nie rührte sie sie an, selten nur wurden sie abgestaubt, sie hatte sie wohl vergessen, so unwichtig waren sie ihr, so wichtig waren sie ihr einmal gewesen, daß sie sie ins Gästezimmer verbannt und dort ihrem Schicksal überlassen hatte. Sollte ihm eine Erinnerung bleiben, wäre es die Kälte, dieselbe, vor der er damals geflohen war, als er, aus Gründen, die er sich nicht mehr recht erklären konnte, England verließ, um nach etwas zu suchen, das hinter Nebel, undurchdringlichem Nebel verschwunden war, der sich nur sehr selten, manchmal in den ersten Nachtstunden lichtete, nach den ersten Gläsern Brandy, um sich aber in den Morgenstunden längst wieder vollständig verdichtet zu haben. Dann tastete er sich an den Wänden und Möbeln des immerzu feuchten Hauses entlang, das nicht einmal länger anhaltende Sonnentage zu erwärmen vermochten, dann tappte er durch die Dunkelheit auf der Suche nach der Tür zu einem Zimmer, in dem er sein Bett vermutete, eine volle Flasche Brandy, ein unschuldiger Körper, ein Gesicht, versunken in ein weißes Kissen. Nie war ihm jemand gebieterisch in den Weg getreten, nur selten war er über irgend etwas gestolpert, er kannte die Ordnung der Gegenstände und Wege, er war stets der letzte, bis er in Sesseln wie diesem versank, um den Rausch, in den er sich versetzt hatte, auszuträumen.

Er umklammerte die Armlehnen, fühlte den rauhen, abgeschabten Stoff, der früher lindgrün gewesen sein mußte, und versuchte, sich weiter aufzurichten. Er wollte aufstehen und sich noch eine Weile ins Bett legen; auf dem Tisch, an dem er während des Unterrichts saß, stand neben den Büchern, Heften, Bleistiften, Tintenfässern und Federhaltern ein einziges Glas, faustgroß, schmutzig und klebrig, leergetrunken bis auf einen gelblichen Ring am Boden. Die Kerze war vollständig niedergebrannt. Er bewegte die Lippen. Unter dem Tisch standen zwei leere Flaschen. Beide mußte er im Lauf der vergangenen Nacht geöffnet und ausgetrunken haben, allein oder mit dem Kapitän, daran erinnerte er sich nicht. Er zitterte, als er versuchte, eine Hand vor die schmerzenden Augen zu halten, milchig stechend drang das erste Licht durch die Vorhänge; er zitterte, als er versuchte, die Füße zu heben, die Knie anzuwinkeln. Schließlich saß er fast aufrecht im Sessel und blickte geradeaus. In zwei Stunden würde er vor den Zwillingen stehen. Tagsüber mied er den Alkohol, verscheuchte jeden aufkommende Gedanken an das ersehnte nächste Glas Brandy oder Wacholderschnaps, nur sonntags machte er eine Ausnahme, wenn er gegen Mittag das zwei Meilen entfernte Wirtshaus *The Hills* aufsuchte.

Charlotte, die ihm aus dem Weg ging, war vom angrenzenden Zimmer in den ersten Stock gezogen. Wann mochte das gewesen sein? Sie schlief nun in unmittelbarer Nähe der Hausherrin, und manchmal schien es Hawcraft, als schmiedeten die beiden Frauen heimlich Pläne für eine Zukunft, an die sie wohl selbst nicht glaubten, an eine Zukunft, an der die anderen nicht teilhaben sollten. Während er sich nach vorn beugte, stöhnend nach der klammen Filzdecke griff und sie über die Knie und den Bauch bis hinauf zu den Schultern zog, blitzte Charlottes blasses, schnell errötendes Gesicht und flammten ihre Haare auf, er hielt sie fest; mit beiden Händen bedeckte er ihre Ohren, die sich kühl anfühlten, so daß sie nichts mehr hören konnte, nicht einmal den eigenen Atem, nicht das Knacken eines Gelenks, sie will nichts hören, hatte er sich jedesmal gesagt, sie hat sich nicht gewehrt. In ihrem Gesicht öffneten sich über dem runden, fliehenden Kinn die Lippen, zwischen die er sein Glied schob, kein Erkennen, sie leistete keinen Widerstand, ihre stummen Gemeinsamkeiten, die immer seltener wurden, spielten sich außerhalb ihrer sonstigen Gewohnheiten ab, selbst außerhalb der sie gewöhnlich umgebenden Räume. Der Ausgang war stets derselbe, der Vorgang immer gleich, unveränderbar. Sie ergriff abrupt seine Hand und wischte sich am Handrücken den Mund ab, erhob sich, drehte sich geistesabwesend einmal um sich selbst, als suchte sie nach der Tür, und verließ das Zimmer, während er noch dort stand, in der Zimmermitte oder an die Wand oder Fensterbank gelehnt, er hob die Hand, wie er sie jetzt hebt, und spürte und roch die vermischten Spuren ihres Speichels und seines Samens auf dem Handrücken. Er konnte lange so verharren, bis sich auf der Hand eine dünne Kruste gebildet hatte, die, wenn er die Hand schloß, durch die geringste Bewegung zerriß.

Charlotte drehte sich im Bett um, von der Seite auf den Bauch, wobei sich die Lage des Kopfes auf dem Kissen nicht veränderte, die Haare bedeckten das Gesicht fast ganz. Den Schmuck hatte sie, wie jeden Abend von dem Zubettgehen, auf das Nachttischchen neben den Kerzenstock gelegt. Sie vergaß nie, die zwei Ringe abzustreifen. Ein in Gold gefaßter Granat, zu einem Tropfen geschliffen, und für die linke Hand ein aus zwei ineinander verschlungenen Schlangen bestehender Ring aus Silber, die winzigen Köpfe Diamanten; ein Erbstück ihrer französischen Großmutter, die sie nicht gekannt hatte. Charlotte schlief noch, wie immer gegen Morgen besonders tief, während die Frau des Kapitäns im Nebenzimmer, in das eine Verbindungstür führte, im Schlafrock am groben, auf plumpen gedrechselten Beinen stehenden Tisch saß, die linke Hand flach auf dem unbeschriebenen Blatt Papier, das vor ihr lag, die rechte unter dem Kinn, das sie auf den Handballen stützte, während die gekrümmten Finger die Nase umschlossen. Sie starrte aus dem Fenster in den heller werdenden, milchigen Morgen, eine Flüssigkeit, von der man alles Fett abgeschöpft hatte, so blau war sie, so durchsichtig und doch undurchdringlich, daß nicht einmal die Sonne sie zu durchstoßen vermochte; als heimliche Beleuchtung warteten ihre Strahlen hinter dem

Nebel ab. Vor Marys Augen zog der Abend vorbei, an dem sie zum letzten Mal im Theater gewesen war, sie erinnerte sich an ihr Kleid, an ihre Schuhe, vor allem aber an die Gesichter der Sängerinnen und Sänger und an ihre Schwester.

Mary Hunter bewegte tonlos die Lippen, wie sie es immer, selbst im Schlaf, tat. Sie bewegte die Lippen, als spreche sie, wie es nun schon seit einigen Jahren ihre Gewohnheit war. Hunter war es damals, nach monatelanger Abwesenheit, sogleich aufgefallen. Sie war an einem der Fenster des oberen Stockwerks gestanden, als er vorfuhr, am offenen Fenster, kerzengerade, wie es ihre Art war, und hatte, ohne mit ihm zu sprechen, lautlos vor sich hin geredet. Er hatte sie jedoch weder an jenem Tag noch später darauf aufmerksam gemacht. So bewegten sich unablässig zu den sie durchkreuzenden Gedanken ihre Lippen, immerzu formten sich ihre Gedanken darauf, ohne daß sie zu verstehen waren. Niemand hätte sagen können, ob das, was sich auf ihren Lippen abzeichnete, all ihre Gedanken waren oder nur ein Teil all dessen, was ihr durch den Kopf schoß, während ein anderer, geheimer Teil verborgen blieb. Niemand hatte sie je auf diese verschrobene Angewohnheit, die sie wohl wegen der Einsamkeit ihres eintönigen Lebens angenommen hatte, aufmerksam gemacht, auch Charlotte Dine nicht. Sie selbst, die kaum je vor einem der ohnehin nicht zahlreichen Spiegel stand, die sich im Hause befanden, wußte es nicht oder verbarg ihre Kenntnis vor sich selbst oder sorgte sich nicht darum. Es kam ohnehin immer öfter vor, daß sie sich tagelang mit dem Kapitän nicht unterhielt. Niemand hier besaß die Fähigkeit, ihr die Gedanken von den Lippen zu lesen, es schien im übrigen nicht von Interesse, was sie sich insgeheim dachte. Hunter hatte sich an den Anblick gewöhnt. Der Vogel, den sie besessen hatte, der vor etwas mehr als einem halben Jahr gestorben war, lehnte, ein zu Staub zerfallenes Häufchen, gegen den Rand des Vogelbauers, der vor dem Fenster hing; sie hatte es nicht übers Herz gebracht, ihn zu beerdigen.

Sie war so früh aufgestanden, um ihrer Schwester unbemerkt schreiben zu können. Hunter wußte nicht, daß sie seit Jahren regelmäßig korrespondierten. Phoebe antwortete nur, wenn Hunter auf Reisen war; auf Marys Wunsch, so hatten sie es ausgemacht, mußte der Briefverkehr zwischen ihnen vor ihm geheimgehalten werden. Hunter sollte glauben, er habe sein Werk vollbracht, sie ganz und gar von der Welt abzuschneiden. Sie würde sich, wenn es soweit wäre, nicht zu seinem Begräbnis einfinden. Sie würde zuhause bleiben. Sie würde irgend etwas anderes tun. Sollten ihn andere auf seinem letzten Gang begleiten. Sie bliebe daheim. Sie, die als junges Mädchen in der Hauptstadt, woher sie stammte, eine Oper des großen Mozart gesehen hatte, an deren Titel sie sich nicht erinnerte — sie mochte niemanden danach fragen, nicht einmal Phoebe — und damals einige Details über die Umstände seines Lebens und seines Todes, er war vergiftet worden, gehört hatte, wollte es dessen Frau gleichtun, die zur Beerdigung ihres Gatten ebenfalls nicht erschienen war, unter irgendeinem Vorwand, den Mary Hunter im Lauf der Jahre auf dem Land ebenfalls vergessen hatte. Alles war anders. Ihre Haut, ihre Finger, die Füße in den Schuhen, die Füße im Bett, das Bett selbst. Es wurde einmal wöchentlich, jeden Samstag, umgestellt, oft nur um wenige Zentimeter, aber sichtlich verschoben. Das war eine der wichtigsten Aufgaben des Hausknechts. Er war verpflichtet, das Bett in immer neue Positionen zu bringen, da Mary die schreckliche Macht der eingespielten Gewohnheiten fürchtete. Eines Tages würden sie sie doch einholen, bis zu diesem Zeitpunkt aber tat sie alles, um dieses hundertköpfige, tausendarmige Tier in seine Schranken zu weisen. Sie preßte die Hand fester auf das Papier, mit solcher Kraft, daß ein Abdruck darauf blieb, als sie die Hand wieder hob; die Spur der vier Finger und Daumens. Ihr gefielen Sarahs Ringe, obwohl sie selbst keine trug, sie hatte nie einen Ring besessen, sie hatte sich nie Schmuck gewünscht, und Hunter hatte ihr nie welchen geschenkt, den sie ohnehin nicht angenommen hätte; er hätte ihn ihr schon mit Gewalt um den Hals legen müssen; sie kicherte bei diesem Gedanken. Sie fühlte sich von Charlotte nicht erniedrigt. Und selbst wenn Robert Hunter sie zu seiner Mätresse gemacht hätte, wäre sie ihr unendlich viel näher geblieben und angenehmer gewesen als er selbst, der sie in dieses unfreundliche Haus entführt hatte, in dem es immer zog und kalt war. Nur im Bett nicht. Sie hatte nie eines jener Schiffe betreten, Gott bewahre, die er befehligte. Schiffe gehen unter. Das Meer füllt sie aus. Das Wasser dringt durch Fenster und Luken. Die See setzt sich mit aller Kraft darauf und drückt sie nieder. Wieviele liegen am Meeresgrund. Er hatte sie mit billigen Mitteln gefangen. Sie bewegte die Lippen, fuhr mit der Zungenspitze über die Oberlippe, dann über die Unterlippe, während ihr Körper reglos verharrte. Sie sah aus dem Fenster, sie hatte die Hand auf das Papier zurückgelegt. Still, sagte sie laut, Still.

Sie blickte hinaus, durch die Fensterscheibe ins Land, das unsichtbar hinter dem dichten Morgennebel aufgelöst blieb, gänzlich konturlos. Nicht einmal Gerippeteile. Kein Baum. Sie versuchte, sich an das Haus, den Garten, sofern es dort einen Garten gab, den Gatten, die Kinder ihrer Schwester zu erinnern, wie sahen sie nur aus, die Kinder, der Mann, der Garten, hatte sie das alles jemals zu Gesicht bekommen, war sie hindurchgeschritten oder glaubte sie nur, sie gesehen zu haben, die Früchte, das Obst, die Gartenstühle und Tische, die Schaukel, den Baum. Nein, sie spürte nichts, nicht einmal den frostigen Windzug auf der Hand. Sie war gut verhüllt; wäre in diesem Augenblick jemand eingetreten, sie hätte es vermutlich nicht bemerkt, sie blickte vor sich hin, ein Lächeln auf den Lippen.

Hunter hingegen würde, ganz anders als Mozart, sein genaues Gegenteil, nicht ins Armengrab neben andere zu liegen kommen, deren Namen schon vergessen waren, noch bevor man sie begrub. Aber auch Hunters Name würde bald ausgelöscht sein, als hätte es ihn nie gegeben, Namenssplitter mochte er auf See und in fremden Häfen zurückgelassen haben, in ihrem Herzen nichts. Nichts in meinem Herzen. Nichts auf meiner dunklen Seele, bewegten sich ihre Lippen. Ertrunken. Ausgelöscht. Was sie mit sich herumtrug waren Kleider, selten Hüte, noch seltener Haarnadeln, keine Ringe, denn an den eigenen Fingern verabscheute sie Ringe. Manchmal unternahm sie den fast immer sogleich wieder abgebrochenen Versuch, im kleinen Park spazierenzugehen. Wenn sie stolperte, fiel sie hin. Wenn sie auf dem Boden lag, bereitete es ihr Mühe, wieder aufzustehen. Der Hausknecht mußte sie in gebührender Entfernung begleiten, aber wie oft schon hatte sie, in der Absicht, durch den kleinen Park zu wandeln, vergeblich nach ihm gerufen, lange gerufen, und er war nicht aufgetaucht, so daß sie schließlich aufgeben und sich ins Haus zurückziehen mußte.

Sie trug Kleider, aber gewiß keinen Namen. Sie lachte auf. Natürlich war sie vorhanden, daran zweifelte sie nicht. Da saß sie am Fenster, kerzengrade, in ihren Schlafrock gehüllt, der Falten von den zusammengepreßten Knien zum Boden warf, eine Hand auf dem leeren Papier, die andere unter dem Kinn. Sie verspürte keinerlei Appetit auf ein Frühstück.

Den Brief würde sie geschrieben haben, noch bevor irgend jemand im Haus aufgewacht, gar aufgestanden war. Das war immer so, jedesmal, wenn sie einen Brief schrieb, tat sie es im richtigen Moment, dafür hatte sie das niemals sie täuschende Gespür, auf das sie sehr stolz war. Hawcraft hatte die Nacht in Begleitung seiner Flaschen zugebracht, in Gedanken war sie ihm lauschend Schritt für Schritt durch das Haus gefolgt, bis in sein Zimmer, wo er nach Mitternacht besinnungslos, noch in den Kleidern, entweder auf sein Bett oder aber in den Sessel, wenn nicht auf den Fußboden gefallen war. Charlotte hingegen hatte einen guten, tiefen, traumlosen Schlaf.

Demnach war die Zeit reif, an ihre Schwester zu schreiben, was sie wollte, wovon Hunter nichts wissen durfte, der möglicherweise vergessen hatte, daß Phoebe überhaupt existierte, die jüngere Schwester, das Kind, das sie früher so oft gehütet hatte. An dem sie mochte, wenn es hilflos, voller Wut oder Angst schrie, damit sie es trösten konnte, so daß sie es quälen mußte, bis es wieder schrie, damit sie es von neuem trösten, in ihre Arme schließen, hochheben, gegen die Wange drücken konnte, Haut an Haut, streicheln, sie fühlte es nach all den Jahren immer noch, worauf ihr das Herz weit aufging, unendlich groß und leicht wurde, ein ungeheurer Atemstrom, sie hätte vor Wonne und Glück weinen mögen, aber sie hatte der kleinen Schwester die Tränen nicht gezeigt.

Mary besaß keine Bücher mehr, die Bücher waren fort; die wenigen, die sie besessen hatte, waren verbrannt. Unten am See hatte sie sie angezündet, nachdem sie ihren Sinn verloren oder, wie in den meisten Fällen, völlig verändert hatten. Ein Umstand, der ihr bis zu diesem Tag unbegreiflich geblieben war, der sie erschauern ließ, sie erschauerte von Kopf bis Fuß, um danach in den alten, starren Zustand zurückzufallen, ein Umstand, an den sie ungern dachte, höchst ungern, wiederholten ihre Lippen, ein Umstand, über den sie gar nicht länger nachdenken wollte, die Zeit durfte keinesfalls stehenbleiben, die Zeit war nicht kostbar, sondern billig und flüchtig. Sie war unten am See gekauert, am Ufer unter der ausladenden Trauerweide, die ein Vorfahre des Kapitäns gepflanzt haben mußte, um sich der Wirklichkeit des Wassers zu versichern und die Geister zu bannen, und tatsächlich war die Weide hoch- und in die Breite geschossen; die Arme auf den spitzen Knien, so hockte sie am See, auf den Fersen sitzend, drei kleine Bücherberge vor sich, an einem Herbsttag, an dem sie allen Dienstboten freigegeben und sie ausdrücklich darum gebeten hatte, das Haus zu verlassen. An jenem Abend war der Hausknecht als erster, betrunken, mit offenem Hemd, zurückgekrempelten Ärmeln in den Salon gestürzt — wo sie sich aufhielt, allein in der Dunkelheit, ohne Gedanken — hatte sich ihr mit einem tierischen Stöhnen zu Füßen geworfen, ihre Schuhe, den Rocksaum zu packen versucht, mit beiden Händen sein Hemd ganz auseinandergezerrt und ihr die nackte Brust dargeboten, sie möge sie mit ihren verheißungsvollen Blicken durchbohren, die wenn nicht ihm, so doch einer ähnlich gearteten Kreatur gegolten hätten, er habe es wohl bemerkt, er liebe sie, verehre und begehre sie wie keine andere; sie hatte, als er endlich ganz still gewesen war, nicht einmal mehr ein Wimmern zwischen seinen Lippen hervorkam, die Hand langsam ausgestreckt, wie ein stechender Sonnenstrahl, der sich seinen Weg zwischen einer zerrissenen Wolkendecke bahnt, sie hatte die Hand auf die Haut des Mannes, auf seine entblößte Brust gelegt, die, zu ihrem Erstaunen, trotz seiner Erregung, steinern und kalt war, wenige Augenblicke nur, als wische sie ein Staubkorn von seinen Haaren, bevor sie sich losriß, sich heftig umdrehte und das Zimmer verließ. Hinter ihr ertönten von neuem die tierischen Laute, die sie noch tagelang verfolgten. Glücklicherweise waren sie allein im Haus gewesen. Weder hatte sie den Hausknecht, dessen Namen sie aus ihrem Gedächtnis tilgte, nach diesem Zwischenfall vor die Tür gesetzt, noch hatte sie ihn seitdem eines Blickes gewürdigt. Es kam vor, daß er nahe an sie herantrat und sie sich flüchtig berührten. Er würde eines Tages seinem Stand angemessen heiraten. Sie schien nicht zu bemerken, daß er alt geworden war; sie erinnerte sich nicht an die Zahl der Jahre, die seit jenem Zwischenfall verstrichen waren. Daß der Schritt des Mannes schwerfällig geworden war, entging ihr

So verloren alle ihre Bedeutung und ihre äußeren Umrisse. Heute würde sie einen ihrer strengen und ausführlichen Briefe schreiben, sagte sie sich; es gab nichts zu erzählen, hier geschah nichts, sie würde die Leere vollpressen. Indem sie auch von Hunter nicht mehr sprechen, nicht einmal an ihn denken würde, müßte sein Grab schließlich den Körper wieder hergeben, ausspucken, so daß er sogar von dort verschwände, als wäre er nie in diese Erde gebettet worden. Kein Inhalt mehr, Hunter verflüchtigt und erübrigt. Diesem Gedanken hing sie nach, mit offenem Mund, entblößten Zähnen, sich in der Fensterscheibe spiegelnd.

Es war ihr nicht möglich, den Blick der Zwillinge auszuhalten, zwei Augenpaare, vier Augen derselben grünlich gelben katzenhaften Färbung. Sie ignorierte sie so gut es ging. Ebenfalls erwähnte sie sie in den Briefen an die Schwestern nur widerwillig, bloß wenn es ihr unumgänglich schien, wenn sie sich von ihnen über alle Maßen bedroht, ja förmlich bespuckt fühlte. Allerdings war nicht von der Hand zu weisen, daß die Kretins unter Hawcrafts pädagogischer Hand höflicher geworden waren, nun Umgangsformen beherrschten, die ihr noch vor wenigen Monaten unvorstellbar gewesen waren, sie entwickelten sich wenn auch nicht zu Menschen ihres Standes, so doch zu menschlichen Puppen, ähnlich Automaten, denen es eines Tages zweifellos gelingen würde, sich wie zivilisierte Wesen aufzuführen, die gelernt hatten, ihre, Marys Klasse kunstvoll und manierlich zu imitieren, ohne daß die Anerziehung ihnen noch anzumerken wäre. Die grelle Differenz bestünde weiterhin in ihren Augen, der Hautfarbe und der obszönen Unzertrennbarkeit.

So würde es ihr mit Sicherheit nie gelingen, sich für sie zu erwärmen. Sie fürchtete sich nicht vor ihnen, traute ihnen jedoch nicht über den Weg, war überzeugt, daß sie hinter ihrem Rücken über sie sprachen, so leise, daß sie kein Wort verstehen konnte, denn diese Kunst beherrschten sie nicht weniger meisterhaft als jene, die Einheimischen zu kopieren. Menschenpuppen. Vor allen Dingen aber fühlte sie sich durch ihre Behendigkeit bedroht. Immer wieder erschrak sie vor ihnen, die alles andere als träge waren, erschrak auf Schritt und Tritt, im Haus und im Garten, sie erschreckten sie, wo und wann immer sich ihnen die Gelegenheit bot, und trugen somit unzweifelhaft zur Erheiterung und anhaltenden guten Laune des Kapitäns bei. Dessen war sie sicher. Die sie sehr wohl bemerkte, ohne ihn ansehen zu müssen.

Sie waren sein Besitz, der gehortete Schatz, der Reichtum, der längst zu seinem ganzen Stolz angewachsen war. Sie begannen, die englische Sprache, die sie bei ihrer Ankunft nur bruchstückhaft beherrscht hatten, spielend in den Griff zu bekommen. Sie waren jung genug, um schnell zu begreifen und zu lernen. Sie variierten die Sätze, die Sätze wurden länger und anspielungsreich, ganz so, wie sie es verabscheute. Eng sprach einen Satz, und Chang sprach ihn, variiert, ihm nach, Eng setzte neu ein und verlängerte ihn, Chang nahm ihn auf und machte aus dem einen zwei Sätze; es entstanden ganze Ketten. Das konnte sich so lange und mühelos hinziehen, bis aus den wenigen Sätzen ein unendlich langer Dialog geworden war, von dessen Inhalt sie selten mehr als die Hälfte verstand.

Das Geheimnis, das sie umgab, wie es sich einem magischen Kasten geziemt hätte, blieb undurchdringlich und würde eines Tages möglicherweise das Geheimnis ihres Erfolges sein. Ein Scherz der Natur, eine Krümmung des Schicksals, ein Abweg. Der Brief. Ihre Schwester. Sie mußte sich beeilen, ihn zu schreiben. Der Kapitän hatte Anspruch auf die Zwillinge und fürchtete sich offenbar keinen Augenblick, ihn eines Tages, wenn sie erwachsen wären, so schnell zu verlieren, wie er ihn erworben hatte. Eines Tages, der nicht mehr fern sein konnte, wären sie notwendigerweise zu Ende erzogen, fertig ausgebildet, es gäbe nichts mehr an ihnen und für sie zu tun. Es wäre der Tag, an dem sie aufatmen könnte und gleichzeitig der Tag ihrer endgültigen Niederlage. Die Toreinfahrt des Todes.

Des Todes, bewegten sich ihre Lippen. Wer des Todes ist, wird auch sterben. Seit einigen Tagen, würde sie schreiben müssen, denn die Zeit eilte, seit einigen Tagen erst erteile Signor Raffaeli, ein naturalisierter Italiener, der an Häßlichkeit nur noch von seiner Frau übertroffen werde, den Siamesischen Zwillingen Gesangsunterricht, die hohe Kunst des Belcanto, wie er es nenne. Sie seien in den letzten Monaten, wie ihr scheine, noch gewachsen, ohne allerdings besonders groß zu sein. Aber Kinder sind sie endgültig nicht mehr, wenn auch noch keine Erwachsenen. Immer stärker bilde sich der Eindruck heraus, als lehne sich der etwas kräftigere, ruhige, nur um wenige Zentimeter größere Eng auf den etwas zierlicheren, schnell aufbrausenden Chang. Wer sie zum ersten Mal sehe, könnte leicht auf den Gedanken kommen, Eng beschütze Chang, genau so sei es ihr vorgekommen, als sie vor einigen Tagen einen verstohlenen Blick auf sie geworfen habe. Das machten die paar Zentimeter. Im übrigen, würde sie schreiben, seien ihre äußeren Füße breiter und fester als die inneren. Über den Zustand ihrer Seele habe sie ja bereits in ihrem letzten Brief ausführlich berichtet.

Der Gesangsunterricht oder die Unterweisung in Belcanto, wie Raffaeli es genannt wissen wollte, erfolge erst jetzt, weil ihr Stimmbruch verspätet eingetreten sei. Ihre Stimmen hätten sich zum ersten Mal an ein und demselben Tag überschlagen und wären dann auch gleichzeitig, wenige Wochen später, endgültig gefestigt gewesen. Sie haben strahlende Tenorstimmen und manchmal möchte man meinen, sie seien Altisten.

Auch Charlotte beteilige sich am Unterricht, wenngleich stumm. Sie behaupte, selber über keine Singstimme zu verfügen, nichts weiter als eine reizlose Sprechstimme zu haben, was sie ihr aber nicht glauben wolle. Denn Charlotte sei in allem von großer Anmut, und auch ihre Sprechstimme sei alles andere als gewöhnlich, vielmehr leise und doch voll und dezidiert. Während Signor Raffaelis Unterricht sitze sie schweigend, aber höchst aufmerksam in einer Ecke jenes Zimmers, von dem sie ihr ja bereits geschrieben habe, das nachts, sie werde sich erinnern, Hawcraft als Schlafzimmer diene, von dem sie, ganz bestimmt zu Recht, annehme, er habe die arme Charlotte in ihrem eigenen Haus verführt. Natürlich sei Charlotte viel zu befangen und ängstlich, darüber offen mit ihr zu sprechen. Katholischen Glaubens, stünde ihr die erlösende Möglichkeit der Beichte zur Verfügung. Glückliche Charlotte, sprachen tonlos ihre Lippen, die nun wieder trocken waren, über die sie schnell mit ihrer kleinen, spitzen Zunge fuhr. Sie werde sich erinnern, David Hawcraft sei jener stets betrunkene Hauslehrer und Erzieher der Kretins, der im zweifelhaften und durch nichts begründeten Ruf stehe, ein Dichter zu sein, von dem jedenfalls sie noch keine Zeile zu Gesicht bekommen habe. Der allem Anschein nach niemals ein Buch geschrieben, geschweige denn veröffentlicht habe. Aus Charlotte, die doch mehr wissen müsse, als sie sage, sei auch mit den feinsten und einfühlsamsten Methoden nichts über ihn herauszubekommen. Eine gräßlich verwahrloste Existenz. Der sie mehrmals gegen allen Anstand, alle Sitte, und trotz seiner sonst so überheblich zur Schau getragenen guten Manieren unsittlich berührt habe. Einmal im Keller, denke Dir, einmal im Garten, in der Nähe des Hauses, höchst unappetitlich, ein anderes Mal, als niemand sonst im Haus war, eines Sonntags, sie gehe nicht mehr zur Kirche, in der Küche, meine Brüste, hin und wieder koche sie noch selber, immer seltener, Brüste und Hals, ein weiteres Mal im Flur und zu guter Letzt beim Wäscheaufhängen. Da habe er sie auf dem Dachboden regelrecht zu überfallen und überwältigen versucht, sie habe sogar seine schmutzigen Finger gerochen und alle ihre Kräfte aufbringen müssen. Sie habe ihn die Male davor erfolgreich durch Zureden ab- und zurechtgewiesen. Beim letzten Versuch jedoch war es zu Tätlichkeiten gekommen. Er habe sie beschworen, sich an die eigene Jugend zu erinnern, an allerlei verborgene Wünsche. Ich erinnere mich nicht. Die Froschaugen seien ihm fast aus den Höhlen getreten. Es sei wohl nicht schwer, ihn sich nach diesen Schilderungen vorzustellen, einen großen räudigen Hund. Hunter — sieht ihm das nicht ähnlich? — habe ihn an einem jener verfluchten Orte der Welt aufgelesen, wohin ihresgleichen ihre Schritte glücklicherweise nie würden lenken müssen. Alles sei dort Verderben, Verderbnis und Verderbtheit, selbst die Kinder, von den Frauen ganz zu schweigen. Man höre es aus jedem Gespräch, jeder Anspielung heraus, und sogar Charlotte, das liebste und freundlichste Geschöpf der Welt, die nie auch nur ein Wort über ihre Zeit in Siam verlauten lasse, bewahre im Winkel ihrer Seele etwas auf, worüber sie nie sprechen, das sie eines Tages aber doch noch zerstören könnte, ein Funke sei darin eingesetzt, der noch den Brand entflammen könnte, unerwartet, eines Tages, aber daran wolle sie nicht denken, denn Charlotte sei ihr ans Herz gewachsen und inzwischen die einzige, der sie vertrauen dürfe, die einzige, der sie ohne Angst in die Augen schauen könne, ihn verabscheue ich. Ähnlich wie ich Hunter verabscheue. Ich habe seine Finger gerochen.

Hunter werde in Zukunft wohl nur noch auf Reisen gehen, um die Zwillinge vorzuführen, wovon er sich eine Menge Geld verspreche. Er habe Pläne, sie nach einer kurzen Reise durch England, zur Probe gewissermaßen, in Amerika herauszubringen, wo er ein weitaus begehrlicheres Publikum erwarte. Doch was ging es sie an, sich darüber, oder gar über Hawcraft und Hunter, Gedanken zu machen. Nicht von der Hand zu weisen sei der unbeschreibliche Wohllaut, der herrliche Klang der beiden Stimmen, die sich auf so wunderbare Weise verschränkten und übereinanderlegten, daß man immer wieder dem Eindruck erliege, es sängen nicht zwei und es singe auch nicht einer allein, sondern es stünden einer einzigen Stimme jeweils gleichzeitig zwei Töne größten Umfangs und zartesten Schmelzes zu Gebot. Und sie machten unaufhörlich Fortschritte im Gesang. Ich bin ungebildet, ganz im Gegensatz zu Dir und Deinem Gatten oder, zugegeben, Hawcraft, aber natürlich bin ich mir darüber im Klaren, daß solche Töne die Grenzen aufheben, die Chang und Eng und unsere zivilisierte Welt voneinander trennen. Wie selten waren wir in unserer Kindheit im Konzert oder in der Oper, ich erinnere mich aber, einmal einen Geiger gehört zu haben, der mit einem Strich seines Bogens immer wieder zwei Saiten gleichzeitig berührte. Und genau so ist der Ton! Als berührte ein Bogen beide Saiten zur gleichen Zeit. Gleich lang, gleich lautend, aber nicht gleichtönig. Hier aber höre ich sie nur, ich stelle mir nie vor, wie sie bei der Ausführung dieser Klänge aussehen, wie sie, wie ich mit Sicherheit annehme, hinter Raffaelis Rücken Grimassen schneiden und der armen Charlotte Dine in unbeobachteten Momenten die Zunge herausstrecken, sondern ich stelle mir vor, es striche ein Bogen, ein Himmelshauch, über ihre Stimmen, das richtige Wort dafür zu finden, sei nicht möglich. Diese Töne passen überhaupt nicht zu ihrer äußeren Erscheinung, jedoch sei man bereit, ja gezwungen, sie beim Klang ihrer Stimmen für die Dauer des Vortrags zu vergessen. Ich bleibe oben sitzen, wollte sie schreiben, und lausche. Ich horche von oben her in sie hinein und sie klingen zu mir herauf, es ist sonderbar und unbeschreiblich. Ich lasse mich davontragen, und vor meinem inneren Auge taucht, während ich oben sitze, das Bild auf, sie lägen auf dem doppelten Schülerpult in Hawcrafts abgedunkeltem Zimmer, und Hunter trete ein, eine ovale Blechschüssel in der einen, eine große Säge in der anderen Hand, deren lange und scharfe Zähne in der Dämmerung blitzten, bestrahlt von einer unsichtbaren Lichtquelle, eine Einbildung, ja. Dann zersäge er die beiden, die ganz stillhielten, dalägen, ruhig. Man könne sich die beiden schließlich nicht in ihrer jetzigen Form auf einer Opernbühne oder auf dem Konzertpodium vorstellen, obwohl das doch, mit solchen Stimmen begabt, ihre eigentliche Berufung sei.

Auch wegen der Tiere sitze sie gern am Tisch beim Fenster. Sie brauche keine Bücher, wozu. Sie brauche Hunter ebensowenig wie dieses Haus, sie brauche, wenn etwas, dann einen Hausknecht, der ihr das Bett einmal in der Woche verrücke. Nur um Millimeter, das genüge schon. Ich wußte nie, was ich wollte. Ich weiß es heute weniger denn je. Sie schlug mit beiden Händen auf das Papier, auf den Tisch. Nein, schrie sie in die Stille des erwachenden Tages. Nein, tonlos. Niemand stand, entgegen ihrer aufmerksamen Empfindung, in ihrem Rücken. Sie war allein im Zimmer. Sie versuchte, nach der Feder zu greifen.

Der Traualtar, die Hochzeitsnacht, die Genugtuung, feststellen zu können, daß sie niemals Kinder zur Welt bringen würde, denen sie das Elend ihres Anblicks nicht hätte ersparen können. Sie hatte jeden Tag begrüßt, an dem Hunter noch immer nicht von seinen Seereisen zurückgekehrt war, um sich ihrer zu bemächtigen. Hinter dem Haus lag der See, den sie hin und wieder allein aufsuchte. Nur selten spielten die Wellen unruhig darauf, alles an ihm war unbedeutend, bis hin zu den spärlichen Gräsern, die an seinem Ufer standen. Einmal, vor etlichen Jahren, hatte sich eines der Dienstmädchen, dessen Namen sie vergessen hatte, darin ertränkt. Man hatte das Kind in seinen Kleidern am anderen Ufer gefunden. Es trug die einzigen Schuhe, die es besessen hatte, wie Mary später beim Aufräumen ihres halbleeren Schrankes feststellte. Sie erinnerte sich nicht, den Arzt nach dem Ergebnis irgendwelcher Untersuchungen gefragt zu haben. Sie erinnerte sich auch nicht an die Beerdigung, wo das Mädchen lag, ob man einen Stein oder ein Kreuz aufgestellt hatte und ob sie Katholikin oder Angehörige der Kirche von England gewesen war. Obwohl nie darüber gesprochen worden war, glaubte Mary Hunter mit Sicherheit annehmen zu können, wer der Mann gewesen war, der sie in den Tod getrieben hatte. Meine liebe Phoebe, ich bin früh aufgestanden, um Dir ein paar wenige, schnell hingeschriebene Zeilen zukommen zu lassen. Ich sitze am Tisch, sehe Dein Gesicht vor mir, nicht aber die Gesichter Deiner Kinder. Wolltest Du mir doch ihre Porträts anfertigen lassen und senden. Wie mag es Dir im fernen Frankreich wohl ergehen?

Ich verbarrikadiere derweilen meine Seele, glaube mir. Zu wissen, daß Dein Schicksal sich glücklich Deinen sehnlichsten Wünschen gebeugt hat, macht mich froh. Immer wieder male ich mir Dein Leben dort in allen Farben aus, Deine Kinder und Deinen Mann. Du hast einen freundlichen Mann, zwei Kinder, oder schon drei? Ich grüße Dich herzlich, umarme Dich und Deine Kinder innig. Deine Dich liebende Schwester. Versuche bitte, Dich an unseren Londoner Opernbesuch zu erinnern und schreibe mir, um welche Oper Mozarts es sich handelte, denn mir ist der Titel entfallen.

4

Der feuchte Boden und das spärliche Gras atmeten eine frische Kühle aus. Er roch erdig, das Gras süßlich. Sie berührten die Erde lediglich mit den aufgestellten Absätzen ihrer warmen, gefütterten Schnürstiefel. Die Stiefelspitzen waren alle vier gleich ausgerichtet, rechtwinklig zum Boden. Sie hatten die Beine von sich gestreckt und die Arme auf den Bäuchen verschränkt. Sie hatten die Augen geschlossen und die Nasen in den Wind gereckt, der über den See zu ihnen wehte, so frisch wie die Kälte, die vom Boden aufstieg. Ihre Absätze bohrten sich tiefer in die weiche Erde.

Der grünliche See war ein Teppich aus Pflanzen, vermodertem Laub vom vergangenen Herbst und Algen, die auf dem Wasser trieben, deren Namen sie nicht kannten und niemals kennen würden, da die Kenntnis der örtlichen Flora nicht zu ihrem Unterrichtsstoff gehörte. Sie würden aufstehen und ihre kurze Neugier auf diese Namen ebenso vergessen wie den Anblick des Sees als grünlicher Teppich. Hier kamen keine Fremden vorbei, die sich über ihren Anblick hätten wundern oder erschrecken können. Die Aussicht beschränkte sich auf die steinige, dunkelgrüne Landschaft, auf rasch sich verändernde Wolkenbilder, auf das Haus und die wenigen Menschen, die darin lebten. Nachts, zwischen neun Uhr abends und sieben Uhr morgens, waren sie ganz sich selbst überlassen im größten der Zimmer im Erdgeschoß. Nur selten schaute in diesen Abend- und Nachtstunden jemand herein, niemals der Kapitän, sie hätten schon krank sein und um Hilfe rufen müssen. Hawcraft klopfte an, wenn er sich, nachts stets betrunken, mit ihnen unterhalten wollte, was hin und wieder vorkam. Es stand ihnen frei, während dieser Zeit zu tun und zu lassen was ihnen beliebte. So hatte sich Hunter ausgedrückt und ihnen dabei die Hände gereicht, als entlasse er sie mit diesen Worten in die verheißene, lange ersehnte Freiheit. So war es vom ersten Tag an gewesen, vom ersten Abend an, als sie das geräumige Zimmer mit dem Doppelbett bezogen. Nichts glich hier ihrer siamesischen Behausung. Wochenlang noch hatten sie das Gefühl gehabt, Boden unter den Füßen zu haben, der sich ihnen immer wieder jäh entzog. Dem echten Seemann, hatte Hunter gesagt, werde an Land, nicht auf See schwindlig.

Möwen zogen über den See, die sich niemals an diesem breiten Tümpel niederlassen würden, der keine Fische enthielt, nach denen zu tauchen sich gelohnt hätte; sie flogen weiter bis zum nahen Meer, in westliche Richtung. Dort würden sie über dem Wasser kreisen und nach Beute Ausschau halten, dort würden sie sich hinabstürzen. Bei der Anlegestelle (fünf zusammengezimmerte, ins Wasser ragende Bretter und ein Pflock) schaukelte das kleine Boot mit dem weißen Baldachin, den der Kapitän erst gestern, gemeinsam mit dem unaufhörlich fluchenden Hausknecht, errichtet hatte. Als Schutz vor überraschenden Regengüssen, wie er später — Stunden später — bei Tisch erklärt hatte, als vermutlich niemand außer den beiden Zwillingen zuhörte, was er redete, während er aß und die anderen aßen und sie selbst aßen, was ihn nicht daran hinderte, weiterzureden und gleichzeitig weiterzuessen. Hunter sprach von der sengenden Hitze, dem erwärmten Wasser, dem Boot, dem Baldachin, erwähnte Charlotte Dine jedoch nicht. Er redete, als wende er sich an ein wohlwollendes, vor lauter Interesse sprachlos gewordenes Publikum.

Nur an einer der Wände hingen zwei Bilder; kolorierte Stiche, Darstellungen einer Jagd, Hunde, Pferde, Waffen, Herren unbestimmten Alters in roten Jacketts und engen weißen Hosen, mit Sporen und Gerten. Als Hunter geschlossen hatte, herrschte von neuem das von den meisten Anwesenden geschätztere Schweigen. Die Frau des Kapitäns sah auf ihren Teller und auf ihre Hände. Sie bewegte sich auch bei Tisch wie eine Blinde, schloß die Augen zum Gebet und schien sie zum Essen gar nicht zu öffnen. Geschickt tastete sie nach dem Besteck und Geschirr, nahm, ohne aufzublicken, die Speisen aus den Schüsseln, die ihr von der Köchin hingehalten wurden, verschüttete nie etwas, verfehlte nie mit ihrer Gabel oder mit ihrem Messer ein Fleisch- oder Gemüsestück. Längst konnten die Zwillinge sämtliche Gebete auswendig, die Tischgebete, zwei standen zur Verfügung, die Morgen- und die Abendgebete. Sie wußten, daß Othellos unglückselige Gattin zur Nacht gebetet hatte, bevor sie ermordet worden war, wußten von Königinnen, die an den Särgen ihrer erdolchten Männer das Schicksal dreifach verflucht hatten, das sie vor der ihnen angemessen scheinenden Zeit ereilt hatte. Sie fühlten weniger den Schmerz des Verlusts als den Verlust ihrer Stellung, wonach sie nichts weiter als Witwen waren. Chang und Eng beteten Hunter nach, was er ihnen ohne Überzeugung vorbetete.

Während des anhaltenden Schweigens verfeinerten die Zwillinge jene Methode, die sie eines Tages zufällig, ebenfalls bei Tisch, erfunden hatten und stetig weiterentwickelten. Sie machten, auch während die anderen sprachen, wenn es also noch weniger auffiel, mit Gabeln, Messern, Löffeln, Tellern und Gläsern Geräusche, die dezent bleiben mußten, denn nur dann wurden sie von den anderen nicht als Signale, als eine Geheimsprache für den Gebrauch bei Tisch verstanden. Das Schweigen wurde also von ihren ausgeklügelten Tischgeräuschen und denen der anderen durchbrochen.

Sie saßen am See und schwiegen. Sie waren so laut geworden, daß selbst ein Außenstehender den Grund ihres Streits verstanden hätte. Sie schauten beide geradeaus, in dieselbe Richtung. Das Wasser war gewiß kälter als die Erde, die sie, bevor sie sich auf die Bank setzten, mit ihren vier Händen berührt, mit allen zwanzig Fingern durchwühlt hatten, um sie danach an ihre Nasen zu führen, die den schweren, säuerlichen Geruch tief einatmeten, der, so lange sie an ihren Händen auch schnuppern mochten, nichts vom Duft ihrer Kindheit hatte, deren Bild, Silhouette für Silhouette, Landschaft für Landschaft, mehr und mehr verblaßte, wenn auch nicht ganz verschwand, nur allmählich, wie eine von hundert Sonnen, unterging.

Jedenfalls waren sie nicht mehr dort und würden, wie sie wußten, nicht ihr Leben lang hier in Schottland bleiben. Sie waren gewachsen und älter geworden. Sie besaßen keine greifbaren Abbildungen ihrer Vergangenheit, keine Miniatur des Gesichts ihrer Mutter, ihrer Geschwister oder ihres Vaters. Zum Zeichnen waren sie gleichermaßen begabt, aber es war beiden nicht möglich, Landschaftsbilder oder Menschenporträts aus der Erinnerung wiederzugeben. Sie waren, zu jeder Jahreszeit, stets etwas zu warm angezogen, was die Leute, etwa in der Kirche, vermuten ließ, ihre Gesundheit sei aus begreiflichen Gründen schwach. Sie müßten sich natürlich schonen. Alles zehre mit zweifacher Gewalt an ihnen.

Seit einer Stunde hatten sie kein Wort mehr miteinander gesprochen. Es war schottischer Frühling, wie David Hawcraft in jenem Ton zu sagen pflegte, von dem sie wußten, daß Miss Dine — oder Mademoiselle, wie sie lieber genannt werden wollte — ihn haßte, obwohl sie nie ein Wort darüber verlor. Hawcraft schien alles, sich selbst eingeschlossen, die Zwillinge hingegen ausnehmend, zu verachten, alles, was ihn umgab, auf das sein Blick fiel. Mit ihm verbrachten sie den größten Teil des Tages. Das Mittagessen, das den Vormittags- vom Nachmittagsunterricht trennte, wurde stets im Familienkreis eingenommen. An den Stirnseiten des Mahagonitischs, auf dem unverrückbar ein dreiarmiger Silberleuchter stand, saßen Hunter und dessen Frau, an der einen Längsseite Chang und Eng und ihnen gegenüber Miss Dine und Mr. Hawcraft.

Hawcraft haßte auch diese Landschaft; den See ebenso wie das Haus, in dem es stets und aus allen Ecken zog; das eines Tages zweifellos von unten her vermodern würde, selbst wenn hin und wieder Sonnenstrahlen an die Außenmauern gelangten. Schottisches Gras unter solchem Himmel, Steine und die ihm verhaßten Schafherden. Sie wußten nicht, aus welcher Gegend ihr Lehrer stammte, wie seine Kindheitslandschaft ausgesehen hatte. Sie wußten nichts von seinen Eltern, davon sprach er nicht. Unwahrscheinlich, daß er deren einziges Kind gewesen war. Ob sie noch lebten oder tot waren, fragten sie ihn nicht. Der Kapitän, dachten sie sich, wußte es bestimmt. Und er schrieb gewiß auch keine Gedichte, wie Mary Hunter in einem Anfall leidenschaftlicher Mitteilsamkeit eines Abend wütend herausstieß. Die Siamesischen Zwillinge hatten vor der Tür ihres Zimmers gestanden und gelauscht, an der es kein Schlüsselloch gab, stattdessen drei gleich lange, rostige Riegel, die sie jedesmal, nachdem sie die Tür hinter sich geschlossen hatte, heftig in die Türfüllung stieß. Die drei Schläge hallten mehrmals am Tag durch das ganze Haus, aber niemand zuckte mehr davon zusammen. Sie waren überzeugt gewesen, daß sie mit Miss Dine sprach, noch bevor sie deren Stimme hörten, denn einem anderen Menschen hätte sie ihr Wissen über Hawcraft mit Sicherheit nicht anvertraut. Woher es stammte, verriet sie nicht. Es war Charlotte Dines beschwichtigende, etwas irritierte Stimme, die danach ertönte und sie zum Schweigen brachte. Wie immer sprach sie leise, so daß sie sie nicht verstanden. Sie sprach nicht lange, jedoch offensichtlich mit Erfolg. Mary Hunter blieb danach stumm. Beide, so kam es den Zwillingen vor, verharrten drinnen bewegungslos. Sie waren noch eine Weile im Halbdunkel stehengeblieben und hatten auf irgend ein Geräusch aus dem Zimmer gewartet, vergeblich. Dann hatten sie sich umgewandt und waren, in Richtung der Treppe, die nach unten in die mit dunklen Möbeln vollgestellte Eingangshalle führte, auf das Korridorfenster zugegangen, hinter dem hohe, ausladende Rhododendren wucherten, durch deren dichte Blätter Lichtsplitter der untergehenden, rotgefärbten Sonne auf sie zusprangen. Sie blieben am oberen Treppenabsatz, beim Fenster, nur kurz stehen, um dann, immer zwei Stufen auf einmal nehmend, die Treppe hinunterzulaufen.

Die Worte waren Hawcraft, den der zwielichtige Ruf begleitete, ein Dichter zu sein, nicht ausgegangen. Sein Wissen und seine Sicherheit hatte er behalten (und schrieb womöglich, entgegen Mary Hunters Aufschrei, im Verborgenen, wenn er nachts betrunken im *The Hills* saß, abseits des Kreises seiner Saufkumpane). Natürlich hätten sie ihn fragen können, ob er noch Gedichte schreibe, ob er überhaupt je Gedichte geschrieben habe, oder etwa gar einen Roman, aber die wahrscheinlichste Antwort, ein klares Nein, würde nicht unbedingt der Wahrheit entsprechen müssen, wozu ihn also fragen. Niemandem kam es jemals in den Sinn, sich in Stirlings einziger Buchhandlung zu erkundigen, ob ein Schriftsteller namens David Hawcraft bekannt und vielleicht ein Buch von ihm zu kaufen sei.

Chang und Eng fühlten sich wohl und geborgen bei dem Gedanken, von einem wahrhaft bedeutenden Geist unterrichtet zu werden. Nur Geister wie er einer war, häßlich und ungewaschen, Trinker und Schwätzer, Prediger wahnwitziger Verteidigungsreden, heruntergekommene Existenzen, geniale Syphilitiker und Irre waren immer wieder imstande gewesen, in Worten die Kraft zu überwinden, die die Kleinmütigen auf den Boden zwang, die Feiglinge an die Erde fesselte. Große und verachtete Geister wie er hatten die öden, dem Untergang geweihten Erdteile verlassen, in welchen gelangweilte und von der Langeweile aufgeschwemmte Monarchen armselige Untertanen bis aufs Blut, von ihrer Geburt an, aussaugten, zu Krüppeln peitschen ließen, auf Schlachtfelder zwangen und bis ins Grab verfolgten. Mit nichts weiter als Worten, zusammengedrängten Vorstellungen, die Gestalt annahmen, hatten große Geister wie Hawcraft, davon waren Chang und Eng überzeugt, das lehrte er sie schließlich in seinen literarisch-ästhetischen Exkursen, mit nichts weiter als ihnen, diesen aus Buchstaben zusammengesetzten abstrakten Gebilden, die sich materialisierten, die uns aus Büchern entgegenspringen und aus Mündern quellen, mit nichts weiter als Worten, Buchstaben, Wörtern hatten sie den ihnen durch ihre Geburt zugewiesenen Erdteil aufgegeben, den zu verlassen ihnen nicht bestimmt gewesen war, weshalb sie zu anderen, unerlaubten, unziemlichen, unrühmlichen und dennoch zur Verfügung stehenden Mitteln griffen, sich zu befreien, um dann in einen anderen, gänzlich verschiedenen Teil der Welt vorzudringen, ein Innen, ohne ein Wiedersehen zu wünschen, in einen Teil der Welt, in dem nicht nur Palmen (Kokospalmen, Bananenbäume, Dattelpalmen) wuchsen, auf denen Affen saßen, in dem nicht nur der Himmel, die Erde und das Meer, das sich weit vor ihnen unendlich auftat und silbern und smaragdgrün schillerte, in anderen Farben als zuhause leuchtete. Nein, wo alles anders war, das Sprechen, das Schweigen, das Tanzen, jede Bewegung, jeder Luft- und jeder Atemzug, eine Kopfbewegung, eine Handbewegung. Man ging anders, freute sich anders an anderen, ungewohnten Dingen, Pflanzen und Tieren, war unentwegt von einer bisher nie empfundenen Freude erfüllt, aß anders, schlief anders, tiefer und fester, wachte stets erfrischt auf, ein sich ständig wandelnder, von Tag zu Tag sich mit neuem Leben anfüllender Mensch, schlug die Augen auf, ohne sie gleich wieder schließen zu wollen, um nicht sehen zu müssen, was einen umschloß und beengte; denn was einen jetzt umgab, war der neue Erdteil, unermeßlich und ungemessen. Man hatte tausend andere Gedanken, einen anderen Blick, unzählige Blicke auf einmal für einen einzigen Gegenstand, eine einzige Blume, einen der Millionen Bäume, eine der trägen Schlangen, die auf dem Weg und auf den Ästen lagen. Selbst ihre Körper veränderten sich, die Fußsohlen wurden ledern, aber nicht unempfindlich, spürten, worauf sie gingen; sie konnten sich barfuß ergehen. Ihr Geist veränderte sich im selben Augenblick, da sie diese fremdartige, inselgleiche, aber unüberschaubare Fläche betraten, noch atemlos vor Erregung sich niederließen, auf ihre schmerzenden Hintern fielen, um sich bald, schneller als je gedacht, zu erholen, zu verändern, alle Schmerzen abzuschütteln und zu vergessen. Was sie, wie von außen, befiel, war die Veränderung durch das Gefühl vollkommener Erneuerung. Wo waren sie? Wer waren sie nun endlich? Würden sie in absehbarer Zeit in faltenwerfenden weißen Gewändern und unter Tüllschleiern einherschreiten, in gestreiften Togen, oder sich vielmehr die alten, schmutzigen Kleider vom Leib gerissen haben, um sich der Sonne, den warmen Winden, dem salzigen Wasser nackt auszuliefern, den Quellen ihrer Gesundheit; schon fühlten sie sich viel besser und gesünder als noch wenige Augenblicke zuvor. Das Schiff, das sie hierher getragen hatte, war verschwunden, mit ihm die Erinnerungen: die Wände, die Betten, die Fenster, die Türen. Wie lächerlich wären Gewänder gewesen, und wie überflüssig. Irgendwo im Sand lagen die abgelegten Kleider neben Seesternen und toten Muscheln. Sie waren aufgestanden, neu belebt, gingen barfuß über den Sand, entfernten sich ohne Hast vom Wasser, in den Urwald hinein, der schnell dichter wurde, befächelt von menschengroßen Blättern, die sich an Zweigen im Passat bewegten, auf und nieder schlugen und ein Geräusch erzeugten, als brenne der ganze Dschungel, als brenne er die ganze Vergangenheit fort, den Schmutz weg, der hinter ihnen lag, hinter großen Geistern, bedeutenden Männern wie Hawcraft einer war, die letzten Reste von Schmutz, die noch an den nackten Körpern hafteten, die jetzt stolz und furchtlos durch den Urwald gingen, wenn auch Mut keineswegs vonnöten war; wovor hätten sie sich auch ängstigen müssen? Sie waren sprachlos, eine lange Zeit ohne Worte, die Vergangenheit jedenfalls hatte man hinter sich gelassen. Auch wenn Hawcraft schließlich doch nur wieder in einer sauer stinkenden Pfütze aus Erbrochenem aufwachte, die Hände im Rinnstein, über die bräunliches Wasser, Abwasser aus den umliegenden Häusern floß, die Nase blutverkrustet und plattgedrückt auf dem Pflaster, der Mund aufgerissen, als habe man beim Hinfallen noch geschrien, die Lippen aufgeplatzt, die meisten Zähne waren schon ausgefallen. Nicht nur ein Mal, sondern hundert Mal. Manchmal kam gegen Morgen zufällig jemand vorbei und half einem dieser großen Männer auf, wenn sie darum bettelten, niemals eine jener ungebrochenen Frauen, die ihnen nachts im Rausch erschienen und am Morgen wieder verschwanden. Wer im Schnee lag, blieb liegen. Adler unter lauter Krähen, sagte Hawcraft manchmal, die Adler sind zäh und raubgierig, die Krähen nur böse und zänkisch.

Dennoch achtete er sehr darauf, bei Hunter den Eindruck eines Freidenkers, eines Gottlosen, eines Revolutionärs zu erwecken, der die Kinder, die nun fast schon erwachsen waren, im Glauben oder gar in der Gewißheit erzog, sie könnten ihn, den Lehrer, oder um wievieles schlimmer, ihn, den Stiefvater, eines Tages überwinden und hinter sich lassen, sich entfernen, weggehen und eigene Wege beschreiten. Er unterrichtete sie nach allen ihm bekannten Regeln und Grundsätzen. Sie sollten glauben, oder den Kapitän im Glauben wiegen, sie seien für immer, solange sie lebten und solange er lebte, sein leiblicher Besitz, gebundener als natürliche Kinder. Ihre Lebenszeit war nicht hoch eingeschätzt, sie würden das dreißigste Jahr aller Wahrscheinlichkeit nach nicht erreichen, die Zukunft stand in den Sternen, die Gegenwart nicht. Da ihm keine andere Wahl blieb, verbot Hawcraft es sich, allzu eindeutig zu werden, lieber uferte er aus und kam vom Großartigen, Erhabenen und Schönen zu jenen abertausend Kleinigkeiten, von denen er sicher wußte, daß Hunter sie, aus dem Zusammenhang genommen, nicht verstand, so aufmerksam er auf mögliche Fehler und Unterlassungen in Hawcrafts Unterrichtsstunden auch achten mochte. Hawcraft sprach von schmutzigen und niedrigen Dingen des Lebens, von Bruchteilen von Schicksalen, von notwendiger Armut und nicht weniger gottgegebenen Standesunterschieden, von der Hinterhältigkeit der Bauern und Wucherer, der Diebe und Rechtlosen. So, als seien sie allein schuld an ihrem abstoßenden Zustand, und so, als sei dieser von Geburt an bestimmt gewesen. Er verwandte jedoch seine ganze Redekunst darauf, während des Unterrichts Geschichten über sie zu erzählen.

Grundsätzlich jedoch vertraute der Kapitän seinem Angestellten wie er dem Dienstmädchen und dem Hausknecht, der Köchin und Charlotte Dine vertraute. Er hatte sie ausgewählt, sie waren in seiner Hand. Wenn er sich bei Tisch im Lehnstuhl zurücklehnte und in die Runde sah, schätzte er sich glücklich, nach Schottland zurückgekommen und geblieben zu sein. Das hier war nun seine Mannschaft. Er vermißte das Meer nur, wenn er allein war, vor allem nachts. Sein Blick ging über die Gestalt seiner Frau hinweg, die jederzeit in ihre Gedanken versunken war. Er hatte es sich zur Gewohnheit gemacht, sie nicht mehr oder nur noch flüchtig zur Kenntnis zu nehmen; nicht anders als die Köchin oder das häßliche Dienstmädchen, das, in einem schwarzen Kleid, einen unpassend großen Hut auf dem Kopf, soeben das Speisezimmer mit einer Platte betrat, auf der sechs steife, gekrümmte Forellen mit aufgerissenen Mäulern und geplatzter Haut lagen. Sie trug Handschuhe, wie Mary Hunter es wünschte. Er hatte damals nicht widersprochen, zu Beginn ihrer Ehe, das war Sache der Hausfrau.

Wenn David Hawcraft wußte, daß sich der Kapitän im Nebenzimmer aufhielt, um ihn zu kontrollieren, was hin und wieder mehrmals am Tag vorkam und manchmal tagelang überhaupt nicht, konnte er unvermittelt zu brüllen anfangen, grundlos, wie es dem Kapitän hätte scheinen müssen, wenn er wirklich zugehört hätte. Die Zwillinge, die dank ihres feinen Gehörs seine Anwesenheit nebenan stets als erste bemerkten und ihrem Lehrer Zeichen gaben — jeder dasselbe Zeichen für dieselbe Botschaft —, schwiegen. Hawcraft brüllte in wohl überlegten Abständen, ohne sie aber jemals als ungelehrig oder dumm zu titulieren, aber faul, durchtrieben und nichtsnutzig nannte er sie, schwang das Rohrstöckchen, peitschte damit die Luft und manchmal auch das Pult, daß es wie Pistolenschüsse knallte, und schnitt wilde Gesichter in die Richtung seiner Schüler und seines unsichtbaren Brotgebers. War der Spuk vorbei und konnten sie sich von neuem dem eigentlichen Unterricht zuwenden, breitete sich auf Hawcrafts Gesicht bald wieder jener Ausdruck von Widerwillen und Gleichgültigkeit aus, der sich in den letzten Monaten noch gesteigert hatte.

So verging ein langer, düsterer Winter, in dem sie alle froren und die Siamesischen Zwillinge oft nicht schlafen konnten. Nur abends, am Kamin, nach einem nicht besonders üppigen Abendessen, überkam sie immer öfter eine lähmende Schläfrigkeit, die sie an die Sessel fesselte, aus denen sie sich nur mit Mühe aufraffen konnten, um sich einmal mehr in die klammen Betten, unter die feuchten Decken, zwischen die steifen Laken zu legen. Da kam es Chang und Eng manchmal wie ein Segen vor, in solcher Nähe beieinander zu leben.

Nicht bloß die Worte waren Hawcraft nicht ausgegangen, auch sein umfangreiches Wissen, mit dem es weit und breit keiner aufnehmen konnte, sein Wissen in zahlreichen Schulfächern, war ihm geblieben, alle bekannten Zweige und Ableger dieses Wissens, das zu vermitteln ihm aufgetragen war, waren ihm, mit Ausnahme der Mathematik und französischen Sprache, geläufig; so viel er auch trank — kein Tag verging, an dem er sich nicht sinnlos betrunken ins Bett legte —, es bereitete ihm keine Schwierigkeiten, die Zwillinge darin zu unterweisen. So hatte Hunter allen Grund, sich glücklich zu schätzen, einen solchen Hauslehrer engagiert zu haben. Dessen Fehler übersah er. Mehr als drei Jahrzehnte war er auf See gewesen, ein halbes Leben lang. Er breitete die Arme aus, als läge sie in ihrer ganzen Gewalt vor ihm, zu seinen Füßen der Sturm — vorüber. Er ließ die Arme sinken und trommelte dann abwesend, in Gedanken an seine und die Zukunft der Zwillinge und an die Vergangenheit auf den Wellen versunken, mit den Fingern auf seine Knie. Er saß am Feuer, kurz davor, einzunicken. Ein Jahr noch, höchstens anderthalb Jahre, und sie hätten Chang und Eng alles Notwendige beigebracht, es gäbe kaum mehr etwas dazuzulernen. Wie Hawcrafts Pläne für die Zeit danach aussahen, entzog sich seiner Kenntnis und Vorstellungskraft, das stand in den Sternen, es gab im übrigen niemandem, mit dem er ernsthaft darüber hätte sprechen können außer Hawcraft selbst, mit dem er sich seit jenem Einstellungsgespräch vor über einem Jahr trotz gelegentlicher gemeinsamer Räusche nicht mehr auf Unterhaltungen dieser Art eingelassen hatte. Es regnete. Der Regen spritzte gegen die Scheiben. Was ihn jetzt trug, bewegte sich nicht.

Nichts war David Hawcraft fremd oder heilig, jedenfalls hatte er es vom ersten Tag an darauf angelegt gehabt, zu tun, als ob es sich so verhalte, als könnte er nicht anders denn nach dieser unausgesprochenen Devise leben, selbst hier nicht, in der stillen, schottischen Ödnis, die ihm den Schlaf raubte und nicht nur ihm ein Gefängnis war. Es sollte so aussehen, und so sah es, außer für den Kapitän, tatsächlich aus, als überschreite er jede Grenze, großartig und seiner selbst sicher, und springe über alle nur erdenklichen Hürden hinweg, die ihm im Weg standen und ihn bedrohten. Dennoch war er ein Lehrer, auf den stets Verlaß war, auf den man in jedem Augenblick und unter allen Umständen zählen konnte. Er zeichnete sich durch Klarheit aus, wie schlecht er sich auch fühlte, wie elend ihm zumute war, in welchem Zustand er sich auch befand. Er sprach mit Entschiedenheit schon während der ersten Unterrichtsstunde, selbst wenn er nach einer durchzechten Nacht augenfällig das Opfer des Alkohols war, den er nun blaß und sichtlich müde herausschwitzte; mit rot unterlaufenen Augen, dunkel verfärbten, fast violetten Lippen, in zerknitterten Kleidern, nicht selten zerrissenen, offenen Hemden, an denen Knöpfe fehlten, mit wirrem Haar, über den Schuhen hängenden Strümpfen stand er vor ihnen, ihr Schulmeister. Sein säuerlicher Atem wehte ihnen, begleitet von seinen deutlich gesprochenen Worten, stoßweise entgegen. Nachdem die Zwillinge schon während der Überfahrt Bekanntschaft mit Mr. Hawcrafts Schwäche gemacht hatten, war das neugierige Staunen längst heimlicher Bewunderung gewichen.

Überall war Raum, den der Dichter ausfüllte. Seine Bewegungen waren an solchen Tagen während der ersten Unterrichtsstunden fahrig, und es kam auch vor, daß er schwankte und ihm die Beine einknickten, daß er sich am Tisch, an ihrem Pult oder an einer Stuhllehne festhielt oder, wie es meist der

Fall war, mit dem Rücken zum Fenster stand, um sich gegen die Fensterbank lehnen zu können. Oft sah es aus, als würden ihm gleich die Augen zufallen. Und dennoch sprach er unbeirrt und klar weiter. Er sprach gewählt und suchte nie lange nach den richtigen Worten. Er sprach seine Sätze in der gleichen Form zu Ende, in der er sie begonnen hatte, und begnügte sich selbst in diesem Zustand nicht mit Interruptionen, unverständlichen Lauten oder verlegenem Gehüstel. Er schien sich sogar steigern zu wollen und sprach etwas lauter als gewöhnlich. Niemand wußte, ob er in solchen Momenten litt. Die Laken des Bettes, das im selben Zimmer stand, in dem er unterrichtete, waren glattgezogen, die Decken ausgeschüttelt und geformt. Seine beiden untrennbar miteinander verbundenen Schüler saßen aufrecht in ihrer Schulbank, er stand ans Fenster gelehnt und redete und spürte, wie der Wind, nicht selten stürmisch, durch die Fugen drang und sich durch seine Kleider und seine Haut in die Knochen fraß. Gegen diesen Wind war nichts auszurichten. Es schien, als käme er aus seinem selbstgeschaufelten Loch aus eigener Kraft nicht mehr heraus, und wozu auch.

Aber noch vor Mittag, oft bevor die Sonne, sofern sie schien, das Haus traf, hatte er die Müdigkeit von sich abgeschüttelt, die Mattigkeit überwunden, auch wenn noch immer keine Farbe in sein Gesicht zurückgekehrt war. Er war in Bewegung geraten. Die Lippen waren nun blaß und unterschieden sich kaum von der Haut, die Augen quollen aus ihren Höhlen, als müßten sie herausspringen, er ging auf und ab, durchmaß das Zimmer mit großen Schritten, wippte manchmal hin und zurück und ging auf ein unsichtbares Ziel zu, an dem er offensichtlich abprallte, die Hände meistens auf dem Rücken, in der einen Hand das Stöckchen, das er manchmal durch die Luft schwang, kaum je auf den Tisch niedersausen ließ, und das er niemals gegen sie benutzt hatte.

Am Abend zuvor hatte er Chang und Eng, die nun am See saßen und, nach einem heftigen Streit, kein Wort miteinander wechselten, Wacholderschnaps zu trinken gegeben, als sie bereits im Bett lagen. Sie hatten noch nicht geschlafen, als er die Tür leise öffnete, das Zimmer beinahe lautlos betrat und den Zeigefinger auf seine zusammengepreßten Lippen legte; auch an diese nächtlichen Einbrüche hatten sie sich gewöhnt, sie versprachen Abwechslungen, und das Verlangen danach, wie nach allem, was die Eintönigkeit des ländlichen Alltags zumindest für Augenblicke unterbrach, hatte sich im Lauf der letzten Monate eher noch verstärkt. Gleichzeitig hatten sie sich im Bett aufgerichtet, die Kissen in ihren Rücken hochgeschoben und im gleichen Maß gespannt auf seine Ausführungen gewartet. Er hatte eine volle Flasche auf das Nachttischchen gestellt und zwei Gläser aus seinen Manteltaschen gezogen, woraus sie schlossen, daß er draußen gewesen war. Erst dann zündete er die Kerze an. Er horchte in die Stille, während die Kerze wild flackerte und ihre vier gelblich grünen Augen auf ihn gerichtet waren. Eine Erregung, so schien es ihnen, hatte sich Hawcrafts bemächtigt, deren Grund ihnen entgehen mußte.

Es handelte sich um eine Flasche, die er dem Besitzer von *The Hills*, wo er sich wochenends regelmäßig betrank — und vielleicht sein Werk vollendete —, abgekauft hatte, zu einem Preis, an den er sich genau erinnerte. Er verfluchte den Gedanken. Der Inhalt dieser Flasche würde für die Dauer einer Woche nicht ausreichen. Er goß von dem Wacholderschnaps in die beiden Gläser und reichte sie den Zwillingen wortlos, ohne etwas zu verschütten. Seine Hände zitterten und seine Augen waren feucht und gerötet.

Chang und Eng hatten gleichzeitig erst die eine und dann die andere Hälfte ihrer Gläser getrunken. Das Getränk war klar, floß ölig durch ihre trockenen Kehlen und brannte so heiß, daß sie den Wacholder nicht schmeckten. Zwischen den Zügen hatten sie mehrere Male leer geschluckt und nach Luft gerungen wie Fische an Land, jedoch mit dem größten Vergnügen. Das hier war fremder als die englische Sprache, abenteuerlicher als eine Seefahrt und offenbar gefährlicher als ihr Vormund, der sie fest in seiner Hand zu halten glaubte. Gleichzeitig hatten sie dann, nachdem die Gläser ausgetrunken waren, ihre Köpfe in die Nacken geworfen, kurze Zeit mit leicht verdrehten Augen zur Decke gestarrt, bevor ihre Köpfe schließlich nach vorn auf ihre Brüste sanken und einander an den Schläfen berührten; es sah so aus, als ob sie keine Gewalt mehr darüber hätten. Danach hatten sie erneut versucht, leer zu schlucken. Brennt es wie Feuer? Mit hängenden Köpfen hatten sie sich angestrengt, zu nicken, zu sprechen. Es brannte wie Feuer, aber es blieb ein Geschmack wie Eis zurück. Die Zungen waren zu großen, unbeweglichen Klumpen angeschwollen, über die sie die Macht verloren hatten, das Zahnfleisch war zurückgegangen, die Zähne lagen bloß, bis hinunter in den Magen strömte ein eiskalter Wasserfall, der die Umgebung, die er streifte, wärmte und sie gefroren zurückließ. Plötzlich war ihnen entsetzlich heiß geworden, die Kälte, die außerhalb des Betts im Zimmer herrschte, hatte sich aufgeladen, aber der eiskalte Fluß blieb.

Unverwandt, und unverhohlen neugierig, hatte David Hawcraft ihnen beim Trinken zugesehen. Zum ersten Mal tranken sie von jener belebenden Flüssigkeit, die den Menschen befähigt, einen Schritt über sich hinauszutreten und in die Schrekken der kolorierten Schatten hineinzugehen. Sie wackelten mit den Köpfen, versuchten, sie zu heben, was ihnen jedoch zunächst nicht gelang. Hawcraft betrachtete sie, als seien sie Objekte eines hochinteressanten Experiments, das in dieser Form nur ein einziges, unwiederholbares Mal durchgeführt werden konnte, ein Versuch, dessen wichtigster Aspekt oberflächlich betrachtet zweifellos die genaue Beobachtung all der Veränderungen war, die innerhalb kürzester Zeit mit den beiden nun fast erwachsenen Siamesen vor sich gingen. Und er kam tatsächlich aus dem Staunen nicht heraus. Zum ersten Mal in ihrem Leben hatten sie Alkohol getrunken und sogleich auf die von Hawcraft insgeheim erhoffte Art und Weise reagiert. Er konnte bemerken, daß sich die Persönlichkeit beider Zwillinge im gleichen Maße und zur gleichen Zeit gleichwertig verteilt veränderte. Beide wurden im selben Augenblick und in der gleichen Weise betrunken. Es war nicht so, daß der eine fröhlich und der andere niedergeschlagen reagiert hätte, der eine verstummte und der andere zu schwatzen begann. Sie verhielten sich ruhig, auch wenn eine Veränderung mit ihnen vorgegangen war. Sie saßen im Bett, wackelten mit den Köpfen und lallten unverständliches Zeug, bevor sie ihre Köpfe in die gewünschte Stellung zu bringen vermochten. Sie starrten ihn an, schielten, standen gänzlich unter dem Einfluß des Alkohols und fanden sich nicht zurecht. In diesem Augenblick flog ein Insekt in zu geringem Abstand über die Kerzenflamme hinweg, wurde von dieser, die sich danach zu strecken schien, aus der Luft gegriffen und verglühte; ein unsichtbares Stück Seide zerriß. Ein Rauchfädchen schoß nach oben, aber keiner der drei bemerkte es.

Der Wacholderschnaps hatte auf der Stelle seine Wirkung gezeigt und sie in einen bisher nicht bekannten Zustand versetzt; sie würden sich später nur ungefähr daran erinnern, was sie in dieser Nacht gesagt und gedacht und ob sie überhaupt etwas gesagt hatten. Sie würden ihrem Lehrer natürlich zutrauen, die Unwahrheit über ihr Verhalten zu sagen, was bedeutete ihm schon die Wahrheit? Und obwohl sie im Augenblick des Trinkens und Schluckens den Eindruck gehabt hatten, die Flüssigkeit sei vergiftet und verätzte Kehlen und Speiseröhren, hatten sie doch die Gläser bis zum letzten Tropfen ausgetrunken. Sogleich hatte sich ihre Wahrnehmung getrübt, nicht nur ihre Augen, auch ihr Blick verengte sich, vom Zimmer sahen sie nur noch Einzelheiten, von Hawcraft bloß den Kopf, von sich nichts außer den Händen, die, als wären sie frei vom Körper, vor ihnen hin und her, auf und ab schlenkerten. Die Stille war angeschwollen, man hörte sie laut, von Lärm erfüllt, den sie selbst erzeugten; erfüllt von ihrem eigenen Lärm, dem eigenen Atem, ihrem Ein- und Ausatmen. Der flackernde Kerzenschein warf unruhige Schatten an die Wände, vor denen sie erschraken, vor denen sie jedoch nicht zurückweichen konnten. Was sie vor sich hinmurmelten und was sie dachten, verstanden sie selbst nicht mehr. Da sah Chang einen grünen Ball aus der Zimmerecke rechts auf sich zufliegen. Eng, flüsterte er. Aber der Ball verfehlte sein Ziel, flog an ihnen vorbei und verschwand hinter ihnen — durch die Wand. Sie hatten das Gefühl, die Balance verloren zu haben. Sie saßen also auf dem Bett, die Kissen in ihren Rücken, schaukelten und schwankten, während die ganze Welt samt Hawcraft sich um sie herum drehte und sie sich nicht weniger um sie. Die unsichere Bewegung, deren Ursache der Alkohol war, die nicht abreißen wollte, erinnerte sie an das schwimmende Haus, an das Flußwasser, die Fische, den längst verstorbenen Vater, den Cholerakranken, und an die Geschwister. Sie wußten nicht, ob ihre Mutter noch lebte, aber daran bestand kein Zweifel, ihr Vater war tot. Leibhaftig sahen sie sie alle vor sich stehen. Sie hätten sie berühren können, brauchten bloß die Hände auszustrecken, wozu sie jedoch nicht imstande waren. Sie hörten sie in der alten Sprache sprechen, die sie selbst immer seltener sprachen, sie hörten sie zählen und singen, sie sahen, wie ihre Gesichter böse verzerrt waren. Weshalb hatten sie feuchtes Gras zwischen den Lippen und Lidern und ganze Grasbüschel, an denen noch Erde klebte, in den Nasenlöchern? Machten sie ihnen, in der alten Sprache, etwa Vorhaltungen, und sie konnten nicht mit ihnen sprechen. Sie hatten sich demnach bis zur Unkenntlichkeit verändert. Aber wir sind eure Zwillinge, konnten sie nicht sagen. Das Monstrum, das ihr gezeugt und zur Welt gebracht habt. Chang führte eine Hand an die Wange. Eng schniefte. Hawcraft beobachtete sie weiter eingehend und wartete ab, was weiter mit ihnen geschehen würde. Das Experiment.

Es war ganz anders gewesen, als sie es sich vorgestellt hatten. Sie hatten es sich anders gedacht, bevor sie den ersten Schluck nahmen, aber darüber konnten sie mit Hawcraft weder jetzt noch später sprechen. Es war anders, wenn er trank. Wenn David Hawcraft trank, wenn er schließlich betrunken war und offenbar die Kontrolle über sich verloren hatte, begann er mit sogenanntem Feuereifer zu sprechen, aufzubegehren, wo es nichts aufzubegehren gab, mit erregter, ungewohnt lauter Stimme, mit schnellen, ja heftigen Bewegungen, zu denen er Grimassen schnitt, die seine Reden unterstreichen sollten.

Das Zeug, das sie getrunken hatten, war einfach widerlich. Es machte nicht nur schwindlig, sondern rief dazu noch Übelkeit hervor. Aber sie hatten es im Augenblick, da sie merkten, daß es wirkte, doch austrinken müssen. Es zu trinken, war keineswegs angenehm. Beinah wären sie kopfüber auf die Decken gesunken. Es erinnerte in nichts an jene Getränke, die sie bisher in diesem Land kennengelernt hatten, nicht einmal an jene Schlückchen Sherry, die der Kapitän ihnen bei der Ankunft einschenkte und die die grünen Gläser nicht einmal zur Hälfte gefüllt hatten, welche die Frau des Kapitäns ihnen zur Begrüßung statt ihrer Hand entgegengestreckt hatte. Was Hawcraft trank, sobald er den Unterricht beendet hatte, war ihnen stets als eine Art Zaubertrank vorgekommen, etwas Wunderbares, Anziehendes. Das hier jedoch war Gift, wenn auch als Abenteuer genießbar, nicht mehr und nicht weniger. Ein Spiel mit dem Gleichgewicht.

Jedoch auch darüber hatten sie sich am vergangenen Abend wohl keine Gedanken gemacht. Vor ihnen schwamm all das weg, worauf sie schwammen und kreisten und was ihnen keinen Halt gab. Sie fühlten keinen Grund, auf dem sie hätten stehen können. Das war also der von Hawcraft so sehr geschätzte, vielgepriesene Schnaps aus *The Hills*, das heiße Lebenswasser, Öffnung zur Seligkeit, das Elixier der höheren Mächte und Gewalten, das vergessen läßt, wer man ist, weshalb man lebt und sterben wird.

Wenn Hawcraft sehr betrunken war, konnte es vorkommen, daß er sang. Dann erhob er seine Stimme, um irgendeine Melodie, ein Lied anzustimmen, eine Opernarie, die ihm in groben Zügen von Raffaelis Gesangsstunden im Ohr geblieben war. Aber seine Stimme war alles andere als schön. Wenn außer den Zwillingen niemand im Haus war, wurde er lauter, begann er zu krächzen und hörte auch nicht auf, wenn sie lachten und sich schließlich die Ohren zuhielten. Er tanzte sogar. Er hüpfte durch das Zimmer. Er tanzte und sang dazu. Er ging in die Knie und sprang auf, er schnellte hoch wie ein Kaninchen und sang. Aber wenn Hunter oder seine Frau, Charlotte Dine oder auch nur einer der Dienstboten im Haus waren, sang er, wenn überhaupt, nur mit unterdrückter Stimme, falsch und leise.

Sie konnten sich jetzt, am See, nicht erinnern, wie lange Hawcraft untätig neben ihrem Bett saß und ihnen zusah, als halte er Wache. Sie schliefen und träumten nicht, während er sie schweigend betrachtete und keine Anstalten machte, sie zuzudecken. Es traf sich schlecht, daß Charlotte Dine in diesem Augenblick den Flur entlangging, die Tür öffnete und sofort bemerkte, was sich im Zimmer der Zwillinge abspielte. Mit aufgelöstem Haar stand sie im Türrahmen, flammend rot gleich einem Racheengel. Natürlich ahnte sie nichts von Hawcrafts kleinem Experiment, die Siamesischen Zwillinge dabei zu beobachten, wie sie gemeinsam die Kontrolle über sich verloren. Charlotte hielt jene kleine, auffallend hübsche Lampe in der rechten Hand, die früher in Mary Hunters Zimmer gestanden hatte und nun gewöhnlich neben Charlottes Bett für Licht sorgte, sofern diese nicht, wie jetzt, nachts durch das Haus irrte, um nachzusehen, ob die Türen wirklich geschlossen waren und die Läden im Wind, wenn er aufkäme, was oft mitten in der Nacht geschah, nicht zu klappern begannen. Über dem nach oben sich verjüngenden Porzellanfuß, einer stilisierten Löwentatze, ein lachsfarbener Glasschirm in Form eines Fischs, der zu schweben schien.

Weder schrie sie jetzt auf noch schlug sie die Tür krachend ins Schloß, sie blieb, wie es ihre Art war, die Ruhe selbst und eisern, als was sie selbst sich gern bezeichnete, wofür einiges sprach, das Hawcraft mit eigenen Augen gesehen hatte; sie wehre sich, wenn die Lage es erfordere, sich zu widersetzen, sagte sie manchmal zu Mary Hunter, die sie mit der aufrichtigsten Bewunderung von ihrem Bett oder Sessel aus betrachtete und ihr die Fisch- und Löwenlampe bereits in der zweiten Woche ihres Aufenthalts in Schottland geschenkt hatte.

Als Charlotte die Tür öffnete, fuhr Hawcraft heftig herum und blickte unverwandt zur Tür, während die Zwillinge sich nicht bewegten, zumindest nicht die Köpfe in ihre Richtung drehten, woran Miß Dine den Grad ihrer Trunkenheit erkennen konnte.

Erst als sie an ihr Bett getreten war, nachdem sie die Tür

vorsichtig hinter sich geschlossen hatte und auf Zehenspitzen, begleitet vom knisternden Geraschel ihres Kleids, nähergekommen war, hatten sie die Köpfe ihr zugewandt und versucht, Miß Dine, die sie immer wieder anrief, als seien sie Sterbende oder aus einer beängstigend langen Ohnmacht Erwachte, in die Augen oder jedenfalls irgendwie ins Gesicht zu sehen. Sie lallten etwas, vermutlich chinesische Worte, deren Sinn sie nicht einmal zu erraten vermochte. Hawcraft hatte sich inzwischen leise erhoben, sich jedoch nicht getraut, das Zimmer möglichst unbemerkt zu verlassen. Chang und Eng, dachte er, waren aus dem Nebel aufgetaucht und sahen nun das Zimmer und Charlotte, ihre Lehrerin; Hawcraft, der seitlich stand, sahen sie nicht. Er stand da und taumelte leicht, als er einen Schritt nach hinten trat. Charlotte sah auf. Ihre Blicke trafen sich, was nicht zu vermeiden war, und Hawcrafts Gesicht, fern, sie einzuschüchtern oder gar zu beeindrucken, verzerrte sich zu einem verlegenen Grinsen, zum Versuch eines überheblichen Lächelns; er fühlte sich bei einem unverzeihlichen Fehler ertappt. Ein einziges Wort gegenüber dem Kapitän und dieser könnte sich gezwungen sehen, ihn fristlos zu entlassen. Mit Hunter war nicht zu spaßen, auch wenn er selbst mitunter bis zur Besinnungslosigkeit trank. Die Siamesischen Zwillinge betreffend hatte er jedoch von seinen eigenen Gewohnheiten abweichende Vorstellungen von Männlichkeit. Die Reinheit des Herzens und eine unverbildete Seele sollten, trotz und mit Hawcrafts und Miß Dines strenger Erziehung, bewahrt werden.

Als sie ihn dabei überraschte, verlegen zu sein, huschte ein flüchtiges Lächeln über Charlottes Lippen, das er nicht im mindesten zu deuten vermochte, ihm jedoch einen leichten Schauer über den Rücken jagte. Blitzschnell flog eines jener Bilder an ihm vorbei, die ihn seit Siam immer wieder zu verwirren drohten. Aber. Ihre Hände. Und ihr Mund. Ihm wurde schwarz vor Augen, und er wäre möglicherweise aus dem Zimmer gestürzt oder aber zu Boden gefallen, er hatte die Wahl, Eile oder Schwäche, wenn nicht in diesem Augenblick von einem der Zwillinge, es handelte sich um Eng, ein furchterregender gurgelnder Ton gekommen wäre, ein Stöhnen gleich darauf, was Charlotte auf der Stelle zu praktischem Handeln veranlaßte; eben eine ihrer zahlreichen Fähigkeiten, die sie nun unter Beweis stellte, als habe sie auf nichts anderes gewartet. Als sei etwas anderes gar nicht zu erwarten gewesen als dieses Gurgeln, warf sie Hawcraft einen triumphierenden Blick zu, wobei sich ihr Gesicht von neuem rot verfärbte. Sie riß sich mit jeweils einer einzigen schnellen Bewegung die Handschuhe von den Fingern, warf sie achtlos zu Boden, bückte sich, kniete nieder, griff mehrmals unter dem Bett ins Leere, in dicke Staubflocken nach dem Nachttopf, nach einem der beiden Nachttöpfe, die sich darunter befinden mußten, aber weder den einen noch den anderen bekam sie zu fassen, sprang auf, rannte zum Waschtisch, nahm eine der Waschschüsseln (mit dem blauen Rankenmuster), aber es war zu spät, es war bereits geschehen. Eng würgte die noch unverdauten Speisen des Abendbrots auf die weiße Decke, auf seine und auf Changs Hände; beide waren zu abwesend, um Zeit zu finden, ihre Hände rechtzeitig zurückzuziehen, bleischwer lagen sie da. Erstaunlich war daran, doch es erstaunte lediglich Hawcraft, daß sich Chang im Gegensatz zu Eng nicht übergeben mußte, trotz des sichtlichen Ekels, der ihn bald und besonders heftig in dem Moment ergriff, als er feststellte, welche Art von Flüssigkeit nun plötzlich an seinen Fingern klebte. Doch immer noch blieben seine Hände reglos liegen. Insofern nahm nun das Experiment eine ganz und gar unerwartete Wendung, von der Hawcraft nicht wußte, ob sie ihn enttäuschen, erfreuen oder bedenklich stimmen sollte. Schweigend und erstaunt starrte er auf Chang und Eng, und beachtete Charlottes Tun kaum.

Noch immer stand er steif und hölzern neben dem Doppelbett und blickte auf den sich erbrechenden Eng und den angewiderten, aber nicht einen einzigen ähnlichen, gurgelnden Ton von sich gebenden Chang. Er sah schließlich von ihnen weg auf Charlotte, die nur kurz zögernd mit der Waschschüssel untätig vor dem Bett stand, die Schüssel geistesgegenwärtig dann doch in das bereits Erbrochene auf die Decke stellte und Engs hin und her pendelnden Kopf darüber festhielt, eine Hand im Nacken, die andere an seine Stirn gepreßt, so hielt sie ihn.

Chang versuchte nun, sich so weit wie möglich nach hinten und gleichzeitig zur Seite aus dem Bett zu beugen, um den Geruch nicht einatmen und das Erbrochene nicht sehen zu müssen. Jedoch waren seine Anstrengungen nicht besonders erfolgreich. Während er nach hinten drückte, beugte Eng sich nach vorne. So sah es aus, als bäume sich der eine auf, während der andere nach vorn preschte. Charlotte befahl Hawcraft mit leiser, keinen Widerspruch duldender Stimme, er solle sich um Wasser bemühen, wodurch dieser nun aus seinen Träumereien — von einer Abhandlung über die Siamesischen Zwillinge, die er einem medizinischen Fachkollegium, etwa der Königlichen Akademie, überreichen wollte — gerissen und angetrieben wurde, sich von seinem Platz fortzubewegen, an dem er noch immer wie angewurzelt stand.

Er durchquerte das Zimmer, jetzt beobachtet von Chang, ging zum Toilettentisch, nahm den Wasserkrug, dessen Henkel sich eiskalt anfühlte, dazu einen feuchten Waschlappen und eines der beiden Handtücher, die am Tisch hingen, und trat wieder ans Bett. Er sagte nichts, und Charlotte schwieg, bis sie schließlich beruhigend auf Eng einzureden begann, mit einer Stimme, die allmählich in eine Art Singsang überging, der mit französischen Wörtern durchsetzt war, die er nicht verstand. Die Überbleibsel eines Dialekts, wie er sich sagte. Ihre weiße Hand lag flach und dünn, fast wie Papier, auf Engs Stirn, hin und wieder warf sie einen Blick auf dessen Bruder, der angestrengt die Augen geschlossen hielt, um nichts von dem sehen zu müssen, was in ihm solchen Ekel hervorrief, Charlotte hingegen gar nichts auszumachen schien. Hawcraft fragte sich, ob sie mit ihm über sein Vergehen würde sprechen wollen, ob sie ihn etwa zu erpressen gedachte, nun glaubte, ihn durch das Wissen eines unverzeihlichen Fehlers in der Hand zu haben, wie sie es möglicherweise immer gewollt hatte, gewissermaßen. Noch immer war sie damit beschäftigt, Eng und Chang mit ihrem leisen Gesang zu besänftigen. Noch immer drang stoßweise, in länger werdenden Abständen und in immer geringerer Mengen, mit Essensbröckchen vermischte Flüssigkeit aus Engs Mund. Doch begann er sich zu beruhigen. Sein Atem ging regelmäßiger. Hawcraft stand da, am Fuß des Betts, den Waschlappen, das Handtuch, den Wasserkrug in Händen.

Das Knarren eines leicht gewölbten Dielenbretts schreckte ihn auf. Er zuckte zusammen. Er reichte Charlotte den Krug, als sie sich wortlos nach ihm umwandte. Sie hatte ihren Oberkörper kaum merklich, ihren Kopf sehr viel weiter nach ihm umgedreht und ihm nur kurz in die Augen gesehen. Ihr Gesicht schien ihm steinerner als sein eigenes. Einen Augenblick waren sie beide reglos. Dann reichte er ihr den Wasserkrug, und sie begann, noch bevor sie die Bettdecke entfernt und durch eine saubere ersetzt hatte, Engs und Changs Hände, dann Engs Gesicht, vor allem Mund, Kinn, Wangen und Stirn, mit dem ins Wasser getauchten Lappen abzuwischen, den Hawcraft ihr mitsamt dem Handtuch gereicht hatte. Sie tat es langsam und nahm es überaus genau, als ginge es darum, das Innere eines Uhrwerks neu zusammenzusetzen. Es war eben Charlottes Art, und seine war es, sich darüber zu wundern, wie es ihre Art war, gewisse Dinge, die sie offensichtlich widerwillig tat, klaglos zu verrichten, kleine, unbedeutende Dinge. Dieser Gedanke erregte ihn. Die Erregung legte sich. Die ersten erotischen Erfahrungen hatte er mit seinem um zwei Jahre älteren Bruder gemacht.

Beleuchtet wurden alle vier von der einzigen, fast bis zum Stumpf niedergebrannten Kerze, die vom Nachttischchen Changs aus ihre farblosen Abbilder verzerrt an die Wände warf, die größer waren als sie und in größerer Bewegung als sie wirklich waren. Für Hawcraft gab es hier nichts mehr zu tun.

Er staunte, und er kam aus dem Staunen gar nicht mehr heraus. Hatte man ihn jetzt nicht in einen wunderbaren, kindhaften Zustand zurückversetzt, in welchem er einige Dinge zum ersten Mal und andere unter neuen und unvorhergesehenen Gesichtspunkten sah, hell beleuchtet sah, als würden sie angestrahlt? Die Schatten. Die Kerze, die bald verlöschen würde. Die Zwillinge, um die sich Charlotte kümmerte, nachdem er sie in ihr kurzes, recht harmloses Unglück gestürzt hatte. Berührte sie nicht ihn, indem sie den Kindern mit Blicken und Händen sanft begegnete und ihnen so nah kam, daß sich die Nähe auf Hawcraft übertrug? Ihre Hände, die die Zwillinge berührten, strichen in Wirklichkeit nicht durch deren Haar, sondern durch seines, berührten die Kopfhaut unter den dünnen, sich lichtenden Strähnen, sie hielten nicht Engs Stirn und Nacken, wuschen nicht die Gesichter seiner Schüler, die er betrunken gemacht hatte, sondern seines, sein Gesicht allein und nicht mehr ihre Gesichter, Hände, Arme, mit jener etwas überspannten Uhrmachergenauigkeit, langsam und fest, ohne je zögernd und unsicher innezuhalten, was Hawcraft nun an etwas Zurückliegendes erinnerte. Es lag weiter zurück als Bangkok. Weiter zurück als die Universität.

Lag es denn wirklich viel weiter zurück als nur einige Jahre? Die Jahre waren, trotz allem, monoton vergangen. Die Hand. Gewiß, ihre Hand. Ihr Schatten an den Wänden! Sein Schatten darauf, auf der Tür, auf dem Fußboden. Als wollte ihm Charlotte durch ihre Fürsorglichkeit bedeuten, daß sich nun alles zum Guten gewendet habe.

Charlotte Dine und David Hawcraft hatten sich während eines kleinen Empfangs zu Ehren irgend einer zu Besuch weilenden Persönlichkeit im Haus eines französischen Kaufmanns kennengelernt, und es hatte David keine Überredungskunst gekostet, Charlottes Vertrauen zu gewinnen und in ein schmutziges Haus zu locken, obwohl sie doch merken mußte, daß er nicht ganz nüchtern war und nichts weiter als den zweifelhaften Ruf besaß, ein Dichter zu sein. Er brauchte Komplizen.

Sie wirkte schüchtern, leicht gereizt, nicht sonderlich anziehend, und trug ein gelbes Kleid. Hawcraft hatte sich ihr, als sie allein am Fenster stand und in ihrer Tasse rührte, so selbstsicher genähert, daß ein Mann mittleren Alters, der ebenfalls auf sie zuging, wie vor den Kopf gestoßen stehenblieb und umkehrte. Hawcraft erinnerte sich nicht an ihre Konversation, die sich vermutlich in Nebensächlichkeiten erschöpfte, wohl aber an ihr gelegentliches Erröten, auch an die schnellen Handbewegungen, mit denen sie sich mit einem pergamentfarbenen Fächer Luft zufächelte. Sie konnte sich erinnert haben, daß man ihn für einen Dichter hielt, nachdem sie seinen Namen nach zweimaligem Nachfragen endlich verstanden hatte. Er konnte nicht warten, wie er nie hatte warten können, und sie, die ihn nicht kannte, war ihm gefolgt, ohne auch nur einen Augenblick zu zögern. Sie waren durch den Garten auf das Tor zugegangen, und es hatte nach Rosen und Regen gerochen, als sie durch die nächtlichen Straßen gingen, in denen das geschäftige Leben trotz der Dunkelheit weiterging, als wäre noch heller Tag. Es hatte durchdringend nach Fisch und Gewürzen gerochen. Sie waren schneller gegangen, Arm in Arm. In seinem Haus herrschte die übliche Unordnung. Auch sie, dachte er, wußte genau, was sie tat und worauf sie sich in dieser Nacht einließ, als sie hinter ihm ins Haus trat, in dem sie sich nicht umsehen konnte, weil es dunkel war und er kein Licht machte, und sich von ihm im Finstern gleich an die Wand drängen ließ. Sie spürte seine knochigen Schenkel, den Druck seines Glieds, seine Zunge in ihrem Mund, seine scharfen Zähne auf ihrer Zunge. Bereits auf dem Weg hierher, hatten sie schon nicht mehr miteinander gesprochen. Dann war er groß und feucht wie in ein enges Futteral, das sich geschmeidig darüberstülpte, in sie eingedrungen, ohne auch nur einen Ton von sich zu geben, während sie einen Schmerzensschrei im Augenblick des Eindringens und weitere während des fortwährenden schnellen Zustoßens nicht unterdrücken konnte; Schreie, die in seinem Mund, von seiner Zunge nur teilweise erstickt wurden. Sie hielt ihr Kleid hoch, hielt es mit beiden Händen am Saum und umfaßte gleichzeitig Davids Hüften, aber schon nach kurzer Zeit machte er, wie von der Feder geschnellt, einige Schritte nach hinten, blieb in der Mitte des Zimmers stehen, schwankte, den Kopf im Nacken, schwer atmend nun, beide Hände vor seinem Glied, das ins Leere weiter stieß, beleuchtet vom bläulichen Mondlicht; über seine Finger lief Samen. Was von seiner Nacktheit zu sehen war, wirkte in diesem Licht blaß und kühl. Er stand da, als müßte er gleich auf die Knie fallen, während Charlotte noch immer in der schützenden Dunkelheit stand, das Gesicht zerrissen zwischen Erregung und Angst. Einer plötzlichen Eingebung folgend, mit der Hawcraft keinesfalls gerechnet hatte, ging sie die wenigen Schritte auf ihn zu, trat damit selbst in das einfallende Mondlicht, kniete sich vor ihn hin und leckte die lauwarme Flüssigkeit von seinen Fingern, leckte Finger für Finger sauber ab, ordentlich wie eine Katze. Sie roch sich selbst. Sie hatte in dieser Nacht, ohne daß Hawcraft es bemerkte, im Alter von einundzwanzig Jahren ihre Jungfräulichkeit verloren, stehend und nicht im Verlauf einer Hochzeitsnacht, ohne mehr als eine gewisse Leere zu empfinden. Er würde es immer wieder tun. Er legte beide Hände auf ihren Scheitel, sie glitten zu beiden Seiten ihres Kopfes über ihre Ohren, bis sie diese so bedeckten, daß Charlotte nur noch ein Rauschen hörte. Hawcrafts Hände hatten ihr Gesicht langsam zu sich herangezogen. Es gab keine Möglichkeit auszuweichen. Das Glied, das, an ihre Nase, ihre Lippen, ihr Kinn gepreßt, zuckend angeschwollen war, drang in ihren Mund, so daß sie einen Augenblick zu ersticken glaubte. Sie hörte nichts. Bis zuletzt hielt Hawcraft beide Hände über ihren glühenden Ohren. Eine Welle, deren Nahen sie kurz zu spüren glaubte, hatte sie nicht fortgespült, auch nicht, als sich ihr Mund füllte. Hawcraft kannte ihre Gefühle ebensowenig wie ihre Vergangenheit.

Jetzt ging sie an ihm vorbei, trug die Waschschüssel mit dem schmutzigen Wasser hinaus, um sie in der Küche auszuleeren und durch frisches Wasser zu ersetzen. Ihr Kleid, eine Art Schlafrock, unten und an den Ärmeln spitzenbesetzt, ein Geschenk Mary Hunters, war an mehreren Stellen bespritzt. Als sie zurückkehrte, war der rechte Ärmel naß. Über dem linken Arm hing ein sauberes weißes Handtuch. Die Zwillinge lagen erschöpft unter den Decken, die Charlotte im nächsten Augenblick gegen neue tauschte, die sie aus einem der beiden Kleiderschränke nahm, die im Zimmer standen, in denen die Zwillinge sich am Anfang ihres Aufenthalts oft versteckt hatten, um Hawcraft abends zu erschrecken, was ihnen fast jedesmal gelungen war. Hawcraft hätte längst das Zimmer verlassen können.

Charlotte war, nachdem sie einen letzten Blick auf die Zwillinge geworfen hatte, aus dem Zimmer gegangen, ohne etwas zu sagen und ohne Hawcraft eines Blickes zu würdigen, aufrecht, hatte die Tür so leise, wie sie sie vor etwas mehr als einer Stunde aufgestoßen hatte, hinter sich ins Schloß gezogen. Sie verschwand nach oben in ihr Zimmer, auf Zehenspitzen offenbar, denn ihre Schritte waren im Flur sogleich verklungen. Er hörte keine weitere Tür gehen, kein Knarren, keine Stimmen.

Er stand in Changs und Engs Schlafzimmer, und Carlotte war fort, einerseits hier und andererseits in seiner Vergangenheit, am Abend des kleinen Empfangs bei den Franzosen in der siamesischen Hauptstadt, einerseits mit einer Waschschüssel, knieend, und zum anderen das nicht sonderlich hübsche, auffallend hellhäutige Mädchen im gelben Kleid, abseits, am Fenster, abseits im Schatten.

Vielleicht hatte sie sich sofort zu Mary Hunter begeben, um ihr, am Bett sitzend, den Vorfall zu schildern, seine Unzuverlässigkeit zu beklagen, da sie wußte, daß sie es ihrem Mann nicht weitererzählen würde; Hawcraft konnte sich auf Charlottes Loyalität verlassen. Aber auf nichts weiter. In diesem Augenblick traf der Mond, eben aus den Wolken getreten, das Bett, überflutete es mit seinem Licht ganz, beleuchtete das große weiße Rechteck, beleuchtete die Zwillinge, die einander zugewandt, miteinander verbunden, einander mit geschlossenen Augen anzusehen schienen, als könnten ihre Lider keine Barrieren, nicht einmal sie Barrieren sein, die sie zumindest während des Schlafs in unabhängige Köpfe schieden. Hawcraft war, als tauschten sie auch jetzt im Schlaf, träumend, ihre auf ewig miteinander verbundenen Gedanken aus. Der Mond blieb auf dem Bett.

Vielleicht aber hatte sich Charlotte geradewegs auf ihr Zimmer begeben, stand dort am Fenster und blickte hinaus, oder war dabei, sich auszuziehen, oder lag bereits im Bett und sah in den Mond, der ihr Fenster ausfüllte. Er betrachtete Chang und Eng, wie sie etwas unruhig atmeten, aber zweifellos schliefen, beide Münder geöffnet, hinter den geschlossenen Lidern die sich bewegenden Pupillen; sie schaukelten und schwankten im Schlaf weiter auf ihrem intimen Schiff, das Hawcraft nie betreten würde. Alles war leer. Sie würden ihn mitreißen. Er sah auf seine Uhr und stellte fest, daß es erst gegen zehn ging. Die Nacht lag vor ihm, er würde durch das Haus schleichen. Langsam ging er auf die Tür zu, nachdem er die Kerze ausgeblasen hatte, verließ das Zimmer und blieb im Flur stehen, betrachtete die schwere, eisenbeschlagene Truhe, die zwischen zwei Türen stand, und fragte sich, zum wiederholten Mal, was sich darin befinden mochte, denn alles mögliche ließ sich darin verstauen und vor neugierigen Blicken schützen. Er dachte, daß darin die Seekarten und Geräte des Kapitäns lagen, die sichtbaren Spuren seiner Erinnerungen, die Aussteuer Mary Hunters, er merkte nicht, daß er lange so, gedankenverloren, stehenblieb, wie es in letzter Zeit immer öfter vorkam, daß er irgendwo stand oder saß und lange über Leute wie Mary oder Charlotte oder seinen Vater nachdachte; er war umgeben von Menschen, die ihm ebenso fremd waren, wie die beiden siamesischen Jünglinge, die sich, obwohl er sie betreute und täglich sah, immer weiter von ihm entfernten, vielleicht nur deshalb, weil sie Männer geworden waren. Er sah sich in Gedanken wieder auf der anderen Seite der Tür, noch im Zimmer, auf das Bett zugehen, in dem sie lagen, sich hinknien, seinen Kopf auf das Bett legen und weinen.

Eine Stunde lang hatten sie kein Wort miteinander gesprochen. Immer noch saßen sie schweigend auf der morschen, faulig riechenden Bank am Ufer des Sees. Sie hatten gestritten, sie hatten sich über Hawcraft gestritten, des Schnapses wegen, den er ihnen am Vorabend zu trinken gegeben hatte. Es war Chang, der als erster zu sprechen begann. Sie wandten sich um, als sie hörten, wie ein Fenster zugeschlagen wurde, sahen zum Haus hinauf, das fast drohend auf der kleinen Anhöhe stand. Am Fenster von Mary Hunters Zimmer erkannten sie Miß Dines Silhouette. Die nächste Unterrichtsstunde beginnt in zwanzig Minuten. Es ist ein so häßlicher See.

Teil Zwei

5

Zum Schluß der Vorführungen war es einigen wenigen Auserwählten vergönnt, die durch das Los ermittelt worden waren, die Siamesischen Zwillinge am Kopf, an der Brust und am Ligamentum zu berühren, das sich im Lauf der Jahre zu einem kräftigen, armdicken und äußerst dehnbaren Band entwickelt hatte, das ihnen nicht nur erlaubte, sich nebeneinander zu stellen, sondern auch, Rücken an Rücken zu stehen. Beide trugen Bérets auf den Köpfen, die weit aus den hohen, glatten Stirnen geschoben waren. Die Siamesen traten in zwei zusammengenähten knielangen chinesischen Blusen aus dunkelblauer Seide auf, die ihre Oberkörper, samt dem sie verbindenden Glied, den neugierigen Blicken freigaben, wenn auch erst gegen Ende der Vorstellung. Bis dahin trugen sie über den Blusen kurze Westen. Die hauchdünnen weißen, fast durchsichtigen Hosen, die ebenfalls aus Seide waren und bis zu den Waden reichten, unterstrichen die Farbe ihrer bloßen Füße, deren sonderbare Form sogleich jedem auffiel und auch jedem auffallen sollte. Stets etwa zehn bis zwanzig Personen waren es, die zum Schluß nähertraten, schüchtern oder sogar ängstlich, als fürchteten sie, sich zu verbrennen, ihre Hände, ihre Fingerspitzen ausstreckten, mit denen sie erst den einen, dann den anderen, den größeren und den kleineren, den stämmigeren, dann den schmächtigen jungen Mann am Kopf berührten und sich, nicht immer und nicht alle mit demselben Nachdruck, endlich auch getrauten, jenes geheimnisvolle unzertrennliche Band zu berühren, das sie seit dem Tag ihrer Geburt — und davor im Mutterleib, und vordem bei Gott oder dem Teufel — unverbrüchlich zusammenhielt. Sie waren die vollkommene Einheit. Während man sie berührte, bewegten sie sich nicht. Sie sahen geradeaus, starr wie ein Monument. Wer große Hände hatte, konnte das Ligamentum umfassen wie man ein Schiffstau umfaßt, dieses Band, das der Grund ihres Hierseins war, ihrer gut besuchten Auftritte in den kleinen Theatern, Clubs oder Salons, vor wohlhabenden oder reichen Leuten, wo sie die Attraktion, das Siamesische Wunder bildeten, bei Leuten, die es gut mit ihren Gästen meinten. Manchmal traten sie als einzige Künstler auf, meistens aber vor oder nach einer Sängerin, einem Sänger, einem Zauberkünstler, Artisten, Pianisten oder anderen Instrumentalvirtuosen, einem Tierstimmenimitator oder einem medial begabten Wesen, das in der dunklen Vergangenheit und in der Zukunft zu lesen vermochte, die Welt war reich an solchen Phänomenen; sogar, vor wenigen Tagen in K-ville, als Begleiter von zwei fünfzehnjährigen Mädchen, die am Rücken zusammengewachsen waren und dennoch sehr anmutig mit Chang und Eng Walzer und Menuett getanzt, auch gesungen hatten, wonach jedesmal begeisterter Beifall aufgebrandet war. Nichts war Chang in solchen Augenblicken so angenehm, gab ihm tiefste Befriedigung, erregte ihn sogar, wie das Geräusch, das von den Zuschauerinnen erzeugt wurde, wenn sie in ihre behandschuhten Hände klatschten, egal, ob sie hübsch oder häßlich, jung oder alt waren — und hätte es in seiner Macht gelegen, so wäre er vor der Vorführung vor das Publikum getreten und hätte es darum gebeten, jede anders geartete, gewissermaßen ordinäre Beifallsbekundung zu unterlassen, aus Gründen, die er an dieser Stelle nicht erörtern könne; von denen nicht einmal sein Bruder etwas wußte. Er behielt das ihn erhitzende Gefühl für sich.

Die beiden aus dem Norden Europas stammenden Mädchen hatten ganz blondes Haar gehabt, das ihnen über die Rücken floß, diese vollständig bedeckte, ein Katarakt herunterstürzendes Flachses, der sich ihnen über die Schultern und über den verborgenen Teil ihrers Körpers, das Geheimnis ihres Erfolgs, legte, der sie zusammenhielt und natürlich, wie gewünscht, gegen Ende des Auftritts gezeigt wurde, um zu beweisen, daß sie keine Betrügerinnen waren. Die Veranstalter, Gastgeber, Besucher, Gäste oder zahlenden Zuschauer wollten sich der Wahrheit und der Richtigkeit ihrer Wahrnehmung versichern, man hätte sie ja auch hintergehen können. Doppelmonster bekam man nirgendwo auf der Welt täglich zu sehen, schon gar nicht in der Neuen Welt. Sie lockten die Leute an, und es wäre, bei richtiger Verschleierung, ein Leichtes gewesen, die zahlreichen Neugierigen mit einer Täuschung übers Ohr zu hauen. Größte Seriosität mußte an den Tag gelegt werden.

Aber Chang und Eng und auch die Schwedinnen oder Deutschen waren ohne jeden Zweifel echt. In ihren weißen Kleidchen hatten sie artig geknickst, waren beide nur ein wenig in die Knie gegangen, hatten ihre Händchen in Brusthöhe, genau parallel, den jungen Männern entgegengestreckt, die erst zur einen, dann zur anderen traten, um, erst Chang, dann Eng, einen Handkuß anzudeuten, wonach sich die Mädchen langsam wieder aufrichteten, warteten, bis die Pianistin zu spielen begann, wonach sie sich, immer schneller werdend, vor den Siamesischen Zwillingen drehten, die, wann immer es ging, nach ihnen zu greifen versuchten. Dank einer recht komplizierten Choreographie war es ihnen schließlich gelungen, abwechselnd mit der einen und der anderen einen Tanz zu vollführen, der eben im Augenblick erfunden wurde, wobei man nicht erkennen konnte, daß es gar nicht so einfach war, sich einander anzupassen und somit ein gutes Bild abzugeben; keinesfalls durften sie wie Krüppel aussehen, die Kunst bestand darin, elfengleich zu bleiben. Niemand brauchte es ihnen mehr einzutrichtern. Wie ein Karussell, genau wie ein Karussell! hatte jemand ausgerufen, entzückt jubelnd, denn es sah wirklich so aus, als versuchten die zusammengewachsenen jungen Männer in immer neuen Anläufen auf ein fliegend sich um sich selbst drehendes Jahrmarktsgefährt aufzuspringen, an dem sie jedoch abprallten und das sie, wenn es ihnen doch einmal gelang, abwarf wie Pferde einen verhaßten Reiter. Aber all dies geschah mit vollendeter Grazie, so daß man für Momente ganz vergessen konnte, daß es sich um Mißgeburten handelte, die hier zur Schau gestellt wurden. Immer wieder hatten die beiden süßen Mädchen während des Tanzes glockenhell aufgelacht und ihre Händchen nach oben geworfen und ihre Köpfe zur Seite auf die Schultern gelegt, alles taten sie so, wie man es ihnen beigebracht hatte und nichts deutete darauf hin, daß man es sie unter furchtbaren Drohungen und begleitet von Schlägen gelehrt hatte; in Changs und Engs Erinnerungen würden sie an jenem Tag zurückkehren, da ihnen die Zweiköpfige Nachtigall aus North Carolina vorgestellt wurde, viele Jahre später, als sie selbst nicht mehr auftraten.

Die beiden vierundzwanzigjährigen Jünglinge mit dem rabenschwarzen Haar und der gelblich dunklen Haut, die keinerlei Bartwuchs aufwies, verzogen keine Miene, wenn man sie berührte, was ihnen eine strenge Körperbeherrschung und steife Haltung abverlangte; sie sprachen währenddessen weder mit jenen, die sie anfaßten und ihnen, selten, auch Fragen stellten, noch sprachen sie untereinander oder mit Sir Robert Hunter, einem Adligen, der sich, wie er zu Beginn jeder Vorführung öffentlich behauptete, in Boston niedergelassen hatte, nachdem er seine englische Heimat der schändlichen Parlamentsreform wegen verlassen hatte, aus freiem Entschluß selbstverständlich, es habe ihn nichts mehr dort gehalten. Da die Mehrzahl der Leute hierzulande ebensowenig über das ferne England wie über die dort durchgesetzten Veränderungen wußte, waren solche Erklärungen und Bekenntnisse überflüssig, aber Hunter war nicht der Mann, dies zu bemerken. Er gedenke, sagte er weiter, einführend, seinen Lebensabend hier zu verbringen, beziehungsweise dort, und zeigte in Richtung Boston.

Er hielt sich stets im Hintergrund, saß mit übergeschlagenen Beinen auf einem Stuhl, beide Arme auf den Lehnen, sah geradeaus, als ginge ihn der ganze Trubel, den er entfacht hatte, nichts an, und schien an nichts weiter zu denken als an die Staubkörnchen, die er manchmal auf seinem schwarzen Anzug zu entdecken glaubte und wegschnippte. Ein würdiger älterer Herr, ohne Zweifel, dem es ein Herzensbedürfnis war, die Siamesischen Zwillinge zu beschützen, sie den Blicken der Öffentlichkeit zwar nicht zu entziehen, sie ihr aber auch unter keinen Umständen auf Gedeih und Verderben auszuliefern; dies zu verhindern, mochte seine Aufgabe sein; wenn man ihn so sitzen sah, selten einen kurzen Blick auf das werfend, was vor seinen Augen geschah, gab er das Bild eines wirklichen Gentleman ab, wie man sie in diesem Land nicht oft zu sehen bekam. So gehörte auch er mittlerweile zur eigentlichen Vorstellung, zum Programm, in dessen Rahmen die Siamesischen Zwillinge aus Bangkok gezeigt wurden. Er trat immer allein vor den geschlossenen Vorhang, sofern ein solcher vorhanden war, sprach eine Weile über die Zwillinge, über deren Menschwerdung, und vermochte auf diese Weise, die Spannung von Sekunde zu Sekunde noch zu steigern, denn jene, die nun taten, als lauschten sie aufmerksam seinen Worten, warteten tatsächlich auf nichts anderes als auf die mißgestalteten, wunderbar zusammengehaltenen Fabelwesen. Außer den Veranstaltern und einigen Eingeweihten, hatte bis zu diesem Zeitpunkt niemand je zuvor Chang und Eng gesehen, nur von ihnen gehört, die stets vier oder fünf Stunden vor der Vorstellung eintrafen und in Wagen fuhren, die mit dunklen Vorhängen zugehängt waren. So daß sie jedesmal, wenn sie ausstiegen, vom Licht so vor den Kopf gestoßen wurden, daß sie ihre Hände vor die Augen halten mußten, um die Helligkeit abzuwehren; ebenso Hunter und Madame Raffaeli, die sie im finsteren Wagen begleiteten, nur selten im Freien saßen, Madame Raffaeli, die sie übrigens auch auf dem Klavier begleitete, dessen Bereitstellung zur Bedingung jeden Auftritts gemacht wurde. Die ihren despotischen Mann, den Gesangspädagogen Emilio Raffaeli, nach fünfzehnjähriger Ehe verließ, nachdem sie erkennen mußte, daß dessen italienisches Naturell, sein hitziges, schamloses Temperament, wie sie es nannte, zu ihrer sehr distinguierten, förmlichen, britischen Art einfach nicht passen wollte; so wenig wie ihr Name, Bei Licht betrachtet, pflegte sie zu sagen, bei Licht betrachtet wirklich nicht zu meinem Gesicht, meiner ganzen Art paßt, welchen sie dennoch nicht ablegte, aus künstlerischen Gründen nicht, denn sie empfand sich als eine Virtuosin, deren Ruhm noch zu begründen war. Der Name Elsa Raffaeli klang gut, fand sie, obwohl er ihr nicht stand, wie sie behauptete, aber er kleidete sie wunderbar, wie sie sagte. Nicht nur, daß Raffaeli mit anderen Frauen verkehrt hatte, wann immer der Trieb ihn übermannte, er hatte auch, wie sie Hunter gestand, bei jeder sich bietenden Gelegenheit von ihr gefordert, sich ihm, der, von Gier und Wollust getrieben, völlig hemmungslos war, hinzugeben, und zwar nicht etwa nur im freundlichen, von ihr sehr hübsch eingerichteten Rahmen des ehelichen Schlafzimmers, sondern auch Fast in der Öffentlichkeit, man kann sagen, fast in der Öffentlichkeit, fast vor den Augen aller Welt, verstehen Sie, was ich meine? wie sie zu Hunter sagte, ohne jedoch weiter in die Details zu gehen, mit solcher Leidenschaft, daß jeder andere als Hunter hätte annehmen müssen, das Feuer des Italieners habe sie nicht nur angesteckt, sondern sei gerade dabei, sie mit Haut und Haaren zu verzehren. Sie gestikulierte wild, sie stampfte mit den Füßen auf und war kaum zu beruhigen, ein Unterfangen, das zu unternehmen Hunter auch gar nicht in Angriff nahm, er ließ sie vielmehr reden, bis sie erschöpft und den Tränen nah verstummte, lange Minuten schwieg und einer Vergangenheit nachzuhängen schien, die zumindest weniger beschwerlich gewesen war als diese nicht endenwollenden Reisen auf holprigen Wegen, als Begleiterin und nicht als ruhmreiche Pianistin, wie ihr wohl bewußt war.

Die Zwillinge, Hunter und Mrs. Raffaeli betraten die Veranstaltungräumlichkeiten fast immer durch Hintertüren, durch Bühnen- oder Lieferanteneingänge, um der Gefahr zu begegnen, noch vor der Vorstellung von Neugierigen überrascht zu werden, die dann zu früh hätten verbreiten können, wie die Siamesischen Zwillinge in Wirklichkeit aussahen, wie alt sie waren und an welcher Stelle zusammengewachsen. Niemand durfte sehen, wie sie aus dem Wagen stiegen, sich manchmal, trotz ihrer sonstigen Gelenkigkeit, vom Kutscher oder von Hunter doch helfen lassen mußten, wenn etwa der unterste Wagentritt zu weit vom Boden entfernt war, der eine Bruder also unweigerlich den anderen beim Verlassen des Gefährts mit sich gerissen hätte, wodurch beide auf die Erde geworfen worden wären. War die Kutschentür breit genug, oder handelte es sich um nichts als eine Plane oder einen Vorhang, konnten sie gemeinsam springen. Dann sprangen sie, wie sie früher ins Wasser gesprungen waren, um zu tauchen, wippten kurz gleichzeitig und schnellten vor.

Das war nicht der einzige Grund, der Hunter veranlaßte, sie vor den Augen unliebsamer Gaffer zu verbergen; die Phantasie sollte entflammt bleiben. In den Vorstellungen der Neugierigen mußte so lange wie möglich Platz für tausenderlei Vermutungen bleiben, alles nur Erdenkliche sollten sie sich unter den Siamesischen Zwillingen vorstellen können: Monster, Krüppel, Greise, Wilde, Bestien, Teile einer Menagerie; denn desto größer würde die Überraschung sein, wenn sie dann, nach Hunters Einführung, endlich mit Leib und Seele in ihrer wahren Gestalt vor ihr Publikum traten, der eine eher zierlich, der andere ziemlich kräftig und um einige Zentimeter größer, so daß es aussah, als stütze sich der größere, Eng, auf den kleineren, Chang, und beschütze ihn gleichzeitig.

Hunter, der es den Zwillingen und Madame Raffaeli verboten hatte, von seiner Kapitänszeit und wahren Herkunft zu sprechen, wenn Fremde zugegen waren — wie er es ohnehin nicht schätzte, wenn die Rede vor anderen auf ihre Vergangenheit kam, die er lieber im Dunkeln ließ —, rechnete mit allem und hatte deshalb alles einkalkuliert. Seine Aufgaben waren vielfältig, und so war es nur recht und billig, daß er viel Geld für deren Erledigung kassierte, das er stets bei sich zu tragen pflegte, und erst einige Jahre später, wenige Monate vor seinem Tod, bei einer Bank im Norden deponierte. Seine Stellung empfand er als ebenso bedeutend wie alle die Überlegungen bedeutsam, die sie ihm abverlangte. Er sprach jedoch nicht oft davon. Er dachte darüber nach, während Stunden, während der Reisen, wenn er nicht einschlafen konnte, nachts. Aber nicht selten kam es in letzter Zeit vor, daß er darüber mitten am Tag, manchmal sogar während einer Vorstellung, plötzlich einnickte und sogleich in tiefen und festen Schlaf versank. Wenn er aufwachte, waren ihm Füße und Beine bis zu den Knien hinauf eingeschlafen und kribbelten umso entsetzlicher, als er nun nicht aufstehen durfte, weil er dadurch die Aufmerksamkeit der Zuschauer von den Zwillingen auf sich gelenkt hätte. Bald, dachte er, würde er es sich angewöhnen müssen, nach seiner anstrengenden Vorrede hinter der Bühne oder in einem angrenzenden Zimmer auf das Ende der Veranstaltung zu warten und nicht mehr mitten im Geschehen oder doch in dessen unmittelbarer Nähe im Hintergrund. Die Siamesen mußten zuvorderst, sagte sich Hunter, geheimnisvolle, exotische Wesen bleiben, Kuriositäten, deren Fremdartigkeit durch die ungewöhnliche Hautfarbe, den irritierenden Schnitt der Augen und die Zartheit der Haut noch unterstrichen wurde, ebenso durch ihre wunderbaren, rein intonierenden, nicht voneinander zu unterscheidenden Tenorstimmen, und das unverständliche Siamesisch, das zu sprechen sie sich während der Vorstellung immer wieder zu befleißigen hatten, nebst dem einwandfreien Englisch, das hier als Oxfordenglisch bezeichnet wurde und welches, wenn sie es sprachen, die Zuschauer womöglich in noch größeres Erstaunen versetzte als die fremde siamesische Sprache, die ja zu ihrem Wesen besser paßte als dieses erlesene und überhebliche Englisch, in dem sie Konversation trieben und sich zum Spaß unterhielten, als hätten sie sich nie zuvor gesehen, als begegneten sie einander heute zum ersten Mal. Das Publikum schwankte zwischen Ergriffenheit und der Lust, in Lachen auszubrechen, aber auch leichte, angenehme Schauer des Entsetzens oder Ekels konnten einem über den Rücken laufen und hatten es getan, wie man sich später genüßlich in Erinnerung rief. All dies, die Wechsel von einer Sprache in die andere, der Wortlaut der Gespräche, die Abfolge der Lieder und Opernduette, der kleinen artistischen Einlagen, war mit Hunter genau abgesprochen, das Programm wurde nach einem zuvor bestimmten Plan abgewickelt. Es konnte verändert werden, je nach den dem Publikum unterstellten oder vom Gastgeber vorgebrachten Wünschen, jedoch wäre es undenkbar gewesen, daß Chang und Eng das Programm ohne Hunters Einverständnis umgestalteten. Der Ablauf wurde natürlich immer dann geändert, wenn sich weitere Künstler zugesellten, die sich mit ihnen gemeinsam oder abwechselnd produzierten, wie beispielsweise jene Mädchen mit dem blonden Haar, die am Rücken zusammengewachsen waren und auf Chang und Eng, wie sie sich später eingestanden, den allertiefsten Eindruck gemacht hatten, über den die beiden jungen Männer noch Tage später sprachen, als ihre Wege sich längst getrennt hatten; zum ersten Mal waren sie zwei Menschen begegnet, die das gleiche Schicksal teilten wie sie und in vielerlei Hinsicht so empfinden mußten wie sie; niemand anderes als sie hätte sie so gut verstehen können wie gerade sie, auch ohne viel zu reden. Die Mädchen waren äußerst schüchtern und schwiegen die meiste Zeit oder kicherten und flüsterten miteinander, indem sie ihre Köpfchen nach hinten bogen und Wange an Wange legten und schnell ihre Lippen bewegten, spitzten und zurückzogen. Chang und Eng gerieten nicht nur darüber ins Schwärmen, sondern auch bei der Erinnerung daran, daß die beiden einander abgewandten Mädchen sich sehr viel ähnlicher sahen als sie, denn nicht nur, daß sie auf den Millimeter genau gleich groß waren und ihre Gesichter wie ein Ei dem anderen glichen, sie sprachen auch fast immer gleichzeitig und sagten dann dieselben Wörter und Sätze zur gleichen Zeit. Im Gegensatz zu Chang und Eng war es nahezu unmöglich, zu wissen, welches der beiden Mädchen gerade vor einem stand, welches der beiden Mädchen das eine und welches das andere war. Denn wenn sie sich um hundertachtzig Grad gedreht hatten und man der einen, die gleich angezogen und frisiert war wie die andere, ins Gesicht zu sehen glaubte, konnte es sich ebensogut um die andere handeln und umgekehrt nicht um sie, sondern um jene, wohingegen man angesichts von Chang und Eng stets mit Sicherheit sagen konnte, daß der links vor einem stehende junge Mann Chang und der rechts vor einem stehende Eng war, der kleinere Chang und der größere Eng; und da die Mädchen es sich zur Gewohnheit gemacht hatten, die Umwelt zu verwirren, wann immer es sich einrichten ließ, zum Mißfallen ihres deutschen Beschützers, beherrschten sie auch alle erdenklichen Tricks, mit denen sich dies bewerkstelligen ließ, wobei der einfachste jener war, sich in einem unbemerkten Augenblick, wenn das Gegenüber gerade durch irgend etwas abgelenkt wurde, blitzschnell umzudrehen, um dann mit Unschuldsmiene zum Opfer hinaufzusehen wie ein Lämmchen (sagten die Siamesischen Zwillinge zueinander), ein Lämmchen, das nichts wußte, während das Opfer nur ahnte, daß es die Zielscheibe des Spotts der kleinen Mädchen war. Sie machten auf die Fremden den Eindruck kleiner kostümierter, zusammengebundener Steckenpferde, was ihren Reiz noch erhöhte.

All das hatten sie an ihnen sehr bewundert, auch begehrt, sehnsüchtig begehrt, wie sie sich wechselseitig immer wieder in immer neuen Wendungen erzählten. Sie gerieten über hunderterlei Kleinigkeiten ins Schwärmen, bis hin zu den Schuhen und Haarspangen, Schleifen und Unsichtbarkeiten der Mädchen, ihren edelsten und anrüchigen Teilen, wie sie sagten, Chang sagte anrüchig und Eng sagte edel, um es dann gleich umzukehren, neue Entdeckungen fügten sich wie von allein in ihre Gedanken ein, über die sie bisher nie gesprochen hatten, Stellen der Mädchenkörper, die in ihren Geheimgesprächen ganz von selbst zu blühen begannen, und sie wünschten sich hoffnungsvoll, daß nicht nur sie, sondern auch die Mädchen etwas an ihnen, den jungen, interessanten Herren bewundert, vielleicht sogar heimlich begehrt hatten, von ganzem Herzen, wie sie es begehrten. Natürlich hätten sie sich Hunters Aufsicht nicht entziehen können, um sich den beiden Mädchen so zu nähern, wie sie es sich nachträglich ausmalten, auch hätte der deutsche Beschützer der beiden sie daran gehindert, ihnen zu nahe zu kommen, allein schon deshalb, weil sie beinahe noch Kinder waren, während Chang und Eng als Erwachsene hätten gelten können, wäre ihre Bewegungsfreiheit vom Kapitän nicht so stark beschnitten gewesen. Und über all das, über das Begehren und das Verbot, über die Nähe und das Zurückgehaltenwerden konnten sie stundenlang sprechen, ohne davon abzuweichen, und ohne daß ihnen jemand auf ihren verschlungenen Wegen hätte folgen können, niemand wurde eingeweiht. Sie waren sich in diesen Wochen oftmals so einig, wie sie es seit dem Verlassen

Siams nicht mehr gewesen waren, so einig, daß Chang manchmal dachte, sie unterschieden sich inzwischen ebensowenig voneinander wie die Mädchen, auch äußerlich nicht, während Eng sich sagte, ohne es auszusprechen, daß sie einander nun durch diese Mädchen näher waren als je zuvor, ähnlich den Mädchen selbst, die diesen Eindruck hervorgerufen hatten, die eine, wie es schien, noch größere und fast beneidenswerte Einheit bildeten. Als wäre eine neue unsichtbare Brücke zwischen ihren Köpfen geschlagen. Doch ihre Gedanken kehrten bald zu den beiden kleinen blonden Schönheiten zurück, die sich ihrer so sehr bemächtigt hatten, daß sie ihnen hin und wieder sogar den Schlaf raubten. Die Schuhe, Haarspangen, Knöchel, Arme, das sanfte Wiegen ihrer Körper, die schnellen, rasenden Drehungen an Ort und Stelle um sich selbst, ihre zierlichen Füße in den Schnallenschuhen, die weißen Strümpfe, darunter die Knöchel, die Fesseln, die Waden, Knie, Schenkel. Der Tanz, den sie, die Siamesen, zu tanzen aufgefordert waren. Die zum Tanz auffordernden deutschen Zwillingsmädchen oder Zwillingsmonster, untrennbar miteinander verbunden wie sie. Die Köpfe der Mädchen zurückgeworfen, Wange an Wange glühend, das Haar wie zusammengeflossen zu einem einzigen großen Schopf. Die reinste Haut. Die schmalen Finger, keine Unreinheiten. Die kleinen Mädchen hatten es ihnen so angetan, daß sie noch Tage später, noch nach Wochen in irgendeiner Kutsche, irgendeinem Wagen von ihnen sprachen, ohne daß der Faden abriß, hinter vorgehaltenen Händen, Nase an Nase, Mund fast an Mund, immer wieder kichernd wie kleine Jungen, während das, worüber sie sprachen, sie so erregte, daß ihre Glieder oft lange Zeit steif blieben, ein Umstand, über den sie sich ebenfalls ausführlich unterhalten konnten, so daß die Erektionen nur noch länger anhielten, und sie, je mehr Zeit verstrich, auf andere Frauen zu sprechen kommen ließen, die sie im Publikum oder während eines kleinen Empfangs oder Essens entdeckt und ausgewählt hatten, ihnen den Gesprächsstoff zu liefern und schließlich, nachts, die Befreiung von der schier unerträglich gesteigerten Lust und die Befreiung von jener Leere, in der die Anspielungen, Andeutungen und Doppeldeutigkeiten, vor allem aber die klar ausgesprochenen Wünsche herumschwirrten; dann ergriff manchmal Chang Engs Glied und Eng Changs Glied, und jeder hielt das Glied des anderen so lange, bis beide sich, meist gleichzeitig, aufbäumten, in die Kissen zurückfielen und sofort einschliefen, ohne ein weiteres Wort miteinander gewechselt zu haben. Im Wagen tuschelten sie hinter einem leichten, die Worte dämpfenden Halstuch und waren vor Hunters und Madame Raffaelis Augen verborgen, der einzigen übrigens, die sich bisher erboten hatte, ihren Wünschen nachzukommen; sie redeten leise und in ihrer unverständlichen Muttersprache, leise, weil Hunter ihnen das laute Reden in ihrem einsilbigen Idiom untersagt hatte, wie er ihnen ja überhaupt das Reden in ihrer Muttersprache am liebsten verboten hätte, was er nur deshalb nicht tat, weil er fürchtete, sie würden das Siamesisch verlernen, das jedoch für ihre Zurschaustellung unbedingt lebendig bleiben mußte. Er mochte ihre Sprache nicht, wollte sie nicht hören, wie er auch Chinesisch nicht mochte, das sie einst fließend beherrscht hatten, die Sprache, die ihre Eltern untereinander und nicht selten auch mit den Kindern gesprochen und das sie inzwischen fast ganz vergessen hatten. Diese Sprachen waren, wie Hunter sagte, seinen Ohren unverträglich, sie konnten, wie er meinte, in den Ohren eines Engländers, und vermutlich auch eines Franzosen oder Deutschen, gar nicht anders als peinlich und beleidigend klingen. Weshalb sie in seiner Gegenwart stets flüsterten, wenn sie nicht Englisch sprachen oder sich vor Zuschauern zeigten, wo sich Signor Raffaelis Gesangsunterricht als hilfreich erwies, da ihnen dort das durch den Bauch gestützte Singen und Sprechen und deutliches Artikulieren beigebracht worden war. Hätten sie allerdings auf Englisch miteinander geflüstert, hätte ein Blick Hunters genügt, sie die Stimmen auf der Stelle erheben zu lassen.

Englisch war nicht die Sprache, in der Chang und Eng sich verständigten, wenn zur Verständigung das Sprechen nötig war. Sie verheimlichten ihre Sympathie und ihr Begehren für die Zwillingsschwestern vor den anderen in ihrer Sprache, und mit Sicherheit war Madame Raffaeli — die nicht nur behauptete, alles zu durchschauen, jedes Herz genauestens zu kennen — die einzige, der auffiel, wie sich die beiden, seit der Begegnung mit den Mädchen, unmerklich, von ihr aber sehr wohl bemerkt, veränderten; als zögen sie sich heimlich in ihrer beider Inneres zurück. Es geschah vielleicht nicht nur der kleinen Mädchen wegen, möglicherweise waren sie nicht der alleinige Anlaß, vielleicht verstärkten die Anstrengungen dieser ersten langen Tournee ihre Empfindlichkeiten, sie begannen sich, wie ihr schien, von Hunter zu distanzieren. Es war, als gingen sie einige Schritte rückwärts, gleichermaßen, um ihm auszuweichen und einen Halt hinter sich zu finden. Aber dann verwischte dieser Eindruck wieder und wich der lähmenden Müdigkeit, die sich ihrer der Hitze wegen bemächtigte. Ihr war es gleichgültig, was geschehen würde. Vielleicht hatten die Mädchen in wenigen Augenblicken, durch bloß angedeutete Bemerkungen oder Bewegungen aus ihnen erwachsene Männer gemacht (die noch immer kicherten), und sie fragte sich, ob zwischen den beiden Doppelmonstern nicht doch etwas vorgefallen war, das Gott mißfallen hätte, jedoch nicht einmal von dem strengen, unfreundlichen Beschützer aus Deutschland hatte verhindert werden können. Doch der Kapitän bemerkte nichts von alledem.

Oft saßen sie während mehr als neun Stunden zu viert in der engen Kutsche, gedrängt, ohne sich richtig bewegen zu können; einer nach dem anderen schlug die Beine übereinander, Chang und Eng gleichzeitig, verschränkte die Arme, legte die Hände auf die Knie, in den Schoß, versuchte, sie im Nacken zu verschränken, versuchte, die Beine zu strecken, die Arme, was nur unzulänglich gelang, die Hitze nahm zu, die Scheiben, sofern es welche gab, beschlugen, die unerträgliche Hitze mußte ertragen werden, zu lange durfte man nicht darüber nachdenken, je länger man daran dachte, desto mehr dehnte sich die Zeit aus, desto stärker wurde das Bedürfnis nach Wasser, nach einem kühlen Getränk, nach einem kalten Bad. Den Zwillingen war es vergönnt, abgelenkt zu sein, und fast immer schlugen die Versuche der beiden anderen Passagiere fehl, sich mittels Durchzug frische Luft zu verschaffen, denn herein wehte meist nichts als trockener Sand, Wind und Staub, der sich dick in der Nase festsetzte und Kopfschmerzen verursachte. Aus den Ebenen drang das Geheul unsichtbarer Köter, die sich selten blicken ließen. Madame Raffaeli benetzte in regelmäßigen Abständen ein großes, täglich frisches Taschentuch, mit welchem sie sich die Stirn, die Nase, die Wangen und Lippen benetzte, die mit jedem Tag trockener wurden. Immer wieder, und in immer kürzeren Abständen, nötigte sie dieser Umstand, mit ihrer kleinen, bleichen Zunge die rissigen Lippen zu befeuchten. Schließlich seufzte sie laut vor sich hin und schlief ein oder stöhnte bloß immer wieder, ihrem Leib seien so furchtbare Schmerzen zugefügt, daß sie unmöglich schlafen könne, sie dachte an nichts anderes mehr als an diese Schmerzen, die von der holprigen Fahrt des Fuhrwerks rührten; immer wieder sprangen die Kutschen jäh hoch, rissen die Reisenden mit, bäumten sich auf, neigten sich tief nach vorn, nach unten, und bohrten dabei die Federn ihrer meist zerschlissenen, meist ehemals roten Sitze in ihre wundgescheuerten Hintern, und die Fahrt setzte sich nachts in den Gasthauszimmern bis in den Morgen hinein samt allen wirklichen und geträumten Schmerzen fort, und schon kurze Zeit nach der Unterbrechung, die sich aus dem mühseligen Aufstehen und hastig heruntergeschlungenen Frühstücken zusammensetzte, ging es weiter. Man bestieg den Wagen und wurde von den gleichen zwei oder zwei neuen Pferden fortgezogen, selten von drei oder gar vier Pferden. So schien es Madame Raffaeli manchmal, sie werde zerrissen und das wirkliche Leben müßte sich irgendwann in den Reisepausen abspielen.

Auf Indianer warteten die Siamesischen Zwillinge vergeblich. Sie wurden, anders, als man ihnen immer wieder prophezeit hatte, nie von grölenden Horden überfallen, die Kriegsäxte schwangen und von ihren Pferden mit vergifteten Pfeilen auf sie schossen oder gar mit modernen Schußwaffen, um sie dadurch zu zwingen, das Geld herauszurücken, das Robert Hunter mit sich herumschleppte (und welches sich mit solcher

Akkuratesse vermehrte, daß er sich bald genötigt sehen würde, es in einer verschlußsicheren Kassette aufzubewahren, bis er eine Bank ausfindig gemacht hatte, die er für ausreichend glaubwürdig halten konnte). Vielleicht wußten die wilden Rothäute über die merkwürdigen Insassen der Kutsche Bescheid, die durch ihre Gebiete oder ihre früheren Gebiete fuhr, und fürchteten sich vor dem doppelten Wesen, das darin saß, weil sie es für eine zweiköpfige Gottheit hielten, einen freundlichen oder schrecklichen, gutmeinenden oder zürnenden Gott, dem zu nahe zu kommen gefährlich werden konnte. Nur von ferne, aus dem schützenden Dunkel des Innern der Kutsche, konnten Chang und Eng sie hin und wieder erkennen. Wenn sie auf Changs Seite auftauchten, machte dieser seinen Bruder entweder auf Siamesisch, mit einem Zeichen oder Stoß — der Hand, eines Fingers, eines Fußes oder Knies — darauf aufmerksam und umgekehrt jener ihn, ohne daß Hunter oder Madame Raffaeli es bemerkten, und keineswegs deshalb, weil sie die beiden Engländer davor bewahren wollten, zu erschrecken. Sie durften es nicht merken, es war nicht ihre Angelegenheit.

Da und dort, je tiefer sie in den Süden vordrangen immer seltener, waren Indianer zu erkennen, flößten ihnen aber keinerlei Angst ein. So wenig, daß sie sich manchmal fragten, ob jene nicht eine Art weitverstreutes, entferntes Begleitspalier bildeten, das sich über das ganze Land verteilte, oder jedenfalls über Teile, durch welche sie kamen, um sie vor irgendwelchen Gefahren zu schützen oder im entscheidenden Augenblick davor warnen zu können. Es war nicht auszumachen, ob ihre Blicke ihnen folgten oder ob sie starr vor sich hinblickten. Je näher sie waren, desto schärfer zeichneten sich ihre Profile vor dem Himmel oder der Prärie ab. Seltsam, daß sie keine Hunde bei sich hatten.

Mit jedem Indianer, den sie sahen, fühlten sie sich diesen halbnackten wilden Männern etwas verwandter, trotz der Entfernung, die sie von ihnen trennte, bis sie schließlich überzeugt waren, daß sie tatsächlich ihretwegen dort standen und warteten, beinahe wie Steinfiguren, die bemalt worden waren. Dabei entfernten sie selbst sich aus der Enge des durchgeschüttelten Raums, in dem sie saßen. Die Indianer entführten sie aus Hunters und Madame Raffaelis Nähe und versetzten sie während länger werdenden Augenblicken in eine zurückliegende Welt. Es gab darin Tanten und Onkel mit Namen, andere Arten, sich fortzubewegen, Fleisch- und Nudelgerichte und weiße Fische, Enten, ihre Mutter, über die sie nie sprachen, ihre Geschwister, über die sie nie sprachen, David Hawcraft, über den sie nie sprachen. Miß Charlotte Dine. Mrs. Mary Hunter. Nicht aber aus dem Gedächtnis getilgt. Sie erblickten sie auf Hügelkämmen, halb verborgen, jedoch nicht ihren aufmerksamen Blikken, in Tälern, zwischen Grün, tief unten in Schluchten an Flußläufen, wie sie vorsichtig, ohne jede Angst, aber immer auf der Hut, zu ihnen nieder- oder hinaufblickten; sie entdeckten sie hinter Sträuchern, bei ohrenbetäubend rauschenden Wasserfällen an jener Stelle, an der das Wasser nach vorn schnellt und in einem Bogen die breite Schwelle überspringt, hinter der es ins Nichts stürzt, in die Tiefe; Orte, denen man noch keine Namen gegeben hatte, namenlose Stellen in diesem unermeßlichen Land, dessen vier Enden ein einzelner Mensch wohl nie gesehen hatte; ein Oben, ein Unten, zwei Seiten. Sie entdeckten sie vor Höhlen, die sich als Risse in die gewundene Dunkelheit der rötlichen Felsen öffneten, in der womöglich die Indianer und deren Frauen und Kinder lebten, die in den Höhlengängen und Verwinkelungen auf sie warteten, stets gewärtig, von betrunkenen Siedlern, versprengten Deserteuren und dergleichen überrascht und kurzerhand umgebracht zu werden. In den Städten sahen sie sie am Straßenrand, an Pfosten, Treppen, Hausmauern, Wagenrädern lehnend, auf dem Bauch, Hände und Füße von sich gestreckt, flach, als hätte man sie überfahren und liegenlassen, weil man es eilig hatte.

Sie saßen im Staub oder Schlamm oder lagen in ihrem Schmutz. Selbst jene Männer wirkten zerbrechlich, die kräftig gebaut waren, deren Fleisch nicht wie nasser Schwamm aufgegangen war, sondern noch Muskeln aufwies, die zu nichts mehr nutze waren. Nichts an ihnen erfüllte einen Zweck. Als wäre unter der Haut nur Luft, als seien die Muskeln aus Glas. Kinder, die sich genähert hatten, um sich irritieren zu lassen, angezogen vom zu erwartenden Kitzel des Ungewohnten, verharrten in einigen Metern Abstand, staunten mit offenen Mündern und zusammengekniffenen Augen, zeigten mit den Fingern auf die Drecksgestalt am Boden, die anders als ihre eigenen Erwachsenen war; der nichts in der Hand hielt als das eigene Haar, das er so fest um den Zeigefinger gewickelt hatte, als wollte er es nie mehr loslassen, so daß dieses Haarbüschel noch Stunden später, als er es nicht mehr festhielt, gelockt sein würde, eine Locke im ölig glänzenden, ansonsten völlig geraden Haar, und in der anderen Hand einen Lehmklumpen, den er sich im Rausch gegriffen hatte, der in seiner Faust getrocknet und nun so rissig wie die eigene Haut war. Auch er wirkte, trotz seiner Größe, gläsern, ein Mann von etwa vierzig Jahren, dessen Gesicht in den Boden gegraben war. Die schulterlangen Haare um den Hinterkopf ausgebreitet. Die Hose zerschlissen, ebenso das Hemd, das weit über die Hüften hochgerutscht war und die Haut freigab, die fahl glänzte. Bis einer der Jungen zwar noch nicht das erlösende Wort, aber ein die Stille, das Warten durchbrechendes Steinchen oder Stück Holz entdeckt hatte, dauerte es nicht lange. Der Junge nahm es auf und warf es nach dem Liegenden. Ein zweites und drittes von anderen herumstehenden kleinen Jungen geworfenes Steinchen oder Stück Holz folgte. Sie trafen fast alle schon beim ersten Versuch, danach immer sicherer. Sie lachten, lauter, nachdem sich der betrunkene Indianer nicht regte, keine Anstalten machte, aufzustehen und sie quer durch den Ort oder zumindest bis zur nächsten Straßenecke zu verfolgen und dabei in einer Sprache zu lamentieren, die sie nicht verstanden und komisch fanden, einige sogar unheimlich. Auch Erwachsene stimmten in das Gelächter ein, blieben stehen, zogen an ihren Zigaretten, als ob sie nachdächten, gingen bald weiter, Frauen mit Sonnenschirmen hoben gelassen, im Vorbeigehen, die Augenbrauen, in denen kleine Wasserperlen glänzten, und wandten sich mit Widerwillen und gleichzeitig amüsiert ab, zupften an ihren Handschuhen, blickten nach hinten, hoben dabei einen Fuß, warfen einen prüfenden Blick auf die Schuhsohle, bis in der allgemeinen Lustigkeit einem der Jungen endlich auch ein Wort einfiel, ein Tiername, der auf den bewegungslosen Indianer paßte, der dann so lange im Chor skandiert wurde, bis die Rothaut aufwachen mußte, um sich schlagen und unter dem Gejohle der Zuschauer vorwärts, rückwärts oder seitlich wieder auf die Erde kippen würde. Die Erwachsenen, die dem Schauspiel der Hunde, wie sie es nannten, schon oft genug beigewohnt hatten, waren verschwunden. Die Kinder zerstreuten sich, denn dieser Indianer bewegte sich nicht. Er versuchte nicht einmal, sich vom Bauch auf die Seite zu drehen. Nein, er blieb liegen. Hinter einem der halboffenen Fenster im oberen Stockwerk eines nahen Hauses, das sich nicht genau ausmachen ließ, pfiff jemand eine Melodie, die plötzlich abbrach. Aus einem anderen Haus, ebenfalls von oben, drang das Stöhnen eines Mannes, ein dreimaliger Stoßseufzer, kurz darauf, als dessen heiseres Echo, der erstickte Schrei einer Frau; eine Stimme, die die Beherrschung verloren hatte. Danach wurde von unsichtbarer Hand ein Fenster zugeschlagen, eine andere Melodie wurde gepfiffen und wieder abrupt abgebrochen. Seit einer halben Stunde standen Chang und Eng, durch einen dunklen Vorhang möglichen Blicken entzogen, am Fenster der Pension, in der sie übernachteten, in einer kleinen Stadt, in der sie nicht auftreten würden, deren Bewohner, wie man Hunter versichert hatte, nichts von dem unheimlichen Besuch wußten, mit Ausnahme jener Honoratioren, auf deren Hilfe und Verschwiegenheit man angewiesen war, mit Ausnahme auch des Personals der Pension, in der sie die folgende Nacht verbrachten, um dann frühmorgens weiterzureisen. Der Wirt würde ihnen das Essen aufs Zimmer bringen und dadurch für das Schweigen ausreichend entschädigt. Ihm war der Anblick der Siamesischen Zwillinge aus allernächster Nähe vergönnt, der den anderen Bewohnern dieser Stadt vorenthalten wurde. Er würde noch lange von ihnen und dem Strang erzählen, der sie zusammenhielt. Sie hatten das Haus durch den Hintereingang betreten und waren die sehr schmale, gewundene Treppe im fensterlosen Treppenhaus seitwärts hinaufgestiegen.

Eine Stunde später erschienen drei dunkelgekleidete Männer in der Dämmerung auf dem menschenleeren Platz. Niemand hatte sich weiter um den dort liegenden Indianer gekümmert, Chang und Eng warteten am Fenster ab. Einer der Männer schob einen Karren, vier ungleich lange Bretter auf zwei hohen Rädern, und stellte ihn neben dem Indianer ab. Ein Hund, der zuvor eine Weile um ihn herumgeschlichen war, bevor er sich traute, ihn zu beschnuppern, wartete mit gespitzten Ohren unter der offenen Tür der Kapelle, die sich gegenüber der Pension befand. Einer der Männer trat vor, beugte sich zu dem Liegenden und drehte ihn auf den Rücken. Es sah aus, als bewegte er nur wenig Gewicht; der Indianer schien im Schlaf herumzuschnellen. Dann lag er wieder reglos da, in der einen Hand den Lehmklumpen, in der anderen die Haarsträhne, die Augen geschlossen, den Mund geöffnet.

Der Mann, der ihn umgedreht hatte, und bei dem es sich wohl um den Arzt handelte, preßte ein Ohr an das Herz des Indianers. Er richtete sich etwas auf, hob die Schultern, nickte unschlüssig, bevor er einen kleinen Spiegel, oder eher eine Scherbe, aus der Brusttasche seiner Weste zog, den er vor den Mund des Liegenden hielt. Er drehte den Spiegel um, warf einen Blick darauf, nickte wieder, diesmal überzeugter, sich nicht zu täuschen. In der Art, wie er aufstand, lag die endgültige Sicherheit. Der Indianer war tot.

Die beiden anderen Männer beugten sich zu dem Indianer hinunter und schickten sich an, aus der einen Hand den Lehmklumpen zu entfernen und die andere zu öffnen, damit sie die Haarsträhne freigab. Mit Gewalt bogen sie Finger um Finger um und schabten den Lehm von seiner Hand. Schwieriger war es, die andere Hand zu lockern, ohne daß zuviele Haare ausgerissen wurden, dann den Arm nach unten zu beugen, bis er auf der Brust lag. Es war nicht an ihnen, zu entscheiden, ob er christlich begraben würde. Trotz der Nähe der Kirche war kein Priester zu sehen. Die Hände des Indianers wurden nicht gefaltet. Die zwei Männer arbeiteten schnell und umsichtig. Zu zweit hoben sie den Toten mühelos auf den Karren, während der Arzt von Haus zu Haus blickte, als suchte er die Fenster nach etwas ab. Natürlich war ihm bekannt, daß die Siamesischen Zwillinge in der Stadt waren, wahrscheinlich wußte er auch, wo sie wohnten. Sie deckten die Leiche mit einem Laken zu und sahen alle drei zu den Fenstern der Pension hoch, nachdem der Arzt flüchtig mit dem Zeigefinger hinaufgedeutet hatte. Die beiden, die soeben in das Geheimnis der Anwesenheit der Zwillinge eingeweiht worden waren, blickten einander an und dann staunend wieder nach oben, zu den Fenstern; hinter einem mußten sie sein. Chang und Eng waren ruhig, hielten jedoch den Atem an. Für Augenblicke vergaßen die drei Männer auf dem Platz offensichtlich die Leiche auf dem Karren, dem sich der Hund näherte, als habe er eine Beute aufgespürt. Für Augenblicke war es so, als habe sich die Sonne mittags verfinstert; ein Grund zur Ungläubigkeit oder Angst vor Gottes allmächtiger Anwesenheit; ungläubiges Staunen. Wie versteinert standen sie da und sahen hinauf. Der Arzt machte eine Handbewegung, die sie antrieb. Sie machten sich auf den Weg. Sie wandten sich wieder dem Karren zu. Der stämmigste der drei Männer schob ihn, der andere Helfer ging neben ihm her, der Arzt blieb unentschlossen stehen, um sich dann den beiden anzuschließen. Gewiß hätte man ihm den Eintritt in das Gastzimmer des Doppelmonsters nicht verwehrt; das Interesse eines Mediziners war Robert Hunter heilig, solange dieser sich nicht bereit erklären wollte, einen chirurgischen Eingriff vorzunehmen, der sie trennte; und die jungen Männer, die einen langweiligen, eintönigen Abend auf sich zukommen sahen, wären erfreut gewesen, sich mit ihm über den toten und die lebenden Indianer zu unterhalten, die sie immer nur aus der Ferne zu sehen bekamen. An den Fenstern der Häuser, hinter den Gardinen oder halb geschlossenen Läden waren, während der Untersuchung des Indianers durch den Arzt, da und dort Köpfe aufgetaucht, aber niemand lehnte aus dem Fenster. Anderswo, nur einige hundert Meilen weiter entfernt, hätten sich neugierige Zuschauer hämischer Kommentare nicht enthalten können, hätten sich weit aus den Fenstern gebeugt und von den Indianern erzählt, die die Stadt unsicher machten, die Kinder erschreckten und zum Branntwein verführten. Chang und Eng, die sich aufs Bett setzten und schwiegen, ruhelos vor sich hinstarrten und überlegten, was die unmittelbare Zukunft bringen konnte, hätten solchen Reden gern gelauscht, wenn es schon keine Möglichkeit gab, mit den Rothäuten selbst zu sprechen, ihrem verschlungenen Geschichtenfluß, wie sie ihn sich vorstellten, zuzuhören.

Das Städtchen schien von äußerst zurückhaltenden, ja feinen Menschen bevölkert, vorwiegend Engländern und ihren Nachkommen. Sie standen nicht mehr versteckt hinter den Vorhängen, sondern saßen nun in ihren Zimmern, Wohnzimmer, die karg eingerichtet, ungemütlich waren, und aßen zu Abend und froren, bis die Speisen ihnen etwas Wärme gegeben hatten, dann rauchten sie und gingen früh zu Bett.

Es war still. Eine Unruhe hatte die Zwillinge ergriffen, die sie zugleich aufbrachte und niederdrückte. Sie wollten aufstehen, blieben aber sitzen. Die weitere und die nächste Zukunft verlor sich in ihnen. Sie standen nicht auf und wollten nicht sitzenbleiben. Es war Nacht geworden, als ob das Tageslicht, nach einer langen, gleichmäßigen Dämmerung, ausgeblasen worden wäre. Im Handumdrehen war es dunkel, was man noch zu sehen glaubte, hatte man bei Licht genau betrachtet. Kerzengerade saßen sie auf der Bettkante. Auf jedem der Nachttische stand eine Karaffe mit Wasser. Man hatte zwei Tische zusammengerückt und zwei Stühle dicht nebeneinander davorgestellt. Auf jedem Tisch stand ein Licht. Für den Fall, daß sie rauchen wollten, lagen je drei Zigarren auf den Tischen. Man hatte neben den Spiegel einen zweiten gehängt, da man nicht wissen konnte, wie es um den Körperumfang der Siamesischen Zwillinge bestellt war. Es war zu spät gewesen, ihn, nachdem sie angekommen waren, wieder abzuhängen, möglicherweise hatte man ihn bereits vergessen gehabt.

Es handelte sich dabei um alles andere als ein nobles Haus.

Mit Sicherheit waren die Laken schon benutzt, mit noch größerer Sicherheit war der Boden seit Wochen nicht gefegt, geschweige denn gewischt worden. Aber nun, da es dunkel war, hatten sich die Gegenstände und der Raum selbst ganz zurückgezogen, in eine Dunkelheit, der sie tagtäglich ausgesetzt waren, und die sie allmählich ganz zum Verschwinden bringen würde. Als ob alles auf der Stelle verfalle. Neben den Karaffen standen Wassergläser.

Die Pensionsinhaber wollten mit ihrer Umsicht die geschätzte Aufmerksamkeit der Siamesen auf sich ziehen und gleichzeitig den möglichen Fluch, den ein solcher merkwürdiger Besuch unter ihrem Dach nach sich ziehen konnte, bannen. Die Neugierde hatte über den kleinlichen, altmodischen Aberglauben den Sieg errungen. Solche Wirte und Wirtinnen wälzten sich zwar schon Nächte davor unruhig hin und her, mit Bildern vor Augen, die sich teilten, sich spalteten, sich wieder zusammenfügten, auseinanderklafften und wieder ineinanderragten, aber sie würden alles tun, um die zusammengewachsenen Menschen zu sehen. Wie in diesem Zimmer war es schon unzählige Male zuvor in anderen Zimmern gewesen. So oder ähnlich standen die Stühle und Tische überall, wo sie hinkamen, so oder ähnlich war der Zustand aller Gastzimmer.

Sie konnten nicht ewig so in der Dunkelheit sitzen, wiewohl der Gedanke beruhigend wirkte, und niederschmetternd die Erkenntnis, die sie daraus folgerten, daß es unmöglich war, weil man sie spätestens morgen früh, vermutlich aber noch viel früher, aus der Erstarrung herausreißen würde. Sie blieben, wo sie waren, beide hier.

Also warteten sie nicht länger auf die vollkommene, glückbringende Lethargie, sondern darauf, Schritte eines Menschen zu hören, der die Treppe heraufkäme, anklopfte und ihnen mit leicht zitternden Händen das Essen servierte. Sie erinnerten sich gegenseitig an den schön geschwungenen, eigens für sie angefertigten Doppelstuhl aus Teakholz, der ihnen auf der Überfahrt von Siam nach Schottland als Sitzgelegenheit auf Hunters Schiff gedient hatte, bevor sie wieder in Schweigen versanken.

Aus dem Nebenzimmer, in dem Hunter und Madame Raffaeli wohnten, drangen weder ihre Stimmen noch irgendwelche Geräusche. Es wurde merklich kühler, und es gab in diesem Raum nicht einmal einen Kamin. Hunter würde sich dazugesellen, sobald jemand in das Zimmer der Zwillinge trat, er allein den Augenblick bestimmen wollen, in dem sie ihre Hemden aufknöpften und ihre Oberkörper entblößten und dem Wirt das unzertrennliche Band vorzeigten. Sehr oft wog dieser atemberaubende Moment zumindest die Kosten des Zimmers der Zwillinge auf, seltener auch jene des Zimmers der beiden Engländer, die offensichtlich in eheähnlichen Verhältnissen lebten. Sogleich leichtes Erschrecken, Weiten der Pupillen, Niederschlagen des Blicks, etwas Ekel wohl auch, ein leichtes, scheues Zurückweichen, vor allem bei Frauen, dann wieder ein Schritt vor, Aufschlagen des Blicks, Starren auf das Ligamentum, dann immer wieder, immer gleich, das Ausstrecken des Arms, das Öffnen der Hand, die Berührung durch eine schweißnasse oder, was noch unangenehmer war, eiskalte Hand, je nach der Jahreszeit, dem Klima (sie waren Weitgereiste), der Veranlagung oder Verfassung derer, die sie anfaßten. Sie schwiegen, wie sie auch nach den Vorstellungen schwiegen, wenn die Zuschauer in einer Reihe vor ihnen standen und warteten, sie berühren zu dürfen, als wären sie Kranke, die sich davon Heilung versprachen. Auch in diesem fast privaten Kreis würden sie schweigen. Der Vulkan, der unter diesem Schweigen brodelte, ein Lavastrom, der sich in ihre Gedanken ergoß, wie Madame Raffaeli sich ausgedrückt hätte, wäre sie nach ihrer Meinung gefragt worden, würde nie zum Ausbruch kommen. Aber sie wurde ebensowenig nach ihrer Meinung gefragt wie von irgend jemandem für eine Klaviervirtuosin gehalten.

Sie erhoben sich dennoch nicht vom Bett. Sie saßen in der Dunkelheit. Der Hund hatte sich von der Mitte des Platzes zur Kapelle zurückbegeben und saß mit gespitzten Ohren unter deren Tür. Es kam ihnen vor, als hätten sie nichts weiter als einen Traum gehabt und darin eine Handlung beobachtet, der zuzusehen unstatthaft war; ein Stück des Himmels und der

Hölle. Der Indianer, der sich zu Tode getrunken hatte, hinterließ bis zum nächsten Windstoß einen Umriß im Straßenstaub, mithin in der Dunkelheit, dann war auch dieser verwischt.

Der Wagen war vom Duft von Madame Raffaelis Veilchenwasser erfüllt. Eines Tages, sagte sie sich, während sie die Zwillinge in Augenschein nahm, spätestens dann, wenn der Kapitän nicht mehr lebte, dessen Gesundheit schon jetzt zu wünschen übrig ließ, spätestens nach seinem Tod, würde sie ihr Leben noch einmal und noch gründlicher als vor einem Jahr ändern müssen, aber wie, dazu fehlte ihr noch jegliche Vorstellung. Raffaeli wäre bis dahin wieder verheiratet, an eine Rückkehr war also nicht zu denken, oder selbst nicht mehr am Leben, in den Armen einer Frau gestorben, wie er es sich immer gewünscht hatte. Sie hingegen konnte nicht einmal auf einen zweiten Seemann wie Hunter hoffen, der ihre Anwesenheit zu sich nahm wie Wasser. Sollte die gründliche Veränderung ihres Lebens tatsächlich hier, in einem Land stattfinden, dessen Bevölkerung sich so gut wie nichts aus Musik machte, höchstens, und das nur in den wenigen großen Städten, vermehrt nach lärmigen Opern verlangte, bei deren Ausführung sie, als Klavierspielerin, nichts verloren hatte? Die wohltimbrierten, hellen Stimmen der Siamesischen Zwillinge würden eines Tages an Kraft und Schönheit verlieren, ihnen also nur noch ungenügend zu Gebote stehen, weshalb sie keine Begleiterin auf dem bis dahin unerläßlichen Pianoforte mehr benötigten; sie würden zu singen aufhören, sobald sie merkten, daß die Attraktivität ihres Gesangs, eines wichtigen Bestandteils ihres Programms, merklich nachließ und das Publikum nur noch zu ärgern, keineswegs mehr zu erfreuen vermochte; sie traute ihnen alle möglichen Selbstzweifel und sogar Grübeleien zu, als wären sie aus demselben Holz geschnitzt wie sie, so etwas wie wahre Künstlernaturen, wovon sie sich auch in ganz anderer Hinsicht glaubte überzeugt haben zu können, nämlich im Halbdunkel in einer Schiffskabine, hingegeben, halb liegend, halb kniend. So würden sie nur noch sprechen, nicht mehr singen, und vielleicht gar nicht mehr auftreten oder aber in ganz anderer Weise, mit gänzlich neuen Schwerpunkten, den veränderten Gegebenheiten angepaßt, der Angst vor dem Versagen etwa, dem Auftreten gegen diese Angst. Beispielsweise, fiel ihr ein, als Zauberkünstler, als Imitatoren oder als Tierbändiger. Oder aber sie begäben sich auf vollständige andere Gebiete. Darüber nachzudenken nahm kein Ende, und sie kam trotzdem zu keinem Resultat. In diesem Augenblick wäre eine Hutschachtel beinahe auf sie heruntergefallen. Die Siamesen, die ihr gegenübersaßen, sprangen geistesgegenwärtig gleichzeitig auf, streckten gleichzeitig alle vier Hände in die Höhe, sprangen sogar etwas hoch, und stießen die Hutschachtel, in der sich ihr lilafarbener Hut befand, der ihr so gut zu Gesicht stand, auf die Ablage zurück, die über ihrem Kopf eine Art Dächlein unter dem eigentlichen Dach der Kutsche bildete. Dann setzten sich Chang und Eng, bedacht von ihrem Dankbarkeit ausdrückenden Blick, wieder hin.

Eines Tages, sagte sie sich später, lange nach dieser kleinen, erfrischenden Aufregung, wobei sie die schmerzenden Lippen mit dem veilchenwasserdurchtränkten Taschentuch benetzte, was kurzfristig wohl tat, eines Tages, sie seufzte leise und versuchte, Speichel in ihrem Mund zu sammeln, mit dem sie die Lippen von neuem befeuchten könnte, was ihr der Hitze wegen aber nicht gelang, eines schönen Tages, und bei diesem Gedanken verspürte sie heimliche Genugtuung, die sie sich nicht recht erklären konnte, wären die Zwillinge ausgeflogen, weg und verschwunden, Hunters Einflußbereich entzogen, aller Wahrscheinlichkeit nach noch zu seinen Lebzeiten. Denn kaum etwas war sicher in diesem Weltteil; wer hätte angesichts der Siamesischen Zwillinge seine Hand ins Feuer legen können, daß sie nicht plötzlich alle Pläne, die andere mit ihnen vorhatten, durchkreuzten, über sich selbst und über ihre Umgebung hinauswuchsen, sich gewissermaßen vom Boden erhoben, schwebten, Hunter also, kurz gesagt, weit hinter sich ließen, ihm nicht bis zu seinem Tod gehorchten; solange auf gar keinen Fall ausharren konnten, weil ihnen ihre Natur verbot, ein

Leben lang in dieser devoten Haltung auszuharren. Sie brauchten lediglich alle ihre Kräfte zusammenzunehmen, die anderen kröchen wie Würmer erniedrigt vor ihrer Stärke und flehten um Gnade; denn sie wären doppelte Riesen, doppelte Götter, Dioskuren. Hunter besaß, wie ihr bewußt war, schon heute sehr viel weniger Macht über die Siamesischen Zwillinge als noch vor einigen Wochen oder gar zuhause in Schottland. Dort hatte man sie von der übrigen Welt getrennt. Nun würde Hunter schwächer werden, während die beiden jungen Männer an Kräften zunahmen. Madame Raffaeli unterdrückte ein jähes Kichern nicht, das die Blicke der drei Männer augenblicklich auf sie zog. Sie wurde gleich darauf von einer heftigen Schaukelbewegung des Wagens gegen Hunter geworfen, der zu ihrer Rechten saß. Erst danach hielt sie sich das Taschentuch erneut vor den Mund. In diesem Augenblick sehnte sie sich, wie selten, nach einem Stückchen Kuchen, der nach etwas Rum schmecken sollte.

Ihr Kichern von vorhin war längst verklungen, der Kapitän inzwischen mit offenem Mund eingeschlafen. Es war vielleicht sogar vergessen. Dennoch blieben die beiden Augenpaare ihr gegenüber weiter auf sie gerichtet: schmale Eingänge in die zwei inneren Welten, in denen es keinen Platz für sie und ihresgleichen gab, doch diesmal war es ihr nicht möglich, in ihnen irgend etwas zu lesen. Nein. Sie konnte die Bedeutung der sie fixierenden Blicke nicht einmal erraten. Sie waren ihr ein Rätsel, unerklärlich. Nicht jener Spott fand sich darin, der immer öfter den arglosen Kapitän traf, der übersah, wie oft sie wegschauten, wenn er mit ihnen sprach, und geradezu von oben herab auf ihn hinuntersahen, denn inzwischen überragten sie ihn um einen halben Kopf, was ihn nötigte, zu ihnen aufzublikken, wenn er zu nah vor ihnen stand. So daß es aussah, als müßte er sich bald auf Zehenspitzen stellen, um von ihnen überhaupt noch wahrgenommen zu werden. In seinen Augen aber, dachte Mrs. Raffaeli, hatte sich nichts verändert außer der Umgebung und der Begleitung und, nicht zu vergessen, der Fortbewegungsart, von der er zwar wenig Wesens machte, von der sie jedoch wußte, daß sie ihm, dem Seemann, höchst unangenehm war. Im Gegenteil, sie sah nichts in diesen zwei undurchdringlichen grünen Blicken. So sehr verunsicherte sie dieser Umstand, daß ihr Herz plötzlich schneller schlug, daß sie unwillkürlich die Augen schloß und sich schlafend stellte. Leben, dachte sie, in diesem Augenblick. Aber es hätte erfordert, nach dem Kutscher, einem unfreundlichen Menschen, zu rufen und ihn zu bitten, den Wagen anzuhalten, hinauszuspringen, in eine Felsenwüste. Und konnte sie überhaupt davon ausgehen, daß er ihre Rufe hörte, und hätte sie, hörte er sie nicht auf Anhieb, die Kraft, aufzustehen, mit dem Knauf des Sonnenschirms an das Kutschendach zu pochen oder gar, fast unvorstellbar!, aus dem fahrenden Gefährt zu springen! O Gott!

Die Veränderung der Siamesischen Zwillinge hatte an jenem Tag eingesetzt, glaubte sie sich deutlich zu erinnern, als sie sich von den beiden ebenfalls zusammengewachsenen kleinen Mädchen verabschiedet hatten (man stand in einer kleinen Gruppe morgens in der Halle der Villa eines Privatmannes, der ihnen allen großzügigerweise sein Haus für zwei Nächte kostenlos zur Verfügung gestellt hatte und um nichts weiter als die Namenszüge der beiden Zwillingspaare gebeten hatte, die, in ein eigens dafür angefertigtes, in Leder gebundenes Buch eingetragen wurden; ein verläßlicher Freund des Kuriosen, wie er sich zu nennen beliebte, ein schwärmerischer, höflicher Mann mit Schnurrbart, der ein wenig hinkte). Was sich zwischen ihnen ereignet hatte, blieb ihr Geheimnis. Vielleicht war es diese Erinnerung, die in ihren Blicken lag, sie, die jede Bedeutung darin auslöschte, die Blicke undurchdringlich machte. Aber nein, woher sollte sie es nun auf einmal wissen? Das Geheimnis mußte im Geheimnis selbst liegen. Sie öffnete die Augen nicht mehr. Inzwischen hatten die Siamesischen Zwillinge die Augen ebenfalls geschlossen.

Den Fächer, den sie später aus dem Samtbeutel zog, dessen Schleife um ihr Handgelenk geschlungen war, wollte sie von einem sehr eleganten und wohlhabenden spanischen Grande, was auch immer das sein mochte, erhalten haben, als sie bereits zwei Jahre verheiratet war, und die unleserliche, vergilbte Schrift darauf sei nicht etwa mit gewöhnlicher roter Tinte, sondern Buchstabe für Buchstabe, vierzehn Wörtern insgesamt, mit Blut geschrieben, seinem Blut natürlich. Sie hatte den spanischen Grande, es müsse sich wohl um einen Adligen gehandelt haben, abgewiesen, sie machte beim Erzählen jedesmal dieselbe Handbewegung nach unten, abgewiesen, ohne zu wissen, welche Botschaft er schließlich auf dem Fächer hinterließ, den er ihr, auf dem Balkon eines fremden Hauses, eines Abends unter Glyzinien, die damals früh blühten, zuvor entreißen mußte. Seine Kraft war von einer anderen Welt, dachte sie. Er mußte ihn ihr entreißen, weil sie ihn fest an ihren Busen drückte. Er habe dabei ihre Brust berührt, vielleicht versehentlich, wohl eher aber mit Absicht, und ihr den Fächer am Ende doch entwunden, war damit entflohen, von ihr nicht einmal der Versuch, ihm zu folgen, unbeweglich von tausend Empfindungen stand sie unter den hellblauen Blüten auf dem fremden Balkon, bis jemand sie mit dem unangebrachten Satz, sie stünde in einer kleinen Pfütze, aus der Erstarrung befreite. Erst am nächsten Morgen hatte sie den Fächer, blutbeschrieben, auf der Fensterbrüstung ihres Schlafzimmers vorgefunden, dort lag er samt einer dunkelroten Tulpe. Aber sie hatte nie erfahren, was darauf geschrieben stand, und als sie es schließlich doch gern gewußt hätte, war die Handschrift des Spaniers bereits bis zur Unleserlichkeit vergilbt, und eines Tages würde man sie nicht einmal mehr erkennen, aber das wäre nach ihrem Tod. Ihrem Gatten war der Fächer sowenig unter die Augen gekommen wie der Spanier selbst, da er abwesend war, denn eine gewisse Freiheit hatte sich Raffaeli vom ersten Tag ihrer Ehe an ausbedungen, so daß er schon nach weniger als acht Monaten — Elsa war noch immer nicht schwanger und machte sich deshalb, mehr in seinem Namen, Vorwürfe, die Raffaeli ihr auszureden versuchte — öfters über Nacht außer Haus blieb. Sie indessen fühlte sich nicht frei, war aber gerade an solchen Tagen, und nicht ganz zufällig, mit dem spanischen Grande zusammengetroffen. Den Fächer hatte sie erst am Tag ihrer Trennung von

Raffaeli wieder aus einer abgeschlossenen Schublade ihrer Kommode hervorgeholt und in ihren Reisebeutel gesteckt. Sie hatte Raffaeli nie gefragt, wo er seine Nächte verbrachte und aus welchem Grund er ausblieb. Er fing nicht davon zu sprechen an, das wäre nicht seine Art gewesen, also traute sie selbst sich nicht. Ja, schwarzes Haar, wie Emilio es gehabt hatte, bevor es grau wurde, und olivgrüne Haut, wie der Spanier sie gehabt hatte, sowie die glatten Hände des einen wie des anderen und deren sanfter Druck, vermochten noch immer, ihre Gedanken abschweifen zu lassen und sie selbst, zu ihrem eigenen Erstaunen, in eine Art weiblichen Emilio Raffaeli zu verwandeln. Emilio war ihr während eines Kirchenkonzerts sogleich aufgefallen, in welchem er die Baritonpartie gesungen hatte, zu einer Zeit, da er sich noch nicht auf das Unterrichten verlegt hatte. Er hatte schwarzes Haar und glatte Hände, hingegen keine olivgrüne, sondern helle Haut gehabt, und als er seine Hände, noch am selben Tag, zum ersten Mal um die ihren schloß, wäre sie um ein Haar in Ohnmacht gefallen. Dabei hatte er sie angeblickt — mit Traurigkeit belegt — als wäre sie nach langer Zeit endlich! die erste Frau, die er überhaupt wahrzunehmen vermochte, was lag nicht alles hinter ihm!, nach einer furchtbaren Krankheit, religiöser Verblendung, tiefster seelischer Zerrissenheit, Verirrungen, an deren Natur sie nicht denken mochte, gewiß, die seelische Zerrissenheit, Melancholie und Nostalgie, Düsterkeit und Grübelei schienen ihr, bei allem, was dagegen einzuwenden war, noch am Liebenswürdigsten. Daß er jedenfalls kein Anwärter auf das Priesteramt gewesen war, erfuhr sie bald am eigenen Leib und an der eigenen Seele. Er schien ihr selbst untreu im eigenen Schlafzimmer. Ohne diesen Blick. Nur im Zentrum seines Körpers. Und es war ihr nicht möglich, ihn davon zu trennen. Wenn er sich über sie beugte, blieb er der Mann, den sie bei dem Kirchenkonzert erstmals gesehen und der seine Hände um ihre Hand geschlossen hatte und der nun seine Hände um ihre Arme schloß.

Der Blick aus Traurigkeit hatte sie durchbohrt, den sie später, auf andere Frauen angewandt, noch oft in allen möglichen

Situationen bei ihm beobachten konnte, ja selbst mitten auf der Straße beim Spazierengehen, Arm in Arm mit ihr. Als ob es ihm nicht möglich gewesen wäre, sich dieses effektvollen Ausdrucks zu enthalten. Nur manchmal, sehr selten, bedachte er auch sie damit, immer dann, wenn er spürte, wie unglücklich sie sich fühlen mußte. Dann sah er sie wieder so an, ohne zu lächeln — jeder freundliche Zug hätte seinen verführerischen Blick zunichte gemacht —, reichte ihr die rechte Hand über den Tisch und wischte, wenn sie im Weg waren, Tassen und Untertassen weg, die Hand näherte sich unaufhaltsam und blieb mit dem Handrücken auf der Tischdecke liegen. Das Dienstmädchen wartete währenddessen hinter der geschlossenen Tür, an die Wand gelehnt.

Aber daran wollte sie nicht mehr denken. So fern von alldem war Hunter, waren Hunters Handlungen; die eines wortkargen, ansonsten recht freundlichen Menschen ohne Talent zur Höflichkeit, zum guten Umgangston; der sich ihr nur ausnahmsweise zu nähern wagte, als sei auch sie die Verkörperung und Ursache seiner größten Angst, die ihn aufs Meer hinausgetrieben hatte. Er hatte sich vor seiner Frau Mary gefürchtet und fürchtete sich auch vor ihr, aber mit Mary war das Gespräch versiegt, während er mit ihr noch immer spach. Sie brauchte bloß aus dem Wagen zu blicken, um den düsteren Gedanken ausgeliefert zu sein.

Nach Hunters kurzer Einführung — zur Geburt und Herkunft der Siamesischen Zwillinge, Erziehung durch ihn selbst und einige hervorragende englische Lehrer — begann Madame Raffaeli, die er mit einem Satz ebenfalls vorgestellt hatte, auf dem Klavier zu spielen (von ihr selbst geschickt umgestellte und zugespitzte Teile aus der Ouvertüre zum Don Giovanni). Bis dahin wartete sie im Hintergrund oder, sofern vorhanden, in den Kulissen neben den, den Augen des Publikums gleichfalls verborgenen, Siamesischen Zwillingen. Sie trat entweder in ihrem oft gewaschenen schwarzen oder aber in ihrem noch öfter gewaschenen weißen Kleid auf, angetan mit ihren schwarzen oder weißen, einander ähnlichen Schuhen. Was auch immer sie aber trug, stets war in ihr Haar eine weiße Stoffblume gesteckt, eine Art farblose Chrysantheme oder Aster. Ihrem Auftritt, der kurz nach Hunters letztem Wort folgte, verlieh sie eine gewisse Grazie, sie legte in ihn die ganze ihr verbliebene Anmut, und es gelang ihr vielleicht auch deshalb so gut, weil er so kurz und überraschend war; das Kleid wippte, sie schob den Unterleib ein klein wenig vor und setzte sich beinahe abrupt an das Instrument, dessen Deckel sie, noch bevor sie endgültig saß, bereits hochgeklappt hatte. Sie rückte ein, zwei Mal den Stuhl zurecht. Manchmal geschah es tatsächlich, daß einer oder mehrere der männlichen Anwesenden anerkennend murmelten, einander die Köpfe zuwandten oder sogar durch die Zähne pfiffen.

Aber im Verlauf der Vorstellung, während der sie die Frau am Klavier meist im Profil betrachten konnten, schwand die anfängliche Begeisterung über die das Pianoforte traktierende Künstlerin im gleichen Maß wie deren Konzentration; nicht allein aber der mangelhaften Beherrschung des Instruments, der dilettantischen Vortragskunst wegen, vielmehr vor allem deshalb, weil sie sich vor ihren Augen, natürlich ausgelöst durch das Klavierspiel und sich offenbar völlig darin verlierend, sich völlig verausgabend, fast gänzlich veränderte. Sie verlor nicht nur an Anmut und Grazie, sondern auch das, was zumindest als Würde davon hätte zurückbleiben können; sie beugte sich schon nach kurzer Zeit hingebungsvoll, ja geradezu dem Instrument und den ihm entlockten Klängen verfallen, über die Tasten, die von ihren Augen ruhelos nach irgend etwas darunter Verborgenem abgesucht wurden, und sah nichts mehr von dem, was um sie herum geschah. So war man stets dankbar, wenn das Klavierspiel unterbrochen wurde, für einen Dialog beispielsweise, oder wenn das Doppelmonster besonders laut sang. Gewiß, die beiden waren musikalisch gebildet, hatten aufs äußerste verfeinerte Gehöre und waren anpassungsfähig genug, die Fehler, die ihrer — nicht unmusikalischen, aber unsicheren, sich in den Labyrinthen der Kunst verirrenden — Begleiterin unterliefen und ihrem eigenen Vortrag hinderlich waren, zu vertuschen, zu überspielen oder zu überbrükken, aber vom verzerrten Ausdruck ihres Gesichts, das sich auf so unerfreuliche Weise verändert hatte, und von ihrer über die schwarzweiße Klaviatur gebeugten Gestalt, konnte das Publikum unmöglich vollständig abgelenkt werden. Der Reiz, der von ihr ausgegangen war, war jedenfalls verflogen. Jedoch erhöhte möglicherweise gerade die Unzulänglichkeit der Klavierspielerin, ihre schmerzliche Hingabe und die groteske Figur, die sie dabei machte, die allgemeine Spannung im Saal (oder im kleineren Rahmen eines Salons oder Clubraums).

Nachdem Madame Elsa Raffaeli die auf ihre dramatischen Höhepunkte verkürzte und damit nicht länger als etwa drei Minuten dauernde Ouvertüre zu Mozarts heiterem Drama mit einem donnernden und langanhaltenden Tremolo beendet hatte, traten, wenngleich nicht sofort, sondern erst nach einer sorgfältig einstudierten Pause, die manchmal, je nach der Bewegung im Raum, um Bruchteile von Sekunden verkürzt oder verlängert wurde — dies bestimmten allein die Siamesischen Zwillinge — Chang und Eng, die Wunderwesen aus dem fernen Königreich auf. Hunter hatte sich schon während der ersten Akkorde auf dem Klavier nach hinten verzogen, blieb jedoch gut sichtbar in einem bequemen Sessel sitzen, nach dem oft lange genug hatte gesucht werden müssen, und kämpfte, von Mal zu Mal mit sichtlich größerer Anstrengung, gegen den Schlaf an, dem er sich schließlich hingab.

Die Frau am Klavier verharrte einen Augenblick reglos, wartete geradezu bis in die kaum merklich vibrierenden Fingerspitzen, die noch auf den Tasten lagen, oder vielmehr über ihnen schwebten, und erreichte damit eine Stille bei den Zuschauern, der ein allgemeines unterdrücktes, nicht ganz wirkliches Aufatmen folgte, wenn sie langsam und sehr bedeutungsvoll, als sei sie selbst voller Argwohn und Neugierde, den Blick nach hinten wandte, von wo dann, im Moment, da ihr verschwommener, verheißungsvoller Blick auf einem nicht genau auszumachenden Punkt im Hintergrund ruhte, die Siamesischen Zwillinge aus dem Dunkel oder Halbdunkel heraustraten. Auftauchten — zwei fremdartige Gestalten.

Die Aufmerksamkeit war ganz auf sie gerichtet. Nichts hätte sie jetzt von ihnen abzulenken vermocht. Und stets veränderte sich nun die Stille, sie schwoll an, während die beiden jungen Männer Schritt für Schritt fast schleppend nach vorn traten, sie verwandelte sich in die, die sommerliche Luft ausfüllende, schwüle Drohung, die den meisten Gewittern vorausgeht. Und auch diese hier würde sich entladen.

Endlich bekam man sie zu Gesicht, löschten sie jeden Gedanken an den Alltag aus, ließen sie jene vergessen, die um einen herumstanden und nicht anders glotzten als man selbst. Mit steinerner Miene blickte jeder der Brüder geradeaus in die weite Ferne, erst viel später in die Runde, und noch viel später freundlicher und gelassener, mit einem etwas undurchsichtigen asiatischen Lächeln auf den Lippen. Kaum jemandem kam es in diesen beglückenden Augenblicken in den Sinn zu vermuten, was im Grunde offensichtlich war, daß nichts an diesem Auftritt dem Zufall überlassen blieb. Das Licht machte ihre Gesichter blasser, ihre grünen Augen blickten kälter und mit tigerhafter Schärfe, weil sie sie etwas zusammenkniffen und jedes Gefühl unterdrückten, und vor allem die Ruhe, Gelassenheit; das Kühle stieß sein Heft tief ins Herz der Frauen und Männer, die vor ihnen saßen oder, was meistens der Fall war, jetzt von ihren Sitzen aufgesprungen waren. Was hatte man nicht erwartet und wie viel mehr erhielt man nun wirklich. Da standen vor einem leibhaftig die doppelte Menschen aus dem exotischen Land, das man nie betreten würde, von dem man wohl nie mehr etwas hören würde, und man selbst konnte sich auserwählt glauben, als einer unter wenigen, eines jener sonderbarsten Exemplare der menschlichen Gattung gesehen zu haben, die an Besonderheiten wohl reicher war, als selbst die klugen, belesenen Geistlichen zu erzählen wußten, die ja lieber in himmlische Regionen auswichen; eines jener Exemplare, von deren Existenz man bis vor kurzem nicht einmal gehört hatte. Was mochte es sonst noch geben, was einem bisher verschwiegen worden war, welche andere Merkwürdigkeiten und seltsamen Erscheinungen aus dem Reich des Skurrilen und Grotesken und dennoch Menschlichen. Doch reichte einem fürs erste dieser Anblick ganz und gar. Einander gleich, einander zugewandt, fast Kopf an Kopf, Stirn an Stirn, Körper an Körper, noch konnte man gar nicht richtig erkennen, an welcher Körperstelle das Bindeglied sie fesselte. Noch wurde das Geheimnis von ihren zusammengenähten zwei dunkelblauen Seidenblusen bedeckt, die bis zu den vier Knien reichten. Noch konnte und sollte man glauben, die beiden hätten wenig Möglichkeiten, sich frei zu bewegen, seien zusammengepreßt wie geschlossene Schmetterlingsflügel, nichts weiter als das ins Erwachsene vergrößerte Bild der Neugeborenen, wie sie den Mutterleib verlassen hatten; ohne das Entsetzen der Umstehenden von damals; wie sehr mußten sie in Siam zurückgeschreckt sein vor dem blutverschmierten Wesen; nichts deutete jetzt darauf hin, daß sie tatsächlich zum Beispiel imstande waren, Purzelbäume und ein doppeltes Rad zu schlagen und sogar Rücken an Rücken stehen konnten; bekannt war, durch Hunters einführende Worte, nur, daß sie eine ausgezeichnete, umfassende Erziehung genossen hatten.

Und auch diese würden sie unter Beweis stellen. Sobald sie stehenblieben, brach wie ein Sturm enthusiastischer Beifall aus, manchmal auch kurz bevor sie stehenblieben, jedenfalls nie sofort bei ihrem Auftritt, worüber sie längst nicht mehr staunten. In den Applaus mischte sich, von den wenigsten wahrgenommen oder gar genossen, die Hunter so unendlich verhaßte Gewittermusik, Bestandteil irgend einer neuen italienischen Oper, die den Kapitän noch eine Weile wachhielt, worin, wie er fand, ihr einziger Vorteil bestand. Auf ihr, wie auf allen anderen Zwischenmusiken, bestand Madame Raffaeli. Hunter, ihrem untrüglichen Instinkt vertrauend, ließ sie gewähren.

Nachdem der Beifall abgeklungen war, die Gemüter sich beruhigt hatten und man wieder saß, begann das eigentliche Programm. Madame Raffaelis Temporale verebbte schnell in einem Decrescendo, die Zwillinge rückten um nur wenige Zentimeter voneinander ab und sangen nun zum Auftakt, ohne es in englischer Sprache angekündigt zu haben, eine Melodie aus ihrer Kindheit, ein chinesisches Lied, dessen Inhalt sie nicht verstanden, und wohl auch nie verstanden hatten. Sie sangen es a capella und einstimmig, wodurch und damit der Eindruck noch verstärkt wurde, als handle es sich bei ihnen nicht um zwei, sondern um einen einzigen Menschen, der aus zwei Körpern oder aus Teilen zweier Körper zusammengesetzt war; die Stimmen waren unterschiedslos gleich, auch wenn sie sprachen. Sie trugen die hübschen dunkelblauen Seidenblusen und legten in ihren Gesang die zurückgebliebene Wärme ihrer Mutter. Unter den Blusen klopften ihre Herzen etwas schneller von dem allmählich abklingenden Lampenfieber, während sich die Zuschauer, die dieser leicht gepreßte, sirrende Gesang erschauern ließ, nicht vorzustellen wagten, wie es unter diesen Hüllen aussah, ob dort ein oder zwei Herzen klopften. Es war ein kurzes Lied, wenige Strophen nur, das sie eines Tages gleichzeitig vergessen würden. Ihr solistischer Vortrag gab Madame Raffaeli Gelegenheit, sich von ihren ersten pianistischen Anstrengungen ein bißchen auszuruhen; sie hatte beide Hände in den Schoß gelegt und sah ausdruckslos ins Leere.

Doch schon nach wenigen Sekunden war ihre Ruhe bei dem Gedanken an die nächste Begleitmusik, das folgende Klavierspiel, dahin. Nervös begann sie sich umzublicken, unterdrückte ihr beinahe unstillbares Verlangen, ins Publikum zu sehen, und heftete deshalb ihre hin und her irrenden Augen auf eine der zwei Kerzen, die auf dem Klavier flackerten. Diese Versuchung war es, schoß es ihr durch den Kopf, die ihr wie ein unüberwindbarer Felsbrocken im Weg stand, um eine wirklich große Künstlerin, eine Virtuosin wie Clara Wieck zu sein, die, wie sie gehört hatte, bereits als Kind öffentlich aufgetreten war. Ein Gedanke, der während der meisten Vorstellungen aufkam und danach wie weggeblasen war. Im Wagen wähnte sie sich wieder Meisterin ihres Instruments, Bezwingerin aller erdenklichen Schwierigkeiten, die mühelos ihren Fuß über die unter ihr sprudelnden Wasserläufe setzte, ohne daß er naß wurde.

Chang und Eng verbeugten sich, neigten ein wenig die Köpfe und blickten dann, nachdem sie sich wieder aufgerichtet hatten, direkt auf ihre Betrachter, sahen in das unübersichtliche, gierige Gegenüber aus Köpfen, Rümpfen und Gliedmaßen, eine jeweils größere oder kleinere Menschenwand, die nach hinten, wo die Leute standen, höher wurde. Sodann begannen sie, englisch zu sprechen, ein Englisch, wie die Zuschauer es niemals zuvor gehört zu haben glaubten, ein Englisch aus einer Region, die kaum noch von dieser Welt war, ein makelloses und stark durch die Nase gesprochenes, allerfeinstes Englisch, wie man es mit Sicherheit, sagten sie sich, nur in den vornehmsten Kreisen der englischen Hauptstadt, oder überhaupt nur bei Hof, sprach, wo selbst das Unschöne, Niedrige zu glänzen vermochte. Chang und Eng erzählten in den darauf folgenden Minuten, sich beim Reden abwechselnd, von ihrer Kindheit und Jugend, vom Entsetzen ihrer Eltern bei der Geburt der Duplizität, von den anfänglichen Schwierigkeiten, sie zu betten, von der Namensgebung Chang und Eng, was links und rechts bedeute, Chang sagte links und schlug sich dabei leicht auf die Brust, Eng sagte rechts und tat es ihm genau nach, sie erzählten im weiteren Verlauf des Programms vom Fischfang, vom gemeinsamen Tauchen, viel vom Schwimmen, bei welcher Gelegenheit Sir Robert sie entdeckt hatte, nachdem er monatelang auf der Suche nach ihnen gewesen war, von denen man weitherum gehört hatte. Sie erzählten darüber hinaus von der Entenzucht, mit der sie die Familie ernährt hatten, nachdem der Vater während einer schlimmen Choleraepidemie sein Leben ausgehaucht hatte, von ihren Geschwistern auch, deren kurze, einsilbige Namen wie Schüsse von ihren Lippen peitschten, was einen sonderbaren Gegensatz zu ihrem Englisch machte, bei denen es sich, wie sie behaupteten, um drei gewöhnliche, also getrennte Zwillinge gehandelt habe, acht Kinder insgesamt seien sie gewesen, acht Geschwister, sofern man geneigt sei, sie selbst als zwei Menschen gelten zu lassen, acht, jedoch im Grunde genommen, wenn man so wolle, nur vier Geschwister auf acht Köpfe verteilt oder vier Geschwister in vier Spiegeln sich betrachtend, macht wieder acht Köpfe, zwei einander immer zum Verwechseln ähnlich. Wahrlich, ein Weltwunder, über das nur wenige, darunter die hier Anwesenden, jemals Gelegenheit erhielten, Näheres zu erfahren. Zu wiederholten Malen also waren die Verwandten und zahllosen Nachbarn, man wohne dort dicht zusammen, von ihrer Mutter in Erstaunen gesetzt worden, über die sie, wenn sie allein waren, nie sprachen, und die auch in ihren öffentlichen Erzählungen jene Unbekannte oder doch Fremde blieb, deren einziges Verdienst es gewesen war, lauter Doppelgänger um sich geschart zu haben, die ihr Leib aus unerfindlichen Gründen hervorgebracht und in die Welt gestoßen hatte.

Nach und nach, erst kaum beachtet von den Menschen im Saal, rückten sie, während sie über Dinge sprachen, über die sie sonst schwiegen, voneinander ab, klappten ganz langsam auseinander wie Seitenflügel eines atmenden und sprechenden Altars, bis sie schließlich Seite an Seite, Hüfte an Hüfte, Schulter an Schulter nebeneinander standen und jetzt auch die ersten komischen Bemerkungen über jenes noch unsichtbare Band machten, das sie unter den Seidenblusen zusammenhielt. Nun, in dieser Position, wirkten sie nicht bloß größer und breiter, breitschultriger und kräftiger, sondern auch sicherer, als wäre hinter ihnen plötzlich die Sonne oder der Mond aufgegangen, noch immer ungeheuerlich, gewiß, aber so, als wären sie nun, im Gegensatz zu ihren für alle Unnatürlichkeiten der Welt gerade offenen Zuschauer, im Recht, getroffen vom unendlich langen Schatten, einem Korridor, eines zeitlos leuchtenden kosmischen Lichts. So veränderte sich vor den Augen des Publikums das ursprüngliche Bild von zwei seltsamen Wesen, die die Nabelschnur nicht zerrissen hatten, die vielleicht sogar gerade durch diese Nabelschnur miteinander verbunden waren, weil niemand sich getraut hatte, sie zu zerschneiden; nun aber waren sie nicht mehr nur zwei riesige Neugeborene, sondern wirklich elegante junge Männer aus einem exotischen Land. Danach machten sie eine kurze Pause, wandten sich beide zur Seite, zu Madame Raffaeli hin, gaben ihr, die bereits an ihren Lippen hing, durch ein leichtes

Kopfnicken zu verstehen, sie möge ihren Einsatz geben und lauschten, wie beseelt, der Musik, die das Duett einleitete, das sie als nächstes zum besten geben würden, wogegen sie sich lange erfolglos zu wehren versucht hatten; Hunter bestand darauf, daß sie es vortrugen, sowas, sagte er, wollten die Leute hören, sowas rühre sie tief, solche hübschen Töne. Also warteten sie, bis Madame Raffaeli die Einleitung ohne gravierende Fehler hinter sich gebracht hatte, und sangen dann mit ihren hohen, wenngleich keineswegs weiblichen Stimmen, jenes Duett zwischen der Gräfin und deren Kammerzofe, welches sie wochenlang mit ihrem Gesangslehrer fast täglich hatten studieren müssen, und dem man dennoch nicht anmerkte, wie sehr sie es haßten und von sich selbst nicht mehr hören mochten, wobei sie sich allerdings eingestehen mußten, daß sich während des Vortrags zu dem Haß, durch unverhofftes Vergessen alles Vorangegangen, so etwas wie Wohlgefühl gesellte, als wäre einmal Chang und dann wieder Eng in einen überirdischen Zustand versetzt. Wie sich die großen und kleinen Gefühle während ihrer Vorstellungen überhaupt schnell und unvorbereitet ablösten. Tatsächlich konnten sie, trotz ihrer meistens überwiegenden Abneigung gegen das Duett, bei jeder Gelegenheit — und sie ließen keine aus, Hunter hätte es ihnen im übrigen nicht verziehen — eine gewisse Entrücktheit vor allem bei den weiblichen Zuschauern feststellen; eine Weile, so erkannten sie, erfüllte nichts anderes den Raum, nicht mehr ihre verformte, abnorme Gestalt, nur der Gesang, *Che soave zefiretto*.

Nach dem Duett machten sie sich an die durch einige Zwischenbemerkungen launiger Natur eingeleitete Demonstration ihrer ungezählten körperlichen Fertigkeiten, ihrer Beweglichkeit und equilibristischen Sicherheit (sie beherrschten selbst das Seiltanzen). Sie bewiesen damit vor aller Augen, daß sich ihre artistischen Fähigkeiten noch vergrößert hatten und keineswegs auf ihre Vergangenheit beschränkten, vielmehr noch sehr viel weiter entwickelt worden waren. Sie schlugen Purzelbäume und Räder, stellten sich auf die Köpfe und verharrten unbeweglich verkehrtherum, gingen auf den Händen, erst auf allen vier Händen, dann nur auf den rechten, dann auf den äußeren, sie sprangen so hoch sie konnten, und ernteten Beifall, sie hüpften wie Hasen auf der Erde, wirbelten herum und vollführten dazu tierische Laute, was alles in allem die sie beobachtenden und bestaunenden Menschen sehr entzückte und zum Klatschen anregte. Es handelte sich dabei um jenen Teil des Programms, den Chang und Eng am allermeisten verabscheuten, wobei Engs Widerwillen bei jeder Vorstellung noch zunahm, während Changs Widerwillen bei jeder Vorstellung sich auf stets der gleichen Stufe der Erregung und Anspannung zu halten schien. Doch hatte Chang es sich angewöhnt, vor Beginn jeder Vorstellung einige Schlucke Whisky aus der Flasche zu nehmen, die er stets bei sich hatte; so wie er nach jeder Vorstellung ebenfalls einige Schlucke Whisky trank; ein wässeriges Glänzen in seinen Augen entging einer einzigen Person, Madame Raffaeli, nicht, die, wäre sie eine Dichterin oder zumindest Chronistin gewesen, einige interessante Begebenheiten in Gesellschaft der Siamesischen Zwillinge hätte aufschreiben und zur Veröffentlichung bringen können, womit sie wahrscheinlich sehr viel erfolgreicher gewesen wäre als mit ihrem mittelmäßigen Klavierspiel. Aber sie war keine Dichterin, nicht einmal eine Chronistin. Sie schrieb niemals Briefe und die Zeit, da sie ein Tagebuch geführt hatte, war unendlich fern. Womöglich hätte es ihr inzwischen sogar etwas Schwierigkeiten bereitet, eine Feder zu führen und die Buchstaben in der richtigen Reihenfolge anzuordnen. Nachdem sie, etwas außer Atem, ein weiteres, dramatischeres Duett gesungen hatten, wäre es nunmehr an der Zeit gewesen, Hamlets großen Monolog zu deklamieren, abwechselnd, abwechselnd den Kopf wendend, abwechselnd den einen Arm hebend, den anderen Arm, den Arm senkend, ausstrekkend, wieder fallen lassend, oder weit über den Kopf strekkend, wären an jenem Abend, gegen neun Uhr, nicht als nächstes die beiden zusammengewachsenen deutschen oder schwedischen Zwillingsschwestern an der Reihe gewesen. Nach Hamlets Monolog hätten sie allmählich daran gehen müssen, sich und vor allem das Publikum auf das Eigentliche, die Enthüllung vorzubereiten, hätten angefangen, an ihren Blusen zu nesteln und die Damen zum Erröten zu bringen, hätten nicht ganz klare Absichten geäußert und verfängliche Vorschläge gemacht. Sie hätten bald, erst Eng, dann Chang, so umständlich es nur ging, die hübschen blauen Seidenblusen über ihre Köpfe gestreift und endlich das Ligamentum entblößt, einen kräftigen, etwas knorpeligen Hautstrick. Ein weiteres Mal wäre es plötzlich still geworden. Wortlos, ohne Bekundungen irgend welcher Art, hätten sich die Zuschauer erhoben, wären jene in den hinteren Reihen auf ihre Stühle gestiegen; aber damals, am Abend in K-ville, an den sie sich in so gut wie allen Einzelheiten erinnerten, waren nach dem dramatischen italienischen Opernduett die ausgelassenen, zunächst albern wirkenden Zwillingsmädchen aufgetreten, am Rücken zusammengewachsen, mit herrlich fließendem Haar, begleitet und unterstützt von einem langanhaltenden Tusch Madame Raffaelis auf ihrem Klavier, der lediglich vom Jubel des Publikums überboten wurde. An jenem Abend, an dem sich besonders viele Zuschauer eingefunden hatten, da bekannt geworden war, daß die Sensation durch eine zweite Sensation zur doppelten Sensation werden sollte, war selbst Hunter vom Lärm der tobenden Menge aufgewacht und im Verlauf der Vorstellung noch nicht einmal mehr eingenickt, denn auch ihn fing der Zauber der kleinen Mädchen schnell ein. Er lächelte, und seine Wangen wurden rosig wie die eines Säuglings und hielten sich für den Rest des Abends in einem gleichbleibenden Apfelrot. Gewissermaßen im Triumph waren sie abgetreten, hatten sie sich immer wieder vor dem speckigen roten Vorhang zeigen und verbeugen müssen, nachdem sie das zuvor in der kleinen, fensterlosen Garderobe abgesprochene veränderte Programm mit dem größten Erfolg hinter sich gebracht hatten. Gewiß, es war nicht einfach gewesen, sich mit den Mädchen und deren Impresario, Herrn Tretzow, zu verständigen, aber irgendwie war es doch gelungen; was den anderen nicht auf Anhieb begreiflich zu machen war, weil ihr Englisch nicht ausreichte und sowohl die Siamesen als auch deren Begleiter weder des Deutschen noch Schwedischen mächtig waren, mußten Chang und Eng, Hunter und Madame Raffaeli, Tretzow und die Mädchen wortreich umschreiben.

Nach der Vorstellung hatte man gemeinsam an drei Tischen im kleinsten Kreis ausgiebig zu Abend gegessen, in einem im oberen Stockwerk gelegenen geräumigen Zimmer eines Hotels, wo man vor Belästigungen geschützt war. Die Neugierigen, welche die beiden Zwillingspaare bis dorthin begleitet hatten, waren inzwischen verschwunden. Um das Haus herum herrschte Ruhe.

Chang und Eng saßen am langen, weiß gedeckten Tisch Lisa und Kathrin gegenüber, welche jede für sich an einem eigenen kleinen Tisch speiste, Rücken an Rücken. Die Tische der Mädchen standen rechtwinklig zum großen Tisch, an dem Chang und Eng, von Madame Raffaeli und Robert Hunter flankiert, saßen, denen der Besitzer des Hotels, ein gebürtiger Niederländer namens van Hooghe, und Tretzow gegenübersaßen. Man unterhielt sich angeregt, tauschte Erfahrungen ähnlicher oder gleicher Art aus, selbst Hunter, der sich nach den Vorstellungen meist sogleich ins Bett begab, wirkte im Gespräch mit dem Deutschen aufgeräumt.

Lisa und Kathrin waren beweglich genug, wenn schon nicht die ganzen Oberkörper, so doch ihre Köpfe immer wieder lange Chang und Eng zuwenden zu können. Chang vertiefte sich in ein Gespräch mit Lisa, während sein Blick immer wieder von Kathrins Profil angezogen wurde, und Eng vertiefte sich in ein Gespräch mit Kathrin, die ihm zulächelte und wie ihre Schwester mit leiser Stimme sprach, als wollte sie auf keinen Fall ganz verstanden werden. So kam es Eng vor, als säße allein er einem Doppelwesen gegenüber und nicht jenes ebenfalls. Immer wieder wurde die Weinkaraffe herumgereicht, die von zwei aus dem Hintergrund auftauchenden, hinter dicken Vorhängen wieder verschwindenden Kellnern nachgefüllt wurde, die dem Hotelbesitzer so ähnlich sahen, daß man annehmen konnte, sie seien seine Kinder oder Geschwister; van Hooghes Alter war nicht einmal zu schätzen, er hatte ein Kindergesicht. Worüber man an diesem Abend sprach, war auch später kein

Gegenstand der Erörterungen, als habe es nur Körper und Stimmungen gegeben, die jedes Wort überflüssig machten; wenn nicht die Worte, dann deren verborgene Bedeutung. Immer wieder traten die Söhne oder Brüder des Hotelbesitzers hinter den Vorhängen hervor, schenkten nach, servierten das Essen auf weißen, goldgeränderten Platten und tauschten die Gläser aus, als man von Weißwein zu Rotwein überging. Van Hooghes Frau, die währenddessen am Herd stand, ließ sich nicht blicken.

Immer wieder trafen sich Lisas und Changs und Kathrins und Engs Blicke, trafen sich nicht nur kurz, sondern verschmolzen. Die Siamesischen Zwillinge sprachen während des ganzen Essens kein Wort miteinander, verständigten sich auch auf andere Weise nicht, fast so, als wären sie zwei gewöhnliche Brüder. Erst spätnachts wachte Eng von einer heftigen Bewegung, einem Ruck an seiner Seite auf. Er wandte den Kopf und sah, was er bereits gehört hatte, daß Chang weinte. Unter Tränen erzählte er, daß ihn ein tolles Verlangen ergriffen habe, sie zu lieben, sie zu besitzen, von ihnen wiedergeliebt zu werden, worüber er kaum sprechen könne, denn durch das Sprechen müsse es nur noch stärker und schrecklicher werden. Es habe ihn schon da ergriffen, als sie auftraten, als der Applaus ihnen entgegenschlug wie eine Feuerwand, denn Lisa und Kathrin, deren Konversation er gar nicht habe folgen wollen, seien das schönste und reinste Geschöpf, das ihm je begegnet sei, das er je gesehen habe, es bestünde kein Grund zu glauben, daß sich eine solche Begegnung jemals wiederholen werde. Während er sprach, liefen ihm unentwegt Tränen über die Wangen, über die Lippen, über das Kinn, und einen Augenblick zögerte Eng, sie ihm mit der Hand vom Gesicht zu wischen. Schließlich ließ er sie auf der Decke liegen. Eine furchtbare Qual zerriß Chang und machte ihn rasend. Er wollte aufstehen und Whisky trinken, aber er war nicht fähig, sich in Bewegung zu setzen. Auf der Stelle wollte er lieber sterben als so weiterleben. Wie elend werde ihm erst zumute sein, wenn sie sich morgen trennten, für immer auseinandergingen, jeder in seinen

Wagen stieg, jeder einem gänzlich verschiedenen, vielleicht sogar entgegengesetzten Ziel zu. Nein! schrie er in die Dunkelheit — und wurde von Eng nicht daran gehindert, den Schrei zu wiederholen, wären sie Menschen wie andere Menschen, gewöhnliche Menschen aus gewöhnlichem Fleisch und Blut, so würden sie sich jetzt trennen und er würde das Geschöpf, das ihm heute begegnet war, umwerben und lieben und heiraten.

6

Das kelchförmige Glas schien in der Luft zu schweben, trotz des ausgestreckten Arms und der Hand, die es hielt, vielleicht weil dieser Arm so dünn aus den gestärkten Manschetten stach. Am Ringfinger steckten zwei Goldringe. Eine Stille breitete sich aus, in die hinein von allen Seiten immer wieder gekichert und gelacht wurde, ein Glas fiel zu Boden, dem folgte ein kaum unterdrückter Aufschrei, Stühle wurden gerückt, ein Tisch ebenfalls, und Messer und Gabeln stießen aneinander und klapperten gegen Porzellan, aber er ließ sich durch diese Geräusche keineswegs beirren. Er setzte zum Reden an. Mit einer dunklen Stimme, die nicht zu seiner schmächtigen Gestalt passen wollte, aus der sie dröhnte, von der man hätte meinen können, sie müsse das Glas, an dem sie abprallte, um sich dann im Raum zu verteilen, zum zerspringen bringen, mit dieser Stimme, der leise Töne offenbar fremd waren, sprach er unbeirrt des gelegentlichen Lärms weiter, nachdem er einmal angefangen hatte, als könnte ihn, der es gewohnt war, öffentlich aufzutreten, nichts aus der Fassung bringen. Wenn er sprach, konnte er sich seiner sicher sein.

Man hatte drei gleich lange Tische, über welche gestärkte weiße Decken gelegt waren, hufeisenförmig zusammengestellt. Die Brautpaare, der Brautvater und die Brüder der Bräute saßen an der Stirnseite; der Brautvater war aufgestanden und hatte, wie bei solchen Gelegenheiten üblich, mit dem Messer an das Glas geklopft. Binnen kurzem herrschte jene von beiläufigen Geräuschen, denen man wenig Beachtung schenkte, unterbrochene Stille, in die hinaus er seine Stimme tragen ließ. Wann genau er einatmete, blieb unsichtbar; daß er die Pausen, in denen er es vermutlich tat, gezielt zum Zweck einsetzte, gewisse Dinge zu unterstreichen, war nicht zu überhören; es gehörte schließlich nicht unwesentlich zu seinem Beruf, zu sprechen, Worte für die Abwesenheit eines anderen, Mächtigeren zu finden. Er wußte genau, was er tat, solange er sprach. Es war nicht anders gewesen, als er, vor wenigen Jahren, seine Frau zu Grab trug, an dem er selbst die Leichenrede hielt. Er brauchte jedoch bloß in das Erdloch zu sehen, ein einziger Blick genügte, um in sich selbst zurückzukehren, wo ihm niemand zuredete, sondern alles schwieg. Der Vater der Bräute hatte den Hut abgenommen und auf seinen Stuhl gelegt. Er hatte sich dann den Hochzeitsgästen zugewandt, das Glas erhoben, das in der Luft zu hängen schien wie eine durchsichtige Glocke, die sich zur Hälfte rot verfärbt hatte.

Meine lieben Freunde, sagte er, wonach er eine kurze Pause machte, meine lieben Freunde, und diesmal betonte er das zweite Wort, Brüder und Schwestern, Verwandte und Anverwandte, meine geliebten Söhne Charles und Joseph, er hob die Stimme noch, allerliebste Sara, der als der Älteren die erste Anrede gebührt, allerliebste Adelaide, die mir, wie Ihr alle wißt, nicht minder wert ist, Ihr allesamt und auch Ihr, die mir neu erwachsenen Söhne Chang und Eng, einträchtig nun ebenfalls getauft im Namen des Herrn im Namen des Vaters, des Sohns und des Heiligen Geistes, der dreifachen Einigkeit, der dreifachen Allmächtigkeit, hiermit, mit diesem Glas, dessen Inhalt, gewandelt aus Blut, und durch Gottes alleinigen Willen aus dem heiligen Land, der heiligen Stadt Jerusalem gekommen sein möge durch ein Wunder, das keiner Erklärung und keines Beweises bedarf, der Worte nur, es zu loben und davon zu berichten, mit diesem ersten Glas, in dem sich Wein befindet, das wir auf das Wohl der Eheleute Sara und Eng, Adelaide und Chang Bunkers trinken wollen, eröffne ich die Tafel, deren Anordnung in drei Teile uns Symbol sein soll für die Macht und das Wesen Gottes, wovon ich eben sprach, diese Tafel, die uns von freundlichen Helfern, die ich hiermit ebenfalls feierlich begrüße, so gastlich gedeckt wurde. Ich eröffne das bescheidene Bankett zu Ehren meiner beiden frischvermählten einzigen Töchter mit den sonderbaren Zwillingen aus Siam, die ein schier unendlicher, kaum vorstellbarer Weg hierher, zu uns führte, wo sie sich niederließen, um meine und meiner lieben verstorbenen Frau Töchter zu Gattinnen zu nehmen, nachdem ausgedehnte Reisen zwecks Vorführung ihrer Beschaffenheit sie in Länder geführt hatten, aus denen manche von uns ursprünglich selber stammen, die zu sehen uns jedoch wahrscheinlich nie vergönnt sein wird; doch wollen wir es überhaupt? Gott ist überall mit uns, und hier, wo ein neues Volksgebilde entstanden ist, ist er vielleicht in noch gesteigertem Maße anwesend als wo die Menschheit zugrunde zu gehen droht. Jedoch wollen wir an diesem Freudentag über nur angenehme Dinge sprechen, Freunde, Brüder und Schwestern. Was, meine Guten, habt ihr nicht alles gesehen in diesen wenigen Jahren, von Frankreich, über England, Paris und London, vom asiatischen Kontinent über die Weltmeere, darauf zahllose Inseln befestigt sind, wie es so treffend heißt. Holland und unser eigenes, unser so weites und so unüberblickbares, weder mit dem Auge noch mit dem Verstand je ganz zu erfassendes großartiges Land der Verheißung, wie wir frohen Herzens alle sagen können. Es wird das Land bleiben, in dem wir das Paradies zwar noch nicht erreicht haben, vielleicht noch nicht einmal dessen Pforte, welches uns jedoch den Schutz vor den Geißeln und Versuchungen der Gottlosen bot.

Was also Gott verbunden hat, fuhr er nach einer Pause fort, soll der Mensch nicht trennen, heißt es bei Matthäus; und in der Stille hatten viele Hochzeitsgäste den Atem angehalten. Nach diesen Worten richteten sie ihre Blicke auf Chang und Eng und ihre Bräute. Was also Gott verbunden hat, wiederholte Samuel Yates, soll der Mensch nicht trennen, und von neuem machte er eine Pause, so seid Ihr, Sara und Eng, und Ihr, Adelaide und Chang, bis ans Ende Eurer Tage und darüber hinaus bis ans Ende aller Tage einander verbunden und eins vor Gott und den Menschen und vor Euch selbst, bis der Tod Euch scheidet und heimführt in den Tag der Tage. Wir alle wünschen Euch den Segen Gottes, es möchten diesen Ehen so warme und gute, glückliche und sonnige Tage beschieden sein wie am heutigen Tag die Natur vor Kälte erstarrt ist, die zukünftigen Tage werden sie tauen.

Das Glas in seiner Hand schwebte hinauf und verharrte auf Augenhöhe, Wir wünschen Euch Glück, wonach nun auch die Hochzeitsgäste sich von den Stühlen erhoben und ebenfalls die Gläser nahmen, Freuden und ein frommes und harmonisches Leben ledig aller Sorgen welcher Art auch immer, ledig des menschlichen Leids, eine sorgenlose Ehe den vier Eheleuten unter guten Sternen, im Schutze unseres Herrn, dessen jeder, selbst der Frömmste bedarf, der Starke und Feste nicht weniger als der Schwache und Schwankende und dieser nicht minder als jener; vor allem aber soll Kindersegen über Euch kommen.

Yates führte zum Abschluß das halbvolle Glas zu den Lippen und trank als erster, wie es gebräuchlich war in seiner Gemeinde, deren Mitglieder sich noch immer als versprengtes Häuflein empfanden. Deren Vorfahren hatten England vor zweihundert Jahren verlassen, um erst im Nordosten der neuen Welt und dann, nach harten Jahren, im Norden North Carolinas zu siedeln. Yates trank als erster, zum Abschluß seiner Rede und Auftakt des Essens, blickte in die Runde, auf die, die vor ihm standen und von denen ihn etliche um einiges überragten, und stellte das Glas dann klirrend zwischen Messer und Löffel ab, wovon er selbst, kaum merklich, zusammenzuckte.

Er setzte sich, nachdem er den Hut in die Hand genommen und auf seinem Kopf zurechtgerückt hatte. Er strich einmal schnell über die Krempe, feuchtete sie abwesend mit dem nassen Zeigefinger an. Bereits hatte ein ohrenbetäubender Lärm eingesetzt, Rufe, Laute des Entzückens füllten den Raum, als öffneten sich die Herzen aller und liefen über vor Freude über diese Eheschließung, die er selbst vor kaum zwei Stunden besiegelt hatte, und alles, was Samuel Increase Yates, der dreiundfünfzig Jahre alt war, gesagt hatte, sank Wort für Wort hinter die graue Horizontlinie, die den Abgrund zur schwarzen, unvorstellbaren Hölle, dem Nichts markierte. Das Hochzeitsbankett für seine Töchter und Schwiegersöhne hatte mit dem Ende seiner Rede begonnen, in der er die unsichtbaren, aber vorhandenen, unnennbaren, aber gewissen Geister noch einmal, einmal mehr, zum wievielten Mal, zu bannen versucht hatte. Das Bankett nahm ebenso seinen Lauf wie Yates unbeschreibliches, in Worte nicht zu fassendes, wie ein Wasserfall in die Tiefe stürzendes Unglück, von dem er nicht gesprochen hatte, das er überdeckte und von dem er nie, niemals zu einem Menschen würde sprechen können, denn er war vollkommen darin gefangen, und war er endlich tot und frei, wäre ihm, so stand es für ihn fest, der Weg ins Nichts gewiß. Er war unfrei, unfreier als Gott, der ihn vielleicht verlassen hatte, woran er nicht länger zu denken wagte. Unglück, Unglück. Es war sein undurchlässiger Kerker geworden und zwang ihn zur Untätigkeit. Die Zunge war wie umgedreht, erfüllte, ohne Sinn, bloß ihren Zweck, riesige fadenscheinige Wörter zu bilden in blasenaufwerfenden Sümpfen, Irrlichter. Er hatte die Sprache verloren über dieser unglaublich anstößigen Entscheidung seiner beiden barmherzigen Töchter, wie sie sich selbst genannt hatten, dieser fehlgeleiteten Samariterinnen, die das Unglück, das herumlag, aufhoben, als handle es sich um einen Schatz, und herzten und an sich drückten, als ob es Kinder seien. Schande. Er hatte nicht die Kraft gefunden, sich ihnen zu widersetzen, ihnen diese Heirat zu verbieten, und nicht etwa, weil sein Herz zu groß, sondern weil er zu schwach war. Aus Liebe zu ihnen; weil er sie liebte. Jesus hatte nicht wider die Natur zusammengewachsene Zwillinge gemeint, als er zu seinen Jüngern sprach, was Gott verbunden habe, solle der Mensch nicht trennen, selbstverständlich nicht. Nicht Gebilde, die als Satans Ausgeburt und Experiment in die Welt hinausgespien worden waren, für die es weder in der heiligen Schrift noch bei den Propheten Worte, überhaupt ein einziges Wort gab.

Samuel Yates hatte sehr wohl bemerkt, daß seine Gemeinde, jene ihm vor über zwei Jahrzehnten anvertraute Herde, während seiner auf der Bibel gründenden Ausführung nicht an die damit gemeinte eheliche Gemeinschaft, sondern an diese Entsetzen schaffende, Unheil ausbrütende, Angst stiftende brüderliche Gemeinsamkeit gedacht hatte, an dieses stete, doppelgängerische Zusammengehen zweier gleicher Körper und Köpfe. Nicht einmal seine Schafe, denen er schon so lange als geistlicher Hirte vorstand, waren bereit, seine Worte so zu verstehen, wie sie sie bisher verstanden hatten, bei jeder früheren Eheschließung, wie sie ihnen aus der Bibel, ohne Argwohn zu erregen und unzweideutig, entgegenschallten. Aber trug in Wahrheit nicht er allein die Schuld, daß die Gemeindemitglieder bei seinen Ausführungen die Köpfe nach dem doppelgesichtigen Ungeheuer umdrehten. Versuchte nicht er, sich an Worte zu klammern, die im Evangelium standen, und sie auf seine Lage umzumünzen, die darin keiner Erwähnung für würdig erachtet worden war, nicht einmal in Andeutungen. In der Bibel tauchten Verwachsungen dieser Art nicht auf und keine Weiber, die sich mit ihnen verbanden, und keine frommen Männer, die sich schämen mußten, ihre Väter zu sein. Wären sie in Erscheinung getreten, wäre Jesus aller Wahrscheinlichkeit nach auf sie zugegangen, hätte seine mit Speichel befeuchtete Hand auf das infame Band gelegt, um sie nicht nur voneinander, sondern auch vom Teufel zu lösen. Aber es gab sie in keinem der Testamente, während es sie in seiner eigenen Gemeinde, und seit dem heutigen Tag sogar in seiner Familie gab, und er hatte sie ebensowenig davon abhalten können, seine Töchter zu heiraten, wie er sich damals weigern konnte, sie zu taufen; wie auch hätte er sich dazu aufschwingen können, als sie ihn in ihrem förmlichsten Englisch darum baten, in die christliche Gemeinschaft aufgenommen werden zu dürfen. Er hatte sie gebeten, ihm zu erklären, weshalb sie es nicht schon früher getan hatten, ob ihr Mentor, der verstorbene Mr. Hunter, sie nicht auch in Religionsfragen unterrichtet habe oder habe unterrichten lassen, aber sie waren unbestimmt geblieben, und es schien ihm, als sei es ihnen im Grunde gleichgültig, woran man, ganz allgemein gesprochen, glaubte oder nicht glaubte. Er starrte vor sich hin.

Und nun waren — unwiderruflich — seine beiden einzigen Töchter deren Ehefrauen, und was Gott gebunden hatte, war nicht an seinem Diener zu trennen, wie sehr er sich auch wünschte, die Macht dazu zu besitzen. Er hatte beide zu Fäusten geballten Hände auf den Tisch gelegt, nachdem ihm, ohne daß er aufblickte, die Suppe hingestellt worden war. Sie würden fürs erste unter seinem Dach wohnen, das Geschirr seiner verstorbenen Frau benutzen, ihr Besteck zu ihren Mündern führen, zwischen den Lippen hervorziehen und mit ihren Zungen ablecken. Sie würden die für sie vor Wochen von Sara und Adelaide hergerichteten, frisch tapezierten Zimmer im Obergeschoß beziehen und ein Leben führen, angesichts dessen er sich die Ohren würde zuhalten und die Augen verschließen müssen. Eine Vorstellung der Versuchung durch den bösen Geist, der von überallher heißen Atem ausstieß. Dunkelheit. Passend dazu wie ein steifgefrorenes Hemd die bittere Januarkälte, die sich hinter jeder der Türen des Gemeindehauses, hinter jedem all dieser Fenster in die Welt ausbreitete und sie, Tal für Tal, Berg um Berg, alle ihre Flußläufe hinauf, eroberte, zermalmte, verschlang und einspann, bis sie zu jener Horizontlinie vorgedrungen war, die er nun immerzu vor sich sah, unablässig seit Wochen schon, hinter der das vernichtete All wartete, das ihn samt seinen Töchtern, die von den Siamesischen Zwillingen an ihren vier abscheulichen Händen geführt wurden, verschlingen würde. Warum gerade hier. Warum hatten sie sich nicht anderswo niedergelassen! Warum denn hier! Es war jetzt, als kröche ihm ein warmer, gelblicher Schleier über die Augen und machte alles auf beinahe wohlige Weise zunichte, nehme ihm nicht nur die Sehkraft, sondern mache auch der Macht, klar zu denken, ein Ende, die ihn bisher über das Tier erhoben hatte, mache ihn wieder zu Staub und Lehm, zu Blut und Kot. Er hatte keine Gewalt mehr, sich Gott zu fügen und ihn zu verstehen, um danach im entscheidenden, gottgewollten

Augenblick zu suchen, zu finden und zu handeln. Lediglich reden konnte er noch, predigen mit der umgedrehten Zunge, flüssig und ohne Anstand, aber niemand würde es merken, denn die Zeiten, sagte er sich, sind nicht danach. Aber wonach sind sie dann?

Wer ihn beobachtete, konnte die düstere Stimmung, in der er sich befand, leicht erkennen, und wer hätte sie ihm schon, trotz der eigenen Festlaune, verdenken wollen. Stumm saß er mit gesenktem Kopf zwischen seinen Söhnen Charles und Joseph auf dem Ehrenplatz und starrte in den noch vollen Suppenteller vor sich. Er hielt den Löffel, den er noch nicht hineingetaucht hatte, mit der rechten Hand umklammert. Eine große schwarze Fliege, die wohl durch die ungewohnte Hitze im Saal aus ihrem todesnahen Schlaf erwacht war, setzte sich auf den Tellerrand, blieb eine Weile bewegungslos sitzen und fiel plötzlich kopfüber, sich einmal überschlagend, in die kalte Suppe, wo sie starr auf dem Rücken liegenblieb. Wie ein winziges Boot trieb sie leblos zur Mitte des Tellers hin. Yates hatte die Augen weit aufgerissen, sprang, unverwandt auf seinen Teller starrend, vom Stuhl auf und ließ den Löffel in die aufspritzende Suppe fallen. Er zitterte am ganzen Körper und schwankte und mußte von seinen Söhnen gestützt werden. Sie drückten ihn, jeder eine Hand auf seiner Schulter, auf den Stuhl zurück und blickten sich dabei schweigend an. Charles bückte sich rasch nach dem Löffel, kam seinem Bruder zuvor, wischte den Löffel an seiner Serviette ab und legte ihn wieder neben den Teller seines Vaters, der sich nun Mühe gab, eine freundliche Miene zur Schau zu tragen. Er war blasser als sonst. Vergeblich hatte Joseph versucht, die Flecken von seinem Jackett zu entfernen.

Eines der Mädchen, dessen Aufgabe es war, sich ausschließlich um den Tisch der Brautleute und engsten Verwandten zu kümmern, nahm den Suppenteller des Reverend weg und trug ihn in die Küche zurück. Der geistliche Vorsteher der Gemeinde hatte keinen Appetit. Er schwieg weiter, was seiner Stellung zwar anstand, seiner sonstigen Art jedoch nicht entsprach, wenngleich in den letzten Wochen eine nicht zu übersehende

Veränderung mit ihm vorgegangen war, die beinahe vergessen ließ, daß er früher sehr gesprächig und niemals launisch gewesen war; kaum jemand, dem es nicht auffiel. Aber verhielten sich so nicht viele Brautväter am Hochzeitstag ihrer Töchter? Die zahlreichen Gäste, die, soweit es überhaupt möglich war, getan hatten, als wäre ihnen der kleine Zwischenfall entgangen — oder ihrem Gedächtnis schon wieder entfallen, eine Einzelheit unter vielen an diesem Tag, in dieser an Abwechslungen nicht eben reichen Gemeinde —, hatten sich inzwischen dem zweiten Gang des Festessens zugewandt, einer warmen Fleischpastete, die im Teig gebacken war, und wer sie noch nicht auf seinem Teller hatte, drehte sich nach den jungen freiwilligen Kellnerinnen um, die sie auf großen Platten hereintrugen, damit von Gast zu Gast gingen und jedem, sich vorbeugend, ein Stück des umhüllten, noch dampfenden Fleisches vorlegten. Es hatte einen Augenblick gegeben, den einzigen des ganzen Tages, in dem im Saal kein Wort gesprochen worden war (nur aus der Küche hörte man Stimmen), kurz, nachdem der Reverend wie außer sich vom Tisch aufgesprungen war.

Man hatte ausführlich die Karpfensuppe gelobt und Gott gedankt, eine so bedeutende Köchin in der Gemeinde zu haben, auf deren Wohl zwei Mal getrunken wurde, obwohl sie sich nicht blicken ließ. Stets entfaltete sie dann ihr Können in hervorragendster Weise, wenn es eine unüberschaubare Menge von Gästen zu bewirten galt. Sie war unverheiratet und kinderlos, niemand kannte ihr genaues Alter, niemand fragte sie danach; außer ihrem französischen Kochbuch hatte sie vermutlich keine Geheimnisse; dieses verbarg sie vor den Augen der anderen wie einen Schatz. Niemand hatte es jemals zu Gesicht bekommen, und anderswo hätte es auf der Hand gelegen, zu unterstellen, es existiere gar nicht, es sei nichts als die Erfindung einer schrulligen alten Jungfer; hierorts zweifelte niemand an ihrem kostbaren Besitz, an dem sie, wie man sich vorstellen mußte, mehr als am Leben hing, sofern das eine wie das andere für sie nicht die gleiche Bedeutung hatten. Miß Robert bewohnte das kleinste Haus des Orts, das aus nur zwei Zimmern und einer geräumigen Küche bestand, und nicht wenige hätten ihr zugetraut, selbst aus einem Löwen das zarteste Fleisch zu schneiden, um es sodann, war es lange genug abgehangen, zum wunderbarsten Gericht zu veredeln.

Es gelang Yates nicht, seinen Blick an eines der beiden jeweils Landschaften darstellende Bild zu klammern, die links und rechts der Haupttür hoch über den Köpfen der Hochzeitsgäste hingen. Als drückte ihm eine unsichtbare Gewalt das Gesicht nach unten. Seine Töchter hatten sich von einem Monstrum bezaubern lassen! und wer in einer längst vergangenen Zeit den Kern für diesen Irrsinn in sie gelegt hatte, konnte nur er, ihr Vater und geistiger Führer, sein. Er würde nie zurückverfolgen können, wann dieses Korn gepflanzt wurde, noch zu welchem höheren Zweck, jedenfalls war die Saat aufgegangen, von der kaum anzunehmen war, daß seine Frau sie gesät hatte, und seine Töchter waren, wie man es ganz allgemein von Bräuten nicht anders erwartet, aufgeblüht, immer wieder erhellten sich ihre Mienen, wenn sie ihre Ehemänner betrachteten, die Haare hatten einen Schimmer, der ihnen, wie er glaubte, bisher gefehlt hatte, sie lachten oft laut heraus und lächelten fast unentwegt, sie benahmen sich wie ganz gewöhnliche, erwartungsvolle Bräute. Wo, um Himmelswillen, stand in der Schrift, ein Mensch könne zwei Köpfe, zwei Hälse, vier Beine, vier Arme und zwei Geschlechtswerkzeuge haben!

Seine Söhne prosteten einander währenddessen zu und versuchten, ihn dazu zu bringen, es ihnen gleichzutun. Aber Yates schüttelte bloß den Kopf und nahm alle Kraft zusammen, ihn nicht auf der Stelle wieder würdelos sinken zu lassen, unfähig, länger darüber nachzudenken, was seine Gemeinde wohl von ihm oder vielmehr von seinem ungewohnten Benehmen denken mochte. Immer wieder warf er sich vor, er hätte dem Siamesischen Zwillingsbrüderpaar seine Töchter wohl nicht zu Frauen gegeben, wenn sie nicht diese beträchtliche Summe an Vermögen vorzuweisen gehabt hätten, das sie als Jahrmarktsattraktion innerhalb weniger Jahre angehäuft hatten, nachdem sie ihren väterlichen schottischen Freund, den sie kaum je erwähnten, der sie erst zu dem gemacht haben mußte, was sie waren, aufs schmählichste hatten fallen lassen. Wie würden sie nun seine Töchter behandeln! Auch ihm wurde ein Stück Fleischpastete auf den Teller gelegt, aber auch davon aß er nichts, auch sie wurde später unberührt in die Küche zurückgetragen; daß Reverend Yates vom zweiten Gang nicht einmal probiert hatte, verschwieg man Miß Robert.

Dann aber wieder wurde ihm bewußt, daß es nicht an ihrem Geld gelegen haben konnte; daß er, weil er seine Töchter mehr liebte, als er selbst seine Frau zu lieben fähig gewesen war, allein auf ihr Drängen hin in jedem Fall nachgegeben hätte. Ihm war keine andere Wahl geblieben. Ihre Qualen wären ihm zu nah gegangen, und sie hätten alles getan, damit er sie mit ihnen teilte. Es stand ihm nicht zu Gebot, ihnen auch nur einen einzigen Wunsch abzuschlagen, und hätte er es getan oder versucht, wäre es ihnen schließlich doch gelungen, ihn umzustimmen und auf ihre Seite zu ziehen, wie jedes Mal; erst mit Tränen und dann mit eindeutigen Drohungen, ihn zu verlassen und sich von den doppelten Liebhabern entführen zu lassen wie in einem romantischen Abenteuer, sich also zu rächen oder, anders gesagt, ihn zu erpressen. Sie verfügten über eine Unzahl von Wörtern, deren treffende Anwendung und nachhaltige Wirkung sie im Alltag ebenso beherrschten wie er auf der Kanzel. Aber wo es ihm nur in jahrelanger mühseliger sonntäglicher Pflichterfüllung gelang, die Herzen der Zweifler oder gar Ungläubigen umzustimmen und diese auf den rechten Weg zu führen, schafften sie das Gegenteil binnen weniger Tage; schon die Ansätze eines Versuchs hatten genügt. Er hatte sein Wort gegeben, auf das sie ungern verzichten mochten, er willigte in die Ehe ein, er hatte Ja gesagt.

Indes machten sich hinter seinem Rücken — er saß wieder leicht vornübergebeugt, die Stirn an die Fingerspitzen gelegt — seine Söhne über ihre Schwäger lustig, und er tat alles, um kein Wort von dem zu verstehen, was sie redeten. Hätte er es doch nur in der Hand gehabt, sich mit der gleichen Leichtigkeit freien Raum zu verschaffen. Aber mit jedem Tag nahmen die Gedanken an Chang und Eng und an seine mit ihnen verbundenen Töchter verzerrtere Formen an. Längst verfolgten sie ihn bis in seine Träume, wo sie sich als Gefangene und als seine Wächter erwiesen. Sie ließen sich nicht verscheuchen, beim besten Willen nicht. Selbst im Traum suchte er nach ihm bis dahin verborgenen oder unverständich gebliebenen Bibelstellen, nach Zitaten, die ihm entfallen sein mußten, die er nicht erforscht hatte, die ihm endlich, spät genug, Trost gespendet, ihn von der Last befreit hätten, die ihn seit Wochen plagte und allen anderen bereits vorhandenen Kummer ins Unermeßliche zu steigern drohte. Seine verstorbene Frau war ihm nun gegenwärtiger als zu Lebzeiten. Er hörte sie reden. Er hörte sie etwas sagen und gleich darauf das Gegenteil dessen, was sie gesagt hatte. Zumeist betraf es seine Töchter und deren Entschluß, das Monstrum zu heiraten. Stets lag, als könnte sie dieses Flüstern bannen oder immerhin aufs Nötigste beschränken — er wußte nicht, wo ihm der Kopf stand —, die Bibel griffbereit in seiner Nähe, in seinem Studierzimmer, eine auf dem Pult, und eine andere, die er vor Jahren in New Haven erstanden hatte, auf dem täglich frisch aufgeschüttelten Kopfkissen der Toten, aufgeschlagen an jener Stelle, in der er am Vorabend gelesen hatte, bevor ihn dieser entsetzliche Schlaf übermannte, der ihm keine Ruhe, geschweige denn Frieden verschaffen konnte; und der Gedanke, wie es in Zukunft sein würde, bis sie ein eigenes Haus gefunden und bezogen hatten, wenn sie unter seinem Dach Tage und Nächte, Monate, vielleicht Jahre verbrachten — Kinder zeugten! — verstärkte sein Grauen noch. Innerhalb seiner Mauern, seiner vier Wände. Am Kreuz hing, in seinen sich wiederholenden Alpträumen, Jesus Christus als doppelter Messias und schrie um Hilfe, Vater, ein gequältes Kind. Nichts war mehr göttlich an ihm und seinen Schreien, die die Luft erfüllten und weit ins Land, in die Wüste hinaus und ins Innere der Stadt getragen wurden. Zweigeteilt war sein Leib, daher die Stärke seiner Stimme. Zwei Köpfe hockten wie Geiervögel darauf. Mit Essig getränkte Schwämme wurden auf Lanzen an beide Münder gehalten, die Spitzen der leichten

Waffen in seine Seiten gestoßen, nur flüchtig, aber doch nachdrücklich genug, daß er wieder aufschrie, zweifach, ob es nun ein oder zwei Körper waren. Zwei Dornenkronen saßen auf seinen Locken, und wo die Dornenspitzen durch die Berührung mit dem Kreuzesholz abgeknickt waren, zeigte sich frisches Weiß, aus dem durchsichtiger, tauähnlicher Saft trat; die Rosen lebten noch, was für ein trauriges, mittelmäßiges Wunder im Augenblick des Gottestodes.

Aus dem Hintergrund stieg der Geruch von verbranntem Fleisch nach Golgatha, aber es war nicht zu erkennen, wer jetzt verbrannt wurde. Zu Christi Füßen lagen, in blaue Gewänder gekleidet, seine Töchter Sara und Adelaide und manchmal auch seine verstorbene Frau, streckten die Hände nach dem Gekreuzigten aus und legten sich flach auf die sandige Erde, zwischen spitze Steine, die sie nicht im geringsten störten.

Schließlich aber fielen dem doppelköpfigen Christus die Kinne herunter, die zu Schlitzen verengten Augen brachen, eine der Dornenkronen fiel mitsamt der blonden, schweißnassen Perücke vom linken Kopf, so daß die Glatze des einen Messias wie ein Mond über den Trauernden und Gleichgültigen aufging, vor dem düsteren Hintergrund eines verdunkelten Himmels. Die Sonne verlor ihren Schein, und der Tempelvorhang riß in der Mitte entzwei. Jesus war tot, und Yates wurde meist an dieser Stelle aus dem Traum gerissen, in Schweiß und Kälte gebadet und untröstlich, als müßte er morgen schon sterben oder in der nächsten Stunde, ohne auch nur einen Bruchteil dessen erledigt zu haben, was er sich schon seit Jahren vorgenommen hatte. Seine Töchter würden Kinder zur Welt bringen, an deren Aussehen er gar nicht denken mochte — was er aber nicht verhindern konnte. Wie er auch an die Fortsetzung dieses Traums bei selteneren Gelegenheiten jetzt nicht denken wollte, wenn nämlich der Traum mit Jesus' Tod nicht zu Ende war, sondern eine Wendung nahm, deren Erinnerung er nun zu verscheuchen suchte: Jesus stieg doppelhäuptig noch zur Stunde der Sonnenverfinsterung am hellichten Tag, mit Glatze und mit echtem Haar, vom Kreuz, um auf ihn zuzugehen und ihn zu ohrfeigen. Stets waren sie dann allein, die Frauen verschwunden. Er wachte auf, und die von Gott berührte Wange brannte.

Nein, kein Schrei zerriß die fröhliche Stimmung. Seine Pflicht war es, der ihm befohlenen Gemeinde als die Ruhe selbst zu erscheinen, um die sich alle möglichen Aufgeregtheiten des täglichen Lebens, und selten einmal eine Außergewöhnlichkeit, drehen konnten, wie sie wollten, noch so lächerlich oder übersteigert; ihn, den ruhenden Pol, würden sie nicht aus der Fassung bringen. Seine Stellung verlangte, daß er niemals aus der Bahn geworfen wirken durfte, daß er keinen Wein trank, nicht rauchte und dergleichen mehr, und so war er nicht ausgewichen. Er hatte der drohenden Gefahr ins Antlitz gesehen. Er trug die Bürde und versuchte, sich deren Gewicht nicht anmerken zu lassen, was ihm bisher freilich nicht gelungen war und ihm immer weniger gelingen wollte. Zwar konnte er mit Fremden über die seltsame Eheschließung seiner Töchter im gefälligsten Ton sprechen, aber sobald es darüber nichts mehr zu reden gab, die anderen jedoch offensichtlich noch immer ihren Gedanken darüber nachhingen, verlor sich all seine Sicherheit mit einem Schlag, die Grenzen fielen, die Fluten seiner schlechten Gedanken stürzten über die brechenden Dämme herein, überfluteten sein Herz und machten es eng, so daß es einer Schleusenkammer gleichen mußte; sein bisher so geordnetes Inneres drohte nun zu bersten, sein Inneres, das bis vor kurzem dem Äußeren noch so ähnlich gewesen war. Alles stürzte auf ihn zu und schlug über ihm zusammen. Er war voll schmutziger Gedanken. Er wurde ihrer nicht Herr. Hätte er doch jetzt, statt hier zu sitzen, die Augen in seinem Bett schließen können und nie mehr öffnen müssen. War er nicht, wie er einsehen mußte, in vielen Momenten vom Teufel heimgesucht, war das nicht eine unleugbare Tatsache? Seine Blicke und sein Verstummen mußten ihn in den Augen der anderen verraten. Was nützte alles gute Reden, was die Kraft seiner Predigersprache, deren Lautstärke? Es gehörte zu seinen Aufgaben, die Gemeinde zu beruhigen, wenn sie aufgebracht war, die mit Verstörung auf die seltsamen Fremdlinge hätte reagieren können. Allein der Umstand, daß gerade seine Töchter, von denen man wußte, wie sehr er sie liebte, die beiden heirateten, hatte im Grunde für die nötige Ruhe gesorgt.

Wie es Sitte war, eröffneten die Brautleute den Tanz. Dazu stellten sie sich in der Mitte des Saals auf, nachdem man die erste von zwei Nachspeisen zu sich genommen hatte, warteten, bis die Geige und die Klarinette sie zum Tanz aufforderten, und begannen sich dann zu viert zu drehen. Yates schlug die Augen nieder, als die Musik einsetzte, und wartete, bis er annehmen konnte, daß sich andere ebenfalls auf die Tanzfläche begeben hatten, bevor er wieder aufblickte. Jene umringten sie nun, vorwiegend jüngere Leute, zukünftige Brautpaare, Verlobte, deren Brüder und spätere Schwägerinnen und Schwager. Als Yates die Augen wieder aufschlug, sah es von seinem Platz nicht anders aus, als wenn seine Töchter mit ganz gewöhnlichen Ehemännern den Hochzeitstanz eröffnet hätten; die Mißgestalt ihrer Männer, die ihre Zylinder abgenommen hatten, selbst der schmale Schnitt ihrer Augen, ging in der Masse der sie umkreisenden Tänzer und Tänzerinnen unter, in der Wärme von Menschen, die gegessen und getrunken und sich darauf eingestellt hatten, sich an diesem Tag so ausgelassen wie möglich zu unterhalten. Sie umdrängten das Doppelhochzeitspaar, bewegten sich im gleichen Takt, Yates beobachtete sie, ohne den Blick allzu lange auf ihnen ruhen zu lassen; ein Lächeln huschte über sein Gesicht, dessen er sich nicht bewußt war; für Augenblicke war er aus seiner Niedergeschlagenheit gerissen, hatte sich seine Stimmung geändert.

Er zuckte zusammen, als sich eine Hand auf seine rechte Schulter legte und Muriel, seine Schwester, ihm ins Ohr flüsterte, sie seien doch, trotz allem, zwei hübsche Männer, zwei attraktive Paare, und wohl auch solche Kinder würden sie zur Welt bringen. Wer weiß, wie lange sie leben? Samuel wandte sich zu ihr um. Er lächelte nicht mehr; stumm hatte er ihr Verständnis längst gefunden; wenn sie redete, konnte er schweigen, aber was änderte ihr Einfühlungsvermögen an den gegebenen Umständen?

Er habe, sagte Muriel, als sie saß, während des ganzen Essens sehr abwesend gewirkt, was natürlich nicht unbemerkt geblieben sei. Die einen flüstern hinter vorgehaltener Hand, wie du dir denken kannst, während die anderen nachdrücklich schweigen und mit den Augen schnattern. Sie strich sich eine weiße Haarsträhne aus der Stirn und bog sie nach hinten. Du mußt versuchen, dich zusammenzunehmen, du willst dir den Respekt erhalten, also mußt du Haltung bewahren; sie wissen nicht, was sie denken sollen, wenn sie sehen, daß du verunsichert bist. Wenn es nach mir ginge, sagte sie, hätte ich die beiden der Hexerei bezichtigt und dafür gesorgt, daß sie auf den Scheiterhaufen kommen, aber die Zeichen stehen leider nicht danach; ihre Augen jedoch glänzten, als spiegelten sich darin bereits die inquisitorischen Flammen. Na gut, es ist mir nicht vergönnt, den ersten Stein zu werfen, ich bin zu feige, und du bist mein Bruder. Was würde Jesus sagen? Ich weiß es nicht, aber ich habe so meine Ahnungen. Meinst du nicht, daß wir wieder gesund würden, wenn wir sie auslöschten? Nun ja, du bist mein Bruder, sie sind meine Nichten, ich lebe hier und sie, die beiden Ungeheuer, haben in unsere Familie hineingeheiratet. Kannst du mir sagen, welche geheimen Mächte sie leiten, und mußte es denn sein, daß sie sich gerade hier bei uns niederlassen, ausgerechnet deine Töchter in ihren Bann ziehen, ist das etwa in Gottes Plan verzeichnet, unten rechts oder oben links, gewiß doch nicht in der Mitte? Sie sind doch jetzt nicht etwa meine Neffen, bloß weil sie meine Nichten geheiratet haben? Wie spreche ich in Zukunft mit ihnen, nachdem ich es bisher erfolgreich vermieden habe, ihnen auch nur in die Augen zu sehen? Aber wir werden über uns selbst hinauswachsen, wir werden uns selbst überwinden, Samuel, denk an unsere liebe Elizabeth, und daß sie es glücklicherweise nicht mehr hat erleben müssen. In aller Trauer ist doch immer etwas Gutes, nicht? Aber Gott bewahre mich davor, daß ich sie in meine Gebete einschließe — Schweig, sagte Yates so leise, daß sie inmitten all des Lärms vermutlich gar nicht verstand, was er sagte, hingegen nicht übersehen konnte, daß er die Lippen bewegte und ihr einen drohenden Blick zuwarf, der sie jäh verstummen ließ, wonach er sich wieder der Tanzfläche zuwandte und sich den Anschein gab, dem übermütigen Treiben mit einer verwandten Empfindung, Gelassenheit, zu folgen. Er versuchte sogar zu lächeln. Er schien zu erstarren. Hast du dir schon einmal überlegt, sagte Muriel darauf, ich kann mir kaum vorstellen, daß du es dir nicht überlegt hast, du bist hier schließlich der Mann des Worts, hast du dir überlegt, wie es wohl um ihre Seele, ich meine nicht bloß um ihr Seelenheil steht? Oder sind es zwei? Was meinst du? Haben sie eine oder haben sie zwei Seelen oder gar keine? Ihre eigentliche Seele. Wo sitzt die? Da oder dort? Hier oder hier? Einmal im einen und dann wieder im anderen? Oder etwa gleichmäßig oder sogar ungleichmäßig auf beide verteilt? Eine Demokratie oder eine Diktatur, wessen Seele mag wohl größer, schöner und stärker sein, sofern sie überhaupt im Besitz einer Seele sind? Yates hatte sich langsam umgedreht. Natürlich, sagte er, natürlich habe ich mir Gedanken darüber gemacht. Na gut, sagte Muriel, die hätte wissen müssen, daß ihr Bruder kein weiteres Wort darüber verlieren würde, ich wollte dir keine Angst einjagen. Wir haben denselben Gott und sind vom gleichen Blut. Ich kenne dich, Samuel. Zu welchem Schluß bist du gekommen? Nachdem Samuel schwieg, fragte sie ihn, ob es irgendein Zeichen Gottes gegeben habe. Als du sie getauft hast, irgendeinen Wink des Himmels? Sind dir an einem einzigen Menschen oder meinetwegen an zweien, die wie Pech und Schwefel zusammengehören, jemals so viele Fragezeichen auf einmal entstanden? Bevor sie herkamen, war es jedenfalls bedeutend ruhiger hier, wenn auch wirklich ein bißchen langweilig.

Sie war aufgestanden, nahm ihre Hand von Samuels Schulter, gedachte in diesem Augenblick ihrer noch als Kind innerhalb nur weniger Tage verstorbenen jüngsten Schwester, die sie so gerne in ihren Armen gewiegt hatte, strich sich eine weiße Haarsträhne aus der in Falten gelegten Stirn, ein gewelltes Haarbüschel, das sie unter einen der Schildpattkämme zu stekken versuchte, was ihr nicht gelingen wollte, dann wandte sie sich entschlossen den beiden Hochzeitspaaren zu, die sich, erhitzt vom Tanzen, die Wangen gerötet, die Stirne feucht, gerade zu ihren Stühlen zurückbegaben, ohne sich gleich zu setzen; die gelben Papiervögel, die als verwelkte Broschen an den weißen Seidenblusen der jungen Frauen steckten, waren zerknittert. Die Musiker waren dabei, ihre Instrumente zu reinigen, Speichel tropfte aus der Klarinette, feiner Staub rieselte aus der Geige.

Tante Muriel strahlte sie alle an und ging auf Adelaide und Sara zu; die jungen Frauen lachten und zeigten dabei ihre lükkenhaften Gebisse, die sie noch vor wenigen Wochen stets vor den andern zu verbergen gesucht hatten. Samuel blieb der Inhalt der Konversation seiner Schwester und seiner Töchter verborgen, und einen Augenblick zögerte er, aufzustehen, auf seine Schwiegersöhne zuzugehen und, allen ersichtlich, eine Unterhaltung mit ihnen zu beginnen, die sich von einer Unterhaltung mit gewöhnlichen Sterblichen und ebensolchen Schwiegersöhnen durch nichts oder jedenfalls nichts Erkennbares unterschieden hätte. Doch er konnte sich nicht dazu zwingen. Er stand nicht auf, sondern wartete, bis sich wieder jemand neben ihn setzte, wie es Muriel zuvor getan hatte, um entweder ein paar Worte zu wechseln oder dem anderen schweigend zuzuhören, wobei ihm im Verlauf einer dieser einseitig geführten Unterhaltungen plötzlich, durch ein einziges unvorsichtigerweise oder vielmehr absichtslos ausgesprochenes Wort, das jäh wie losgelöst im Raum stand, erneut der schwarze Gedanke kam, daß seine Töchter ihr Leben lang in einer komplizierten, schwer durchschaubaren Art ehebrecherischen Verhältnisses leben würden. Nicht, daß er bis dahin nie darüber nachgedacht hätte, aber gerade jetzt glaubte er ein neues Teilchen dieses furchtbaren Unfugs in gleißendem Licht zu erkennen.

So wankte er auf einen neuen Sumpf von Trübsinn, von Erschöpfung zu. Stets würde die eine, dachte er, während neben ihm entweder laut oder mit gesenkter Stimme weitergeredet wurde, die eine, in Abwesenheit der anderen, aber in Anwesenheit deren Mannes, eines für sie fremden Mannes, ihres Schwagers, den Akt vollziehen, den Gott dazu erdacht und bestimmt hatte, daß stets nur ein Mann und eine Frau, der Mann und sein Weib, ihn nach der Eheschließung vollzogen, zwei ungleichgeschlechtliche Christen, die einander ganz und ausschließlich gehörten, im Himmel und auf Erden, in guten und in schlechten Zeiten, ohne Beisein eines Dritten.

Es war wenig wahrscheinlich, daß die sinnliche Erregung des Ehemannes, die den Verkehr zwischen beiden ermöglichte, den anderen, seinen Bruder, nicht gleicherweise ergriff, dessen Frau sie nicht war, deren Mann er nicht sein durfte. Welch schreckliche Verwirrung im Ehebett. Über seinem Kopf. Dort würden sie also liegen, zu dritt oder zu viert; der eine abgewandt, der andere zugewandt, der eine mit offenen, der andere mit geschlossenen Augen oder aber mit ebenfalls offenen Augen, den Blick auf das wollüstige Geschehen in seiner unmittelbarsten Umgebung gerichtet, immer wieder die Haut seiner Schwägerin am eigenen Leib spürend, ihre Wärme und Nacktheit, die Geräusche und Laute waren nicht zu überhören, sofern er sich nicht die Ohren zuhielt, was man anständigerweise von ihm erwarten, nicht aber von ihm fordern konnte. Die Reinhaltung dieses von heute an beschmutzten Bettes war nicht vorgesehen, und was einmal schmutzig war, konnte nie mehr sauber werden.

Wie gut hätten es unter solchen Umständen, die man selbst ihnen nicht wünschte, die abergläubischen Katholiken, denen der geistliche Beistand im Beichtstuhl den richtigen Weg weisen konnte; zurückversetzt in die feuchten Gänge spätrömischer Katakomben, in die kein Tageslicht fiel, wurden die Sünden bereut und gesühnt, dort erwartete man mit Freuden die Strafen, die zur Läuterung führten. Hätte er doch keine Töchter, wäre er ein päpstlicher Untertan, hätte er jetzt doch fortlaufen, rennen, sich in Luft auflösen können. Es wäre ihm gelegen gekommen, am heutigen Tag tot umzufallen, befreit zu sein von allen an ihm nagenden Zweifeln. In hundert Jahren, dachte Yates, würde man sich durchgerungen haben, Mißgebilde dieser Art gleich bei der Geburt zu ersticken oder im nächsten Brunnen zu ersäufen, ohne sich mit Bedenken zu quälen. Gott ähnlich, nach seinem Ebenbild geschaffen, waren sie nicht. Nur sprechen konnten sie, sich wie Fische im Wasser bewegen, frei, ungebunden, wie gut sie all das beherrschten, was sich zeigen und vorführen ließ, was die anderen verblüffen mußte; in alledem waren sie ganz hervorragende, geradezu geniale Menschenimitatoren. Und so hatten sie schließlich seine Töchter erobert.

Die Abende, da er sich ans Bett erst der einen, dann der anderen setzte, welche beide bis zu ihrem fünfzehnten Lebensjahr im selben weiß getünchten Zimmer geschlafen hatten, waren vorbei, lange schon. Zu viert nun würden sie eine lächerliche neue Einheit bilden. Das Wesen, das sie sich unter unzähligen heiratsfähigen jungen Männern ausgewählt hatten, war doppelt. Das Wesen, das seit dem Eintritt in die christliche Glaubensgemeinschaft Bunker hieß, war vierhändig, vierbeinig, vierfüßig, ein Tier. Zwei Köpfe, vier Ohren, vier Augen, zwei Blicke, zwei Empfindungen, deren Intensität sich womöglich noch vervielfachte, zwei Kehlen, zwei Zungen, zwei Herzen und vier Testikel, von denen er annehmen mußte, daß sich das Blut in allen vieren gleicherweise und gleichzeitig staute, sobald die Zwillinge ein nacktes Weib erblickten. Seine Töchter, die sich vor Ratten und Mäusen, Kellerasseln, Silberfischschen und Kröten ekelten, in weitem Bogen alles umgingen, was nicht von untadeliger Sauberkeit war, hatten keine Angst vor den zusammengewachsenen Siamesen!

Nun also wollten sie von einem Vermögen leben, das offenbar so groß war, daß sie sich bereits heute, im Alter von gerade zweiunddreißig Jahren, zurückziehen konnten, um von einem durch zweifelhafte Arbeit erworbenen Ertrag zu leben, wie Gott in Frankreich, wie sie sich ausdrückten, nie darum verlegen, gewählte Worte zu finden, auch darin waren sie nicht voneinander zu unterscheiden, obwohl ihm schien, als unterdrücke Chang eine gewisse Gewalttätigkeit, die von Eng in Schach gehalten werden konnte und sich, wie er hoffte, niemals über Adelaide entladen würde.

Dieser Wohlstand war in wenigen Jahren zusammengekommen, in denen sie wieder gereist waren und somit weite Teile dieses unermeßlichen Landes kennengelernt hatten. Sie waren zwei Mal in der Revolutionsstadt Paris gewesen, wie sie sie nannten, und waren admiriert worden, wie sie sagten. Coste, wer auch immer dieser offenbar höchst bedeutende Mann sein mochte, hatte sie gründlich untersucht, und, wie sie behaupteten, wegen ihrer großartigen und einmaligen Erscheinung sehr bewundert. Niemals sei ihm eine durch Friktion und Kontusion entstandene Verwachsung zweier Embryonen begegnet, deren Bewegungsfreiheit nach der Geburt so wenig eingeschränkt und allgemeines Wohlbefinden so erstaunlich war. Immer wieder war dieser ernste, großgewachsene Mann um sie herumgegangen, hatte in die Hände geklatscht, den quadratischen Kopf geschüttelt, Vokale hervorgestoßen, die seiner Begeisterung Ausdruck verliehen, und mit der Zunge geschnalzt, um die beiden schließlich, nachdem er sie drei Tage lang gründlich untersucht und von oben bis unten auf den Millimeter genau vermessen hatte — bei welcher Tätigkeit er sich ihr Leben erzählen ließ (er wollte so viele Details wie nur möglich in Erfahrung bringen) —, voller Stolz seinen Studenten und anderen Professoren der Medizin zu präsentieren, als seien sie seine persönliche Entdeckung, kostbare exotische Männer, die er aus irgend einer entlegenen Kolonie mitgebracht hätte.

Denn auch Coste waren bisher nur die überwiegend absonderlichen Exemplare der Gattung untergekommen; unter anderen eine schöne, glutäugige Italienerin, der eine halbe Schwester zwischen den üppigen Brüsten gewachsen war, ein äußerst zartgliedriges Mädchen, das nur vom Halsansatz an existierte; ein älterer Mann aus dem südlichen Elsaß, dem der Bruder zwischen den Beinen immer voranging und nicht ernährt werden mußte, denn in seinen faustgroßen Kopf waren weder Mund noch Nase noch Ohren eingelassen; ein einziges winziges Auge starrte träumerisch in die unbegreifliche Welt hinaus; wenn dieses Anhängsel vermutlich auch kein Gehirn besaß, dann doch so viel Gefühl, sich stets den Schritten seines Herrn und Bruders anzupassen und dabei nie zu ermüden; so war diesem der kleine, stille Bruder nur dann im Weg, wenn er unter allerlei Verrenkungen seine Notdurft verrichtete. Dann noch eine Greisin aus Kiew, der ein winziges, wohlproportioniertes Kindchen umgekehrt aus dem Kopf ragte, seine kümmerlichen Beinchen in die Luft streckte und sich stets nach den Stimmungen der Schwester richtete, indem es jeweils den vollkommen gleichen Gesichtsausdruck wie jene zur Schau trug. Die Siamesischen Zwillinge selbst hatten Coste von den hübschen, am Rücken zusammengewachsenen Zwillingsschwestern erzählt, mit denen sie vor wenigen Jahren gemeinsam aufgetreten waren und die sie leider ganz aus den Augen verloren hatten; sie versprachen Coste, sie zu ihm zu schicken, sollte es ihnen je vergönnt sein, sie wiederzusehen (die aber nur wenige Tage vor der Ankunft der Siamesen in Le Havre, am Ufer des Mississippi von ihrem gemeinsamen Liebhaber mit einem Stein erschlagen worden waren; am grünlichen Fluß, der die Leiche des Mörders, der sich nach der blutigen Tat selbst gerichtet hatte, schließlich auf seinen Fluten davontrug, so daß man sie nie wiederfand — und lange rätselte, wer die hübschen jungen Zirkusmenschen, die in der Gegend aufgetreten waren, getötet haben konnte).

Costes Vorlesung vor den Wissenschaftlern, zu welcher die Zwillinge nackt erschienen, fand in einem großen, runden Hörsaal statt, an dessen säulenverzierten Wänden hölzerne Sitzbänke verliefen, die bei der geringsten Bewegung der zahlreich erschienenen Hörerschaft knarrten; was dazu führte, daß während des ganzen Vortrags ein bedrohlicher Lärm herrschte, der jedoch außer den Vorgeführten offenbar niemanden in seiner Konzentration zu stören schien, und der von Coste, der über eine gewaltige Stimme verfügte, ohne ersichtliche Anstrengung übertönt werden konnte.

Coste hatte ihnen schon am ersten Tag angeboten, sich doch bis auf weiteres, und wenn sie wollten, bis an ihr Lebensende, in Paris niederzulassen, sein halb leeres Haus stünde ihnen zur Verfügung, in dem, abgesehen von seinen sechs Hausangestellten und gelegentlichen jungen Liebhabern, niemand sonst wohnte; sie hätten keinerlei Verpflichtungen welcher Art auch immer; was sie dennoch, in Erinnerung an Hunter, über den sie, was sie sonst niemals taten, während der Auskultationen ebenfalls gesprochen hatten, höflich ablehnten, nachdem ausgemacht worden war, daß sie zumindest während ihres siebenwöchigen Aufenthaltes in der Hauptstadt sein Gast sein würden; wie sie es im übrigen auch einige Jahre später, 1842, wenige Monate vor ihrer Eheschließung mit den Yates'schen Schwestern, noch einmal gewesen waren. Paris und Coste waren ihnen sehr angenehm. Paris war voller Vergnügungen, wie sie sie bisher nie gesehen noch gekannt hatten; und dabei war alles von unschuldiger Leichtigkeit. Dazu gehörten auch Costes Erzählungen bei Tisch. Deshalb konnten sie Coste gegenüber, und ohne ihm zu schmeicheln, von ihrem Pariser Besuch als von den glücklichsten Stunden ihres Lebens sprechen, was diesen freudestrahlend das Besteck senken ließ; woraufhin er aufstand und ausrief, Ach wie schön, meine Freunde. Nicht nur eine Stunde, sondern meistens ganze Abende lang saß man bei Tisch und aß leichte Speisen, Gemüse in allen Farben, Mahlzeiten verschiedensten Geschmacks, dazu wurden Rotweine aus dem Süden des Landes getrunken, den die Zwillinge nie sehen würden, von dessen Bewohnern, Bräuchen und Landschaften Coste ihnen aber ausführlich erzählte. Er selbst stammte aus jener Gegend, in der die Menschen sich um so vieles freier zu bewegen vermochten als hier, wo, wie er sagte, eine nicht zu unterschätzende Großstadtdegradation stattfinde, die ihren Tiefpunkt noch lange nicht erreicht habe, gegen die er selbst im Grunde nichts einzuwenden habe, da sie zur Verfeinerung der Sitten und sogar der sogenannten Perversitäten, beitrage, die allerdings jene gewisse Unschuld vermissen ließen, die ihn am Land als Kind und vor allem dann als Jugendlichen so sehr gefesselt hatten, daß er noch heute beinahe jede Nacht davon träume. Dort sei Nacktheit wie ein unbeschriebenes Blatt Papier gewesen, auf das man bloß zu zeichnen brauchte, Wiesen der Hintergrund. Gott weiß, wie viele Stunden ich in solchen Wiesen unbekleidet verbracht habe. Gott weiß, wie unschuldig meine Gedanken zu Beginn waren; gewiß haben sie sich in nichts von den Wünschen eines gleichaltrigen Mädchens unterschieden, das sich nach seinem Verführer sehnt.

Zum Glück ließen eine ganze Menge Männer jeglicher Statur und fast jeden Alters nicht mehr lange auf sich warten, obwohl ich nicht zu sagen vermöchte, wie es dazu kam, daß sie meine Bereitschaft, meine Ungeduld erkannten. Ich sprach mit niemandem darüber, weil ich fürchten mußte, ausgelacht oder, wahrscheinlicher noch, verprügelt zu werden. Es waren solche darunter, die sich, bevor sie sich nachmittags auf dem Feld zur Ruhe legten, sehr wenig Zeit ließen und dabei, wenn nicht einzig an sich, an irgendwelche unerreichbaren Weiber dachten. Es gab andere, deren Haut sich von der sonnengebräunten der stämmigen Bauern vollkommen unterschied; Haut, die der Sonne niemals ausgesetzt war, blauweiß wie Milch. Sie vermittelten mir den nachhaltigsten Vorgeschmack auf die verborgenen Räume des Menschen. Ich stellte mir vor, ein Messer zu halten, mit dem ich sie öffnete, um in sie hineinzublicken. Ihr Herz klopfte und ich spürte es. In ihr Verlangen mischte sich die Furcht, überrascht zu werden. Ich ließ meine Fingernägel wachsen und habe — dies nur im Geist — meine Zähne geschärft. Die Männer brannten.

So wurde ich auf dem Land und in der Stadt von einem zum anderen empfohlen. Die auf dem Lande begnügten sich mit einfachen Genüssen, die ihre Ehefrauen ihnen versagten, waren schnell zufrieden, dachten an nichts, was den Horizont ihres Körpers überschritt, in dem sie sich streckten wie in einem warmen Bett; sie gaben sich der sommerlichen Wärme und dem Heugeruch hin, ohne zu merken, daß ich sie völlig in der Hand hatte. Und auch die Städter brauchte ich nicht in Schweine zu verwandeln, um sie mir gefügig zu machen. Ich machte sie zu Männern, die sie verachtet hätten, wären sie ihnen jemals begegnet. Sie wurden so, ohne es zu merken.

Costes Lachen tönte heiter. Er spielte unentwegt mit Messer und Gabeln, und seine Blicke gingen unruhig von einem zum anderen und, sobald sie eintrat, zur Dienerschaft. Es ist eine schwarze Zeit daraus geworden, sagte er, wobei er das Besteck auf den Teller fallen ließ. Dennoch deuteten alle Anzeichen darauf hin, daß Coste ein zufriedener und unbeschwerter Mann in unumstrittener Stellung war, ein Mann, dem, wie er selber einmal sagte, die Herzen der Frauen und die Sympathien der Männer zuflogen, ohne daß er sich anzustrengen brauchte, dessen wissenschaftliche Autorität seit langem gefestigt war und dem der Erfolg treu und die Neider vom Leib blieben. Es war jedoch wenig wahrscheinlich, daß seine alten Bekannten oder Universitätskollegen jene Dinge zu hören bekamen, die er den Siamesischen Zwillingen anvertraute, deren brüderliche Gegenwart, wie er sie einmal nannte, ihm eine befreiende Wohltat war, die zu loben er gar nicht erst zu versuchen beabsichtigte.

Er schien sein sonderbares Leben zu genießen, das ihn fast täglich noch spät am Abend aus den eigenen vier Wänden trieb, innerhalb derer er doch — bis hin zur gesamten, ausschließlich männlichen Dienerschaft — alles besaß und besitzen konnte, um sich in finsteren Sackgassen, auf deren Pflaster kein Licht fiel, klandestinen Clubs oder feuchten Hauseingängen jene Luft zu verschaffen, die, wie er keineswegs leugnete, übel roch, nach Tod und manchmal gar nach Mord, nach Totschlag, nach Verrat, nach allem, was sich mit dem größten Erfolg der ehelichen Liebe entgegenstemmt; was alles aber durch seine geheimen Gedanken — alle verriet er Chang und Eng gewiß nicht — in einen anderen Stoff verwandelt wurde. Wenn Coste, der berühmte Embryologe, den sie aufgesucht hatten, weil ihnen sein Interesse an doppelten Subjekten zu Ohren gekommen war, von seinen außergewöhnlichen, vom Üblichen abweichenden Erfahrungen mit dem gleichen Geschlecht sprach, war es so, als erzählte er, im Ton harmloser Schwärmerei, von bedeutungslos schrulligen Liebhabereien, von beneidenswert unkomplizierten, ständig wechselnden Leidenschaften oder aber von flüchtigen Sekunden erfüllter Begierden, die sich niemandem, am ehesten noch ihm, aber auch ihm nicht konturiert, einprägen wollten. Öfters erwähnte er eine Schweizer Reise als Folge einer Lektüre Goethes (er sprach fließend Deutsch), während der er mehr als nur die berühmten Berge und ein etwas einfältiges Volk gesehen hatte, dessen Streitsucht bekannt und Opportunität in politischen Dingen nicht erst bei der Erstürmung der Bastille notorisch geworden sei. Über den Grund seines nachhaltigen Eindrucks und das besondere daran, wollte oder konnte er nicht sprechen. Er erging sich nicht einmal in Andeutungen, wie er es sonst so gerne tat.

Er erzählte also nicht, daß er jedem beliebigen Mann, der Willens war, sein Geld zu nehmen, für eine Weile den entblößten Hintern hinstreckte — im Dunkeln —, in den ein hartes Stück Fleisch und manchmal bloß eine ziemlich übertrieben ausgefallene Attrappe hineingestoßen wurde, so daß er in einen Zustand versetzt wurde oder sich bereitwillig versetzen ließ, für dessen Beschreibung er keine Worte fand, die ihn in den Augen der Siamesischen Zwillinge nicht erniedrigt hätten.

Sie hörten ihrem Gastgeber aufmerksam zu, obwohl sie nicht damit rechnen mußten, von ihm mit einer Frage überrascht zu werden, die sich auf seine Erzählung bezog. Immer wieder nickten sie oder murmelten gleichzeitig Zustimmung, was ihm zu genügen schien. Stets war ihnen bewußt, daß er sie, als Wissenschaftler, der seine Neugier nicht verheimlichte, auch kleinen Prüfungen unterzog, oder sie einfach sehr genau beobachtete, wenn auch ganz anders, als ihr sonstiges Publikum. Sie stellten sich zur Verfügung, ohne sich allzuviele Gedanken darüber zu machen. Sie wußten seine Gastfreundschaft zu entschädigen. Nie kam ihnen die Idee, sie müßten nun, wie er, von sich und ihren Erlebnissen erzählen. Natürlich hatte er sie nach ihren diversen Präferenzen und onanistischen Gewohnheiten gefragt, dies aber nur in der beruflichen Abgeschirmtheit seiner Arzträume, im Interesse seiner Forschungen, während der Untersuchungen, die der medizinischen Wissenschaft zugute kamen.

Sie aßen zum Abschluß der Mahlzeit weichen, glänzenden Käse aus dem Pays de l'Auge, der aus einer dunkleren Hülle floß, auch festen, graugelben Käse aus der Franche-Comté, bei dessen Genuß man nicht unterscheiden konnte, ob er süß oder salzig schmeckte. Sie probierten dann noch zarten, körnigen Ziegenkäse, der sie ganz entfernt und dennoch untrüglich an den Geruch einer Zeit erinnerte, in der eine Frucht auf den Tisch gekommen war, die sie seit mehr als zwanzig Jahren nicht gekostet hatten. Sie wurde in vier Teile geschnitten, mit Honig übergossen und fast andächtig gegessen.

In diesen Wochen dachten sie daran, vor allem abends im Bett mit dem seidenen Himmel, hierzubleiben, sich für den Rest ihres möglicherweise ohnehin nur noch kurzen Lebens (auch Coste war nicht in der Lage, eine Prognose zu stellen) in Paris niederzulassen. Sie hätten sich ein Haus außerhalb der Stadtgrenzen gebaut und wären hinter dichten, hohen Buchsbaumhecken, die das Grundstück von der Außenwelt trennten, allmählich von allen außer Coste und ein paar freundlichen Lieferanten, die ihnen Lebensmittel ins Haus brachten, vergessen worden und, ohne weiters viel Aufsehen erregt zu haben, eines Tages unbeachtet gestorben. Sie besaßen nun, da sie auf Hunter nicht mehr angewiesen waren, der den Hauptteil ihrer Einnahmen in seine Tasche gewirtschaftet hatte, Geld genug, um sich ein angenehmes, wenn auch nicht allzu luxuriöses Leben zu leisten.

Dennoch taten sie es nicht. Denn nach den Bildern eines häuslichen und ereignislosen Lebens tauchten vor ihnen jene der Meere auf, die sie also nicht mehr überqueren, vielleicht nicht einmal mehr sehen würden. Sie wollen nach Amerika zurückkehren, wo sie sich inzwischen heimisch fühlten, auch wenn dort von Unruhen die Rede war. Das Land war groß genug, um den oder jenen Ort vor Aufständen zu sichern. Sie würden stets weiterziehen können. Dann nahmen sie noch etwas von dem Obst, das üppig über den Rand einer flachen Glasschale hing, die in der Mitte des Tischs zwischen zwei flackernden Kerzen stand, die auch Mittags brannten. Sie imitierten später

Costes Art zu sprechen und mit dem Besteck zu spielen und ärgerten damit Adelaide und Sara. Coste war anders als die anderen Männer, deren flehentliche Blicke auf ihnen geruht, meistens aber irritierend geflackert hatten. Coste besaß, dessen waren sie sicher, die außergewöhnliche Gabe, deren er sich wohl gar nicht bewußt war, sie im einen Satz als eine einzige Person, aber im nächsten Satz bereits als zwei Personen anreden zu können, ohne sie je zu beleidigen. Sein Blick konnte sie offensichtlich sowohl als Einheit sehen wie auch scharf trennen. Auch dann, wenn er seine laut vorgetragenen Selbstgespräche führte, die von den Zwillingen niemals unterbrochen wurden. Erstmals, dachten sie, erzählte ihnen jemand sein Leben.

Nur ein Schnitt. Ein einziger Schnitt, nichts weiter als so. Mit einem jener Messer, die nach Verwendungsgruppen und Größen an der Wand hinter ihm hingen und wohl ausgestellt waren, um Befremden hervorzurufen.

Nichts weiter als ein Schnitt durch den Strang. Von sicherer Hand ausgeführt, wahrscheinlich mit einem dieser Messer, er zeigte mit dem Daumen hinter sich, ohne den Kopf zu wenden. Ein Schnitt, und schon ist es geschehen, und es liegt hinter Ihnen. Vorbei das unwürdige Xiphopagenleben, ein für allemal vorbei. Eine neue, ungeahnte Zukunft liegt vor Ihnen, meine Herren. Warum also nicht danach greifen, die Hand ausstrekken? Der Eingriff ist nicht gefährlicher als das Absägen eines Asts, dessen Schatten das Wachstum im Gemüsegarten stört.

Die Sternalverbindung läßt sich, ohne Komplikationen nach sich zu ziehen, durchtrennen. Das ist keine Frage der persönlichen Überzeugung, keine willkürliche Spekulation. Verstehen Sie mich? Wir befinden uns auf dem Boden von Realitäten, in der Nähe greifbar naher Resultate. Freiheit. Der eine vom anderen frei. Seine kleine Hand schnitt, mit der Handkante nach unten, durch die Luft, bis sie auf dem Tisch aufschlug, auf dem sich Bücher und Papiere türmten. An Möbeln standen in dem großen und hohen Raum, abgesehen von Bücherregalen, nichts weiter als der verschnörkelte Schreibtisch und drei dazu passende Sessel. Auch seine Stimme versank darin. Sie hatten Mühe, seinen Worten zu folgen, selbst wenn sie die hineingelegten Absichten sogleich durchschauten; hatten nicht sie selbst ihn gebeten, Überlegungen anzustellen, die in jene Richtung wiesen, in die er sich nun bewegte? Geoffroy Saint-Hilaire war vor allem Chirurg.

Nicht gefährlicher als das Abschneiden einer Scheibe Brot. Ein Vorgehen, bei dem man lediglich aufpassen muß, sich nicht in die Finger zu schneiden. Daran sterben kann man nicht. Wieder hatte er die Luft zerschnitten, ohne zu bemerken, daß beide zusammenzuckten, wie es im folgenden noch mehrfach geschah, und was sie möglichst zu übersehen versuchten, indem sie die Augen, so oft es ging, niederschlugen, darauf bedacht, dadurch weder unhöflich noch unsicher zu erscheinen.

Da sie viel Zeit hatten, den kleinen Mann hinter dem Schreibtisch eingehend zu studieren, konnten sie bald mit einiger Bestimmtheit vorhersehen, wann er von neuem die Hand erheben und zum Schlag ansetzen würde, der den Schnitt symbolisierte; von nichts anderem schien er sprechen zu wollen.

Auch sein Kollege Coste meine ja, und habe schon damals, anläßlich ihres ersten Parisbesuchs im Jahre 1835, gemeint, eine Trennung verantworten zu können, die er, in seiner Eigenschaft als Embryologe nicht selbst auszuführen sich traue, jedoch er, Saint-Hilaire, sehr wohl in Erwägung zu ziehen imstande sei. Mit diesen, meinen Händen, deren Handflächen er ihnen nun senkrecht entgegenhielt, auf denen sich ein spinnwebartiges Gewirr feiner Linien abzeichnete. Aber Coste habe ihnen das alles gewiß selbst schon unter vier Augen erklärt, er wisse, daß sie sein Gast gewesen seien und wieder wären. Ein treuer Freund. Der gute Coste. Eine wahre Pferdenatur, wenn man bedenke. Man könne mit fast völliger Sicherheit davon ausgehen, daß die inneren Organe, also das Herz, die Leber, Galle, Milz und Nieren des einen und des anderen nicht unmittelbar miteinander zusammenhingen. Und es befände sich auch nicht ein Teil des einen Eingeweides im einen und der restliche Teil desselben im anderen Körper. Ich kann, sagte er, ich kann mit an Sicherheit grenzender Wahrscheinlichkeit eine Schädigung nach erfolgter Trennung ausschließen, Messieurs. Was also, rief er mit seiner kläglichen Stimme aus, nichts geringeres als die Freiheit bedeutet. La liberté.

Vive la liberté, kam es unvermittelt über die Lippen der irritierten Zwillinge, was Saint-Hilaire mit Befremden erfüllte und für einige Augenblicke seiner scheinbar unerschütterlichen Sicherheit beraubte. Er starrte mit leicht geöffnetem Mund auf die beiden vor ihm sitzenden jungen Männer, die auf den beiden Sesseln wie aneinanderlehnten. Jawohl, sagte er, es lebe die Freiheit. Die Freiheit auch von den Zwängen einer von der Natur nicht gewollten Gemeinschaft, nicht wahr.

Sie schwiegen wieder und warteten geduldig ab, was er ihnen noch vorzutragen habe. Nach einer Pause fuhr er fort, er wolle damit aber auch gesagt haben, daß er überzeugt, sogar völlig überzeugt sei, daß keiner von beiden ein Organ besitze, das dem anderen fehle, wodurch letzterer nach einer Trennung übervorteilt wäre oder schlimmstenfalls aus diesem Grund nicht überleben würde. Sowohl Chang, er wandte den Kopf zu Chang, als auch Eng, er nickte Eng zu, sei alleiniger Besitzer eines Herzens, einer Lunge, der Nieren etcetera. Die Welt, Messieurs, gehört Ihnen, jedem von Ihnen. Die innere und die äußere. Sie werden sich wundern und mir dankbar sein. Er verstummte.

Jeder, fuhr er fort, werde danach sein eigener Herr und Meister sein. Keiner werde einen über sich dulden müssen oder den anderen unter sich wissen. Jeder werde ohne den anderen leben können. Niemand würde es ihnen andererseits verwehren, auch weiter zusammen zu leben. Er faltete die Hände auf dem Schreibtisch und ließ den Blick schweifen, wobei es nicht aussah, als erwarte er schon jetzt eine endgültige Zusage, geschweige denn die Aufforderung, er möge endlich zu einem seiner Messer oder zur Säge greifen, welche letztere ihre Blicke glücklicherweise nirgends zu entdecken vermochten. Größere Gefahren für Leib und Leben können wir ausschließen, Messieurs. So liegt es also ganz bei Ihnen.

Wir sind sehr erstaunt. Wir wollten es ja nicht anders. Wir haben es uns noch nicht überlegt, antwortete Eng. Danach herrschte Schweigen.

Gewiß. Natürlich. Selbstverständlich. Saint-Hilaire räusperte sich.

Wir wissen nicht, ob es richtig ist, wir wissen nicht einmal, ob es richtig ist, die Überlegung überhaupt anzustellen. Wir wissen Ihr freundliches Angebot und Ihre Hilfsbereitschaft sehr zu schätzen. Ihre Gunst ist uns ein Beweis Ihrer Philantropie, Monsieur. Soviel Ehre, sagte Chang, der sich im Augenblick nichts sehnlicher als einen Schluck, zwei Schlucke, ein ganzes volles Glas Whisky wünschte.

Geoffroy Saint-Hilaire hatte seine kleine Hand geöffnet und schlug, ein wenig schwächlich, als habe er mit der Beherrschung auch allen Schwung verloren, von neuem auf die Tischplatte; eine wütende, kleine Bewegung, die er sogleich mit einem verzerrten Lächeln zurückzunehmen versuchte. Die durch zwei hohe, verwitterte Fensterläden ausgeschlossene schwüle Nachmittagshitze verhieß, vielleicht noch stärker im Zimmer als draußen auf den Straßen, ein Gewitter. Chang und Eng waren, viel zu warm angezogen, in Schweiß gebadet und rührten sich kaum. Eng wünschte sich in diesem Augenblick nichts sehnlicher, als daß die Frau des Arztes oder das Dienstmädchen das Zimmer betreten würde, um das Fenster zu öffnen und die Läden auseinanderzuschlagen, die so fest verschlossen waren, als fürchtete Saint-Hilaire eine grassierende Epidemie. Licht fiel lediglich durch die dünnen Schlitze. Er hätte ihnen erklären können, daß er seine wertvollen, seltenen Bücher schützen wolle.

Wir werden auch mit unserem Freund, Monsieur Coste, darüber sprechen.

Natürlich, warum sollten Sie das nicht tun? Aber ich wiederhole, das keinerlei Risiko besteht und es sehr viel gefährlicher ist, sich während eines Unwetters unter einen Baum zu stellen. Unsere kleine Operation hingegen wäre, damit verglichen, etwa so unheilvoll wie Monsieur Chopins Klavierspiel. Wer spricht davon, er könnte sich dabei die Finger brechen?

Er lachte trocken auf und hing, wie es aussah, den Tönen nach, die der Pole seinem Instrument entlockt haben mußte.

Die Veränderung, sagte Eng, ist kaum vorstellbar.

Aha, gewiß, ich bin der letzte, es in Zweifel zu ziehen, Monsieur Eng.

Unvorstellbar, sagte Chang. Unvorstellbar, sagte Eng. Wir werden es uns jedoch überlegen. Natürlich, deshalb sind wir hier. Wir werden gründlich darüber nachdenken. Was man sich so so wenig vorstellen kann, sagte Eng schließlich leise, wie Himmel und Hölle, soll man das dann ausführen?

Aber warum nicht? Natürlich soll man das, ich bitte Sie, rief Saint-Hilaire mit belegter, sich einmal überschlagender Stimme aus. Warum nicht!? Wo bliebe sonst der Fortschritt, wo bliebe hängen, was in die Welt hinausgetragen wurde wie ein Samenkorn, vom beseelten Wunsch getragen, vervielfacht zu werden, sich in die Herzen und in den Verstand der Menschen zu senken, dort zu keimen, aufzugehen und Früchte zu tragen? Aber natürlich verstehe ich Ihre Bedenken. Natürlich, die Veränderung wäre vollkommen. Aber eben vollkommen auch das neue Gefühl.

Werden wir keine Schwierigkeiten beim einsamen Gehen haben?

Aber nein, meine Herren, während ein, zwei Tagen höchstens. Ein Schnitt, und Sie wären, Messieurs, jeder ein vom anderen unabhängiges Individuum, Monsieur Chang und Monsieur Eng. Jeder einer, dem nicht mehr anzumerken sein wird, unter welchen lästigen Umständen er noch bis vor kurzem hat leben müssen. Ein Mensch wie alle anderen, dem es freisteht, ohne seinen Schatten, ich bitte Sie, mir diese beleidigende Redensart nachzusehen, ohne seinen Schatten meinen Operationsraum zu verlassen. Und — wäre das nicht die Erfüllung eines lange gehegten Wunsches? Noch bevor sie etwas dararuf erwidern konnten, hörten sie Holz splittern, aufgeregte Rufe von Männern und Frauen, das Wiehern von Pferden, ein kurzes, schrilles Kreischen (einer Frau, eines Kindes?) und dann Stimmen, die unverständliche, einander gegenseitig aufhebende Befehle erteilten, die die Verwirrung nur größer machten. Ungeachtet des unsichtbaren Geschehens, das doch mit einiger Sicherheit ärztliche Hilfe erforderte, nahm Saint-Hilaire noch einmal den Faden seiner Erklärungen auf, die allesamt darauf hinausliefen, die Siamesischen Zwillinge innerhalb kürzester Frist auseinanderzusägen. Immer deutlicher wurde seine Ungeduld. Ihr zögerliches Verhalten war ihm lästig. Entweder verließen sie seine Praxis, um sich nie mehr blicken zu lassen, oder aber sie gaben ihm endlich unmißverständlich zu verstehen, daß sie einwilligten, sich für diese geradezu spektakuläre Operation zur Verfügung zu stellen, bei der eine Vielzahl angehender Chirurgen und interessierter Kollegen zugegen sein würde, und die, wenn sie erfolgreich verlief, seinen Namen in die Medizingeschichte eintrüge.

Dann wurde plötzlich mehrmals stürmisch an die Tür geklopft, und eine erregte Frauenstimme rief, der Doktor werde dringend gebraucht. Saint-Hilaire stand, seiner Art entsprechend, in aller Ruhe, in Wahrheit aber ungehalten über die unliebsame Störung, die eine Entscheidung ein weiteres Mal hinauszögerte, hinter seinem goldblattverbrämten Barockschreibtisch auf und nahm sich unendlich viel Zeit, bat das Dienstmädchen durch die geschlossene Tür, sich zu gedulden, einen Augenblick zu warten, er komme gleich. Er stand auf, schob den Stuhl weiter zurück als nötig, stellte sich dahinter, um ihn langsam unter den Tisch zu schieben, streifte im Vorbeigehen Changs Schulter, drückte die Klinke lautlos herunter und blieb dann vor dem Mädchen stehen, das aufgeregt und vor Wut über all das, was es gerade verpaßte, den Tränen nahe hinter der Tür auf ihn wartete. Saint-Hilaire schwieg, der um Worte sonst nicht verlegen war. Die Zwillinge drehten sich nicht nach ihm um. Monsieur, Sie müssen sich beeilen! Die Stimme des Dienstmädchens mußte in den Ohren des Mannes, der stets so leise sprach, entsetzlich gellen; er müsse sich beeilen, es habe einen Unfall gegeben.

Saint-Hilaire verließ das Zimmer, nachdem er in den dunklen Rock geschlüpft war, den sie ihm reichte, und verschwand dann, ohne sich von Chang und Eng verabschiedet zu haben, ohne überhaupt ein einziges Wort zu sagen, im nächsten und übernächsten Zimmer, die beide noch viel dunkler waren als dieses hier, in dem sie zurückblieben und warteten. Die dunkelroten Seidenteppiche dämpften seine Schritte, das Mädchen lief ihm atemlos voraus und rief immer wieder, er müsse sich beeilen.

Es war möglich, aber nicht sehr wahrscheinlich, daß Saint-Hilaire bald zurückkehrte. So blieben die Zwillinge noch eine Weile ruhig und gesittet sitzen, als würden sie beobachtet, als warteten sie noch auf jemanden, der sie dazu aufforderte, sich zu rühren, aufzustehen und das Haus zu verlassen. Der Aufruhr und die Stimmen auf der Straße hatten sich beruhigt, ohne ganz abgeflaut zu sein. Ohne sich abzusprechen, aber als sei es so notwendig wie ein Angriff oder eine Flucht, standen die Siamesischen Zwillinge von ihren verschnörkelten und vergoldeten Sesseln auf — die dabei auseinanderrutschen —, gingen zielstrebig auf den wenige Meter von ihnen entfernten Schreibtisch zu, um ihn herum, schoben den Sessel, auf dem der Chirurg gesessen hatte, mit zwei Füßen unters Fenster, das Chang mit einem Griff aufriß — wobei ein warmer Luftzug ins Zimmer drang —, stiegen auf die Sitzfläche des Sessels und dann auf das Fensterbrett aus Marmor und lugten durch die eingelassenen, schräg nach unten geschnittenen schmalen Öffnungen der Läden auf die Straße. Was sich aber dort abgespielt hatte, konnten sie nicht erkennen, so sehr sie sich auch anstrengten, weil eine unüberblickbare und offenbar unbegrenzte Zahl von Neugierigen um ein Zentrum geschart war, die dasselbe mit ihren vorgebeugten Körpern und Köpfen ganz und gar verdeckten. Hinzu kam, daß jeder der jeweils drei Luft- und Lichtöffnungen nur einen begrenzten Ausblick auf die Straße bot. Je länger sie etwas zu erspähen versuchten, desto weniger sahen sie, denn die Strahlen der Nachmittagssonne fielen auf das Haus und blendeten sie. Sie konnten unter all den Herumstehenden nicht einmal Saint-Hilaire ausfindig machen — der den Mittelpunkt des Geschehens vielleicht noch gar nicht erreicht hatte —, das Dienstmädchen ebensowenig wie einen Ordnungshüter, nicht einmal ein Pferd oder einen Teil einer umgestürzten, beschädigten Kutsche, genaugenommen sahen sie nichts weiter als eine sich leicht nach links, dann wieder leicht nach rechts bewegende Masse, die Eng an ein wogendes Fruchtfeld erinnerte und Chang an die ruhige See, nach der er sich nicht weniger sehnte als nach einem Schluck Whisky, den er, sobald sie ihren unbefriedigenden Aussichtsposten verlassen hatten, aus dem lederumhüllten Flachmann zu sich nahm, der in der Innentasche seines durchnäßten Jacketts steckte; dann einen zweiten, dritten und vierten.

Als sie sich den Sessel wieder unter den Schreibtisch des Chirurgen geschoben und einige der Papiere und aufgeschlagenen Bücher, die sich darauf stapelten, hin und her gerückt hatten, entdeckten sie eine Zeichnung auf dünnem Papier, die sie sogleich ebenso fesselte wie aufs heftigste abstieß. Engs Hand fuhr tatsächlich zurück, als habe er sich daran verbrannt, und Changs Reaktion bestand darin, sie gleich wieder verdecken zu wollen. Auf dem Papier waren niemand anders als sie selbst abgebildet, zwei zusammengewachsene, vorne jedoch flach aufgeschnittene Körper ohne Hälse und Köpfe, lediglich Rümpfe und Gliedmaßen, was sie gänzlich abstoßend und noch absonderlicher erscheinen ließ. Ganz zu schweigen von dem durchdringenden gläsernen Blick, der von außen schrankenlos in ihr Inneres geworfen wurde, zur wissenschaftlichen Erhärtung, gewiß, nicht für die Augen der Allgemeinheit bestimmt, aber jedenfalls so, als wären sie schon tot, als hätte man sie bereits geöffnet, als könne die Sektion gleich beginnen. Noch hatte man ihnen keines der Gedärme entnommen, keines ihrer Organe, noch beratschlagten die Herren Anatomen im Nebenzimmer, während die Hitze in Saint-Hilaires Zimmer von Sekunde zu Sekunde unerträglicher wurde. Beide hielten ihre rechten Hände auf die Herzen und sahen wie gebannt auf das dünne, bemalte Papier. Warum nur erschraken sie; es handelte sich doch um nichts weiter als eine medizinische Innenansicht ihrer Körper, um die Anatomie, eine notwendige Skizze, eine Art Schlachtplan, nach dem verfahren werden konnte, wenn es soweit war, von jenem Chirurgen angefertigt, dessen ausdrückliches Ziel es war, aus ihnen zweierlei Menschen zu machen, uneingedenk der Tatsache, daß einer von beiden dabei womöglich die Seele verlor, die sie bisher einmütig miteinander geteilt hatten. Die Zeichnung, auf die sie unverwandt starrten, war zweifellos nicht für ihre Augen bestimmt, vermutlich nichts anderes als eine gezeichnete Zusammenfassung des Wissens, das Saint-Hilaire — und Coste — im Laufe ihrer Untersuchungen akkumuliert hatten. Darauf abgebildet waren nicht die Körper, die sie sahen, wenn sie sich im Spiegel betrachteten.

Die Innereien waren von geübter Hand leichthin koloriert worden, ebenso die Blutbahnen und Nerven, die Lebern braun, die Milze grau, die Lungen rosa, die Herzen dunkelrot, das Verbindungsglied, durch welches unzählige bunte Fädchen von einem Körper zum anderen verliefen, weiß. Nicht ihre Körper waren es, sondern zweimal Rumpf und Glieder eines Fremden. Die Zeichnung war über und über mit winzigen Zeichen, Nummern und Pfeilen bedeckt, deren Bedeutung sie lediglich erraten konnten, und die zu entziffern ihnen die Zeit fehlte, da sie jeden Augenblick mit Saint-Hilaires Rückkehr von der Straße rechnen mußten.

Als Saint-Hilaire zwei Tage später seine Hemdsärmel bis zu den Ellbogen aufkrempelte und nach einem Instrument verlangte, das ihm sogleich von einem der vier umstehenden assistierenden Ärzte gereicht wurde, bereuten sie ihre voreilige Entscheidung bereits — und glaubten jetzt schon sicher zu wissen, daß nicht alles anders werden würde, sondern alles gleich bleiben mußte. Sie sahen den Mann, der ihnen nur bis zum Kinn reichte, wie ein riesiges Tier mit zwei Zangen auf sich zutappen, ihnen nach dem Leben trachten und sich anschicken, ihnen das Herz aus der Brust zu reißen. Sie sagten jedoch nichts, hielten den Atem an und starrten mit weit aufgerissenen Augen auf den kleinen Chirurgen, der ihre Angst ignorierte und sich ihnen gelassen näherte.

Er blieb vor ihnen stehen. Dann bat er sie, tief einzuatmen und den Atem so lange anzuhalten, bis er ihnen auszuatmen erlaubte. Chang und Eng wurde schwindlig. Bei der eigentlichen Durchtrennung, die erst in einer Woche vorgenommen werden sollte, würden sie nicht stehen, sondern liegen. Die assistierenden Ärzte, ein Quartett in weißen Kitteln, das sich in einer schnurgeraden Linie aufgestellt hatte, betrachtete die beiden kaum anders als ein ganz gewöhnliches Publikum. Durch die schmutzigen Fensterscheiben war nichts weiter zu erkennen als Tausende von Mücken und Fliegen, durch welche die Sonne hindurchschien, als seien sie aus dem gleichen Material wie das, an dem sie klebten. Noch eine Stunde, noch zwei Stunden der brütenden Hitze, und sie müßten in Tausenden von winzigen Flämmchen aufgehen.

Das zangenförmige chirurgische Instrument, dessen Verwendungszweck ihnen entging, legte sich leicht und eiskalt um die Mitte des armdicken Glieds, das sie seit ihrer Geburt zusammenhielt und durchtrennt werden sollte. Aber noch bevor Saint-Hilaire damit beginnen konnte, es um eine halbe Drehung fester zu schrauben, fingen beide Brüder konvulsivisch zu zittern an (wie der Arzt später in seinem Bericht festhielt). Sie machten mit vier Händen heftige abwehrende Gesten, als müßten sie den Arzt tatsächlich daran hindern, sie anzugreifen. Aber sie sagten nichts. Kurz darauf stöhnte Chang auf, verdrehte die Augen und fiel in Ohnmacht, während Eng sich übergeben mußte, jedoch geistesgegenwärtig verhinderte — in allem einmal mehr der Besonnenere, wie Saint-Hilaire notierte — daß sein Bruder zu Boden fiel und ihn mit sich riß. So übergab er sich einerseits und bewahrte andererseits seinen Bruder und sich vor einem Sturz. Saint-Hilaire war so sehr über die völlig unerwartete und im höchsten Maße unangemessene Reaktion der zusammengewachsenen Brüder erschrocken, daß er augenblicklich vom Ligamentum abließ, das Instrument löste und an einen der assistierenden Ärzte weitergab, der schon bereitstand, während ein anderer unter Eng eine größere Blechschüssel und der dritte unter Changs Nase ein Fläschchen hielt, dessen übelriechender Inhalt schon nach wenigen Sekunden seine Wirkung zeigte. Der vierte und wohl auch jüngste der vier

Assistenten blickte verwirrt auf das Geschehen und sah ganz danach aus, als wollte er den Raum fluchtartig verlassen, um sich draußen vor einem Spiegel zu versichern, selbst noch immer einzigartig zu sein, ungeteilt, verdoppelt nur durch ein zurückgeworfenes Bild.

Erschöpft von den schlechten Aussichten, hatte sich Geoffroy Saint-Hilaire inzwischen auf einen Stuhl gesetzt und wartete ab, daß sich die Siamesischen Zwillinge wieder beruhigten, wonach sie ihm vielleicht erklären würden, was geschehen war, welche Furcht oder welcher möglicherweise körperlicher Schmerz sie so jäh erfaßt hatte und welchen nächsten Schritt sie zu unternehmen gedachten, was sollte er tun? Untätig saß er da, während die Hoffnung auf eine Operation schwand, von deren Erfolg er weiterhin überzeugt war.

Adelaide und Sara lachten und verwarfen die Hände, sie machten entgegen ihrer sonstigen Gewohnheiten den Eindruck größter Ausgelassenheit und Eintracht. Sie zeigten mit Fingern immer wieder auf die oder jene, die sich auf der Tanzfläche drehten, sich mehr oder weniger elegant zu bewegen wußten, besser oder öfter auch schlechter vertuschen konnten, wie unbegabte Tänzer sie waren. Chang und Eng hielten sich mit etwas versonnenen Mienen ein wenig abseits, was kaum jemandem auffiel, da sie, wo immer sie sich befanden, doch stets der Mittelpunkt der allgemeinen Aufmerksamkeit blieben, ob sie nun mitten in einem Raum allein standen oder aber im dichtesten Gedränge (das ja meist allein ihretwegen entstand). Sie machten, fand Muriel, als sie sich zu ihnen umblickte, einen geradezu glücklichen Eindruck beim besitzesstolzen Betrachten ihrer gutgelaunten Ehefrauen, dieses herrlichen Geschenks, das zu erhalten ihnen wohl mehr bedeutete als sonst irgend etwas auf der Welt. Das erste Spielzeug eines Kindes. Gewiß hatten sie noch vor wenigen Wochen nicht damit gerechnet, die Gunst gleich zweier Frauen zu erhalten, die sich bereit erklärten, den Rest ihres Lebens mit ihnen zu teilen oder, wie Muriel sich ausgedrückt hätte, zu vierteln.

Wer von den Geladenen insgeheim gehofft hatte, nach dem Eröffnungstanz und den folgenden vier Tänzen einmal auch von einem der beiden wundersamen Wesen aufgefordert zu werden — während das andere vielleicht die Tischnachbarin zur Linken oder Rechten bitten würde —, sah sich enttäuscht. Die Siamesischen Zwillinge tanzten mit niemandem als mit ihren Gattinnen, und wenn sie auch abseits standen, ließen sie diese doch niemals aus den Augen. Als sich die beiden Schwestern setzten, ohne sich nach ihren Ehemännern umzudrehen, taten diese es ihnen nach. Die Schwager, die nicht getanzt hatten, standen auf und boten Chang und Eng zimtbraune Zigarren feinster Qualität an, die sie lächelnd und sich bedankend annahmen und sich anzünden ließen. Sie lehnten sich weit zurück, nachdem Charles und Joseph sich entfernt hatten, um noch ein wenig auf und ab zu gehen, genossen den warmen Rauch, der ihre Münder füllte, und bemerkten nicht, daß niemand mit ihnen sprach, nicht einmal die Bräute.

Die wenigen noch verbleibenden Stunden des Nachmittags bis zur Dämmerung, in die kein Mond schien, verstrichen für die wenigsten Gäste mit einem kurzen, der Erfrischung und schnelleren Verdauung dienenden Spaziergang im Schnee — bis zum kleinen Friedhof hin, wo die Vorfahren lagen —, für die meisten mit dem kurzweiligen Warten auf das von keiner Eile angetriebenen Ende der Hochzeitsfeierlichkeiten, das wieder durch ein paar Worte von Reverend Yates eingeleitet wurde.

Samuel Increase Yates hatte, nur wenige Augenblicke, bevor er aufstand, um die abschließende, diesmal äußerst knapp gehaltene Rede auszuführen, ein Gedanke durchzuckt; die ihm plötzlich so einfach, so simpel erscheinende Ausführung dieses Gedankens würde sein gesamtes Leben, sollte es nur!, auf den Kopf stellen, und ihn seine angesehene Stellung in der Welt kosten, aber kam es auf sie denn an?! Man würde ihn gewiß aus der Gesellschaft, an deren Spitze er bisher gestanden hatte und noch stand, verstoßen, ihn stürzen lassen, aber was waren diese weltlichen Unannehmlichkeiten, denen er sich freudig unterwarf, gegen die Sünde seiner Töchter, die er anders nicht zu sühnen vermochte.

Deshalb lächelte er so geheimnisvoll, bevor er aufstand und die Hände, ausgebreitet, etwas hob, wonach es still wurde. Seine Rede war, alles in allem, eine kurze Zusammenfassung der ersten, weswegen kaum noch jemand hinzuhören versuchte. Yates dachte, während er sprach, an andere Dinge als an Glück und Segen, die über den vier Eheleuten liegen sollten. Er setzte sich wieder hin, ohne bemerkt zu haben, mit welchem Befremden ihn seine Schwester Muriel beobachtete.

Abschließend wurde Kaffee serviert, dazu verschiedene Kuchen, und endlich auch die erschöpfte und erhitzte, vollauf zufriedene Köchin unter Applaus und Bravorufen hereingeführt. Nachdem man sie ausgiebig beklatscht und sie sich nach allen Seiten verbeugt hatte, wurde unter Anleitung des grimmig lächelnden Reverend noch eines der frommen Lieder gesungen, deren Melodie und Text jedem in diesem Kreis außer den Siamesischen Zwillingen, bekannt waren.

7

Nichts mehr stand ihnen im Weg, um vergessen zu lassen, daß sie sich von aberhunderttausend anderen unterschieden. Und wenn es ihnen auch nicht vergönnt war, sich selber Ähnliche, wie etwa die beiden deutschen Mädchen, mit denen sie einmal aufgetreten waren, zum Traualtar zu führen, so waren sie doch glücklich, von nun an jeder eine Frau zu haben, die sich von der Frau des anderen nicht wesentlich unterschied, dieselbe Erziehung in der gleichen Umgebung wie jene genossen hatte, die sich, wann immer es ihr beliebte, entfernen konnte, ohne auf die andere Rücksicht nehmen zu müssen, um unabhängig von der anderen und von ihnen, den Siamesischen Zwillingen, jedoch zu ihren Diensten, irgend etwas zu tun. Von nun an würden sie eine gewöhnliche und gleichzeitig ganz unalltägliche Ehe führen; in ihren Träumen würden die einander äußerlich sehr ähnlichen Schwestern immer wieder ausgetauscht werden; Sara gegen Adelaide und Adelaide gegen Sara. Darin schwammen ihre Gesichter auf den Hälsen und Körpern, die die Träumenden ohnehin nur mit Mühe zu unterscheiden vermochten, denn nicht selten trugen sie Kleider desselben Zuschnitts oder doch solche von derselben Farbe. Immer wieder lobte Eng Saras Eigenschaften, ihre herzliche Fürsorglichkeit, wie er sich ausdrückte, die Zartheit ihres Händedrucks, ihre angenehme, niemals laute Stimme, ihre blonden Locken, während Chang mit Leidenschaft von Adelaides Klugheit und Standfestigkeit, ihrem großen Wissen und ihrer reinen weißen Haut sprach.

In dem kleinen Salon — es war gegen neun Uhr — brannten fünf eben erst angezündete Kerzen und eine Petroleumlampe, die von der niedrigen Holzdecke hing. Auf dem ovalen Tischchen, das in der Mitte des Zimmers stand, in dem für sehr viel mehr kein Platz war, und an dem sie sich niedergelassen hatten, stand eine Vase mit einem ausladenden Strauß getrockneter graugelber Kornblumen, deren unbestimmter Geruch Changs Nase mehrere Male bis fast zum Niesen reizte. Chang und Eng blickten geradeaus über den Tisch hinweg zum zugehängten Fensterchen, durch das man bei Tag in das grüne Land oder den Schnee blickte, in jene weite Ferne, aus der sie gekommen waren, ohne auch nur zu ahnen, daß sie sich hier niederlassen würden, nachdem sie ihr eheliches Glück gefunden hatten. Diesem Gedanken nachhängend, der ihm noch immer unwirklich schien, mußte Eng lächeln. Schließlich nieste Chang so leise es nur ging in sein eilig aus der Tasche gezogenes Taschentuch, auf das Adelaide sein Monogramm gestickt hatte.

Zum vielleicht reizvollsten Bestandteil jeder Hochzeitsnacht — und in welch ausgeprägterem Ausmaß noch ihrer gemeinsamen — gehörte, wie sie wußten, ohne daß jemand darüber auch nur ein Wort verloren hätte, das Warten auf beiden Seiten der Tür.

Sie hatten nie zuvor eine Frau so berührt, wie es ihnen vorschwebte und wie es wohl richtig war. Sie waren einem weiblichen Wesen nie näher gekommen als Elsa Raffaeli während der Überfahrt (während der Amerikatournee hielt sie, Hunters wegen, Distanz, und gewiß auch deshalb, weil der Reiz des Doppelten sich bald abgenutzt hatte), die sich darauf beschränkte, der Lust der Zwillinge so Erleichterung zu verschaffen, wie sie allein es für richtig hielt, ohne sich von ihnen irgend etwas vorschreiben zu lassen, als wären die beiden jungen Männer von jeder Tätigkeit unbedingt auszuschließen und sie das Zentrum, das es zu bewundern galt und dem man untätig ergeben sein mußte. Sie zu berühren, wo man am liebsten wollte, oder gar in sie einzudringen, wie sie es sich ersehnten und immer wieder ausmalten, konnte gar nicht in Erwägung gezogen werden, da Madame Raffaeli, abgesehen von ihrem untreuen und gewalttätigen singenden Gatten, nichts so sehr fürchtete wie ein Kind, das nicht von ihm empfangen war; ein Kind, von dem sie im übrigen nie gewußt hätte, von welchem der beiden es stammte, ob von Chang oder von Eng. So hatte der Verkehr mit ihr eher einem Handelsgeschäft geglichen, das die Grenzen des verlockenden, fremdartigen Auslands nie überschritt; weswegen man es schon nach wenigen Wochen wieder in ihrer Abwesenheit abwickeln mußte, ohne sonderlich viel zu vermissen. Sie hatten ihr irgendwie, ohne es auszusprechen, zu verstehen geben können, sie möge ihre fleißigen kühlen Hände ruhen lassen. Sie warteten noch; auf ein Zeichen, ein Geräusch, auf eine innere oder aus dem angrenzenden Zimmer dringende Stimme. Gewiß, innerhalb der Wartezeit, an die sie sich nun festklammerten, durfte die Spannung bis fast zum Äußersten und kaum noch Erträglichen gesteigert werden; sie durften sie am ganzen Körper spüren, bis sie glauben konnten, zur gleichen Zeit durch Feuer zu springen wie Zirkuslöwen und in Eismeerwasser zu tauchen wie Polarbären. Eng umklammerte mit der rechten Hand die beiden glattpolierten kleinen Holzkugeln, die er stets bei sich trug. Sie warteten, daß sich die Tür öffnete, durch die sie treten durften, um ein neues Leben zu beginnen. Sie schwiegen. Auch dieser Tag hatte nichts daran geändert, daß sie seit Monaten oft tagelang nur noch das Nötigste miteinander sprachen. Daß sie sich über Kleinigkeiten stritten war nicht neu, aber die Heftigkeit dieser oft unverständlichen Auseinandersetzungen hatte sich verstärkt. Am Ende fast all dieser Streitereien stand das tiefe, immer wieder heraufbeschworene Bedauern darüber, daß man Saint-Hilaire damals in Paris nicht habe gewähren lassen, sie für immer voneinander zu trennen. Hätten sie ihn doch nach dem ersten, gescheiterten Versuch, der von einer Operation noch weit entfernt war, ein weiteres Mal aufgesucht, und wieder und noch einmal, bis er sie endgültig hätte überzeugen können und ihnen die Furcht vor einer unbekannten und deshalb so beängstigenden Einsamkeit vollständig genommen hätte. Aber ihre Verwirrung und Verunsicherung war größer gewesen, ihre Unentschlossenheit auch ihnen selbst, wie Saint-Hilaire, schier unerträglich und hatte noch zugenommen, als auch Coste, den sie auf ihrer Seite hätten wissen müssen, sie zu beschwören begann, den kleinen Schritt in jene Richtung zu setzen, an dessen Ende das neue Leben begann.

Nur einige wenige Monate waren seither vergangen, aber wieviel hatte sich inzwischen ereignet. Sie waren den zwei Schwestern begegnet, die sie heiraten sollten — und heute nacht besitzen würden —, waren getauft und in die kleine Gemeinde aufgenommen worden, deren abgeschiedenes, frommes Leben ihnen fremd geblieben war — und fremd bleiben würde; was sie nicht daran hinderte, sich ihr täuschend nahtlos einzugliedern. Die Hochzeitsfeier war zu Ende, der Vater der Bräute wohl zu Bett, die bedeutsamste jener Nächte stand bevor, die durch zahllose folgende Nächte fortgesetzt würde. All dies war in den vergangenen Monaten geschehen, worüber sie kaum miteinander gesprochen hatten. Wie von selbst war die Wahl des einen auf die eine und die Wahl des anderen auf die andere Schwester gefallen. Nicht für einen Augenblick waren sie hinsichtlich Saras und Adelaides in Konkurrenz getreten oder hatten geschwankt. Jeder pries die Vorzüge der seinen, ohne auf die Preisreden des anderen einzugehen; es war, als hörten sie nicht, was sie einander, selten genug, erzählten.

Sie hatten Paris und damit ihren einzigen Freund Coste wie auf der Flucht vor der Erkenntnis, allein gar nicht leben zu können, verlassen. Sie erinnerten sich nur undeutlich an den Abschied, einen flüchtigen Händedruck, leichthin gesprochene Worte, denen man keinerlei Bedeutung beimessen wollte. Man hatte sie dann während der Überfahrt schweigsam gefunden, Chang bereits gegen Mittag, vor dem Essen, angetrunken, für sich alleine fröhlich, ohne erkennbaren Grund vor sich hin grinsend, vom späteren Nachmittag an gestützt oder irgendwie festgehalten von einem schweigsamen, kaum sichtlich irritierten Bruder, dessen Gedanken undurchschaubar blieben, dessen Ungehaltenheit man nur ahnen konnte, in vielem offenbar ganz anders als Chang; ihn, den man selbst nie Alkohol trinken sah und der von der Trunkenheit seines brüderlichen Anhangs offensichtlich nicht angesteckt wurde, woraus der Schiffsarzt schloß, daß zwischen den Siamesischen Zwillingen, die in erreichbarer Nähe zu haben er sich überglücklich schätzte, kein Blutaustausch stattfand, worüber eine kleine Schrift zu verfassen er sich vornahm, jedoch nie ausführte. Manchmal las Eng in einem Buch, während Chang stetig Zug um Zug aus einer Flasche oder dem Flachmann nahm, den er immer öfter sogar beim Essen, zwischen zwei Bissen, an die Lippen führte, auch dann, wenn Wein auf dem Tisch stand. Nicht selten machten beide gleicherweise den Eindruck, niedergeschlagen, ja traurig zu sein; auch Changs Gesichtsausdruck versteinerte, aus der Grimasse wurde eine Fratze, aus deren Hintergrund ein häßliches Tier spähte.

Sie waren, wie schon bei den Passagen davor, von der Mannschaft, vor allem aber vom Kapitän und den ihm unterstellten Offizieren bevorzugt behandelt worden; einmal mehr hatte die Neugier Früchte getragen. Man speiste gemeinsam in der Messe, abends wurde bis spät in die Nacht, und manchmal bis in die frühen Morgenstunden, Karten gespielt, kein nennenswerter Sturm war aufgekommen, ganz selten ein paar Regenwolken am Himmel aufgezogen, um die Langeweile auf See zumindest für ein paar Stunden zu unterbrechen, wobei auch ein

Unwetter ihrer Schweigsamkeit kein Ende hätte machen können. Ihre Reaktionen auf äußere Einflüsse — auf Stöße, Erschütterungen und dergleichen — blieben sich zum Verwechseln ähnlich. Das trotz seiner Ausmaße elegant wirkende, vorwiegend mit Franzosen besetzte Passagierschiff, die sich in die Neue Welt aufmachten, senkte und hob sich gemächlich und matt. Man konnte mehr als halbe Tage im Pendeln des Schiffs die überwiegende Zahl der Stunden der Überfahrt verschlafen; man streckte eine Hand aus, winkelte ein Bein an, gähnte, legte sich auf die Seite, drehte sich auf den Bauch, auf den Rükken, legte die Hand auf die feuchte Stirn.

Wie üblich wurden die Siamesischen Zwillinge dazu ermuntert, aus ihrem — wie man annahm — bewegten Leben zu erzählen. Im Gegensatz zur Schiffsmannschaft hatten sie nicht nur die zahllosen Hafenstädte, sondern immer auch das Innere der dahinter sich erstreckenden Länder gesehen. Mehr Leute als anderen waren ihnen zugeströmt, sie selbst waren einer fremden Umgebung entrissen worden, die man nur vom Ufer aus gesehen hatte, um in der schottischen Landschaft zu lernen, manierliche Menschen zu sein. Wie gewöhnlich berichteten sie, indem sie sich beim Erzählen abwechselten, unterbrachen oder gleichzeitig sprachen, genau so, wie sie richtig vermuteten, daß man es von ihnen erwartete. Eng betrachtete sich im Spiegel, und ihm fiel auf, daß er älter geworden war oder sich verändert hatte; auf Chang einen Blick zu werfen, in ihm sich selbst zu sehen, hätte ihm nicht genügt, denn wo stand geschrieben, daß sie im selben Maße älter wurden. Chang trank von morgens bis in die Nacht, Eng nicht, so verschieden waren sie jedenfalls, und es war zu erwarten, daß sich sein Äußeres auf andere Weise verändern würde als das Äußere Changs.

Sie vermochten den ausgewählten Gästen des Kapitäns, unter denen sich ausschließlich wohlhabende Auswanderer befanden oder solche, von denen man annahm, sie seien es, das Gefühl zu geben, sie in lange zurückgehaltene Geheimnisse einzuweihen, die sie also bisher noch keinem Menschen preisgegeben hatten. Sie erfanden aus dem Stegreif absonderliche Geschichten; Begebenheiten aus Siam und China, wo sie in Wirklichkeit nie gewesen waren, aus Schottland und den kältesten Gegenden Europas, von denen sie in Wirklichkeit nur gehört hatten, Vorfälle an königlichen und fürstlichen Höfen in ganz Europa, die sie in Wahrheit höchstens von außen gesehen hatten, und wo Chang nicht weiter wußte, sprang ihm, wie eh und je, Eng bei und spann die Lüge so gut, mit so vielen ausdrucksstarken Worten und in so kräftigen Farben fort, daß niemand ihre Lücken bemerkte.

Wenn auch, und nicht bloß ihnen, dem Kapitän und dem Arzt auffiel, wie wenig die beiden untereinander sprachen und desto mehr mit Fremden, so bemerkten doch auch sie nicht, daß Chang und Eng sich immer öfter und für immer längere Zeit voneinander regelrecht abwandten, wie sie es zuvor nur bei den öffentlichen Vorführungen unter Hunters Regie getan hatten. Sie machten sich neuerdings die Elastizität des Verbindungsglieds zunutze und verstärkten diese durch die ständige Übung (nur nachts wandten sie sich schlafend einander wieder zu, innig, unbeobachtet, umarmten sich, legten einer die Arme um den andern, um dessen Hals, um dessen Brust). Gewiß, es war schmerzhaft, und Eng litt stärker noch als bisher unter Rückenschmerzen, andererseits jedoch bereitete es Genugtuung und ein starkes Gefühl von Freiheit, in Anwesenheit des beständig anwesenden anderen mit einem Dritten sprechen zu können, als wäre man mit diesem allein, als könne einen niemand sonst bei der Unterhaltung belauschen als der, mit dem man sie pflegte. Immerhin bemerkte der Arzt, daß beide, Chang wie Eng, und beide etwa gleich oft, wenn auch nie zur selben Zeit, in regelmäßigen Abständen unwillkürlich an den Ansatz des Ligamentums griffen. So blieben die Siamesischen Zwillinge, die in Le Havre das Schiff bestiegen hatten und es in New Haven verließen, in der Erinnerung des Kapitäns und des Arztes zwar zusammengewachsene Brüder; nicht aber blieb ihnen das Bild, daß sie ihnen frontal, Seite an Seite, gegenüberstanden, vielmehr sahen sie sie nun stets, wenn sie sich ihrer erinnerten, einander abgewandt, wodurch der geringe Größenunterschied weniger deutlich wurde als früher. Da das Verbindungsglied während der ganzen Überfahrt den Blicken der Neugierigen — die sich nicht danach zu fragen getrauten — verborgen blieb, selbst denen des Mediziners, konnten nur mehr oder weniger unsinnige Vermutungen darüber angestellt werden, wo die beiden nicht unattraktiven Männer denn unter der geschickt geschneiderten Kleidung eigentlich verbunden waren, und ob sie, wie man sich zuflüsterte, vielleicht nur ein Geschlechtsteil für zwei besaßen, dessen Umfang womöglich alle Fesseln der Fantasie sprengte. Aber das, und wer es besaß, erführe man nie.

Die Siamesischen Zwillinge vergaßen über den Annehmlichkeiten der zeitweiligen, viel zu kurzen und deshalb nie ungetrübt genossenen Trennungen die körperlichen Schmerzen, die sich nach kurzer Zeit einstellten und nie ganz verschwanden. Diese verteilten sich ungleichmäßig auf die Rücken, die Wirbelsäulen, die Lungen- und Herzgegenden, wobei Changs Schmerzen durch den Genuß von Alkohol gedämpft wurden und Engs Rückenschmerzen, die ihn von Kindheit an geplagt hatten, stetig zunahmen, so daß kaum ein Tag verging, an dem er nicht unter ihnen litt. Morgens fühlten sie sich immer besser als vor dem Zubettgehen, nachdem die nächtliche Umarmung, eine Rückkehr in vergangene Zeiten, ihnen Erleichterung verschafft hatte. Im Schlaf erholten sie sich teilweise von den Strapazen des Tages. Noch während der Passage, von der sie überzeugt waren, es würde die letzte gewesen sein, weil sie sich jetzt endgültig niederließen, hätten sie sich nicht träumen lassen, daß sie in weniger als einem halben Jahr Hausstände gründen würden. Sie verliebten sich in die Schwestern, und nicht allein deshalb, weil sich endlich, erstmals, die Gelegenheit dazu bot und das Schicksal günstig war.

Eifersüchtig wachte jeder der beiden über seine Geliebte, ob sie nicht etwa dem eigenen Bruder und möglichen Rivalen einen Blick zuwarf, in dem mehr Gewicht und ganz andere Bedeutungen lagen, als man mit Worten hätte sagen dürfen, die, ausgesprochen, nicht dasselbe bedeuteten, was sie unausgesprochen besagten. War nicht stets ein Grund zur Eifersucht vorhanden, eine unablässige Versuchung für die Schwestern da, sich vom einen zum andern zu wenden, der ihr nun plötzlich besser gefiele, ohne es den eigenen Geliebten und Ehemann aber merken zu lassen; sie würde es natürlich vor ihm verheimlichen. Bestand nicht jederzeit die Gefahr, daß die eine den einen und die andere den anderen mit dessen Zwillingsbruder betrog, ohne ihn je wirklich betrügen zu können, da sie niemals in die gefährliche Verlegenheit käme, mit dem Schwager allein zu sein? Das Hindernis der Durchführung, sie zu betrügen, erstickte die Eifersucht im gleichen Augenblick im Keim, wenn sie auch nicht gegenstandslos wurde und nach kurzer Zeit wieder entflammte.

Wo aber waren währenddessen die Gedanken der beiden Schwestern? Und konnte es in der höchsten Ekstase, der allesvergessenmachenden Vollkommenheit nicht leicht geschehen — ja geschah zwangsläufig, wie von allein, ungesteuert —, daß die Frauen sich selbst vergaßen, die erlaubten Gedanken sich den verborgenen öffneten und andererseits die verborgenen über die freien herfielen, sie fesselten und an ihnen nagten, bis sie blank waren, von einer gleißenden Sonne freigelegt, die schützende Haut einfach weggebrannt; so daß das nur scheinbar Unmögliche, das bisher gut versteckt gewesen war, überhandnahm, bis sie schließlich nicht mehr zur unterscheiden vermochten, oder es gar nicht wollten, ob es der eine oder der andere war, den sie liebten, den sie berührten, an den sie dachten; so würden sie sich gleichermaßen, gleichzeitig beiden, Chang und Eng, hingeben und dabei jeden einzeln, Chang und Eng, auslöschen oder im Feuer der Liebe zusammenschmelzen, so daß Chang und Eng am Ende wieder ein einziges Wesen wären, das nicht zu fassen war: die legendenumwobenen, anekdotischen, von weiterher gekommenen Siamesischen Zwillinge; längst keine Kinder mehr, wenngleich bis heute keine richtigen Erwachsenen, mit den Gesichtszügen Halbwüchsiger; ein Wesen, über das ebenso viel gesprochen wurde wie über Giuditta Pasta, Jenny Lind oder Maria Malibran, und welches nun noch einmal, vielleicht zum letzten Mal, alle Aufmerksamkeit durch seine Doppelhochzeit auf sich lenkte; denn selbstverständlich berichteten Zeitschriften und Zeitungen, Kalender und Almanache in der ganzen zivilisierten Welt von dieser weiteren Sonderbarkeit im Leben Changs und Engs. Fehlte nur noch, daß einer der berühmten Italiener in Mailand oder Paris sich einfallen ließe, sie zu dramatischen Personen einer Opera buffa zu machen; und wer weiß, ob sich nicht eher einer gefunden hätte, dies in Angriff zu nehmen, wenn auch in Italien, wo sie nie auftraten, bekannt gewesen wäre, welche herrlichen Stimmen die beiden Männer besaßen.

Vielleicht war es falsch, von den Gesichtern der Schwestern, die nicht selten etwas finster oder besorgt blickten, auf deren geheime Gedanken zu schließen, die sie womöglich gar nicht hatten. Vielleicht waren ihre inneren Stimmen auch längst verstummt, die Kette der fantastischen Bezüge abgebrochen. Ohnehin würden sie nie darüber zu sprechen wagen, jedenfalls nicht zu ihren Ehemännern, und sie zu belauschen, wäre wohl ein Ding der Unmöglichkeit und darüber hinaus lächerlich gewesen.

Noch waren die Ehen nicht vollzogen, immer noch warteten Chang und Eng auf ein Zeichen und würden sich, käme es nicht von der anderen Seite der Tür, doch wieder untereinander verständigen müssen, wann sie die ersten Schritte dorthin machen würden; auf die Tür und schließlich auf das vom Tischler und Sargmacher des Orts eigens angefertigte doppelte Doppelbett zu, das erst vor wenigen Tagen geliefert und aufgestellt worden war und einen Umfang von rund zweieinhalb auf vier Meter hatte, also mehr als eine enge Schlafkammer erforderte, und sich als so praktisch, so zweckmäßig erweisen sollte, daß sie vierzehn Jahre später, als sie sich in Mount Airy niederließen, für den zweiten Haushalt, in dem Changs Gattin Adelaide regierte, eine Kopie nachzimmern ließen, die sich in nichts außer der Neuwertigkeit vom Original unterschied. Dessen Hersteller war inzwischen gestorben und hatte nichts weiter als eine mannsgroße, schmucklose Truhe hinterlassen, in der die Kadaver von etwa fünfzig Katzen gefunden wurden. Die Genicke der meisten waren gebrochen. Mit Unverständnis hatte man es vermerkt und so schnell wie möglich zu vergessen gesucht. Wer es nicht vergaß, waren die Siamesischen Zwillinge, die sich recht gut an den Mann erinnerten, der ihr großes Bett gemacht hatte.

8

Joseph Hollingsworth, der Hausarzt in Mount Airy, war im übrigen der einzige, dem sie eines Abends am Kamin erzählten, was sich am frühen Morgen der Hochzeitsnacht zugetragen hatte, während die Schwestern auch darüber Stillschweigen bewahrten, ja selbst untereinander davon nicht sprachen, wie sie es sich überhaupt recht bald angewöhnt hatten, die Intimitäten und Widrigkeiten, diese sich ständig überschneidenden Attribute ihrer Ehen, zu übergehen, was ihnen das Zusammenleben ebenso erleichterte wie ihr Auftreten in der Öffentlichkeit, das dadurch nichts an seiner früheren Sicherheit vermissen ließ.

Tag für Tag standen Sara und Adelaide, ohne sich darüber verständigen zu müssen, wie früher, als sie noch im selben Zimmer schliefen, zur gleichen Zeit auf, während ihre Ehemänner stets noch zwei bis drei Stunden liegen blieben, oftmals wie in einer heftigen Umarmung aneinandergekrallt, jedoch mit friedlichen, fast kindlichen Gesichtern; eine Stellung, über die die beiden Frauen ebenfalls weder miteinander noch etwa gar mit ihren Männern sprachen. Keine der beiden blieb je schlaftrunken am Bettrand sitzen, um sich einen Augenblick von den Träumen zu erholen, sie sprangen vielmehr auf, wuschen sich an den zwei gleichen, einfachen Waschkommoden und kleideten sich an. Die Siamesischen Zwillinge, die sie nun für eine Weile verließen, begaben sich, im Gegensatz zu ihren Frauen, nur selten vor Mitternacht, meistens aber nach ein Uhr ins Bett, Chang meist im Zustand fortgeschrittener Trunkenheit, Eng müde und mit dem sicheren Wissen, einmal mehr lange Zeit nicht einschlafen zu können, ohne sich aber, wie gewöhnliche Sterbliche, im Bett hin und her zu wälzen oder lesen zu können, um die Schlaflosigkeit zu überbrücken.

Die Gespräche zwischen den Paaren, bei denen es sich kurze Zeit um Reden Liebender gehandelt hatte, fanden unter zwei wie unter vier Augen statt, ohne ihren Charakter dadurch zu verändern. Chang wußte genau, wann er angesprochen wurde und Eng wußte genau, wann er angesprochen wurde. Ebenso wußten es die Schwestern. Im übrigen vereinfachte sich die Verständigung dadurch, daß es immer seltener vorkam, daß etwa Adelaide das Wort an ihren Schwager Eng richtete oder Sara das Wort an ihren Schwager Chang. Die Wahrscheinlichkeit, daß eine der beiden nicht ihren Gatten meinte, wurde mit den Jahren immer geringer und konnte bald so gut wie völlig ausgeschlossen werden; sie ließen es nicht dazu kommen, sich darüber Gedanken zu machen, was geschehen würde, wenn einer der beiden Männer und dann eine der beiden Frauen stürbe, die nicht zusammengehörten. Wie der Tod ohnehin möglichst aus ihren Gedanken verbannt wurde, als sei er etwas, mit dem man nicht rechnen dürfe.

Was hätten die Schwestern ihren Schwagern auch zu sagen gehabt, was diese nicht ohnehin hörten. Trotz der großen Ähnlichkeit der Zwillinge vermochten Sara und Adelaide schon nach kurzer Zeit ihres Zusammenlebens kaum noch Eigenschaften zu bemerken, die beide gleichermaßen auszeichneten. Sie waren zu verschieden, wie sie fanden. Sara liebte Eng beinahe leidenschaftlich, ohne viele Worte, zärtlich, wie sie es genannt hätte, während Adelaide Chang unter ihre Obhut nahm, weil er, wie sie sagte ein schwacher Mensch war, der außer an ihr, und leider dem Alkohol, keinen Halt im Leben hatte. Es gab Tage, an denen sie glücklich an einem Tisch saßen, die Frauen häkelten oder strickten, Chang wortlos ein Glas nach dem anderen trank, Eng Seite für Seite eines der Bücher umblätterte, die sonst niemand in die Hand nahm, geschweige denn las; manchmal wurde die Ruhe vom Schrillen der Hausklingel unterbrochen, der Postbote brachte Briefe aus dem Ausland, die oftmals schon vor Monaten, ungenau adressiert, abgeschickt worden waren und deren jeder seine ganz besondere Irrfahrt hinter sich hatte, und in denen die Sehr geehrten Herren Siamesischen Zwillinge Chang und Eng eindringlich darum gebeten wurden, in irgendeinem Etablissement in Paris, in London, in Amsterdam, in Berlin aufzutreten, was sie natürlich dankend und umständlich — Eng schrieb die Antwortbriefe — ablehnten, auch wenn beide sich manchmal nach der Zeit vor der jetzigen Geruhsamkeit, die auch gewisse Nachteile mit sich brachte, zurücksehnten, in der sie die weite Welt bereist hatten, wie ihre Ehefrauen sich gegenüber Nachbarn und gegenüber ihrem Hausarzt Dr. Hollingsworth ausdrückten, die sich gerne im Haus der Bunkers einfanden, weil sie sich an dem freundlichen exotischen Ungetüm nicht sattsehen konnten, das so galant zu seinen beiden tüchtigen Ehefrauen war und so gute Umgangsformen zur Schau trug, die ihm, wie man vermutete, wohl im Zirkus beigebracht worden waren — und dabei jenes befremdliche Aussehen hatte, das einen gleichzeitig anzog und abstieß und eine Gestalt, die das Leben des Schulmeisters von Mount Airy von Grund auf veränderte und ihn zu der Bemerkung veranlaßte, Menschen ihres Schlages, solche Ungeheuer, wären es wert gewesen, in Homers Odyssee einen zentralen Platz einzunehmen oder diesen sogar dem Riesen Polyphem streitig zu machen, und da dem nicht so war, müsse man daraus schließen, daß der blinde Sänger wohl von einem solchen Wesen keinerlei Kenntnis hatte oder aber daß er keine Kenntnis haben konnte, weil die alten Griechen — und im übrigen auch die alten Ägypter — überhaupt nie eines in ihrer Mitte gehabt hatten. Nicht einmal der Erfinder der Literatur habe sich ein solches auszudenken vermocht, es kam nicht über seine Lippen, floß nicht in seine Feder.

Diese Erkenntnis, die ihn beim ersten Anblick der Siamesischen Zwillinge wie ein Blitz traf, zog weite Kreise übermenschlichen Ausmaßes und gab seinem Leben einen veränderten Sinn, dem sich alles andere unterwarf, denn von nun an setzte er alles daran, durch Vergleich aller Quellen, deren er habhaft werden konnte, nachzuweisen, daß es Menschen dieser Art nicht vor dem frühen Mittelalter gegeben haben konnte — und wenn es sie gegeben haben sollte, dann gewiß nicht im antiken Griechenland, im pharaonenbeherrschten Ägypten oder innerhalb der Grenzen des römischen Imperiums. Natürlich behielt er seine Weisheit nicht für sich, wenn er sich auch nicht getraute, mit den Betreffenden selbst, jenen, die seine Forschungen ausgelöst hatten, darüber zu sprechen. Eine Unternehmung, die er zwar mehrmals ins Auge faßte, zu der er sich jedoch aus Scheu nie überwinden konnte. Jahrelang beschäftigte er sich mit dem Gedanken und beschäftigte der Gedanke ihn. Den Beweis, daß es bei den Griechen keine Duplizitäten welcher Art des Zusammengewachsenseins auch immer gegeben haben konnte, würde er schlüssig mit Homer antreten können, der in seinen Meisterwerken keines auftreten ließ. Hätte er aber von einem solchen Wesen Kenntnis gehabt, hätte er es nicht versäumt, ihm den gebührenden Platz in einem Epos einzuräumen, in dem sonst keine Scheußlichkeit aufzuzählen ausgelassen wurde. Hätte er von Sternopagen, Ischiopagen, Gastropagen, Cephalopagen oder Xiphopagen gewußt, so wären sie auch aufgetreten, daran bestand, je länger der Lehrer an seiner Erkenntnis arbeitete, desto weniger Zweifel.

Die Siamesischen Zwillinge selbst erfuhren nichts von dem Mann, der sich mit Haut und Haaren einer Beschäftigung verschrieben hatte, in deren Mittelpunkt sie oder vielmehr ihr Fehlen in einer untergegangenen Kultur stand. Es war ihm vergönnt, diesem Gedanken, der eine unendliche Reihe anderer Gedanken nach sich zog, jahrelang mit unverminderter Hartnäckigkeit nachzuhängen, dankbar bis zuletzt, auf ihn gestoßen zu sein, während seine Frau in quälenden Nächten manchmal an seinem Verstand zweifelte. Jedoch verrichtete er weiterhin gewissenhaft seinen Schuldienst und war bei seinen Schülern recht beliebt. Er hatte sich schon bald zum Ziel gesetzt, eines Tages ein Buch über dieses Problem und die Ergebnisse seiner ausgedehnten Forschungen zu verfassen, das er Chang und Eng widmen und persönlich übergeben wollte, wozu es aber nie kam, weil die Fülle der widersprüchlichen Fakten beständig zunahm statt weniger zu werden. Erst einige Jahre nach seinem Tod wurden sorgfältig zusammengebundene Stöße beschriebenen Papiers und Berge von Dokumenten gefunden und größtenteils aus Unachtsamkeit vernichtet.

Adelaide und Sara standen täglich, im Sommer wie im Winter, um halb sieben auf, begaben sich unverzüglich nach unten, nachdem sie noch einen Blick auf ihre schlafenden oder sich schlafend stellenden Ehemänner geworfen hatten, und begannen das zu tun, was sie die schwierige Haushaltsführung nannten, deren unangenehme Seiten sich, wie sie sagten, kaum jemand vorzustellen vermochte. Denn stets hatten sie alles und jedes doppelt und dreifach im Auge zu behalten. Was beispielsweise der eine aß, mochte der andere um nichts in der Welt zum Frühstück zu sich nehmen, und was jener trank, war diesem, jedenfalls morgens, mit jeder Faser seines Körpers zuwider. Der eine trank Tee zum Frühstück, das nie vor zehn Uhr eingenommen wurde (solange mußten die Schwestern warten, oft noch länger), während der andere Tee ausschließlich, aber pünktlich, nachmittags zu sich nahm, morgens dagegen Kaffee verlangte; komplizierte Gegebenheiten, deren tägliche Erfüllung von den Schwestern sehr viel Umsicht und Fingerspitzengefühl erforderte, wie sie sich Hollingsworth gegenüber äußerten, der nach ihrer Übersiedlung aus dem väterlichen Haus nach Mount Airy (zuerst in das eine, später in das einige Meilen entfernte zweite Haus) der engste Vertraute sowohl der Schwestern als auch der Zwillinge wurde, die er jeweils oft in Abwesenheit ihrer jeweiligen Gatten gewissermaßen unter vier Augen traf. Chang aß morgens Weißbrot (abends kein Brot, nichts, was ihn ans Frühstück erinnerte, am liebsten Aufgewärmtes vom Vortag, für sein Leben gern Reis, lieber noch Nudeln), Eng Schwarzbrot, das er trocken liebte (abends kalten Braten, mit Vorliebe Rind, das tagsüber von Sara zubereitet, dabei scharf gewürzt wurde, während Adelaide auf der anderen Platte des großen Herds für Chang Hühner oder anderes Geflügel briet, schmorte oder kochte, ganz nach seinen Gelüsten). Sara aß, was Eng aß und Adelaide, was Chang aß; so daß sich die oftmals schlecht zusammenpassenden Gerüche über ihren Tellern, verstärkter noch über ihren Köpfen vermischten (besonders wenn Fisch dazukam); eine Tatsache, die ihnen selbst nicht, dagegen ihren Besuchern auffiel und ein wenig die Sinne betäubte. In alle diese Düfte mengte sich Changs Ausdünstung von im Körper zu Schweiß verwandeltem Alkohol und von den Zigarren, die er rauchte und gegen die Eng in immer kürzer werdenden Abständen seine Zigaretten hielt. Die Schwestern umgaben sich mit der Essenz von Lavendelblüten, die irgendwie zu allem paßte.

Wenn es in der gemeinsam genutzten Küche der Yates'schen Schwestern, die sich gern als Bunkers' Frauen bezeichneten, im ersten Jahr ihrer Ehen niemals zu offenen Feindseligkeiten oder gar Handgreiflichkeiten zwischen den Parteien kam, so lag es weniger daran, daß die Schwestern, ähnlich wie die Siamesischen Zwillinge, ein Leben lang ohne größere Unterbrechungen zusammen gewesen waren und deshalb einander angeglichen, als vielmehr an der beständigen unterschwelligen Angst, durch einen sich ausweitenden Streit, in dessen Verlauf die Ehemänner zwangsläufig würden Partei ergreifen müssen, das Gesicht zu verlieren, das Gesicht der Sicherheit. Das beherrschte, manchmal sogar eherne Gesicht, das nicht allein den beiden Männern, sondern auch der übrigen Welt, sofern sie sich blicken ließ, zeigen sollte, daß nichts im Wege stand, mit einem Monstrum zusammenzuleben, das sich vor der Sensationslüsternheit der Menge in die Einsamkeit geflüchtet hatte, es zu lieben, für es zu sorgen, stets für es dazusein und ihm schließlich auch Kinder zu gebären. Sie würden nicht nur ihre Ehemänner vor gehässigen Zungen Fremder, sondern auch sich selbst vor Anfeindungen in Schutz nehmen, die hinter den eigenen Stirnen lauerten und nur darauf warteten, zu wuchern und überhandzunehmen. Das bittere Los ihres Vaters, des Reverend, hatte ihre Entschlossenheit nur noch verstärkt; sie waren überzeugt, das einzig richtige zu tun, auch wenn sie kaum noch beteten. Die Hilfe, dessen waren sie sicher, war ihnen längst gewährt worden. Wozu also noch zu Gott flehen.

Die schwierige Haushaltsführung, die Bekannte und Nachbarn immer wieder zu entzückten Ausrufen der Bewunderung veranlaßte, wurde vollends zur kaum noch zu meisternden, als schon nach weniger als einem Jahr im Abstand von nur einer knappen Woche die ersten beiden Kinder, ein Junge und ein Mädchen leicht asiatischen Aussehens und mit etwas gelblicher Haut, zur Welt kamen, die Vorhut der zahlreichen, später kaum noch zu überblickenden Nachkommenschaft der Siamesischen Zwillinge; die ersten einer langen Reihe überlebender und während oder kurz nach der Geburt verstorbener Kinder.

Während etwas mehr als einem Jahr hatten sie weiterhin im väterlichen Pfarrhaus gelebt, von der Gemeinde argwöhnisch beobachtet. Die Stellung der Schwestern und der Zwillinge hatte sich seit der Hochzeit grundlegend verändert. Man traute ihnen nicht mehr über den Weg, mied sie, wich ihnen auf der Straße aus; eine Situation, die sie schließlich zwingen würde, die kleine Stadt zu verlassen, in der die Schwestern einst so beliebt gewesen waren, und nach North Carolina zu ziehen. Von dem guten Ansehen, das beide Ehepaare noch am Tag ihrer Hochzeit genossen hatten, war schon kurze Zeit später so gut wie nichts übrig geblieben.

Das Haus, in dem die Schwestern aufgewachsen waren, machte sogar tagsüber einen verlassenen und einschüchternden Eindruck, was weniger an der Abwesenheit von Samuel Yates lag, der in einem Irrenhaus verwahrt wurde, als am Haus selbst, dessen dicke Mauern sämtliche Geräusche der einzelnen Zimmer in sich einschlossen; was sich innerhalb von vier Wänden abspielte, oder was darin gesprochen wurde, vermochte nicht einmal mehr durch die Türritzen nach außen zu gelangen, sondern blieb darin verschlossen wie in einer Zelle. Jedesmal, wenn die Zwillinge von einem Zimmer ins andere wechselten, oder wenn sie das Haus vom Garten oder der Straße her betraten, empfing sie von neuem ein Vakuum, und Eng überfiel immer wieder das bedrückende Gefühl, in eine glashelle Höhle einzudringen, die ihn wie ein gefräßiges Tier verschlänge, wenn ihr nur danach wäre. Die Angst konnte er unterdrücken, dennoch zog er seinen Bruder, dem es ähnlich ergehen mußte, stets in die Nähe eines Fensters oder blieb so nah wie möglich bei der Tür stehen, als müßte er sich eine Fluchtmöglichkeit sichern. Als wäre die Luft so dünn wie in den Alpen, mit dem Unterschied, daß hoch oben der geringste Laut ein ohrenbetäubendes, schallendes Echo auslösen konnte, mehrfachen Widerhall, währenddessen hier, in den abgeschlossenen Räumen, der kleinste Ton zu schrumpfen schien, und mit ihm der ganze Mensch, der ihn hervorgerufen hatte. Eng versank in dieser Leere, indem er kaum noch sprach, während Chang vermehrt lautes, sinnloses Zeug vor sich hin redete, wofür Eng ihm dankbar war, wenn er auch nicht auf den Inhalt des Geschwätzes achtete; immerhin riß es ihn immer wieder aus der Dumpfheit und Niedergeschlagenheit. Sobald sie die Fenster öffneten, belebte sich das Innere des Hauses, weshalb die Siamesischen Zwillinge am liebsten schweigend dort saßen, unbeweglich hinaussahen auf die Bäume, die Büsche und in den Himmel; die Füße auf den Fensterbänken oder die Ellbogen aufgestützt. Immer öfter hielt Chang das alte, schwere Jagdgewehr in der Hand, das er auf dem Speicher gefunden und in stundenlanger Arbeit gereinigt hatte, drehte und wendete es, stützte den Ellbogen auf dem Fensterbrett auf, was Eng zwang, sich nach vorn zu beugen, legte an, zielte und schoß auf eines der Tiere, das ihm gerade die Freude bereitete, in sein Schußfeld zu geraten; mochten es Hunde oder Katzen sein, kleinere oder größere Vögel, Chang schoß auf alles, was sich bewegte, wahllos und zielsicher. Bei jedem Schuß zuckte Eng, immer zu Tode erschreckt, zusammen und verharrte danach eine Weile starr vor Schreck, atemlos, halb taub.

Sara und Adelaide taten alles gemeinsam, als wären sie der Spiegel all dessen, was ihre Ehemänner vom Tag ihrer Geburt an zu zweit verrichten mußten; als könnten sie ihnen das Leben erleichtern, indem sie ihnen so ähnlich wie möglich wurden; (viele Jahre später erst erzählte Eng Sara von den zusammengewachsenen deutschen Zwillingsmädchen, von deren gewaltsamem Tod sie inzwischen gehört hatten).

Gemeinsam besorgten die Schwestern das Haus und den Garten, gemeinsam besuchten sie regelmäßig den Vater in der Anstalt, in der er, endlose, unverständliche Sätze bildend, verdämmerte. Auch die Küche, auf die sie die meiste Zeit und Mühe verwandten, hielten sie gemeinsam peinlich sauber; täglich wurde sie gefegt und alle drei Tage gewischt. Das silberne Besteck wurde, auch wenn man es wochentags nicht benutzt hatte, alle Samstage gereinigt und mit großen Lappen so lange gerieben, bis es glänzte, als sei es eben erst gekauft worden. Sie sangen nicht bei der Hausarbeit, wie sie schon früher außerhalb des Schulgebäudes und des Gemeindehauses, in welchem ihr Vater nun nicht mehr predigte, nie gesungen hatten. Sie sprachen auch nicht viel bei der Arbeit.

Wenn die Männer, rasiert und angekleidet, wie Eng es, ohne Widerspruch zu dulden, von Chang verlangte, der lieber im Schlafrock erschienen wäre, die Küche betraten, in der das Frühstück auf sie wartete, standen die Frauen, die auf Schritte auf der Treppe gelauscht hatten, Seite an Seite hinter den Stühlen, warteten in aufrechter Haltung, blieben stehen, bis die Männer sich gesetzt hatten, lächelten oder ließen Anflüge eines Lächelns auf ihren Lippen spielen, welches jedes dem jeweiligen Gatten, ihm ganz alleine galt. Sara nahm weder Rücksicht auf ihre Schwester noch auf ihren Schwager, wie auch Adelaide keine Rücksicht auf Sara oder Eng nahm. Sie schenkten einander gegenseitig so wenig Beachtung wie möglich. Die Schwestern setzten sich, nachdem sie Tee und Kaffee in die Tassen ihrer Ehemänner eingeschenkt hatten, diesen gegenüber und hörten aufmerksam zu, was sie ihnen, die oft einfach schwiegen, zu erzählen hatten. Meistens wurden Pläne für den Tagesablauf gemacht, zwei Einkaufslisten erstellt und Essenswünsche aufgeschrieben. Chang bat Adelaide kurz vor dem Ende des Frühstücks um ein Glas Whisky, das sie ihm stets verweigerte, bevor sie es ihm doch servierte, unter den strafenden Blicken ihrer Schwester und ihres Schwagers, der niemals auch nur einen Tropfen Alkohol zu sich nahm, sogar verschiedentlich Schriften über den Mißbrauch und seine Folgen — Verwahrlosung, Prostitution und Armut — gelesen hatte, über die er mit seinem Bruder jedoch nie sprach. Das Schweigen war, verstärkt durch die lautverschlingenden Zimmer des Pfarrhauses, heimisch geworden. Die Schwestern pflegten, ganz im Gegensatz zu ihrer sonstigen Art, in sämtliche Räume des Hauses, auch wenn diese nur selten benutzt wurden, selbst in den beiden Fluren, Vasen voller Blumen zu stellen, deren aufeinander abgestimmte Farbenpracht und Üppigkeit weder in dieses Haus noch zu seinen Bewohnern passen wollten.

Die Schwestern ertappten sich am Anfang ihrer Ehen oftmals dabei, wie sich ihre Blicke abwesend während des doppelten Beischlafs trafen, sekundenlang ineinander versunken blieben, bis die eine oder andere oder beide gleichzeitig es plötzlich mit Schrecken bemerkten und die Gesichter einander jäh wieder ab- und den auf ihnen liegenden oder kauernden oder über sie gebeugten Ehemännern zuwandten. Die Männer selbst schienen es nicht zu bemerken oder ließen sich jedenfalls dadurch nicht beirren. Sie bewegten sich im gleichen Rhythmus, mit gleicher Heftigkeit, gleicher Sanftheit, in ähnlichen kurzen Räuschen, in denen sie minutenlang zu jener kindlichen Einheit zurückfanden, die sie früher vor allem während ihrer öffentlichen Auftritte immer wieder dem Publikum vorgeführt hatten, verständigten und einigten sich wortlos und gedankenverloren über Veränderungen der Körperstellungen und erreichten stets im gleichen Augenblick, beim selben Atemzug, den Höhepunkt ihrer Befriedigung.

Danach seufzten sie tief, blickten in die Augen ihrer Ehefrauen oder ins Leere und erhoben sich oder schliefen in ihren Armen ein, was letzteres im Lauf der Zeit immer häufiger geschah. Dabei sprachen sie weder untereinander noch mit ihren Frauen, niemals. Alle vier hatten sich bereits nach sehr kurzer Zeit an den besonderen Rahmen und die außergewöhnliche Art der gemeinschaftlich vollzogenen intimen Beziehungen gewöhnt, über die nicht wenige Zeitgenossen (die auch von der Geburt ihrer Kinder unterrichtet werden würden) um einiges länger zu reden und herumzurätseln hatten, als sie selbst. Sara wich im Bett den Blicken ihres Schwagers ebenso aus wie Adelaide jenen Engs, wobei im Unterschied zu Chang Eng sich in verstärktem Maße bemühte, den Blick nicht auf seiner Schwägerin ruhen zu lassen, um seiner Frau keinen Anlaß zur Eifersucht und seiner Schwägerin keinen Grund zur Beschämung oder gar Demütigung zu geben. Aber je älter sie wurden und je länger die Ehen dauerten, desto begehrlicher wurden auch seine verstohlenen Blicke auf den Körper dieser Frau, den er immer wieder nackt in unmittelbarer Nähe sehen und spüren und riechen würde, ohne ihn jemals berühren zu dürfen. Die Brüder achteten darauf, daß sie die Körper ihrer Schwägerinnen nicht einmal flüchtig berührten, aus Furcht vor unauflösbaren Auseinandersetzungen. Manchmal, in seltenen Augenblicken, wenn sie etwa am Fenster saßen und Chang erst zielte, noch nicht geschossen hatte, kam es vor, daß ihre Blicke sich trafen und stummes Einverständnis ausdrückten, in dessen Schweigen kein Wort paßte.

In den ersten Nächten, da die Hochzeitsnacht samt all ihren folgenschweren Begleiterscheinungen noch in unangenehm frischer Erinnerung war, hatten die Schwestern einander unwillkürlich bei den Händen gefaßt, wenn die Männer sich anschickten, gleichzeitig, mit einem einzigen Stöhnen, in sie einzudringen, um den Druck der Finger wieder zu lösen, wenn der Schmerz allmählich nachließ und endlich anderen, nunmehr schmerzlosen Gefühlen wich, die die Gegenwart der Schwester, den Druck ihrer Hand, überflüssig machte. Sara vergaß darüber Adelaide und Adelaide Sara, und beide vergaßen den Schwager im gleichen Zimmer, im anderen Teil desselben Betts, glaubten, ihn nicht zu hören, nicht zu riechen und nicht zu sehen, so daß man sich in der Dunkelheit des ehelichen Schlafzimmers, in dem ein Sturm von Lauten und Geräuschen aufkam und wieder abebbte, für Augenblicke zu zweit glauben konnte, allein mit dem einzigen Mann, der einen je begehrt und es gestanden, den man erhört und dem man die Treue bis in den Tod und darüber hinaus geschworen hatte. Nur ein- oder zweimal in all den Jahren kam es vor, daß Chang Adelaides Gesicht jäh zu sich herum- oder hochriß, sie also zwang, ihm den Blick zuzuwenden, der entweder in die Ferne abgeschweift war oder den der Schwester getroffen hatte. Alle anderen Male waren die Siamesischen Zwillinge damit beschäftigt, in die Vergangenheit vorzudringen.

Die Schwestern erreichten innerhalb kurzer Zeit eine beinahe akrobatische Fertigkeit, sich unter den schweren Körpern der schlafenden Männer hervorzuwinden, ohne sie aufzuwekken. Jede legte sich auf die Seite ihres Mannes, Sara zu Eng und Adelaide zu Chang, so daß zwischen ihnen eine beträchtliche Entfernung entstand. Zwischen ihnen lagen die beiden Männer, die sich im Schlaf sehr bald von der Rückenlage auf die Seiten drehten, so daß sie einander bald in den Armen lagen und ihre Ehefrauen von allem ausschlossen, was diese mit ihnen hätte verbinden müssen. Eng wachte nach kurzer Zeit wieder auf, oft noch vor der Dämmerung, hörte die Uhren schlagen, grelle, zirpende oder dumpfe Töne, wartete auf das Erwachen und Pfeifen der Vögel, ungeduldig, benommen von Changs alkoholgeschwängertem Atem, versuchte, sich dem festen Griff seines Bruders — um den Hals, um die Schulter, um die Hüfte — zu entziehen, meist erfolglos, versuchte, dem säuerlich ätzenden Atem auszuweichen, der ihm stoßweise entgegengeprustet wurde, aber die Anstrengung, die es gekostet hätte, sich Changs Umklammerung zu entwinden, hätte seine Rückenschmerzen nur verstärkt. Wenn es dämmerte, unendlich langsam im Winter, als wäre die ganze Welt mit einem Bleigewicht beschwert, das sich kaum bewegen ließ, und er die Lage seines Kopfs leicht veränderte, konnte er sehen, wie sich hinter Changs papierdünnen Lidern die Pupillen bewegten; ununterbrochen bewegte er die Lippen, als redete er mit ihm. Die chinesische Sprache, deren er sich im Schlaf meistens bediente, beherrschten tagsüber weder er noch Eng. Von einigen wenigen Liedern hatten sie die Melodien behalten, die Verse jedoch vergessen. Aber Teile der verlorengegangenen Sprache waren fest in Changs Träumen verankert, und womöglich auch in jenen Engs, und bereicherten sie auf eine Weise, an die sie sich im wachen Zustand nicht erinnerten. Und Eng konnte sich noch so viel Mühe geben, auf den Lippen des Bruders zu lesen, was dieser redete, er verstand kein Wort von dem, was Chang, wohl noch im Schlaf betrunken, vermutlich nicht ihm, sondern einem imaginären Saufkumpan, erzählte. Nichts vermochte er herauszuhören und wurde bei der Vorstellung, durch verstärkte Aufmerksamkeit das eine oder andere eines Tages doch noch enträtseln zu können, nur immer wacher und empfindlicher, bis seine Gedanken endlich abschweiften, sich mit Vorliebe mit der Zukunft beschäftigend, mit der Frage, wie das Leben zu ordnen sei, das durch die beiden Eheschließungen in leichte Unordnung geraten war. Er gelangte jedoch niemals zu klaren Ergebnissen. Er hätte sich mit seinem Bruder besprechen müssen, aber die Gelegenheit ergab sich nicht. Fast immer war eine der beiden Frauen in unmittelbarer Nähe, und wenn sie sich entfernten, kamen sie bald wieder.

Chang schlief fest, nichts konnte ihn aus dem Schlaf reißen, weder Rippenstöße, noch Schläge, während Eng dazu verdammt war, mit offenen Augen zu warten, bis Chang seine Räusche ausgeschlafen hatte. Wäre es ihm vergönnt gewesen, allein in der Küche zu sitzen, hätte ihn die Stille des Hauses vielleicht schützend eingehüllt, das Yates, wie es hieß, mit eigenen Händen erbaut hatte, und das Yates, der niemals kräftig genug gewesen wäre, es zu tun, mit eben diesen Händen am vorteilhaftesten wieder abgerissen hätte. Aber natürlich sagte man dies weder den Siamesischen Zwillingen noch etwa den Töchtern Yates' ins Gesicht.

Jene besonderen Umstände der Hochzeitsnacht, die letztlich dazu geführt hatten, daß sie nach Mount Airy gezogen waren, von denen sie Hollingsworth eines Abends am Kamin in allen Einzelheiten erzählten, als sich die Ehefrauen längst zu Bett begeben hatten, diese besonderen Umstände waren bei ihrem

Freund und Vertrauten, der beinahe die Stelle eines Beichtvaters einnahm, auf unverstelltes Interesse gestoßen. Er hatte sie nicht drängen müssen, zu erzählen.

Joseph Hollingsworth war, wie er selber keineswegs abstreiten wollte, neugierig, und betrachtete seinen Eifer, auf den Grund möglichst vieler Geheimnisse zu gelangen, nicht als lasterhaft, er wandte ihn auf alles an; als ihr Hausarzt, so meinte er, sei es geradezu seine heilige Pflicht, alles nur Erdenkliche über ihre Herkunft, verschiedene Lebensumstände und überhaupt tausenderlei Situationen in Erfahrung zu bringen, wenn er sich ganz in ihren Dienst als medizinischer Lebensbegleiter stellen wollte.

So schilderten sie ihm den ersten Beischlaf und die vielfachen Schwierigkeiten, die dessen Ausführung bereitet hatte. Sie erzählten ihm von den komplizierten Verrenkungen und Schmerzen, von angsterfüllten kleinen Aufschreien, Verzögerungs- und Ablenkungsversuchen, einer offensichtlich unterdrückten Abwehr der Frauen, die sehr wahrscheinlich, nicht anders als gewöhnliche Bräute in einer weniger zweideutigen Lage, niemals versucht hatten, sich ihre Hochzeitsnacht und noch dazu mit einem zusammengewachsenen Brüderpaar in aller sich aufdrängenden Konsequenz vorzustellen. Auch hatten sie keine Mutter mehr, die ihre Fragen hätte beantworten und sie auf die eine oder andere zu erwartende Komplikation aufmerksam machen können. Es war wohl, sagte Eng, als werfe man sie, bildlich gesprochen, ins Wasser, und sie konnten weder schwimmen noch um Hilfe rufen. So hatten er und Chang, der indessen nicht einmal nickte, alles daran gesetzt, ihnen ein gewisses Gefühl der Sicherheit zu geben, und die instinktive Zügellosigkeit gebremst; man habe die Frauen nicht überwältigt, sondern gewissermaßen zu überzeugen versucht. Sie hatten Listen statt Gewalt angewendet, und diese Methode sei bei den Gattinnen erfolgreich gewesen. Alle vier, so gewannen sie den Eindruck, der sich über die Jahre hinweg bestätigen sollte, Alle vier waren wir am Ende sehr zufrieden, was diesen Teil unseres Lebens betrifft. Es war, nach all den Bemühungen und vorsichtigen

Schritten auf der wahrscheinlich endlos steigenden Treppe der Lüste, eine Freude gewesen, ein wahres Fest, die Verwandlung Saras (von Adelaide sprach Eng selbstverständlich nicht) innerhalb weniger Minuten zu beobachten und zu fühlen. Sie hatte sich verändert, wie sich wohl jede Frau (und so mancher Mann) im Verlauf der Hochzeitsnacht verändere. Hollingsworth nickte zustimmend, während Chang, als einzige Geste, die Hand ausstreckte. Durch ihn sei Sara in diesen Stunden zu einer erwachsenen Frau geworden, und es wäre ein guter Abschluß gewesen, hätte sich das Kapitel dieser Nacht tatsächlich über ihren intimen Beziehungen geschlossen. Man war froh, gesiegt zu haben und besiegt worden zu sein, man habe in dieser ersten, wegweisenden Nacht, zumindest in deren mittleren Stunden (von denen er nun erzähle), eine Vision dessen gehabt, was die Zukunft bringen konnte. Eine erste Nacht, die, wenn man so wolle, bis zum heutigen Tage andauere, wiewohl nicht mit derselben Heftigkeit, eine Nacht, vor der ja nicht allein die Schwestern, sondern auch die Brüder einige Angst gehabt hatten. Sie hätten die Vereinigungen, mit stetig wachsendem Gewinn, mehrere Male wiederholen können, mit immer schöneren Erfolgen und endlich vollkommener Hingabe und Bereitschaft der Frauen. Wenn er auch die Stimme gesenkt hatte, schwang in ihr doch unüberhörbar ein Ton unbändigen, nach all den Jahren nicht verstummten Stolzes. Und er merke, sagte Eng weiter, auch heute bei der Schilderung der ersten Nacht, wie ihn die Erinnerung wieder ergreife, errege, sein Glied sei angeschwollen. Chang nickte und streckte die Hand nach dem Glas aus, das er, nachdem er es leergetrunken hatte, auf seinen gegeneinander gepreßten Knien balancierte, bis Eng mit einer Handbewegung dafür sorgte, daß er es auf einen der seitlichen, kaum erhitzten Ziersteine des Kamins zurückstellte. Hollingsworth war aufgestanden, beinahe aufgesprungen, seinen inneren Aufruhr überwindend, wie er hoffte, und legte nun einige Holzscheite nach, so daß Funken aufschossen und die Bibliothek, wie das geräumige Zimmer genannt wurde, für Augenblicke in orangeglühendem Licht aufleuchtete, welches die Schatten der drei Männer, von denen zwei wie der einzige eines unförmigen Tiers aussahen, an die Wand und auf den Boden warf. Ein Zimmer, in dem niedrige Schränke und mehrere Sessel, ein Sofa, Tische, Stühle standen, in dem sich aber kaum Bücher befanden, trotz des Namens, den man ihm gegeben hatte. Hollingsworth setzte sich wieder zu seinen Freunden, die ihn aufmerksam beobachtet hatten, wie er die herausgewirbelte Asche zusammenkehrte und ins Feuer zurückwarf. Eng lehnte sich weit zurück, eine Bewegung, der Chang, dank der Dehnbarkeit des Verbindungsglieds, um keinen Zentimeter zu folgen brauchte.

Nachdem der intime Verkehr also mehrmals wiederholt und dabei variiert worden war, hatte man sich ganz der Ermattung hingegeben, ohne aber sogleich einzuschlafen. Sara hatte Eng und Adelaide Chang Worte ins Ohr geflüstert, die sie inzwischen längst vergessen hatten. Darüber war allmählich (als eine lange Dämmerung) der Morgen hereingebrochen; und noch immer hatten die vier Eheleute kein Auge zugetan, als sie plötzlich aufs Heftigste aus ihrer Ruhe hochgerissen wurden.

Die Schlafzimmertür krachte gegen die Wand und im Rahmen zeichnete sich klein und scharf Yates' Silhouette ab, wie es lediglich die Zwillinge sehen konnten, die auf dem Rücken lagen, während die Frauen sich erst mühsam umwenden mußten, um ihren Vater zu erkennen, wonach sie fast gleichzeitig aufschrien. Nichts, kein Knarren, keinerlei Räuspern oder Husten, nichts dergleichen hatte in den Minuten zuvor darauf hingedeutet, daß sich Yates hinter der Tür zum Schlafzimmer befand, wo er vermutlich schon seit geraumer Zeit auf den Augenblick gewartet hatte, in dem er die Gelegenheit für den absonderlichen Auftritt ergreifen konnte; bedrängt in der Zwischenzeit von zweifellos wirklichen Lauten, die aus dem Zimmer hinter der Tür an sein Ohr drangen, aber auch von durch die Einbildungskraft verzerrten Stimmen und sogar Stimmengewirren, die in seinem Hirn entsetzliche Unruhe stifteten; Laute, Stimmen, die ebenso von tollwütigen Tieren wie von Gotteslästerern, Teufelsanbetern oder Todessüchtigen herrühren konnten. Und wer weiß genau, wie er sich, jedes verräterische Geräusch vermeidend, aufführte, während er wartete, ob er sich nicht auf dem Boden wälzte wie ein kleines Kind, das sich an den Gedanken klammert, seinen Willen zu bekommen, wenn es sich nur immer mehr in den wütendsten Zorn steigert, während er wartete und Stimmen hörte, die sich wie Raubvögel auf ihn stürzten, ihn wie Geier krallen und entführen wollten und sich rücksichtslos einen Weg durch die Mauern des eigenen Hauses und das Beingehäuse seines Kopfes bahnten. Sie waren eingebrochen. Aber der Zorn mußte schließlich, da er ihn so unterdrückte, an seine Grenzen gestoßen sein, hinter denen sich das Schlammloch auftat, das ihn verschlingen sollte, ein lichtloser, sonnenleerer Bezirk, der sich nicht mit Worten, jedenfalls nicht mit Yates' Worten, beschreiben ließ. Er war nicht tot, aber auch nicht mehr wirklich unter den Lebenden. Als er, wie es später der Fall war, Worte fand, stellten sie sich als unbrauchbar heraus. Niemand verstand sie. Auf diese Weise war irgendwann der Moment gekommen, einzuschreiten, etwas zu unternehmen, mußte er sich gesagt haben, Zeit, die Tür aufzureißen, vor der er gewartet hatte. Jetzt war es Zeit, die nunmehr begangene Sünde zu sühnen. Durch einen Doppelmord, den er auf sich nahm, würde er Gottes Zorn von ihnen ab auf sich selbst laden, bürdete er sich auf, was sie verbrochen hatten; er sah die Möglichkeit, er hatte die Pflicht, auszulöschen, daß sie sich mit einem Wesen vereinigt hatten, das dem Tier näher war als dem Menschen.

Weder war es möglich, seinen Gesichtsausdruck noch die Absicht zu erkennen, die der sonst so beherrschte, würdige Mann hegte. Er schwieg und bewegte sich nicht. Die Art, wie er unter der Tür stand und wartete, ohne zu verstehen zu geben, was er als nächstes zu tun beabsichtigte, schien keinen Widerspruch zu dulden. Es mochte an seiner Körperhaltung gelegen haben, und möglicherweise hatte man es sich nur eingebildet. Er wartete vielleicht gar nicht, sondern gewährte den im Bett Liegenden die Gnade, sich auf einen grauenhaften Tod vorzubereiten, erwies ihnen eine letzte Gunst vor der Vollstreckung des Todesurteils, das er selbst hatte sprechen müssen, weil sich sonst niemand dazu bereit fand. Ein Doppel- oder vierfacher Mord; man würde seine wahren Absichten nie erfahren; worüber er später sprach, hatte diese Nacht nicht zum Inhalt. Er stand wie zum Angriff bereit, so konnte man es allerdings auch sehen; er wartete ohne besondere Nervosität auf seinen Auftritt aus den Kulissen, die bis auf Schulterhöhe erhobenen, zu Fäusten geballten Hände ausgestreckt, in denen er zwei fast gleich lange Pariermesser hielt und auf sie richtete, die danach aussahen, als habe er sie Mrs. Robert, der Köchin entwendet (was sich später als richtig erweisen sollte; tatsächlich hatte er sich nach Ende seiner kurzen Abschlußrede in die Küche begeben, in der sich nur noch zwei mit Abwaschen beschäftigte Mädchen aufhielten, bei denen er sich bedankte, um sodann blitzschnell die Messer an sich zu nehmen — Stellen wir uns vor, sagten Chang und Eng gleichzeitig — und in seinen Hosentaschen zu verstecken).

Eine Weile, erzählte Eng weiter, während sich nun auch Chang zurücklehnte, eine Weile seien sie alle, und gleichfalls der Attentäter, dessen nächste Bewegung nicht abzusehen war (wer hätte mit Sicherheit ausschließen können, daß er nicht vor Erschöpfung zusammenbrach), unfähig gewesen, irgend etwas Sinnvolles zu tun. Sie überstürzten jedoch auch nichts; vielleicht hatten sie gut daran getan, ihn stillschweigend zu beobachten. Immerhin hatte er ja die beiden Messer auf sie gerichtet, und ihnen war bekannt, welche Kräfte Irre entwickeln konnten. Wie ihn, woran denn genau, hindern, was sagen oder etwa darauf warten, daß er sein Verhalten durch eine Entschuldigung rückgängig machte, wie man es von einem gesunden Yates hätte erwarten können. Aber Yates habe kein Wort gesagt, nur schwer geatmet.

Sie bewegten sich nicht, während ihr Schwiegervater, der geistliche Vorstand von etwa dreihundert Gläubigen, in seinem ganzen Wesen wie umgekrempelt, einem Gespenst ähnlicher als seiner frühereren Person, mit zwei Messern auf sie zielte, die gewöhnlich dazu dienten, Fleisch von Sehnen und Fett zu befreien oder Knochen auszulösen. Derselbe Mann, der sie wenige Wochen zuvor getauft und ihnen den neuen Namen Bunkers gegeben hatte; dieselben Hände, die damals auf ihren Körpern geruht hatten, waren nun, mit Messern bewaffnet, feindselig auf sie gerichtet wie auf Zielscheiben. Er hätte, wer sollte ihn noch daran hindern, zustoßen und gewiß auch treffen können. Welche Bestimmtheit und Kraft kann ein Mensch in seiner Lage entwickeln! Wären sie imstande gewesen, die Messer wieder aus ihren Körpern zu ziehen, hätten etwa die Gattinnen es getan, wenn er erfolgreich gewesen wäre? Und was, wenn er zielsicher die Herzen oder Lungen durchbohrt hätte; war man nicht auf der Stelle tot, fragte Eng den Arzt, wobei sie das letzte Wort gemeinsam aussprachen, als hätten sie sich die Frage schon oft gestellt. Aber woran sie in diesen Minuten, deren Ende nicht kommen wollte, wirklich gedacht hatten, wußten sie nicht mehr, seither sei zuviel Zeit vergangen, und was auch immer sie dachten, habe sie immer mehr gelähmt. Aller Wahrscheinlichkeit nach waren ihnen alle möglichen, auch unsinnigen Gedanken durch die Köpfe geschossen, wirre und verwirrende, von Yates angesteckt. Die Frauen blieben indessen stumm.

Samuel Yates blickte sie an, sah von einem zum andern, furchte die Stirn, hatte die Brauen hochgezogen, schien gleichzeitig etwas fragen und schneidend auf etwas antworten zu wollen, ein Sünder, ein Offizier, jedenfalls kein Geistlicher. Aber die vier anderen konnten seine Augen nicht sehen. Die Töchter lagen unbeweglich noch halb auf dem Bauch, waren sich der ungeheuerlichen Peinlichkeit der Situation bewußt und schämten sich für ihren Vater, dachten an den Augenblick, da sie ihm bei hellichtem Tag wieder unter die Augen treten würden, waren sich noch gar nicht im klaren über die Folgen des Wahnsinns, nicht nur für ihn. Sie hätten den verwirrten Vater, dachte Adelaide oft, an ihre Mutter, seine Frau erinnern sollen; ihre Erwähnung hätte den Fluch vielleicht von ihm genommen, ihr Andenken, sich vergegenständlichend, müßte ihn zur Vernunft gebracht haben, aber niemand dachte daran, als es nützlich gewesen wäre.

Sollten seine Augen verwirrt oder ausdruckslos geblickt haben, stechend oder wie die eines halb zu Tode gehetzten Tiers, so hatte man es jedenfalls nicht erkennen können, da es im Schlafzimmer noch immer dunkler war als draußen; die stärkste Lichtquelle, ein Fenster, vor dem die Vorhänge nicht zugezogen waren, befand sich in Yates' Rücken, im Nebenzimmer, das sich undeutlich hinter ihm abzeichnete; das Licht drang totenblaß durch das Fenster desselben Raums, in dem die Siamesischen Zwillinge vier Stunden zuvor sehnsüchtig, ängstlich und vergeblich darauf gewartet hatten, aufgefordert zu werden, das Schlafzimmer zu betreten, in welchem die Bräute auf sie warteten, nicht mit offenen Armen, sondern ängstlicher als die Männer, mit Augen, die in der Dunkelheit die Wand nach der geringsten Bewegung der Tür absuchten. Gleichmäßig war ansonsten alles in unfreundliches Halbdunkel getaucht, in dem man nichts weiter als verwischte Schatten und Yates' Umriß erkennen konnte. Das Licht verteilte sich in matten Strahlen hinter Yates, als würden sie sich an ihm vorbeidrängen. Bewegte er sich, mußte es im Schlafzimmer unweigerlich etwas heller werden.

Er tat genau vier Schritte, dann blieb er, einem Automaten ähnlich, dessen innerer Mechanismus wunderbarerweise nicht zu hören war, am Fußende des Betts stehen. Er hob die Arme um einige Zentimeter, als wollte er an Schwung gewinnen, der ihm erlauben würde, desto kraftvoller zuzustechen, aber wann? Er schien dabei um diese wenigen Zentimeter, sichtbar, zu wachsen, und gab ein tiefes, hündisches Knurren von sich, bei dem seine Töchter erschreckt zusammenzuckten und sich ganz zu ihm umdrehten. Zum ersten Mal sah er sie nackt. Er knurrte ein weiteres Mal und trat einen Schritt zurück, ohne die Arme sinken zu lassen. Nun konnten auch seine Töchter sich davon überzeugen, in welchem Zustand er sich befand. Als ob er bereits in seine neue und vielleicht bessere Welt hinübergewechselt wäre, wie er es dann später endgültig tun sollte.

Es sah immer weniger danach aus, als könnte er dieses einseitig erklärte Duell tatsächlich gewinnen; aber er allein war im Besitz von Waffen und Herr über eine besondere Wahrheit, die außer ihm niemanden zu überzeugen brauchte. Man hätte Worte der Bibel aus seinem Mund erwarten können, aber sie gelangten jedenfalls nicht über seine Lippen. Waren seine Lippen feucht; möglicherweise waren sie kreideweiß gewesen. Daß er kein Wort sagte, sondern hündische Laute von sich gab, ließ ihn allerdings gefährlicher und vollends unberechenbar erscheinen.

Eine der beiden — Chang und Eng wechselten einen kurzen Blick — Sara oder Adelaide, Adelaide oder Sara versuchten, ihn anzusprechen, ohne jedoch die richtigen Worte zu finden. Aber nicht nur, daß er darauf keine Antwort gab, es schien vielmehr, als habe er nicht den geringsten Ton gehört, als sei er nun allein und nehme außer sich nichts und niemanden mehr wahr; außer vielleicht noch den Messern. Endlich blitzten nun, wie auf Befehl einer dies alles inszenierenden Macht, die bisher unbeleuchteten Klingen im Licht auf, das sie zufällig traf.

Sie erinnerten sich nicht an das Wetter des folgenden turbulenten Tages, der damit ausgefüllt war, daß der Arzt des Ortes und verschiedene Gemeindemitglieder sich um ihr geistliches Oberhaupt kümmerten, das auf alle Versuche, ihm zu helfen, ganz anders reagierte, als man es sich erhoffte. Yates waren an diesem Tag büschelweise Haare ausgefallen. Fielen weiter aus, sagte Chang, und blieben auf dem Kragen und den Schultern seines Anzugs liegen, hingen wie Wollfäden von den Schultern über die Arme, von den Armen ins Leere, wie Engelshaar; ein Vergleich, bei dem Hollingsworth lächelte.

Yates stand in Positur vor ihrem Bett, als sei er nicht ein kleiner, alter Mann, sondern das kraftstrotzende Modell eines Malers vermutlich minderen Talents, dessen Aufgabe es war, irgend eine von Menschenhand verübte alttestamentarische Greueltat nachzustellen; oder auch bereits der Stein, den ein Bildhauer nach seinem Ebenbild geschaffen hatte; nur, was hatte dieser steinerne Gast in ihrem Schlafzimmer während der Hochzeitsnacht zu suchen; in gewisser Weise zweifellos ein vollkommenes Bildnis; so steif, daß ein leichtes Antippen seines Körpers, eine flüchtige Berührung mit dem kleinen Finger schon genügt haben müßte, daß er, sollte er doch nur aus Gips sein, nach hinten kippte, auf dem Boden aufschlug und in tausend Stücke zerbrach. Die Messerklingen blitzten, zumindest in ihrer Erinnerung, kalt und blau wie auf einem schaurigen Gemälde, wurden unter der Einwirkung des Lichts schärfer und länger als sie wirklich waren, er schwang sie, in der Bewegung festgehalten, über ihren Köpfen. Die Frauen hatten sich, zu ihrer nicht geringen Verwunderung, nicht an ihnen festgeklammert, vielmehr gewannen sie allmählich ihre Sicherheit zurück, da sie ihren Vater nun genau beobachten konnten. Erkannten sie möglicherweise in diesem Augenblick an ihm wieder, was sie, in anderer Form, schon einmal bemerkt zu haben glaubten?

Plötzlich veränderte sich die Szene. Yates öffnete langsam die Hände, an denen die Messerknäufe für Bruchteile von Sekunden klebenblieben, dann fielen sie klirrend zu Boden. Yates öffnete den Mund und sagte nichts weiter als: Dieser Samen, öffnete den Mund weiter, riß, wie sie nun deutlich sehen konnten, die Augen weit auf, verdrehte die Pupillen so weit nach oben, bis sie gänzlich hinter den Lidern in den Höhlen verschwanden, und ließ sich mit einem fürchterlichen Krachen, als breche ihm ein unsichtbarer Folterer sämtliche Knochen, fallen. Er stürzte nach vorn, auf die Knie. Sein Kopf und seine Hände schlugen auf der Bettkante zu ihren Füßen auf. Nachdem er halb kauerte, halb lag, begann er zu weinen und erbrach sich gleichzeitig. Glücklicherweise hatten sie ihre Füße schnell zurückgezogen und waren ans Kopfende des Bettes zurückgeschnellt, wo sie nun auf eine nächste Überraschung warteten.

Unentwegt schwang Yates' Kopf hin und her, während er weinte. Er faltete die Hände, als wollte er seine Tochter oder den Herrn um Verzeihung bitten. Sara und Adelaide standen auf, schlangen Leintücher um ihre nackten, bleichen Körper, die sich in diesem Licht so ähnlich waren wie der gespiegelte Mond in einer gewölbten Fensterscheibe dem Mond am Himmel, hoben schnell die Messer auf und verließen das Zimmer, ohne sich vorerst um ihren Vater zu kümmern, während die Siamesischen Zwillinge weiter am Kopfende des Bettes saßen, noch immer nicht fähig, irgend etwas Vernünftiges zu tun oder auch nur zu denken; nicht wie erwachsene Männer, die die Verantwortung für ihre Frauen schwer oder je nachdem leicht und angenehm auf ihren Schultern spürten, fühlten sie sich, sondern wie beelendete Kinder, die sie auf ihre Mutter oder ältere Schwestern abgewälzt hatten, die sich maßlos ekelten und doch ihre Blicke von dem nicht abwenden konnten, was ihren Abscheu erregte. Sie konnten ihren Schwiegervater unmöglich anfassen, konnten ihn weder vom Bett wegstoßen (was ihn unweigerlich zu Fall gebracht hätte) noch gar ihm aufhelfen.

Sara und Adelaide kamen nach einigen Minuten mit Wasser und Handtüchern zurück und machten sich sofort an die Arbeit. Yates verstummte. Er stand auf, wozu er nur fähig war, weil seine Töchter ihn, nachdem sie ihn schnell ausgezogen und noch schneller gewaschen hatten, stützten und schließlich unterhakten, um ihn aus dem Zimmer zu bringen. Sie schienen keinerlei Hilfe von ihren Ehemännern zu erwarten. Der Anblick des nackten alten Mannes, der von seinen halbnackten Töchtern versorgt wurde, hatte Chang nicht weniger beunruhigt als Eng. Gut war, daß die trübe Morgendämmerung das Tageslicht noch immer zurückhielt. Dennoch vergaßen sie diesen Anblick nicht; den beschmutzten alten Mann mit dem herunterbaumelnden Penis über dem zotteligen weißen Schamhaar, das die Form eines Bocksbarts hatte. Welch ungewöhnliche Hochzeitsnacht, rief Hollingsworth aus. Welch ungewöhnliche Hochzeitsnacht! Und sagen Sie nicht, es hätte Sie gewundert, wenn wir uns noch in derselben Nacht aus dem Staub gemacht hätten.

Sara und Adelaide mußten ihn die Treppe hinunter beinahe tragen. Sie legten ihn auf sein Bett, wuschen ihn noch einmal, diesmal gründlicher, wobei sie sämtliche Handgriffe ganz mechanisch ausführten und ihre Mienen unbeteiligt blieben. Sie sprachen dabei nur das Notwendigste. Schließlich machte sich Sara auf, den Arzt zu holen, der bereits eine halbe Stunde später das Pfarrhaus betrat.

Yates wurde am Nachmittag in seiner Begleitung in ein Asyl überführt, das sie weder von innen noch außen je zu sehen gewünscht hätten. Hingegen besuchten ihn seine Töchter regelmäßig und erzählten nur immer wieder, es habe sich nichts an seinem Zustand geändert. Sie vergaßen ihn, wenn es ihnen auch nicht vergönnt war, das Ende ihrer Hochzeitsnacht, deren Schilderung Hollingsworth vielleicht ein wenig erheitert habe, zu vergessen. Unwillkürlich blickten sich beide um, als draußen eine Diele knackte, dachten beide, ohne es auszusprechen, es könnte die Frau des anderen sein, beim Lauschen ertappt, aber nach längerem Horchen waren sie sicher, daß es nichts weiter als eine der in letzter Zeit überhandnehmenden Mäuse gewesen war oder Engs Liebling, die schwarze Katze, auf der Jagd nach einer Maus oder Ratte. Auf sie zu schießen war Chang verboten, weshalb er sich damit begnügte, immer wieder auf sie anzulegen, wenn sie durch den Garten schlich, und Eng damit zu Tode zu erschrecken, in dem er auf die erspähte Beute der Katze schoß — und nicht selten, zur größten Verwunderung der Katze, traf. Die Männer machen ihre Späße, sagte Adelaide dann, und Sara antwortete in Gegenwart dritter — wäre kein Besuch dagewesen, hätte sich Adelaide solcher Bemerkungen enthalten —, das seien gewiß nicht die Art Späße, die ihrem Mann gefielen.

Adelaide sah über diese Antwort mit einem nachsichtigen Lächeln hinweg, das sie jedem schenkte, der sie besuchte. Auch sie schien nicht älter zu werden, wiewohl keine der Schwestern zu Beginn ihrer Ehe sonderlich jugendlich gewirkt hatte. Kamen dann die Männer herunter, nachdem Chang offenbar erfolgreich genug gewesen war, stand ein Krug Wein bereits auf dem Tisch, so daß Chang nur nach dem Glas greifen und es füllen mußte, um sofort seinen Durst löschen zu können; wenigen Besuchern, darunter natürlich Hollingsworth, fiel auf, daß Eng bei solchen Gelegenheiten hin und wieder kreidebleich wurde; erst wenn er und sein Bruder saßen, kam Farbe in sein Gesicht zurück, eine ungesunde Farbe.

Hollingsworth kam diesen Abend, weit nach Mitternacht, spät nachhause. Da ihn seine Frau nicht mehr erwartete und er nicht damit rechnen mußte, sie aufzuwecken, setzte er sich in sein Arbeitszimmer, um mit seinen Eintragungen zu beginnen; notierte auch in wenigen Worten die Auswirkungen jener folgenschweren Hochzeitsnacht; nicht sehr viel länger als ein Jahr hatte es die beiden Ehepaare noch im Geburtsort der Yates'schen Schwestern gehalten, wo immer offener und angriffslustiger darüber gesprochen wurde, daß es die Schuld dieses asiatischen Geschwürs sei, wenn in Yates, diesen freundlichen, beliebten und gestrengen Gottesmann, jäh der Teufel gefahren war. Die Gemeinde begann ihn zu vermissen. Was mochten die beiden, die ihre Bräute zweifellos erfolgreicher verhext hatten — denn diese hatten sich unter dem Einfluß ihrer Männer nicht wesentlich verändert — in jener Nacht, unter Mithilfe ihrer Weiber, mit dem Reverend wohl angestellt haben, welche schwarzen Messen oder anderen Gotteslästerungen hatten sie zelebriert, um das unangefochtene Vorbild dieser kleinen Gemeinde innerhalb nur weniger Stunden so gründlich zu verstören, daß keiner, der ihn danach sah, ihn als jenen wiedererkennen konnte, der er noch am Hochzeitstag, und all die Jahre zuvor ohnehin, gewesen war.

Nachdem sie das Haus ihres inzwischen entmündigten Schwiegervaters zu äußerst ungünstigen Bedingungen verkauft hatten — als habe sich darin jemand erhängt oder sei ermordet worden! —, waren sie weiter und schließlich nördlich gezogen. Sie ließen sich Zeit, reisten, wie früher, von Stadt zu Stadt, übernachteten in Hotels und Pensionen und sagten manchmal, das seien die Flitterwochen, die zu verbringen, der Umstände wegen, die der Schwiegervater gemacht hatte, keine Zeit gewesen war. Nun holten sie sie nach, auch wenn sie kaum übersehen konnten, wie gering die Freude auf Seiten ihrer Ehefrauen war, die, trotz der immer größer gewordenen Distanz der alten Freunde und Bekannten, möglicherweise lieber dort geblieben wären, wo sie geboren waren. Aber selbstverständlich verloren sie darüber kein Wort.

Mount Airy hatte auch Adelaide und Sara auf den ersten Blick gefallen. Ihren Männern war nicht entgangen, daß sie beinahe ausgelassen waren, als sie aus dem Wagen stiegen. Die Suche nach einem Ort, an welchem sie sich endgültig niederlassen konnten, war zu Ende.

Während ihrer mehrwöchigen Reise durch die südlichen Gebiete hatten sie sich, zum größten Mißfallen ihrer Frauen, einige Male dazu überreden lassen, vor einem kleinen, ausgewählten Kreis vornehmer Leute aufzutreten; wie früher, singend und deklamierend, wenn auch ohne Vorführung der akrobatischen Kunststücke, die auszuführen ihnen inzwischen Schwierigkeiten bereitet hätte. Das Geld, das sie für die Auftritte verlangten, übergaben sie den Frauen, die es schweigend entgegennahmen und wegsteckten; jede erhielt eine Hälfte der Einnahmen zur Verwahrung, während die Siamesischen Zwillinge nichts für sich zurückbehielten. An einem dieser Abende, denen die Frauen stets fernblieben, wurde ihnen Dr. Hollingsworth vorgestellt, der sich am Ende der Vorführung — nachdem sie wie früher ihre Hemden ausgezogen hatten, damit die Zuschauer das Ligamentum berühren konnten — bereit erklärte, ihnen, falls sie es wünschten, ein Haus ausfindig zu machen, da er erfahren hatte, daß sie beabsichtigten, sich hier in Mount Airy niederzulassen. Chang und Eng streckten ihm, so plötzlich, als wenn eine elektrische Bewegung in sie gefahren wäre, gleichzeitig beide Hände entgegen, die er mit beiden Händen umfaßte; ein Händedruck, der sich auf diese Weise, wenn auch nicht mit dieser Heftigkeit, in den folgenden Jahren noch oft wiederholen würde.

9

Auf den Knien ihrer äußeren Beine saßen die kleine Jessye und die um nur vier Wochen ältere Edith, beide wenig mehr als fünf Jahre alt, die später gern von sich behaupteten, die Lieblingstöchter ihrer Väter gewesen zu sein, welche sie oft am Abend, vor dem Zubettgehen, auf ihren Knien geschaukelt und, flüsternd, eindringlich auf sie eingeredet hatten, so daß ihre Mütter ihnen nie Schlaflieder singen oder Märchen zu erzählen brauchten; wie auch John und Scott bis ins hohe Alter — beide wurden über achtzig Jahre alt — von den glücklichen Stunden sprachen, wenn der Haussklave, ein hochgewachsener, hellhäutiger Schwarzer, von dem behauptet wurde, er habe drei Frauen und über ein Dutzend Kinder, durch das Wohnzimmer ging, bedächtig die Petroleumlampen anzündete, dann die Läden verriegelte und wieder hinausging, wobei er mit seinen langen, wie gegerbten Fingern die Tür leise hinter sich zuzog, währenddessen die beiden Kinder auf den äußeren Knien ihrer Väter saßen und deren Geschichten, vielleicht auch Übertreibungen lauschten. Es waren heiße Sommer gewesen, die längste aller Jahreszeiten war der Sommer, und der Haussklave, der auch nach dem Bürgerkrieg das Haus nicht verlassen hatte, blieb in ihrer Erinnerung die Verkörperung dieser Hitze, die durch kurze Winter und wohltuende Nächte, in denen frischer Wind die Vorhänge in die Zimmer bauschte, nur unwesentlich unterbrochen wurde. Die Väter erzählten, woran sich aber weder Jessye und Edith, die nie heirateten und sich bis an ihr Lebensende nicht voneinander trennten, noch John und Scott als Erwachsene in allen Einzelheiten erinnern konnten, von ihrer exotischen Heimat, von ihrer Mutter und ihren vielen Geschwistern, an deren Zahl sie sich ebenfalls nicht erinnern konnten, über welche die Väter untereinander schwiegen, erzählten vom Abschied von Zuhause, dem Verlassen Siams, von den zahlreichen Überquerungen des Ozeans und unzähligen beschwerlichen Reisen durch die Staaten der Union in beinahe unwegsamem Gebiet; sie erzählten ihnen ausführlich von dem fernen, unfaßbaren Land, das sie selbst mit eigenen Augen nie sehen, nie betreten würden — außer einem einzigen, Changs und Adelaides jüngstem Sohn, der dort starb —, in dem vielleicht die alte Frau noch lebte, die ihre Großmutter war, die Mutter ihrer Väter, die von ihnen, ihren Enkeln, nichts wußte, ja ihre Söhne höchstwahrscheinlich schon lange tot glaubte, unfähig gewesen, in dem englischen Klima, in welches der fremde Seemann sie mitgenommen hatte, länger als höchstens ein paar Jahre zu überleben, was, wie sie gedacht haben mochte, für alle wohl das beste gewesen war; und Onkel und Tanten, deren Schicksal den Nichten und Neffen sowenig bekannt war wie jenen ihre bloße Existenz; versuchten sie je, sie sich vorzustellen, als Kinder eines Monstrums, das ihr Bruder gewesen war? Was auch immer ihre Väter ihnen von den Geschwistern erzählten, stets hatten sie den Eindruck, die zusammengewachsenen Väter hätten, von diesen unabhängig, ihr eigenes Leben geführt; niemals hatten Chang und Eng versucht, Verbindung mit ihnen aufzunehmen, sie hatten ihnen niemals zu schreiben oder eine mündliche Botschaft zu überbringen versucht, obwohl sie doch mehr als einmal Reisenden begegnet sein mußten, deren Ziel Siam war. Und doch fühlten sich Jessye und Edith, und einige Jahre später die drei Jahre jüngeren John und Scott, ein wenig mit der Ferne, mehr mit ihr als dem fantastischen asiatischen Land, verbunden, wenn sie auf den spitzen Knien ihrer Väter wie auf kleinen Pferdchen saßen, wenn der Haussklave die Bibliothek betrat, sich vornehm nur andeutungsweise verneigte und die Lampen anzündete, ohne Eile vorzutäuschen, wonach er sorgfältig die Läden schloß und immer wieder prüfte, ob sie wirklich gut verriegelt waren, um nicht allein das Eindringen der gefährlichen nächtlichen Insekten auszuschließen, danach das Zimmer verließ, nachdem er noch einmal kurz stehengeblieben war, sich diesmal aber nicht verbeugt, sondern sich lediglich geräuspert und ein leichtes Nicken der Köpfe seiner beiden Herren, denen er gleichermaßen diente, abgewartet hatte, bevor er die Tür lautlos hinter sich ins Schloß fallen ließ. In den folgenden Jahren jedoch wurden die Gelegenheiten, und nicht nur weil die Kinder heranwuchsen, immer seltener und schließlich ganz undenkbar, nebeneinander auf den Knien der Väter zu sitzen und all den Geschichten zu lauschen, die jene ihnen in die Ohren flüsterten, ohne daß sie, die ganz davon eingenommen waren, hätten unterscheiden können, was zur selben Zeit der Onkel der Cousine oder dem Cousin erzählte. Die jüngeren Geschwister wußten später von solchen glücklichen Stunden überhaupt nicht mehr zu berichten, in denen man zu viert im Wohnzimmer saß, Körper an Körper ebenso dem gleichaltrigen Kind wie dem Vater und dem Onkel verbunden.

Die Hitze glitt mit der Dämmerung von ihnen ab, als fiele sie, langsam wie Sand, vom oberen Gefäß einer zweiteiligen Uhr ins untere, zur Erde zurück, aus der sie morgens langsam gestiegen war und auch am nächsten Tag von neuem steigen würde, bis sie sie wieder ganz umhüllt hatte. Es wurde dunkel, und nichts bewegte sich außer den leichten Musselinvorhängen vor den Fenstern und den Mündern der Väter, ansonsten nichts, nicht vor und nicht hinter der Tür, denn der Haussklave kam nicht ins Zimmer zurück, solange nicht nach ihm verlangt wurde, und die Mütter schienen besonders vom späteren Nachmittag an wie vom Erdboden verschluckt; auch sonst hielten sie sich überwiegend in der Küche auf, die vom Wohnzimmer durch einen langen, schmalen, hohen Flur getrennt war, an dessen Ende sie lag, recht dunkel, an der nördlichen Seite des Hauses. Die beiden Frauen bereiteten das Abendbrot zu, zu dem sie schließlich auch die Kinder, die auf den Knien ihrer Väter saßen, zweistimmig rufen würden; unbeabsichtigt verschmolzen ihre Stimmen. Auch dort, in der Küche, wo es unumgänglich war, daß die Schwestern, meist zur gleichen Zeit, dieselben Arbeiten verrichteten, gingen sie einander wortlos aus dem Weg, ständig darum besorgt, sich unter keinen Umständen in die Quere zu kommen, ja nicht einmal zu streifen, eine Fähigkeit, in der sie es längst zu einer Perfektion gebracht hatten, die jeden Außenstehenden, der ein Auge dafür hatte, in Staunen versetzte; etwa Hollingsworth, dem inzwischen auch die Frauen eine angenehme Gesellschaft geworden waren. Vor allem aber achtete jede der beiden darauf, daß ihre Kinder im Gegensatz zu den Kindern der anderen reichlich, wenn nicht sogar reichlicher zu essen und zu trinken bekamen, damit sie besser wüchsen und kräftiger würden; und ihren aufmerksamen, unstet in die Runde schweifenden Blicken entging nichts, das von Bedeutung war und eine Klage beim eigenen Ehemann erforderlich machen würde, die den Gatten der angeklagten Schwester unweigerlich zu einer Stellungnahme gezwungen hätte, nach welcher der Streit offen ausbrechen konnte; was nie vor den Kindern geschah, sondern in jenen Augenblicken am Abend, oft auf der Veranda, die Hollingsworth äußerst peinlich waren und zugleich am meisten beeindruckten. Wenn die beiden Ehepaare stritten, die Frauen ihre Stimmen weit mehr erhoben als die Männer, wenn jeder Versuch seitens Hollingsworths, ihren Streit zu schlichten, fehlschlug, fühlte er sich machtloser als angesichts des Todes am Bett eines Sterbenden. Solange sie aber in der Küche waren, blieben Adelaide und Sara, zumindest in Gegenwart der Kinder, immer beherrscht, die angespannteste Ruhe selbst, wie der Arzt sich gegenüber seiner Frau einmal äußerte, der es unangenehm war, das überfüllte Bunker'sche Heim, dessen Bewohnerzahl ihr irgendwie ins Unermeßliche zu steigen schien, auch nur durch das Gartentor zu betreten, weshalb sie es nur im äußersten Notfall tat, etwa wenn nach Hollingsworth dringend in seiner Eigenschaft als Arzt verlangt wurde; eine Aufgabe, die später seine Kinder übernahmen.

Als könnte man allein durch die kalte Nichtbeachtung eines halben Teils des Haushalts diesen einfach zum Verschwinden bringen, bekundeten Adelaide und Sara vornehmlich in der Küche ihre eiserne Entschlossenheit, einfach zu leugnen, daß jeweils die andere Schwester und deren Kinder anwesend waren; und dies im gleichen Augenblick, da nicht zu übersehen war, daß mehrere Kinder in der Küche herumtobten, lachten, sich stritten, friedlich miteinander spielten oder weinten, in jedem Fall aber Lärm machten. Je lauter es wurde, desto weniger nahmen die Schwestern Notiz von den Kindern der anderen. Wenn sie dennoch zu verstehen gaben, daß ihnen nichts entging, dann bloß in jenen Sekunden, da sie überzeugt waren, eine Ungerechtigkeit entdeckt zu haben, die dem eigenen Kind widerfahren war. Die Zeiten allerdings, da sie einander über die Köpfe ihrer Kinder hinweg vernichtende Blicke zugeworfen hatten, waren längst vorbei. Jede sah über die andere hinweg und tat, als kümmere sie sich nicht um deren Kinder; gebar die eine ein Kind, täuschte die andere vor, es nicht zur Kenntnis zu nehmen. Sie sahen einander gar nicht mehr, so daß die eine kaum noch wußte, wie die andere aussah, nicht wußte, ob sie älter geworden war, sich sehr verändert hatte oder doch eher noch immer dem glich, was sie in ihrer Erinnerung bewahrte. Jede verschloß in sich das allmählich verblassende Bild einer jung Verstorbenen, eines lächelnden Mädchens, mit welchem man eine wunderbare Kindheit geteilt und das man so geliebt hatte, wie man heute nur noch die eigenen Kinder lieben konnte. Das liebliche Wesen aus der fernen Vergangenheit war es nicht, das man erblickt hätte, wenn man bereit gewesen wäre, aufzusehen; aber keine der beiden hob je den Blick, auch dann nicht, wenn sie sich abends gegenübersaßen und stritten, ihre Stimmen immer schriller und ihre Reden immer wirrer und unverständlicher wurden Adelaide beschwerte sich dann zwar über ihre Schwester, sprach jedoch ausschließlich deren oder ihren eigenen Mann an, und umgekehrt wandte sich Sara stets an Chang oder Eng, wenn sie sich über ihre Schwester beklagte. Ihre Gesichter verschwammen in der Nacht, ihre Stimmen erhoben sich unklar aus der Stille, und Hollingsworth war es nicht immer vergönnt, sich im richtigen Augenblick verabschiedet zu haben. So war er oftmals gezwungen, auszuharren, bis sich die Schwestern endlich in jenen Zustand äußerster Erschöpfung gesteigert hatten, in dem sich ihre Ehemänner unverkennbar längst befanden. Wie diese vier Menschen wenig später ein einziges Bett zu teilen, dieselbe Luft zu atmen fähig waren, ohne zu ersticken, entzog sich Hollingsworths Vorstellungskraft. Er wußte lediglich, daß die Frauen meist recht bald in tiefen Schlaf fielen. Die Siamesischen Zwillinge hatten ihm versichert, daß mit dem Betreten des ehelichen Schlafzimmers die Spannungen zwischen den Schwestern durch eine bleierne Ruhe abgelöst wurde.

Sara und Adelaide hassen sich, wie sich mit Sicherheit nur Schwestern hassen können, sagte Eng zu Hollingsworth, dem darauf nichts als ein durch keinerlei Nachdenken verzögertes Nicken gelang; und auch Chang pflichtete seinem Bruder wortlos bei. Die Brüder erwarteten von Joseph, ihrem Vertrauten, keine aus Verlegenheit geäußerten Höflichkeiten; auch sie hätten im übrigen nichts an der Tatsache geändert, daß das Leben im gemeinsamen Haus unerträglich geworden war.

Im sechsten Jahr ihrer auch außerhalb von Mount Airy vielbeachteten Doppelehe, vier Jahre nachdem sie sich dort niedergelassen hatten, waren die Ehepaare Eltern von je fünf Kindern. Die Schwestern waren fünf Mal beinahe gleichzeitig schwanger geworden und hatten ihre Kinder im Abstand nur weniger Tage oder Wochen geboren. Beim sechsten Mal — nachdem Sara nicht schwanger geworden war, wie sie es auch innerhalb der folgenden dreizehn Monate nicht wurde — gebar Adelaide, zur größten Überraschung und überschwenglichen Freude Changs, Zwillingsmädchen. Sara sah ihre beiden einander zum Verwechseln ähnlichen Nichten jedoch erst einige Jahre später, denn zum Zeitpunkt ihrer Geburt hatten sich die Schwestern bereits getrennt.

Die Streitigkeiten waren in immer kürzeren Abständen immer verzweifelter und auswegloser geworden. Vorzutäuschen, die andere sei Luft, erforderte zuviel Anstrengung und Willenskraft und führte ja doch für keine der beiden dazu, einfach durch die andere hindurchgehen zu können. Während die Ehemänner ihre Gattinnen abends nicht zu unterbrechen wagten, weil sie nicht wußten, wie sie es anstellen sollten, ohne selbst alle Beherrschung und somit die Achtung ihrer Frauen zu verlieren, begannen sie, die Dialoge in ihrer geheimen Sprache wiederaufzunehmen, wie sie es lange nicht mehr getan hatten.

Es bereitete keine Schwierigkeiten, sich dem anderen wie früher ohne Worte verständlich zu machen. Die Frauen, mit sich selbst vollauf beschäftigt, bemerkten es nicht. Und nie sprach einer der beiden wirklich aus, was er über seine oder die Frau des anderen dachte. Es war, als schlichen sie sich für eine Weile davon; es genügten Gesten, die niemand sonst bemerkte, es genügten Gesten und Bewegungen und unverständliche Laute. Welchen Sinn hätte es gehabt, den Haß der beiden Frauen durch Unterstützung und verdoppelte Klageführung noch zu schüren, ihre unmäßige Wut ins Unermeßliche und somit gänzlich Unerträgliche zu steigern. Aber wenn auch die Flucht vor den Worten und Widerworten der Schwestern immer wieder gelang, sie war doch stets nur von kurzer Dauer; die Stimmen der einander gegenseitig beschuldigenden Ehefrauen, die nicht davor zurückschreckten, ihre abwesenden Kinder als Zeugen ihrer Beschuldigungen und Entlastungen aufzurufen, wurden lauter und zerschellten nicht an den Köpfen der Siamesischen Zwillinge, sondern drangen wie darin explodierende Geschosse in sie ein und unterbrachen die wortlosen Gespräche zwischen Chang und Eng. So wurden sie immer wieder gezwungen, dem Streit der beiden zu folgen oder zumindest zuhören zu müssen, in welcher abstoßenden Form er verlief, ohne jemals zu einem endgültigen Abschluß zu kommen. Allein die Müdigkeit vermochte die Frauen zum Schweigen zu bringen.

Joseph Hollingsworth, ihr Freund, war es, der ihnen schließlich nach langem Suchen ein zweites Haus vermitteln konnte. Es entsprach dem ersten sogar äußerlich, war wie dieses hellblau gestrichen, zweistöckig und hatte ebenfalls acht Zimmer, wobei sich das große Wohnzimmer wie im ersten Haus zu ebener Erde befand und von der Küche durch einen langen, schmalen, hohen Flur getrennt war. Das Los hatte darüber entschieden, daß Changs Familie im ersten, Engs Familie im zweiten Haus wohnen würde, nachdem die Größe der acht Zimmer ausgemessen und eindeutig festgestellt worden war, daß niemandem auf die eine oder andere Weise im einen oder anderen

Haus Nachteile oder Vorteile erwuchsen. Auch die Grundstücke, auf denen die Häuser standen, waren von etwa derselben Ausdehnung und hatten zumindest ähnlichen Baumbestand.

Die Brüder hatten darauf bestanden, einen Vertrag aufzusetzen, der von einem Notar beglaubigt und in seiner Gegenwart in dessen Kanzlei von ihnen selbst und ihren Gattinnen unterzeichnet wurde. Darin wurde nicht nur festgehalten, daß keine der beiden Parteien Anspruch auf jeweils das Haus der anderen erheben könne, da unumstößlich festgestellt worden sei, daß beide Häuser sich nur in geringfügigen Kleinigkeiten voneinander unterschieden, sondern auch, daß in Zukunft die Siamesischen Zwillinge stets je drei Tage hintereinander im einen und dann im anderen Haushalt verbringen würden; eine Regel, von der nur ausnahmsweise abgewichen werden durfte, etwa wenn einer der beiden Ehemänner durch eine Krankheit daran gehindert würde, sein Heim (oder das seines Bruders, je nachdem, wo die Krankheit ihn ereilt hatte) zu verlassen, wobei es im Fall einer längeren Erkrankung einem Arzt oblag, festzustellen, ob der Zustand des Patienten eine Reise von nicht mehr als anderthalb Meilen, auf einer allerdings nur schlecht ausgebauten Straße, tatsächlich nicht erlaubte. Daß die Kinder, die bisher wie Geschwister aufgewachsen waren, auseinandergerissen wurden und sich von nun an nur noch selten sahen, war eine der unzähligen Folgen der Trennung der beiden verfeindeten Haushalte; Jessye und Edith allerdings, die Ältesten, trafen einander beinahe täglich auf halbem Weg zwischen beiden Häusern und später jeden Tag in der Schule. Eine andere, gewiß angenehme Folge war die Ruhe, die nun auch außerhalb der Bibliothek einkehrte. Eine weitere, äußerst bedenkliche, bestand in der Sehnsucht, die Chang zu quälen begann, sobald er sein Haus, seine Frau und seine Kinder, unter denen er die Zwillingsmädchen Rose und Angela über alles liebte, verlassen hatte; eine Sehnsucht, die ihn schwermütig machte und lediglich durch den immer unmäßiger genossenen Alkohol gestillt oder doch bis zu einem gewissen Grad unterdrückt werden konnte. Auch im Rausch redete er unaufhörlich von seiner

Familie, dem verlorenen Glück, dem Heimweh, dem heißersehnten Tag der Rückkehr in den Schoß seiner Lieben, den er kaum erwarten konnte, und der ihn im übrigen nicht davon abhielt, sich in neue Räusche zu versetzen. So kam es beinahe täglich — und in beiden Häusern — zu Auseinandersetzungen zwischen den Brüdern, vor allem nachts, wenn Eng gezwungen war, den völlig betrunkenen Chang, der nicht fähig war, auch nur einen einzigen Schritt allein zu gehen, die Treppe hinaufzuzerren, dann auszukleiden und ins Bett zu legen; wonach er sich, ohne fremde Hilfe, allein ausziehen mußte, da die Frauen seit der Trennung der Haushalte nicht mehr in denselben Zimmern wie ihre Männer schliefen. Diese nächtlichen Ärgernisse und Anstrengungen erregten Eng nicht nur aufs höchste, sondern bereiteten ihm darüber hinaus fast unerträgliche Rückenschmerzen, die ihn nicht schlafen ließen. Alle tags darauf ausgestoßenen Beschimpfungen und Drohungen blieben ohne den geringsten Erfolg, auch wenn Chang, noch betreten und kleinlaut, beim Frühstück hoch und heilig zu schwören begann — worin ihn sein Bruder jedesmal unterbrach —, er werde sich bessern, gerade heute habe er sich beim Aufwachen vorgenommen, sein Leben von Grund auf zu ändern, da er eingesehen habe, wie unerträglich und unzumutbar sein Zustand auch der Umgebung sei, in der er lebe; er selbst leide. Aber Chang war ein Trinker, woran weder mit gut gemeintem Zureden noch mit Vorwürfen etwas zu ändern war. Die Trunksucht, sagte Eng, werde sein Tod sein und somit auch seiner, ein Ende, das in greifbarere Nähe rücke mit jedem Glas, das er zu sich nehme; und wann immer Eng diese Worte im Beisein einer der Gattinnen hervorstieß wie einen Fluch — in der Hoffnung, Chang damit zur Vernunft zu bringen —, nickten sie, Adelaide nicht weniger um ihren Ehemann besorgt als Sara um den ihren, der die Worte soeben mit solcher Überzeugung gesprochen hatte. Wäre der Tod des einen nicht unweigerlich der Tod des anderen? Auch wenn niemand darüber sprach, selbst Dr. Hollingsworth nicht, glaubte doch jeder zu wissen, daß es gar keine andere Möglichkeit gab; wie hätte sie aussehen müssen?

Aber Chang blieb nicht lange stumm. Solange er auf der Jagd sein Ziel nicht verfehle, sagte er mit Nachdruck und streckte sich, als wollte er seinen etwas größeren Bruder nun in die Knie zwingen, solange er auf der Jagd nicht beispielsweise seinen Bruder treffe, statt der ausgemachten Beute, solange dürfte man ihm die paar Schlückchen, die ihm dieses Leben erleichterten, nicht mißgönnen. Der Tod, das ist etwas anderes. Er sei, sagte er, wobei er immer lauter wurde, Herr seiner Sinne und seiner Gedanken. Daraufhin sackte er in sich zusammen, stöhnte, weil er unter starken Kopfschmerzen litt, und belebte sich erst dann von neuem, wenn er das erste Glas Wein trank, was stets lange vor der ersten warmen Mahlzeit geschah. Tatsächlich blieb er ein hervorragender Schütze.

Teil Drei

10

Chang erholte sich nur langsam von dem Schlaganfall, der ihn an Bord der Fähre ereilt hatte, mit der sie von den Niederlanden nach Harwich gelangt waren. Noch drei Wochen nach dem zeitweiligen Verlust des Bewußtseins und einigen unbedeutenden Lähmungserscheinungen (so jedenfalls nannten es die Ärzte in London), war er noch immer kaum fähig, einigermaßen verständlich zu sprechen, ja noch nicht einmal imstande, mit Gesten, geschweige denn mit Mienen auszudrücken, was er meinte, wenn es ihn, wie es offensichtlich der Fall war, nach etwas bestimmtem verlangte. Es handle sich, so versicherten die Ärzte, um eine eher harmlose, aber doch ernstzunehmende Form von Apoplexie, die nicht eingetreten wäre, hätte Chang auf der Überfahrt nicht so unmäßig getrunken; mit Sicherheit wäre er früher aus der Ohnmacht erwacht, wenn er nicht dem Delirium nahe gewesen wäre.

Nun konnte er beide Augen gleichzeitig nie länger als wenige Sekunden offenhalten, danach fiel eines unweigerlich wieder zu, und wie sehr er sich auch anstrengen mochte, es gelang ihm stets erst einige Minuten später, es erneut zu öffnen. Was Chang sagte, oder vielmehr mit schwerer Zunge herausbrachte, konnte auch Eng nur erraten oder deuten, wenngleich um vieles besser als die Ärzte, die ohne ihn ebenso hilflos gewesen wären wie angesichts anderer Patienten, die von dieser Krankheit getroffen waren. Aber auch in diesem Fall konnten sie nicht viel mehr tun, als Ruhe und völlige Abstinenz zu verordnen. Würden diese nicht strengstens eingehalten, müßte man für die nahe Zukunft das Schlimmste befürchten.

Die Reise von der östlichen Küste Englands nach Liverpool, wo sie sich von Changs alarmierender Krankheit erholen wollten, bevor sie daran denken konnten, nach Amerika und zu ihren daheimgebliebenen Ehefrauen zurückzukehren, erwies sich als äußerst beschwerlich, vor allem für Eng, der nie mit Sicherheit wußte, ob sein Bruder die wirklichen Strapazen, die sie auf sich nahmen, tatsächlich erlitt oder lediglich von imaginären Schmerzen heimgesucht wurde, die mit der Reise nicht das geringste zu tun hatten, die er also nicht weniger gespürt hätte, wäre er in einem warmen Bett gelegen. Bei jeder Unebenheit des Geländes, und davon gab es eine Menge, da es in den letzten Wochen viel geregnet hatte, stöhnte Chang an seiner Seite auf und schrie manchmal so herzzerreißend, daß Eng sich fragte, ob er dem Kutscher nicht befehlen sollte, auf der Stelle anzuhalten; und dies, obwohl die Ärzte Eng versichert hatten, daß sein Bruder keinerlei körperliche Schmerzen haben könne. Sobald der Wagen nur etwas ins Schwanken geriet, wurde der Kranke leichenblaß, faßte sich ans Herz, machte Anstalten, sich das Hemd vom Leib zu reißen und klagte in seiner schwer verständlichen Sprache über einen schrecklichen Schwindel, der ihn erfaßt habe und töten werde, eine gähnende Leere, die sich vor ihm auftue und immer weiter und tiefer werde, bis sie sich als etwas herausstellen würde, das keinen Namen habe, weil es keinen verdiene. Diese Anfälle dauerten nicht lange, wiederholten sich aber in immer kürzeren Abständen. So sah sich Eng schließlich gezwungen, die Fahrt mit der Kutsche abzubrechen. Den letzten Teil der Reise nach Westen legten sie mit der Eisenbahn zurück, in die hinein Chang zu verfrachten unendlich viel Zeit und Kraft kostete, denn nun stöhnte und seufzte er nicht nur, sondern versuchte auch, sich zu wehren, schlug um sich, weil er sich vor der dunklen, grauen Maschine aus Eisen fürchtete, die sie verschlingen und vernichten würde, wonach sie in Rauch aufgelöst aus dem riesigen Schornstein der Lokomotive emporstiegen. Nie zuvor hatte Eng ihn als Ballast empfunden. Und wieder erinnerte er sich an Virchows Worte vor den Studenten, daß eine Trennung der siamesischen Duplicität zwar im Bereich des Vorstellbaren, des Möglichen und des Machbaren liege, nicht aber offensichtlich im Bereich der Gedankengänge der Zwillinge selbst; und auf diese Einfluß nehmen zu wollen, sei nicht die Aufgabe der modernen Medizin.

Einmal mehr erregten die Siamesischen Zwillinge großes Aufsehen, wieder scharten sich Neugierige um die zusammengewachsenen Geschöpfe, die sich sichtlich abmühten, den Eisenbahnwaggon über die zu hoch gelegenen Trittbretter zu besteigen, und niemandem entging, daß sie sich stritten, daß einer sich wehrte und der andere ihn immer wieder bedrängte, während zwei kräftige Männer, einer auf dem Bahnsteig, der andere im Zuginnern, das fast unwirkliche, ältliche Ungetüm schoben und an ihm zerrten, bis es schließlich vollständig im Waggon verschwand. Die Nachricht, eines der beiden Wesen sei schwer erkrankt, beidseitig gelähmt und seiner Sinne nicht mehr mächtig, hatte sich in der kleinen Stadt, in der sie haltmachten, schnell herumgesprochen. Und wer mitangesehen hatte, wieviel Mühe es ihnen bereitete, in den Zug zu steigen, konnte die Sensation nur bestätigen und sich dann der Frage zuwenden, was wohl geschehen würde, wenn einer der beiden starb, was dann mit dem Überlebenden geschähe. Eine Frage, die schon in den ersten Minuten der freien Diskussion auch von einem der Berliner Studenten gestellt worden war, an deren Antwort sich weder Eng noch Chang erinnern konnten, da sie zu nervös gewesen waren, um der ersten Vorlesung Virchows in allen Einzelheiten zu folgen.

Freundlicherweise wurde den Siamesischen Zwillingen ein eigenes Abteil zugewiesen, das mit schweren dunklen Vorhängen versehen war, die sie vor den offenbar allgegenwärtigen Augen der Öffentlichkeit schützten. Erschöpft sanken sie auf die gepolsterte Bank, Chang fiel fast augenblicklich in einen tiefen Schlaf, aus dem er erst drei Stunden später wieder erwachte, während Eng, nachdem sie fuhren, den Blick auf bestimmte, immer neue Punkte hinter der rußig verschmierten Scheibe zu konzentrieren versuchte, die sich von der Landschaft abhoben, hellere, selten bunte Flecken zwischen den durch Steinmauern abgegrenzten Feldern, unter den hohen, windbewegten Bäumen, deren Namen er nicht kannte; vereinzelt Menschen, die merkwürdigerweise keinen Schutz vor dem Regen suchten, der, je näher sie zur Küste kamen, immer dichter fiel. Da und dort stand jemand, versunken in seine Gedanken, in die Betrachtung eines Gegenstands, der sich außerhalb von Engs Blickfeld befand oder den er übersehen mußte, weil er zu weit entfernt war. In dieser düsteren Stimmung, aus der ihn später ein wohltuender Schlaf befreite, dachte Eng zum ersten Mal daran, seinem Bruder und sich selbst ein Messer in die Brust zu stoßen, um diesem elenden Leben ein Ende zu machen, das ohnehin unaufhörlich näher rückte, nicht gemächlich, sondern mit abrupten, tänzelnden Bewegungen. Zwei Kugeln aus Changs Jagdgewehr. Er durfte seinen Bruder nicht wecken, er durfte mit ihm nicht darüber sprechen. Seine Aufgabe war es, darauf zu achten, daß Chang durch keine Einflüsse von außen in Angst und Schrecken versetzt wurde, die nicht nur seinem Bruder, sondern auch ihm selbst geschadet hätten. Aber das Versprechen, das er den Ärzten gegeben hatte, war nicht einzulösen; es gab keine dauerhafte Ruhe für Chang, wie es keine solche Ruhe für Eng gab, es sei denn, sie hätten sich nach dem Schlaganfall Changs dazu entschlossen, nicht nachhause zurückzukehren, nie mehr ein Schiff zu betreten, sondern sich von nun an in einem Londoner Haus oder einem Haus auf dem Land einzuschließen und in der Stille unbelebter Mauern auf das Ende zu warten, als hätten sie nie Familien gegründet, als habe sich in all den Jahren nichts getan, das sie aus ihrem grotesken Dasein gerissen hatte. Wenige Bedienstete, Männer und Frauen mit demselben bedächtigen Wesen wie ihr schwarzer Hausdiener in Mount Airy, hätten sich um ihr Wohl gesorgt. Eines Tages würden sie von ihren gealterten Frauen besucht, nachdem sie sie in Briefen lange genug dazu gedrängt hätten, übers Meer zu fahren. Ein Messer in der Hand, das Gewehr für die Jagd. Eng war auf dem rechten Ohr beinahe taub, weshalb er seit einiger Zeit lauter sprach als Chang.

Die Ärzte in London hatten ihnen, die nie ernsthaft daran dachten, ihre Reise für immer zu unterbrechen, versichert, daß die Reise von der Hauptstadt nach Liverpool, und später von dort nach Bristol, wo sie sich für Amerika einschiffen würden, ganz unbedenklich sei, vorausgesetzt, Chang halte das Alkoholverbot strikt ein; sie legten Eng ans Herz, ihn streng zu überwachen und unerbittlich zu bleiben, da sein Bruder einen zweiten Schlaganfall wohl kaum oder doch nur mit Schäden überleben würde, die sich auch mit medizinischer Hilfe nicht beheben lassen würden.

Auch sie sprachen nicht über das, was sie nach sich zögen, dagegen wiederholten sie mehrfach, wie groß das Glück gewesen sei, das Chang gehabt habe; außer hin und wieder auftretenden Absenzen, einer unbedeutenden Lähmung der linken Hand und der vorübergehenden Augenschwäche, war der Schlaganfall ohne spürbare Folgen geblieben. Ratsam sei es und sehr zu empfehlen, hatten die Ärzte vorgeschlagen, sich noch einige Zeit an der See zu erholen, nachdem man sich, gleich nach der Ankunft in Liverpool, in ärztliche Obhut begeben habe; gewiß würden sie ein möglichst abgelegenes Hotel ausfindig machen können, das alle Vorteile, jedoch nicht die Nachteile eines Hospitals hätte und wo sie vor Gaffern sicher wären.

Eine größere Menschenmenge erwartete die Siamesischen Zwillinge, deren Ankunft in den Zeitungen angekündigt worden war, auch am Bahnhof von Liverpool. Allerdings verhielten sich die Menschen hier zurückhaltend, als scheuten sie allzu große Nähe. Man übergab ihnen zwei kleine Blumensträuße, während sie den Bahnsteig entlanggingen, wo sie von einer mehrköpfigen Abordnung der städtischen Regierung begrüßt wurden, die sie freundlicherweise zu einem bereitstehenden Wagen geleitete, der sie zum außerhalb der Stadt, am Meer gelegenen Hotel fuhr, in welchem sie beinahe den ganzen Monat Mai des Jahres 1870 verbrachten, von wo aus sie mehrere Briefe nachhause schrieben und wo sie ihren neunundfünfzigsten Geburtstag feierten, ohne daß irgend jemand davon erfahren hätte. Während dieser Zeit rührte Chang keinen Tropfen Alkohol an.

Sie verbrachten mehr Zeit im Bett als je zuvor. Morgens wurden ihnen zwei verschiedene Zeitungen gebracht, man servierte das üppige Frühstück an ihrem Bett, wenn sie es wünschten, öffnete die Fenster weit, durch die die angenehme Seeluft drang und stellte Vermutungen darüber an, wie das Wetter an diesem Tag sein würde; sowohl der Besitzer und die Besitzerin des Hotels Palace Paris als auch die verschiedenen Zimmermädchen und Kellner gaben sich unermüdlich Mutmaßungen über Temperatur und Klima hin, die sie umständlich den asiatischen Fremdlingen unterbreiteten; der Reiz der ewigen Umschwünge schien sich nicht zu verflüchtigen. Sie lasen ihre Wettervoraussagen aus zahllosen Erscheinungen, deuteten die nahe Zukunft aus dem Himmel, dem Wind, dem Wasser und Dutzenden anderer Erscheinungen, die den Zwillingen zu ihrem eigenen Nachteil, wie man fand, entgingen. Je nachdem, wie die Prophezeiung ausfiel, blieben die Ehrengäste, wie man sie nannte, den ganzen Tag im Bett oder verließen gegen Mittag ihre Suite für einen ersten kürzeren Spaziergang am Strand, wonach sie sich zum Essen in den fast menschenleeren weiträumigen Speisesaal setzten, in dem einige fremdartige, vom Frost geschädigte braune Pflanzen standen, von denen ein leichter Verwesungsgeruch ausging. Nach dem Kaffee legten sie sich wieder zu Bett, schliefen bis in den späten Nachmittag und machten sich danach zu einem zweiten, etwas ausgedehnteren Spaziergang auf. Sie stemmten sich im gleichen stumpfen Winkel gegen den stürmischen und ohrenbetäubenden Wind; wenn es zu regnen begann, spannten sie die schwarzen Regenschirme über ihren Köpfen auf und beugten sich im schnelleren Gehen noch weiter vor, weshalb sie, vom Hotel aus gesehen, wie mittelalterliche Ritter aussahen, die mit Lanzen gegen das Nichts ankämpften. Zweimal wöchentlich wurden sie von einem Arzt untersucht, der sich, wie er sagte, glücklich schätzte, erstaunliche Fortschritte in Changs Genesung feststellen zu dürfen. Tatsächlich bewirkte die Erholung am Meer eine deutliche Kräftigung des Patienten.

Am Dienstag der dritten Maiwoche setzte der Frühling wie mit einem Aufschlag durch einen milden, leichten Wind ein, der nicht vom Meer, sondern vom Landesinnern her wehte. Chang und Eng verbrachten von nun an tagsüber mehr Zeit auf der windgeschützten Glasveranda des Hotels als in ihrem Bett. Sie tranken nachmittags dort ihren Tee und aßen Kuchen, blickten aufs Wasser, machten sich gegenseitig auf Schiffe am Horizont aufmerksam, die sie meistens gleichzeitig entdeckten, und warteten auf den Sonnenuntergang. Während Eng viel las, dachte Chang an Adelaide, an seine Kinder, vor allem an die Zwillingsmädchen, und an den Wein, die Jagd, den Whisky, den er allmählich immer nachhaltiger zu vermissen begann. Wohin sollte er mit seinen Händen?

Eines Abends, als sie allein auf der Veranda saßen, während sich einige hungrige Gäste bereits im Speisesaal zu Tisch gesetzt hatten, der sich in ihren Rücken befand, trat einer der älteren Kellner an ihren Tisch, räusperte sich, wie es offenbar von ihm verlangt wurde, und meldete den Mister Bunker eine ziemlich verwirrte Dame in Schwarz, die die Herren zu sprechen wünschte. Man hatte alles Erdenkliche getan, um sie loszuwerden, da man aber befürchte, sie könnte ausfallend werden und man ihr fortgeschrittenes Alter wohl respektieren müsse, habe man ihr versprochen, die Herren zu fragen, ob sie bereit wären, sie zu empfangen. Sie weiche keinen Schritt, bevor man sie nicht vorgelassen habe. Sie sei im Auftrag eines Freundes gekommen, mehr habe sie dem Personal nicht mitzuteilen. Da man befürchten müsse, bei einer Zurückweisung auf heftigen Widerstand zu stoßen und der Lärm die anderen Hotelgäste aufschrecken würde, wäre die Direktion den Mister Bunker sehr verbunden, wenn sie sich bereitfänden, die verschleierte Dame zu empfangen. Der durch das Verhalten der Fremden aus der Fassung gebrachte Kellner war sichtlich erleichtert, als die älteren Herren gleichzeitig nickten und ihn baten, den geheimnisvollen Besuch vorzulassen. Bisher hatte ihre Anwesenheit im Palace Paris nur wenige Neugierige angelockt.

Nach einer knappen Verbeugung und einem über die dünnen Lippen huschenden Lächeln, das sich in einem rasiermesserscharfen Schnurrbart verlor, verschwand der Kellner, um wenig später die angekündigte Dame auf die Veranda zu führen, die sie nicht über den Speisesaal, sondern durch eine Seitentür betraten, wodurch ihr geheimnisvoller Auftritt von den übrigen Gästen nicht bemerkt wurde. Der einzige helle Punkt ihrer düsteren Erscheinung war der kleine Elfenbeinknauf eines Stocks, um den sie ihre schwarzbehandschuhte Hand gekrallt hatte. Sie hinkte leicht.

Die Frau lüftete ihren Schleier nicht, sprach beherrscht und so mechanisch, als habe sie alles, was sie sagte, auswendig gelernt. Sie lehnte es mit einer Handbewegung, einem Aufhüpfen des Gehstocks ab, sich zu setzen, und verharrte statt dessen steif außerhalb des immer wieder verflackernden Kreises, den das spärliche Kerzenlicht warf. Die Zwillinge vermochten ihre Stimme, obwohl sie sie zu kennen glaubten, nicht mit einem ihnen bekannten Gesicht zu verbinden. Sie machte keine Umschweife und ließ ihnen wenig Zeit, an irgend etwas anderes zu denken als an das, wovon sie sprach. Währenddessen entblößte sie keine Stelle ihres trotz der Behinderung gelenkig wirkenden Körpers, der mit schleierartigen, ungleich dicken, jedoch ausnahmslos schwarzen Stoffen bedeckt oder vielmehr verhängt war, die bis zu den unsichtbaren Knöcheln reichten.

Ich komme im Auftrag David Hawcrafts, bei dessen Erwähnung die Siamesischen Zwillinge zusammenzuckten. Ihr früherer Lehrer lebe seit einigen Jahren in Liverpool, seiner Heimatstadt, die er noch als Jugendlicher verlassen hatte, und sei nicht nur alt, sondern auch sehr krank. Es ist ihm nicht möglich, das Zimmer zu verlassen, in dem er sich seit über einem Jahr selber gefangenhält. Er hat sich von der Welt abgewandt. Zwischen langen Zeiten der Verwirrung sei er nur noch selten hellsichtig. Aus diesem Zimmer werde er lebend gewiß nicht mehr herauskommen. Es sei ja bereits so, als wäre er tot, nur ein atmender, manchmal singender Leichnam. Ich bin nun, sagte sie, seine Pflegerin und ebenfalls daran erkrankt. Ich bin kräftig genug, um aufzustehen und herumzulaufen, wenn es auch in dieser lächerlichen Maskerade sein muß. Sie drehe ihn im Bett um, halte ihn sauber und wasche ihn. Seit über einem Jahr sei der alte Hawcraft nicht mehr aufgestanden, obwohl sein physischer Zustand dies sehr wohl zuließe. Er habe eine böse Krankheit, sagte sie, hob den Gehstock ein wenig und stieß ihn dann in den Holzboden der Veranda, als spieße sie damit eine Viper auf. Er trinke aber nicht mehr, gar nichts mehr, nicht nur keinen Alkohol mehr, sondern auch keine andere Flüssigkeit, kein Wasser und schon gar keine Milch. Nach dem Ausbruch der Syphilis vor dreizehn Jahren habe er in noch verstärktem Maß getrunken, kaum noch etwas gegessen, immerzu auf der Suche nach den Spuren der Wirklichkeit des Vortages, auf der Suche nach Verstecken, auf der Flucht vor glitschigen Reptilien, die ihn auch in wachem Zustand bedrängten. Und doch bete sie täglich für seine Seele und für einen erträglichen Tod. Aber es gebe natürlich keinen erträglichen Tod. Darüber aber hätte sie mit ihnen selbstverständlich nicht sprechen wollen, sagte sie. Sie habe vielmehr über die Möglichkeiten eines Besuchs bei Hawcraft mit ihnen reden wollen. Syphilis, sie habe das schreckliche Wort ja nun ausgesprochen, sei in dem Stadium, in dem sich David Hawcraft jetzt befinde, ohne jede Ansteckungsgefahr. Weder Quecksilber noch Theriak noch Guajakholz hätten irgend eine Wirkung gezeigt. Hawcraft werde nicht mehr lange leben. Es gehe jetzt schnell mit ihm zu Ende. In einem der von ihm immer schmerzlicher empfundenen lichten Momente hatte er sie gebeten, seine Lieblingsschüler, die Siamesischen Zwillinge aufzusuchen und um einen Besuch zu bitten, nachdem sie selbst ihm von deren Aufenthalt in dieser Gegend erzählt hatte, von dem sie aus der Zeitung wußte; mehrere Tage hatte sie damit zugebracht, den Ort ausfindig zu machen, an dem sie sich aufhielten, eine Unternehmung, die angesichts ihres befremdlichen Aufzugs nicht besonders leicht gewesen war, wie sie sich vorstellen könnten.

Sie kennen mich im übrigen, sagte sie schließlich und wandte sich plötzlich um, als risse sie der Sturm fort, Sie würden mich aber nicht wiedererkennen. Es sind Geschwülste, deren Anblick ich Ihnen ersparen werde. Ich bin nicht ansteckend, ich war es nur kurze Zeit und nur im Sommer, letztes Jahr.

Noch bevor sie zu Ende gesprochen hatte, sprangen die Zwillinge von ihren Sesseln auf und riefen gemeinsam, Miß Dine! Aber Charlotte hatte die Veranda durch die Seitentür bereits verlassen und war verschwunden, noch ehe die beiden Männer, unfähig, schneller zu handeln, Zeit gefunden hatten, ihr nachzueilen oder sie gar einzuholen. Einige jüngere Leute im Speisesaal hatten wohl ihren Ausruf gehört und sich deshalb nach ihnen umgedreht, wandten sich aber, da sie in der Dunkelheit draußen nichts erkennen konnten, gleich wieder ihrem Essen zu.

Als sie vor dem Eingang des Hotels standen, war der Wagen, der Miß Dine hierhergeführt hatte, bereits außer Sichtweite. Der Kellner, der sie gemeldet hatte, trat hinter die vor Aufregung zitternden Männer, auf deren Stirnen kalter Schweiß stand, räusperte sich, noch zurückhaltender als üblich, und übergab ihnen den leicht zerknitterten Briefumschlag, den ihm die geheimnisvolle Dame beim Verlassen des Hauses zugeworfen und den er mit beiden Händen ungeschickt aufgefangen hatte, und in welchem sich erwartungsgemäß ein Zettel mit David Hawcrafts Adresse — St-Martin-and-George-Street 38 — befand.

Bereits am übernächsten, einem kühlen, regnerischen Tag, der die vorangegangenen milden Tage schlagartig auszulöschen vermochte, machten sie sich gleich nach dem Mittagessen auf den Weg zu ihrem früheren Lehrer, ohne diesen Ausflug etwa ausführlich besprochen zu haben; jedenfalls schienen beide der Meinung, dieser Besuch sei unumgänglich. Die Kutsche wartete bereits vor dem Hotel, als sie reisefertig, und mit nur einem Regenschirm, aus der Halle traten. Einige Kinder, vor allem Kinder von Gästen des Hotels, das in einiger Entfernung von anderen Gebäuden stand, hatten sich um das Gefährt versammelt, in das diese wandelnde Sehenswürdigkeit stieg, aber weder gröhlten sie noch liefen sie hinter dem Wagen her, nachdem er vorsichtig gewendet hatte und sich in Bewegung setzte. Chang und Eng konnten aus den offenen Seitenfenstern stumme, erwartungsvolle Betrachter mit beinahe finsteren Mienen beobachteten, und sie dachten sich, wie oft in diesem Land, daß diese Niedergeschlagenheit mit der allgemeineren Gemütsverfassung der Engländer zusammenhängen müsse, zu der auch jener Humor gehört, dem sie selbst nichts abgewinnen konnten; sie lachten nicht oft und augenscheinlich ungern, wenn doch, dann wie unter Zwang.

Nach etwas mehr als einer halben Stunde Fahrt kamen sie in einen regen- und sturmgleichen, heruntergekommenen Stadtteil und endlich zur von Miß Dine angegebenen St-Martin-and-George-Street, an deren Beginn eine kleine Kirche dieses Namens stand, einer engen, düsteren Gasse, deren unabsehbares graues Ende sich in einem Gewirr labyrinthisch angeordneter Sträßchen verlor, bei denen es sich aber ebensogut um Haus- oder Hinterhofeingänge handeln konnte. Als sie an der Kirche vorbeifuhren, schlug es drei Uhr. Der Kutscher versicherte sich noch einmal der Hausnummer und zog die Zügel vor Hawcrafts Haus so fest an, daß die Pferde scheuten. Auf beiden Straßenseiten erhoben sich zwei- und dreistöckige Häuschen, keines breiter als einige Schritte, an denen die meisten Läden, in Ermangelung von Scheiben, geschlossen waren; aus den wenigen offenen Fenstern und aus den Türen, unter denen Kinder in zerrissenen und häufig geflickten Kleidern und ältere Leute standen, drangen noch die Gerüche des mittags verzehrten Essens und Gerüche von Fäkalien. Sie hörten kein Lachen wie sie es früher von den Floßhäusern hörten, wenn sie nachmittags ihren Ruheschlaf halten mußten, wie ihre Mutter es von ihnen verlangte; dennoch erinnerte sie diese Straße an jene Zeit auf dem Wasser.

Hier wurden sie sogleich von einer Horde Neugieriger umringt, als wäre ein Ausrufer ihrem Wagen vorausgeeilt, um ihre Ankunft zu melden. Noch einen Augenblick lehnten sie sich in die ungleich gepolsterten, durchgesessenen Sitze zurück, bevor sie sich soweit in der Gewalt hatten, vor ein nichtzahlendes Publikum zu treten, das sie winkend und staunend und lautstark begrüßen würde. Changs erstaunliche Fortschritte erlaubten ihnen dann, den Wagen so zu verlassen, daß keinem der Gaffer auch nur der Gedanke kam, daß einer der beiden Brüder noch vor wenigen Tagen kaum fähig gewesen war, sich ohne Unterstützung des anderen fortzubewegen. Die Kinder hier benahmen sich wie toll gewordene Hunde und so, als müßten sie alle Aufmerksamkeit von den Siamesischen Zwillingen auf sich lenken. Sie sprangen hoch, renkten sich fast die Köpfe aus, riefen nach ihren Brüdern, Freunden, nach ihren Vätern und vielleicht sogar nach ihren Hunden. Chang und Eng versuchten, schneller zu gehen, aber es war nicht einfach, sich einen Weg durch die drängende Menge zu bahnen. Eng bemerkte, daß sich die Haustür der Nummer 38 einen Spalt breit öffnete. Einen Augenblick, währenddessen sich sein eigenes Herz zusammenkrampfte, fürchtete er einen Rückfall Changs, als dieser plötzlich von Kopf bis Fuß erschauerte, erbleichte, stehenblieb und, wie Eng glaubte, nach Atem rang. Schon nach wenigen Sekunden aber kehrte die Farbe in sein Gesicht zurück, und er flüsterte Eng zu, er habe einen falschen Schritt getan oder geglaubt, einen falschen Schritt zu tun, er habe gedacht, auf einen menschlichen Körper, auf einen Bauch oder sonst einen weichen Teil zu treten, aber er müsse sich getäuscht haben und es sei sicher aufgeweichtes Papier oder eine Tierleiche gewesen.

Miß Dine erwartete sie, auch heute verschleiert, jedoch leichter gekleidet. Sie stand hinter der angelehnten Tür und riß sie auf, sobald sie die Schwelle betraten. Es fehlte wenig und die vorderste Reihe der Neugierigen wäre ihnen ins Haus gefolgt. Charlotte stieß hinter den Zwillingen die Tür ins Schloß und verriegelte sie. Obwohl die Stimmen von draußen auch jetzt zu hören waren, hatte nun jene Stille eingesetzt, die, je höher sie stiegen, immer beunruhigender wurde.

Mit einer Handbewegung — sie benutzte im Haus keinen Stock — gab sie zu verstehen, daß es ihr des Aufruhrs wegen leid tue; für den sie aber keinerlei Verantwortung trage. Woher bloß alle diese zusammengelaufenen Leute, die noch vor wenigen Minuten, noch vor dem endgültigen Halt der Kutsche, in ihren Häusern gewesen waren, woher die Leute wußten, daß sie bei Hawcraft, ja überhaupt in dieser Straße absteigen würden, war ihr ein Rätsel, das sie sich nicht erklären konnte, sagte sie, als sie sich endlich im Obergeschoß befanden, nachdem es den Zwillingen mit viel Mühe gelungen war, die schmale, geländerlose Treppe mit den weit auseinanderliegenden Stiegen zu erklimmen; sie war nur zu bewältigen, indem man alle vier Hände zuhilfe nahm. Allerdings, fügte Miß Dine hinzu, habe sie schon oft die Beobachtung gemacht, daß Neuigkeiten sich in diesem heruntergekommenen Viertel auf geradezu unheimlich schnelle Weise verbreiteten.

Über eine noch steilere, noch engere Treppe quälten sie sich schließlich auf allen vieren (Eng voran, Chang hinterher) in den zweiten Stock hinauf, bei dem es sich um nichts anderes als um drei winzige, ineinander übergehende Mansardenräume handelte, Kammern, deren Wände schräg waren und die Giebel nicht höher als zwei Meter. Das Hämmern des Regens auf die Ziegel, das sie während der Anstrengung des Treppensteigens gar nicht wahrgenommen hatten, war nun nicht mehr zu überhören, es vibrierte in ihren Ohren. Kurze Zeit blieben sie im ersten Zimmer stehen, in das kein Fenster, nicht einmal eine Lukarne eingelassen war. Sie habe, sagte Miß Dine, dieses Haus mit dem Geld ersteigern können, das Mrs. Hunter ihr dankenswerterweise vor vielen Jahren vermacht hatte. Es ist nicht viel wert, wer möchte in dieser Gegend schon wohnen, aber für Hawcraft war es die letzte Zuflucht, in der Nachbarschaft von Menschen zu leben, die sich ihrer neugierigen Blicke weder schämen noch sie vor uns verheimlichen, und das ist besser, als irgendwo zu sein, wo es zwar heller und freundlicher ist als hier, die Leute aber den Kropf nie voll genug bekämen, sich hinter unserem Rücken über das bösartige, das zerstörerische Werk dieser teuflischen Krankheit zu unterhalten, die Ausfluß sowohl des gelebten Lebens als auch gleichzeitig gerechte Strafe für all die darin begangenen Verbrechen ist. Sie verstehen. Verbrechen, die sie weder beschönigen noch abstreiten wolle. Danach schwieg sie, und es schien ihnen, als habe Miss Dine, die sonst so zurückhaltend war, nur deshalb so offen darüber gesprochen, weil sie damit zu unterstreichen wünschte, daß sie selbst nicht den geringsten Anteil an diesen Lastern gehabt hatte, obwohl sie doch durch niemand anderen als jenen, der ihnen einst verfiel, krank geworden war.

Als sie in das mittlere Zimmer traten, deutete sie auf die Tür ins dritte. Er hat nicht seinen besten Tag, sagte sie. Ob sie an einem anderen Tag wiederkommen sollten, fragte Eng mit einem Blick zu Chang, aber sie schüttelte den Kopf, wohl wissend, daß sie diese Fahrt und das mühevolle Ersteigen der Treppe kein zweites Mal auf sich nehmen würden. Charlotte Dine, deren Bewegungen ihr Alter nicht verrieten, deren Gesicht vom Schleier vollständig verdeckt wurde, trat hinter die Zwillinge, nachdem sie die Klinke der Tür des dritten und größten Zimmers heruntergedrückt und sie leicht angestoßen hatte. Im weiteren Verlauf ihres Besuchs spürten sie sie in ihren Rücken, vielleicht im Türrahmen des Krankenzimmers, vielleicht im mittleren, vielleicht im vorderen Zimmer, irgendwo stand sie, ohne sich sonst bemerkbar zu machen. Der Besuch dauerte nur kurz, und die Siamesischen Zwillinge taten nichts, um ihn unnötig in die Länge zu ziehen. Sogleich bereuten sie, ihren geruhsamen Aufenthalt im Hotel unterbrochen zu haben.

Das Zimmer mit dem Bett an der rechten Wand war sehr sauber und ordentlich, wie man es von Miß Dine nicht anders erwartete, und dessen Farbe weiß. Die Wände und kunstlos kaschierten Balken — einer verlief auf Kopfhöhe quer durch den ganzen Raum — waren ebenso weiß wie die Dielen, auf denen das Bett stand, ein kleiner, runder Tisch auf einem dunklen Teppich und eine Wäschetruhe, die Chang zu kennen glaubte. An keiner der Wände hing ein Bild oder Stich, weder auf der Kommode noch auf dem Tisch standen Blumen, nirgends lag ein Buch oder sonst etwas, das darauf hindeutete, daß Hawcraft, wie damals behauptet wurde, wirklich ein Dichter gewesen war. Selbst die Vorhänge vor dem Dachfenster waren weiß, und ebenso weiß waren das Laken und die Decke, unter der der Kranke lag. Aber obwohl auch sein Gesicht und seine Hände dieselbe Farbe hatten, wirkte er in all der gewaschenen und abgestaubten, gepflegten und übertünchten Helligkeit wie ein düsterer Schatten.

Wie ein Scherenschnitt, eine Schablone war er in sein Lager gestanzt; als müßte die Luft durch ihn hindurchziehen. David Hawcraft war nicht wiederzuerkennen. Hätte man ihnen ein Porträt gezeigt, das diesen Mann darstellte, wäre es ihnen mit Sicherheit nicht in den Sinn gekommen, daß es sich dabei um ihren ehemaligen Hauslehrer handelte; was zweifellos der Grund war, weshalb sie beim Betreten des Zimmers gleich wieder einen Schritt zurücktraten, als wollten sie vor etwas fliehen, das sie bedrohte. Dabei war er bestimmt unfähig, auch nur das Geringste zu unternehmen, das ihnen gefährlich hätte werden können. Sein Wahnsinn, das letzte Stadium der langwierigen Krankheit, beschränkte sich auf sich selbst, er war nicht ansteckend, er hatte sich nicht einmal auf jene Frau übertragen, die im gleichen Haus wohnte wie er und sich als eine gehorsame Dienerin benahm, nachdem sie früher — damals im Hause Hunters — ihren Widerwillen vor diesem Mann niemals verheimlicht hatte. Hawcraft schien von seiner eigenen Existenz so wenig zu wissen, wie er die Existenz anderer wahrnahm. Aber er war noch am Leben.

Hawcraft war ein uralter Mann ohne Haare, dem nicht nur die Augenbrauen, sondern auch sämtliche Wimpern ausgefallen waren, ein Greis unbestimmbaren Alters, mit leeren, farblosen Augen, die nicht mehr wie früher aus ihren Höhlen hervorquollen, sondern in sie zurückgetreten waren, nach außen ohne jeden Ausdruck, als ließe sie sein Innerstes noch nicht ein, als seien sie zum Warten verurteilt, aber als schauten sie unverwandt dort in ein Licht oder in die Dunkelheit hinein; aber waren sie gekommen, um sich darüber Gedanken zu machen? Bei seinem Anblick überwältigte keinen der Brüder auch nur das geringste Mitgefühl oder Mitleid. Sie betrachteten ihn schweigend und bereuten, wie sie sich später im Wagen eingestanden, auch nur einen einzigen Schritt unternommen zu haben, um ihn aufzusuchen. Aus dem Hintergrund hörten sie Miß Dines Stimme ihm etwas zurufen, ihre Stimme, die einen fast mädchenhaften Ton angenommen hatte. David, rief sie, David Hawcraft, sie sind da, Chang und Eng sind zu Besuch. Erinnere dich! Aber sein Gesicht und seine Augen blieben leer, erstarrt der zahnlose, offene Mund, wie zu einem Schrei aufgesperrt, der seinem Körper verschlossen war, der ihn niemals verlassen würde und auch kein Zeichen dafür war, daß er ihn jemals hervorgestoßen hatte.

Nachdem sich die Siamesischen Zwillinge ohne zwingende Notwendigkeit, ohne Aufforderung, mechanisch seinem Bett ein wenig genähert hatten, als würde die Höflichkeit dies fordern, warteten sie auf irgend eine Regung, aus der herauszulesen gewesen wäre, daß er sie erkannte, oder daß sie ihn zumindest an etwas erinnerten. Aber nichts dergleichen geschah. Untätig, verlegen standen sie vor seinem Bett, sahen auf die Gestalt hinunter und hörten statt seines Atems das Prasseln des Regens. Obwohl nirgends ein Feuer brannte, war es hier oben doch warm. Wir hüten das Bett, sagte Hawcraft, wir zwei hüten das Bett. Er sprach, ohne daß sich die Lippen auch nur ein einziges Mal berührten. Der Mund blieb offen, und dennoch sprach er klar. Ich bin der schweigende zweifache Gott, sagte Hawcraft, und aus dem Hintergrund schloß sich Miß Dines nun wieder alltägliche Stimme an. Er ist nicht bei sich, heute nicht und gestern nicht, er kann Sie nicht erkennen, er sieht Sie nicht, es ist zwecklos. Der schweigende zweifache Satan, ich bin der schweigende zweifache Mensch, ein Mann und eine Frau, sagte Hawcraft, Schweigen und wiederum zweifach. Zweifach und dabei schweigsam. Die zweifache Geburt, die zweifache Apokalypse. Plötzlich lachte er auf, während Miß Dine im Hintergrund zu erklären versuchte, was nicht zu erklären war, daß sich Hawcraft oft für einen zweifachen schweigenden Gott halte, obwohl ihm doch früher die Religion nichts, rein gar nichts bedeutet habe. Inzwischen hatte er aufgehört zu lachen, richtete sein blasses Gesicht zur Decke, verharrte mit offenem Mund bewegungslos und sagte schließlich, Der schweigende zweifache Gott bin ich. Der schweigende zweifache Kelch, der an mir vorübergeht, Kreuz und Balken, Stock und Stiefel, und die Kerzen, die zweifachen schweigenden flammenden in den davonlaufenden Stöcken, der schweigende Bambus, der schweigende zweifache Versuch, den Koloß zu überwältigen, die Festung zu schleifen, die feurige Donnerwelt in ihre Schranken zu weisen, den schweigenden zweifachen Koloß mit einem schweigenden zweifachen Fausthieb zerschmettern. Ich bin der zweifach schweigende David, das schweigende zweifache Gedicht ohne Anfang und Ende, das schweigende zweifache Übel, Gott und der Reiter, der Reiter und Satan, der ertrunkene Hund und der bellende Fisch, der schweigende zweifache Bauch und die Mächte des Himmels, die schweigende zweifache Mutter, und dabei lachte er wieder auf, der schweigende zweifache Anführer der Kinderlosen und Waisen, das schweigende Leben, einmal doppelt, das schweigende Elend, die schweigende zweifache Krankheit vor dem Abstieg in die Höhe, die mir entgegengleitet, der ich entgleite, entgleite, die zweifache schweigende Wiederholung der schweigenden Vergangenheit.

Daraufhin wandte er den Blick von der Decke ab auf die Zwillinge, die er nicht sah. Er habe sie nicht erkannt, nicht einen Augenblick lang sei ihm bewußt gewesen, daß sie es waren, daß überhaupt irgend jemand das Zimmer betreten habe, sagte Miß Dine, als sie in der engen Diele vor der Haustür standen, hinter der unüberhörbar die ungeduldigen Bewohner der St-Martin-and-George-Street bereits auf sie warteten und gewiß noch eine Menge anderer Schaulustiger durch ihr Geschrei herbeigelockt hatten. Als sie die Tür zur Straße öffneten, entstand eine kurze, von niemandem als den Zwillingen bemerkte Unterbrechung, als verschlüge es allen Wartenden gleichzeitig für einen Augenaufschlag den Atem. Danach aber brach der erwartete Sturm los, ließen die Anwesenden die Siamesischen Zwillinge hochleben, feierten sie als bedeutende Personen oder machten sich mit Witzen und Zoten über sie lustig; ein Geschrei, das sie noch weit über die Straße hinaus verfolgte, in der sie David Hawcraft, diesmal für immer, zurückließen, über dessen Schicksal in den zurückliegenden fast drei Jahrzehnten sie nicht mehr erfahren hatten, als daß ihn die Strafe Gottes für Taten ereilt hatte, von denen sie näher nichts wußten. Aus ihren Erinnerungen waren die Unterrichtsstunden im Haus des Kapitäns zwar nicht getilgt, aber sie hatten seit langem die Form recht verschwommener, in weiter Ferne liegender Schemen angenommen. Wie Mrs. Hunter gestorben war, hatten sie von Miß Dine nicht erfahren, die es ihnen, wären sie so interessiert gewesen, sich danach zu erkundigen, selbstverständlich erzählt hätte.

An diesem Abend — es regnete immer noch, und im Speisezimmer verbreitete das Kaminfeuer, des ständig ab- und zunehmenden Durchzugs wegen, die Wärme wellenförmig — trank Chang nach der Mahlzeit ein Glas Bier. Weniger aus Unachtsamkeit als aus Erschöpfung unternahm Eng nicht das Geringste, um ihn davon abzuhalten; er wollte jede Art von Streit vor den anderen Gästen des Hotels vermeiden, die sich an ihre etwas störende Gegenwart gerade gewöhnt hatten, eine Auseinandersetzung, zu der es unweigerlich gekommen wäre, wenn er auch nur ein Wort gesagt, geschweige denn ihm diesen ersten Alkohol seit seinem Zusammenbruch mit Entschiedenheit verboten hätte. Er spürte in diesem Augenblick, daß Chang keinesfalls lockerließe, sondern fest entschlossen war, sein gewohntes Leben genau an jenem Punkt wiederaufzunehmen, an dem es durch die Krankheit zwangsweise für nicht mehr als fünf Wochen unterbrochen worden war. Eng wußte, daß es bei diesem einen Glas vielleicht heute, gewiß aber schon morgen nicht bleiben würde. Chang fühlte sich, wie er bereits einige Tage zuvor erklärt hatte, vollständig genesen, der Arzt war ihm in dieser Einschätzung gefolgt, und nichts deutete darauf hin, daß sich einer der beiden getäuscht hatte, wenn es für Eng auch ebenso sicher war, daß, sollte sich Chang dem Trunk gleichermaßen ergeben wie vor dem Schlaganfall, ein zweiter, diesmal aber um vieles gefährlicherer nicht ausbleiben konnte. Dennoch, obwohl er den nächsten Zusammenbruch förmlich vor sich sah, unternahm Eng nichts, um ihn davon abzuhalten, ein Glas Bier zu bestellen, das ihm einer der jüngeren Kellner, ein schmaler, dunkelhaariger Mann, nach wenigen Minuten mit ausgesuchter Höflichkeit und so umständlich servierte, als handelte es sich um Champagner.

Der Tod war in seinem Zimmer, sagte Chang, als sie im Bett lagen. Eng antwortete darauf nicht, sowenig er auf alle weiteren Äußerungen reagierte, er stellte sich schlafend, und ihm war gleichgültig, ob der Bruder es merkte oder nicht. Ich will zu Adelaide und meinen Kindern, sagte Chang, und Eng hörte, wie er zu schluchzen begann und sich sehr bald wie ein kleines Kind in den Schlaf geweint hatte. Eng öffnete die Augen, es war dunkel, nichts zu erkennen.

Berlin; er sah die neuen Häuser von Berlin in den Himmel aufragen, stand, enger denn je an ihn gekettet, der sich ängstlich an ihm festklammerte, neben Chang, umgeben von jungen Männern in weißen Kitteln, die von dem älteren Mann, dem weltberühmten Professor, angeführt wurden, eine Horde Männer mit kurzgeschorenen Haaren, zurückgekrempelten Hemdsärmeln, nassen Armen, nassen Stirnen, sie alle gingen wieder und wieder im Kreis um sie herum, betasteten sie von allen Seiten, hinten und vorn, berührten sie, hauchten sie an wie blinde Spiegel, berührten mit ihren Handrücken und Handflächen ihre Nasen, das Ligamentum, die Hüften, die Hoden und Penisse, die Knie, Schulterblätter, Schlüsselbeine, die Bäuche, die vor Scham niedergeschlagenen Augen, sie untersuchten im angrenzenden Laboratorium, das nicht anders als eine hundertfach vergrößerte, von oben bis unten gekachelte Küche aussah, den Speichel des einen und den des anderen und dann die vermischten Speichel, auf die gleiche Art das Sperma, das sie aus ihnen herausgesaugt, den Urin und den Kot, den sie aus ihnen herausgepreßt hatten, sie untersuchten, all dies unter dem gestrengen, interessierten Blick des weltberühmten Professors, mit bloßen Fingern, deren scharfe Nägel sich ins Fleisch gruben, ihre Afteröffnungen und Mastdärme so gründlich, bis sie beinahe aufschrien, ihre Schleimhäute, Bauchnabel und Brustwarzen, die ihnen identisch erschienen, Münder und Finger, die geballten Fäuste und ausgestreckten Arme, die sie ebenso ausmaßen wie die Zehen und ungleichen Füße, die Ellbogen, Sitzbeine, Schambeine, Wadenbeine und Schienbeine, die Haupthaare, stellten deren Dichte fest, wenn man doch jedes einzelne Haar zu zählen die Zeit fände! rief ein schmächtiger Jüngling mit tränenden Augen aus, an der Schambehaarung wurde gezupft, die Achselbehaarung in Augenschein genommen, die Lymphdrüsen betastet, die Vorhäute zurückgezogen und über die Eicheln gestrichen, sie kathetisierten die Harnleiter, führten Klistierspritzen ein, klopften mit winzigen Hämmerchen an ihre Zähne, mit anderen gegen ihre Kniescheiben, tasteten die Mägen und Schenkel ab, preßten ihre Hände auf die Lebern, Nieren, Milze — und überhäuften sie währenddessen mit tausend nicht zu beantwortenden Fragen nach den täglichen Verrichtungen und besonderen Eigenschaften ihrer Leiber —, maßen Länge und Umfang ihres Ligamentums, Länge und Umfang der Geschlechtsteile, wogen ihre beiden Körper gemeinsam, sodann das Gewicht jedes Einzelnen, maßen die Größe ihrer Körper, Umfang und Größe ihrer Köpfe, Ohren und Nasen, die Länge ihrer Zehen, ihrer Wirbelsäulen und verglichen stets die Maße des einen mit denen des andern und trugen sie in dicke, schwarze Bücher ein, bis sie sie schließlich auf zwei zusammengeschobene, eiskalte Schragen legten, wonach sich Dutzende von Augenpaaren aus über sie gebeugten Gesichtern auf sie richteten, sich ihnen näherten, spitze Kinne, schnalzende Zungen, Pfiffe wurden ausgestoßen, dann aber traten auf ein Zeichen des weltberühmten Professors alle zurück, um ihn vorzulassen, der, ein Instrument in der Hand, dessen Spitze brannte, sogleich zu sprechen begann, als ob er sich mit Kindern unterhalte, die schwer von Begriff seien, überdeutlich artikulierend, als ob es sich bei den Umstehenden um Schwerhörige handelte, die Fremdwörter genüßlich akzentuierend, als wollte er die einen mit allen Mitteln beeindrucken und die anderen in Schach halten. Und währenddessen bewegte er die bedrohliche Hand mit dem brennenden kleinen Instrument unentwegt vor ihren Gesichtern hin und her, und jedesmal, wenn das in die Höhe stechende blaue Flämmchen sich ihnen näherte, wollten sie um Hilfe rufen, was ihnen jedoch kein einziges Mal gelang. Inzwischen referierte der Porfessor über jene beiden bekanntgewordenen Doppelfälle, die erfolgreich operiert worden waren, beide allerdings dem weiblichen Geschlecht angehörten und in einer frühen Lebensperiode getrennt wurden, weshalb man sich, wie er leichthin sagte, zu überlegen habe, ob es nicht besser wäre, die Siamesischen Zwillinge, wie man sie nenne, vor dem eigentlichen Eingriff zu kastrieren. Im einen Fall war eine recht große Operationsfläche entstanden, nachdem man zuerst eine Ligatur angelegt hatte, die von Tag zu Tag fester angezogen wurde, wonach man zuletzt die Verbindung mit dem Messer getrennt hatte. Im zweiten Fall war es die Frau jenes Arztes Dr. König, der sie trennte, die zusammengewachsene Zwillinge zur Welt brachte. Der Arzt entschloß sich gleich nach der Geburt zur Operation, bei der eine erhebliche Verwundung von etwa fünf Zentimetern Durchmesser entstand. Das eine Kind, von Anfang an schwach, starb nach drei Tagen, bei dem anderen heilte die Wunde gut, und als der Vater fünf Jahre später seinen nunmehr vorliegenden Bericht verfaßte und veröffentlichte, konnte er der staunenden Welt mitteilen, daß sich das überlebende Kind gut entwickelt habe. Nach dieser Feststellung hielt der Professor inne und sah sich langsam in der Runde seiner Assistenten um, als prüfe er jeden einzelnen. Ein Messer, sagte er schließlich. Ein Messer, und kaum hatte er das Wort zu Ende gesprochen, zerstreute sich die Schar, um sich auf die Suche nach dem richtigen, dem besten, brauchbarsten Messer zu machen. Die nun eintretende Stille war noch bedrohlicher als das geschäftige Treiben zuvor, und erst als sich der Professor wieder über sie beugte und ihnen etwas zuflüsterte, das unmöglich zu verstehen war, merkten sie, daß man ihre Arme und Beine an den Schragen festgeschnallt hatte, daß sie also nicht fliehen konnten, lediglich hätten schreien können, was ihnen noch immer nicht gelingen wollte, kein Ton; kein Laut, kein Hilfeschrei, kein Wimmern. Sie hörten, nach der anfänglichen Stille, wie die jungen Helfer in den angrenzenden Räumen, vor allem aber im großen Laboratorium, mit stetig wachsender Ungeduld nach dem Messer suchten, es offenbar noch immer nicht gefunden hatten, wohl überhaupt kein Messer sahen, das ihnen für den Professor gut genug schien, jenes Instrument, das sie innerhalb weniger Minuten nicht nur entmannen, sondern auch für immer trennen würde. Für die Zukunft, für alle kommende Zeit auseinandergerissen, wie sie es sich oft gewünscht, woran sie nicht selten gedacht hatten, trüge man sie nach der vom gefeierten Professor erfolgreich durchgeführten Operation in zwei verschiedene Zimmer, wo man sie zum ersten Mal auf zwei verschiedene Betten legte, von denen aus sie durch zwei verschiedene Fenster auf zwei verschiedene Landschaften blickten, auf einen See einerseits und andererseits auf Maulbeerbäume, auf eine Wolkenwand und auf blauen Himmel; Eng erblickt die eine Landschaft, Chang erblickt die andere Landschaft, und bald wird sich auf die eine die Nacht senken, während über der anderen der Tag anbricht. Sie würden nacheinander rufen. Sie wollten einander erzählen, was sie Unterschiedliches und Unvereinbares sahen. Nun aber riefen sie, jeder für sich, einer allein und der andere allein, gegen Wände an, jeder allein. Das kleine züngelnde Instrument, dessen chirurgischer Nutzen ihnen unbekannt war, fiel aus der Hand des Professors und schlug, gläsern klirrend, auf den Steinboden. Nirgendwo war frisches oder geronnenes Blut zu sehen, weder auf dem weißen Kittel des Professors noch an seinen Händen, nicht an den Mauern des Hörsaals noch oben an der Decke, von der eine mehrarmige Gaslampe hing. Als habe er ihre geheimsten Gedanken gelesen und unterschwelliges Verständnis für ihre Befürchtungen, beugte sich der Professor nun plötzlich ganz nah zu ihnen herunter, so daß sich die Konturen seines Gesichts augenblicklich in kraterige, graue, stoppelige Unebenheiten auflösten, und sagte mit besänftigender Stimme, die älteren Autoren hätten noch einen anderen ihnen wichtig erscheinenden Punkt erörtert, der ihnen viel zu schaffen machte. Namentlich bei jenen ungarischen Doppelmädchen, welche die letzten zwölf oder dreizehn Jahre ihres Lebens im Preßburger Kloster der Heiligen Clara verbrachten, war dieser bestimmte Punkt gewissenhaft besprochen worden, so gewissenhaft, daß es damals beinahe an Ketzerei grenzte, eine Diskussion darüber als theologische Haarspalterei oder jesuitische Spiegelfechterei abzutun oder gar einfach lächerlich zu machen. Zeiten, wie sie heute glücklicherweise vorbei sind. Nämlich, so lautete die Frage, ob diese doppelwüchsigen Individuen auch in der jenseitigen Welt — jetzt lachte er herzlich — auf dieselbe Weise erscheinen würden wie hier auf der Erde, also verwachsen, doppelt und möglicherweise einseelig; und wie würde göttliche Gnade geübt, wenn beispielsweise das eine Individuum im Diesseits ein Verbrechen, sagen wir einen Mord begangen hätte, der vom anderen Teil des Doppelwesens keinesfalls gewollt worden war, auch wenn er es nicht hatte verhindern können; wie muß Gott entscheiden, wen trifft die Strafe? Wer würde für die Todsünde zur Verantwortung gezogen, wer würde für sie büßen müssen, beide, oder nur einer von beiden; wie aber sollte einer bestraft werden, ohne daß nicht gleichzeitig der andere wider das bessere Wissen Gottes, des allmächtigen Richters, die Strafe mit erlitte? Ist es, so wurde überlegt, noch im Jenseits nicht möglich, lediglich den einen, den wahren Schuldigen nach einem höllischen Cayenne, einem läuternden Sachalin zu verbannen, oder müssen auch dort wieder beide hin, ungeachtet der Wahrheit; wie mußte Gott entscheiden, wenn sie, vielmehr der eine Verbrecher, all dieser Schwierigkeiten wegen auf Erden nicht hatten bestraft werden können; wie sah die göttliche Gnade, die göttliche Strafe, aus, wenn die Zwillinge vor dem Thron Gottes noch immer eins waren, in seine Hände befohlen waren; würde Gott sie hier nun endlich auseinanderreißen, würde er ihre eine Seele, sofern sie nur eine besaßen, trennen oder ihre beiden Seelen zu einer einzigen zusammenschmelzen, er, der alles kann und alles ist? Ist es nicht von Vorteil, so dachten sich unsere rührenden Ahnen, ihn von einer Entscheidung zu entbinden, die wir ebensogut selber treffen können? Also machten sie sich allerlei Gedanken darüber, wie gut es wäre, wenn jeder als freier Mensch, für seine Sünden allein verantwortlich, vor Gottes Altar träte, ungeachtet der Möglichkeit, daß man selber schuldig würde, falls es sich bei den beiden um nur einen handelte. Man überlegte vor allem, wie es am besten zu bewerkstelligen sei, der gespaltenen Zunge ein Ende zu machen. Den älteren Autoren muß die operative Entfernung des einen vom anderen geradezu als ein Akt der Gnade erschienen sein, Sie verstehen, auch wenn am Ende die wenigsten Eingriffe erfolgreich waren; vielleicht, wie man sich sagte, weil sie nur eine Seele besessen hatten? In den meisten Fällen jedenfalls starben die Doppelmonster noch während oder kurz nach der Operation, oder es überlebte nur einer und dieser den anderen meist nur um wenige Monate; sie starben wohl an Gefühlen des Verlassenseins und der Einsamkeit. Heutzutage, da die Religion allmählich in den Hintergrund rücke und bloß noch die ihr angemessene untergeordnete Rolle spiele, seien theologische Auseinandersetzungen dieser Art weder von Interesse noch von irgendwelchem Nutzen, sondern einfach überholt und kaum noch zu verstehen. Die Alten, sagte er, als wollte er schließen. Die guten Alten. Entweder operieren oder die Hände davon lassen, aber keinesfalls predigen. Sprach er noch, flüsterte er nicht, weshalb verstanden sie dennoch jedes Wort, als werde es gebrüllt, so gellte es in ihren Ohren? Wen straft Gott, sagte er abfällig, bevor er sich aufrichtete, weil einer der Studenten hinter ihn getreten war und — sein Kopf war vor Aufregung gerötet — eine Hand, die ein Messer hielt, auf seine Schulter gelegt hatte. Hier, das Messer, sagte der junge Mann. Sie sahen das Messer, auf der einen Seite gezackt und auf der anderen glatt, der Griff aus Elfenbein. Der Professor nahm es vorsichtig in die Hand, wog es, betrachtete es mit größter Zufriedenheit, streckte die Hand aus, um sich trotz der gestärkten Manschetten mehr Bewegungsfreiheit für den Arm zu verschaffen und hielt das mörderische Instrument schließlich, genau über ihren Köpfen, ins Licht der Gaslampe Es blitzte nicht auf. Gott, sagte er, straft keinen, meine Herren, und was sich auf seinem Gesicht ausbreitete, war nicht die Fratze, die sie erwarteten, kein teuflisches Grinsen, kein hündisches Fletschen, sondern jene fröhliche Gelassenheit, wie sie auf dem Gesicht ihres Vaters gelegen hatte, als dieser ausgezehrt, bis auf die Knochen abgemagert, in einer Ecke des schwankenden Hauses auf seiner Matte lag und nicht mehr sprach, oder nicht mehr sprechen konnte, weil es ihm an Flüssigkeit mangelte, deren die Zunge bedurft hätte, und trotz der Krankheit, die ihn innerhalb weniger Tage töten würde, lächelte. Genauso lächelte der Professor. Und erst jetzt konnten sie schreien. Eng schrie so laut, nachdem er bereits um sich geschlagen hatte, daß auch Chang aus dem Schlaf gerissen wurde, wie es sich noch in mehreren Nächten wiederholte.

Zwei Wochen später befanden sie sich an Bord des Schiffs, das sie noch einmal übers Meer nach Amerika trug. Abgesehen von einer einzigen sehr stürmischen Nacht, in der sie so wenig seekrank wurden wie bei früheren Stürmen, verlief die Überfahrt ruhig. Sie verließen ihre beiden Kabinen nur selten und verbrachten beinahe täglich einige Stunden in Gesellschaft einer allein reisenden jungen Engländerin, die von sich behauptete, eine ziemlich berühmte Dichterin zu sein.

Fast jeden Abend speisten sie zu dritt im geräumigen Salon der Zwillinge, saßen meist bis spät in die Nacht hinein am Tisch, auf welchem die Speisereste auf den Tellern liegenblieben, und redeten von Dingen, über die die Siamesischen Zwillinge mit ihren Frauen schwerlich hätten sprechen können. Die Dichterin stand stets kurz nach Mitternacht vom Tisch auf und begab sich in ihre Kabine, um an dem großen Gedicht weiterzuschreiben, das sie am ersten Tag der Reise begonnen hatte.

Chang trank immer hemmungsloser, so daß er, wie Eng feststellen mußte, oft schon, wie vor dem Schlaganfall, am späteren Nachmittag betrunken war. Seine Hände zitterten stark, wenn er noch nicht betrunken war, und das Zittern ging zurück, sobald er eine gewisse Menge des Gifts zu sich genommen und dieses sich in seinem Körper verteilt hatte. Eng indessen befreite sich während der Überquerung von seinem Alptraum.

11

Selbst der plötzliche Tod des einen Zwillingsmädchens hatte sie nicht davon abgehalten, am Abend des dritten Tages, noch bevor das Kind beerdigt war, Adelaide und Changs Haus zu verlassen, um wieder in Engs und Saras Heim zurückzukehren, wie die Abmachung es verlangte. Roses Begräbnis sollte vier Tage später stattfinden. Inzwischen verfluchte die Mutter der Verstorbenen ihr Los, in einer weiteren schweren Stunde ihres Lebens allein gelassen, ganz auf sich selbst gestellt zu sein, denn selbst die erwachsenen Kinder waren ihr keine Hilfe, da sie alle weitab ihres Elternhauses lebten. Wie hätte Adelaide von ihrer Schwester, die sie seit vielen Jahren nicht mehr gesehen hatte, erwarten können, daß diese einen Vertragsbruch hinnähme wie sie selbst ihn ebensowenig hingenommen hätte; die damals, vor beinahe zwanzig Jahren ausgehandelten, unterzeichneten und beglaubigten Kontrakte galten auch jetzt, ja gerade bei solchen Gelegenheiten mußten sie sich als besonders nützlich erweisen, da sie das Zusammenleben der beiden Paare, der vier Personen, der zwei Schwestern und zwei Brüder auch und vor allem in außergewöhnlichen Zeiten regelten. Gewiß hätte ihre Schwester nicht untätig zugesehen, wenn sie sich darüber einfach hinweggesetzt hätte, bloß weil ein Kind gestorben war, wie schon zuvor auch in Saras und Engs Familie Kinder gestorben waren. Der Tod setzte die Regeln nicht außer Kraft. So weinte sie weniger um ihr Mädchen, als vielmehr über ihr Schicksal und die unheilvollen Verstrickungen, in die es sie mitgerissen hatte.

Zur selben Zeit gab sich Chang in Engs Haus allen erdenklichen düsteren Gedanken über den Verlust seiner Tochter hin, und Eng, der im Gegensatz zu seinem Bruder keine Trauer trug, sah sich gezwungen, während Stunden und Tagen untätig neben ihm vor dem Kamin zu sitzen, der von einem seiner

Söhne, dem schweigsamen siebzehnjährigen Edward, unterhalten wurde, der sich in unmittelbarer Nähe des Fensters aufhielt und mit der aufgerichteten Schuhspitze den geschlossenen Vorhang einen Spalt breit offenhielt, so daß er trotz des flackernden Zwielichts im Zimmer lesen konnte. Eng blieb nichts anderes übrig, als die Klage, das Jammern und die von Worten unbegleiteten Seufzer seines Bruders, der sich jegliches Tageslicht verbeten hatte, über sich ergehen zu lassen. Chang war bitter, und Eng versuchte nicht, den Verlust seiner Tochter in ein falsches Licht zu tauchen; auch er hatte Kinder innerhalb weniger Tage sterben sehen, Kinder, an deren Gesichter er sich jetzt nicht mehr erinnern konnte. Um wievieles lieber hätte er sich nun im Freien aufgehalten und es wortlos geschehen lassen, daß Chang mit seiner Flinte, deren Knallerei er kaum noch hörte, seitdem er auf dem rechten Ohr völlig taub war, auf irgendwelche Tiere schoß, die er selbst gar nicht bemerkte oder erst dann, wenn sie bereits wie hingeworfene Lappen auf der Erde lagen oder in einem Busch über einem Ast hingen. Changs zunehmende Weitsichtigkeit, so sagte dieser selbst, hatte seinen Jagdinstinkt noch angestachelt. Ob er sich erinnerte, wie sie im Fluß tauchten und mit bloßen Händen Fische fingen, die sich ihnen zu entwinden versuchten, weshalb sie sie nicht selten mit drei, mit vier Händen festhalten mußten.

Hin und wieder betrat Sara die Bibliothek, schien selbst niedergeschlagen, finster gestimmt, sprach jedenfalls nur das Notwendigste, um Chang nicht zu stören, erkundigte sich nicht nach dem Befinden ihrer Schwester, öffnete mehrmals täglich kurz eines der Fenster, blieb wartend davor stehen, als müßte sie überwachen, daß es drinnen nicht zu kalt wurde, die Männer sich nicht verkühlen konnten, denn es war Winter, unbekümmert um die eigene Gesundheit, schloß das Fenster, zog die Vorhänge wieder davor und verließ das Zimmer, nachdem sie beiläufig über die dichten blonden, wie aufgebauschten Haare ihres jüngsten Sohnes gefahren war; danach brachte der Haussklave Tee, Kaffee, Gebäck oder Kuchen auf einem großen Holztablett, das er nah an den Kamin auf ein Tischchen stellte, von dem eine fast bis zum Boden reichende Spitzendecke hing, mit deren Borte Chang abwesend zu spielen pflegte, während er ins Feuer starrte. Mehrmals am Tag wechselte der Diener Engs Strümpfe und Hausschuhe, die, so nah am Feuer — anderswo wollte Chang nicht sitzen —, der kaum zu ertragenden Hitze ausgesetzt waren. Während Eng immer wärmer wurde, behauptete Chang, die Hitze erreiche kaum die Oberfläche seiner Haut, die wie ein Eisklumpen sei, und überhaupt nicht deren untere Schichten. Er fror und trank dagegen Rum. Der Haussklave goß Changs Teetasse halb voll, den Rest füllte er mit Alkohol auf. Dennoch erreichte die Hitze lediglich die Haut und überflutete diese, nichts darunter, wie er sagte, so heiß das Fußbad auch sein mochte, so sehr der Diener mit bloßen Händen oder mit einer Reisigbürste seine Füße auch rieb.

Edward saß am Fenster und las, sah jedoch immer wieder von seinem Buch auf, in dem er nur langsam vorankam, auch nicht schneller vorankommen wollte, Satz für Satz überdenken mußte, noch einmal und oft ein drittes Mal las, ohne Hast, als müßte er sich jeden Satz, jedes Wort, jede Veränderung des Schriftbildes für den Rest seines Lebens einprägen, wohingegen er Illustrationen kaum eines Blicks würdigte. Wenn er aufsah, beobachtete er unauffällig, jedoch so aufmerksam, wie er las, die beiden Männer am Kamin, seinen Vater und seinen Onkel; sie, die in seiner Kindheit eine Einheit gebildet hatten — nicht einen Vater und einen Onkel, sondern etwas Ungetrenntes, Unteilbares —, waren nicht mehr dieselben wie damals oder aber sein Blick war ein anderer als früher. Wobei er nicht hätte behaupten können, der eine sei ihm heute lieber als der andere, der Vater angenehmer als der Onkel, auch wenn er natürlich nicht erst seit kurzem bemerkte, um wievieles größer die Distanz zwischen ihm und seinem Onkel als zwischen ihm und seinem Vater war.

Warum, so fragte sich Edward, konnte sein Vater nicht aufstehen, wie er es sich vielleicht wünschte, seinen trauernden Bruder allein lassen, auf ihn, Edward, zugehen, ihn sanft am Arm hochziehen, ihn auf die Wange küssen oder ihm die Hand auf die Schulter legen und das Zimmer verlassen, um nach seiner Frau zu sehen, die sich irgendwo im Haus allein zu schaffen machte. Nie zuvor hatte er sich diese sinnlose, unangemessene Frage gestellt, jetzt aber tauchte sie immer auf, wenn er die beiden schläfrigen alten Männer betrachtete, die sich in den letzten Monaten so sehr verändert hatten wie auch sein Blick auf sie ein anderer geworden war. Chang schien noch etwas eingefallen zu sein und Engs Haltung war, bedingt durch seine chronischen Rückenschmerzen, merkwürdig verkrümmt, als habe sich die linke Hüfte um einige Zentimeter nach außen verschoben. Engs Gesicht war von vielen nadeldünnen Fältchen durchzogen, während Changs meist gerötetes Gesicht, das einen starken Gegensatz zu Engs hellem, fast weißen bildete, noch immer recht glatt war. Edward hatte im übrigen in den letzten Tagen zum erstenmal bemerkt, daß sein Vater sehr viel gepflegter war als sein Onkel, daß sein Vater allerdings, wenn er nach drei Tagen Abwesenheit heimkehrte, so ungepflegt, auch unrasiert war, wie sein Onkel jetzt, was ohne Zweifel daran lag, daß Tante Adelaide sich wenig oder gar nicht um seinen Vater kümmerte, und daß sich seine Mutter ihrerseits nicht um Onkel Chang kümmerte und beide Brüder offenbar dazu neigten, sich gehen zu lassen, und jedenfalls nicht allzu viele Gedanken daran verschwendeten, welches äußere Erscheinungsbild sie abgaben. Edward war alt genug, um nicht mehr übersehen zu können, daß sie allmählich Greise wurden. Da er aber nicht wußte, worin — und woran — die Veränderungen genau lagen, schob er alle Mutmaßungen beiseite, indem er sich wieder in seine Lektüre vertiefte. Seine Mutter wünschte, daß er das Wohnzimmer nicht verließ und die beiden im Auge behielt, ohne aufzufallen. Nun las er wieder, und jede Bewegung des Vaters oder des Onkels hätte ihn sofort aufblicken lassen, von seinem Buch fort hinein ins Zimmer.

Am Tag der Beerdigung von Changs und Adelaides Tochter, machten sich die Siamesischen Zwillinge, die sich inzwischen wieder im Sterbehaus aufhielten, gegen zehn Uhr morgens auf den Weg zum Friedhof und waren bei ihrer Ankunft unendlich erstaunt, als sie am Eingang der Kapelle unter dem breiten Torbogen Sara erblickten, schwarz gekleidet und schwarz verschleiert, als sei es noch zu früh, sich vor der Schwester vollständig zu enthüllen. Edward, der sie um einen Kopf überragte, stand neben ihr und lächelte; obwohl er wußte, was die Begegnung für beide Schwestern bedeutete, war er doch nicht bereit, sich von deren widersprüchlichen Gefühlen mitreißen zu lassen, da es sich keinesfalls um die seinen, und nicht einmal um ihm verwandte, handelte; und er stellte fest, daß auch sein Vater und sein Onkel mit unterdrücktem Mißbehagen die Szene wie Zuschauer im Theater betrachteten, die ein unaussprechliches Befremden beim Anblick dessen ergriffen hat, was sich auf der Bühne abspielt, wenn sie sich auch hüten, sich die Blöße eines spektakulären Abgangs zu geben. Als Sara die Hand nach Edward ausstreckte, um die seine zu umfassen, war er bereits weit genug ausgewichen, daß sie ihn nicht mehr erreichte und nunmehr in einem menschenleeren Raum stand. Aber sie ließ sich keinerlei Verunsicherung anmerken. Ihre Hand blieb einen Augenblick reglos in der Luft hängen, bevor sie den Arm wieder sinken ließ.

Edward konnte sehen, wie alle anderen Anwesenden es ebenfalls sahen, daß seine Tante Adelaide, der er nie zuvor begegnet war (jedenfalls erinnerte er sich nicht), fast augenblicklich, kaum war sie aus dem Wagen gestiegen, kaum hatte sie sich vor Augen führen können, was das Wiedersehen mit der Schwester alles bedeuten mochte, in Tränen ausbrach und sicherlich hingefallen wäre, hätte sie sich nicht fest an den Arm ihres Mannes geklammert, der selber beinahe stolperte, als sie sekundenlang zusammensackte. Danach löste sie sich von ihrer unsicheren Stütze und ging, in Tränen aufgelöst, langsam und zögernd auf ihre Schwester zu, so, als würde sie gleichzeitig nach vorne gestoßen und zurückgehalten. Dennoch gaben sich die Schwestern nicht die Hand, wie es wohl Sara nicht anders erwartet hatte; ihre Hände waren nicht mehr zu sehen, irgendwo in den Falten ihres Kleides verborgen. Sie standen einander, zwischen ihnen ein Abstand von etwa zwei Schritten, wortlos gegenüber, und noch immer lüftete Sara ihren Schleier nicht, weshalb Adelaide hilfesuchend und zugleich überglücklich um sich schaute, bis ihr Blick auf Edward fiel, auf den sie sich nun förmlich stürzte, als sei er ihre Rettung. Sie umarmte ihn nicht nur, drückte ihn nicht nur an ihre Brust, sondern preßte nun auch ihr tränennasses heißes Gesicht an seines, das wie erstarrt war, drückte ihre Lippen auf seine geschlossenen Augen, so daß er an sich halten mußte, sie nicht an den Schultern zu packen und wegzustoßen; er ließ, steif wie ein Brett, ihre überschwenglichen Liebkosungen über sich ergehen und versuchte, an etwas anderes zu denken. Adelaide tat dies, obwohl sie ihn nie zuvor gesehen hatte, jedenfalls erinnerte sie sich nicht, weil sie ihn sogleich als einen Sohn ihrer Schwester erkannte; er sah Charles, einem ihrer beiden Brüder ähnlich. Edward war der erste, der sich umwandte und die Kapelle betrat, in welcher der Trauergottesdienst binnen kurzem beginnen sollte, Ja, ich erkenne sie wieder, flüsterte seine Mutter, als er an ihr vorbeiging, mehr zu sich, als zu ihm, der nicht wußte, was sie damit meinte. Auch sie drehte sich um und folgte ihrem Sohn, ohne zu warten, bis die Männer nähertraten.

Erst später, in der Kapelle, schlug Sara den Schleier zurück und sah aus den Augenwinkeln, daß sich Adelaide, die neben Chang Platz genommen hatte, etwas nach vorn beugte und ihr, die neben Eng saß, den Kopf zuwandte. Sie sah Sara lediglich im Profil. Ihre Schwester, fand Adelaide, war eine alte Frau geworden, so wie sie.

Durch das einzige, runde Fenster der Kapelle fiel grelles winterliches Sonnenlicht, das sich jäh verdunkelte und das Innere des Gotteshauses, in dem sich der Geistliche mit neutestamentarischen Zitaten abmühte, in eine Düsterkeit tauchte, die allen Anwesenden, auch Edward, die Vergeblichkeit dieser Bibelworte — und von allem, was ihnen folgen würde — vor Augen führte; die helle Sonne war nichts weiter als der zufällige Vorbote der Dunkelheit gewesen; alles war grau, selbst die Holzbänke.

Als sie die Kapelle verließen, traten sie in ein Schneetreiben hinaus, das über Nacht andauern sollte und die meisten Trauernden, die dem Sarg zum Grab folgten, bis auf die Haut durchnäßte. Bereits am nächsten Morgen spürte Chang, der schon in der Kapelle laut über die Feuchtigkeit und Kälte geklagt hatte, daß er sich erkältet hatte.

Chang und Eng sprachen nicht über das unerwartete Wiedersehen ihrer Frauen, und auch als Dr. Hollingsworth den Vorfall, den er mit eigenen Augen verfolgt hatte und an dessen Zustandekommen er nicht ganz unbeteiligt war, als glücklichen Ausgang eines jahrzehntelang anhaltenden Mißverständnisses lobte, schwiegen sie, weil sie ahnten, was diese späte Versöhnung wohl bedeuten mochte. Es schneite noch immer, wenn auch weniger sturmbegleitet als am Tag der Beerdigung, als der Arzt sie, noch in Changs Heim, aufsuchte, um besorgt festzustellen, daß Changs reißende Brustschmerzen auf eine Lungenentzündung deuteten. Er verordnete strengste Ruhe und kam in bedauerndem Ton noch einmal auf die Ausschweifung vom Vortag zu sprechen, an dem Chang so unmäßig getrunken hatte, daß er schon vor acht Uhr, zu einem Zeitpunkt, da die meisten Trauergäste noch anwesend waren, besinnungslos, und einen Augenblick vielleicht sogar ohnmächtig, in den Armen seines Bruders gelegen oder vielmehr gehangen hatte, der gezwungen war, sich vorzeitig mit ihm in die Bibliothek zurückzuziehen, obwohl er gerne bei den Gästen geblieben wäre (Sara war nicht unter ihnen), und, eingehüllt in warme Decken, im Doppelsessel vor dem allmählich erkaltenden Kamin zu übernachten. Schon seit einiger Zeit brachte Eng nicht mehr die Kraft auf, den Bruder nach oben zu zerren oder gar zu tragen; und einen der Söhne Changs um Hilfe zu bitten, wie es auf der Hand gelegen hätte, wäre Eng unangenehm gewesen. So hatte er getan, als zöge er sich freiwillig mit seinem Bruder zurück.

Während Hollingsworth noch immer darüber sprach, welche Schmerzen es Eng doch bereiten müsse, wenn er im Sitzen schlafe, wurde Chang — und unterbrach den Arzt damit — von einem weiteren Hustenanfall geschüttelt; er rang zwischen den rasselnden Atemströmen nach Luft und streckte beide Arme aus, als könnte er sich durch solche ausladenden Bewegungen die Möglichkeit zum freieren Atmen verschaffen. Aber es gelang ihm deshalb nicht besser, und er preßte schließlich beide Hände auf seine Brust. Eng saß untätig da und wurde von den konvulsivischen Bewegungen seines Bruders einfach mitgerissen, nach vorn und wieder nach hinten, und immer wieder; weswegen er versuchte, sich ganz leicht zu machen. Hollingsworth kramte unterdessen in seiner Medikamententasche nach einer Arznei, die er Chang endlich, in Wasser verdünnt, einflößte. Ich sterbe, sagte Chang ruhig, als der Anfall vorbei war, aber weder Eng noch Hollingsworth schenkten dem irgendeine Beachtung. Wenn er sich morgen erholt habe, wie er annehme, sagte Chang gleich darauf, dann ginge er gerne im Schnee auf die Jagd; eine besondere Herausforderung für seine Augen und seine bekanntlich unglaubliche Zielsicherheit sei dessen blendendes Weiß, das Gleißen der Schneedecke, auf der man sofort alles erkenne, was nicht weiß, nur mit größter Mühe aber, was weiß sei, weshalb er sich ganz darauf konzentrieren wolle, weiße oder fast weiße Tiere zu schießen. Eine sinnvolle Betätigung für seine Augen und ein Prüfstein für sein Reaktionsvermögen, wie sie zugeben müßten. Es wird auch morgen schneien. Er spüre, sagte Eng, er spüre in den Gelenken, daß es auch morgen schneien werde. Morgen, wenn es ihm besser gehe, sagte Chang, wolle er, auch beim ärgsten, stürmischsten Schneetreiben, hinaus auf die Jagd, und wenn er dabei nur drei Schritte vors Haus käme. Es gibt genügend Decken, um sich vor der Kälte zu schützen, sagte er zu Eng.

Hollingsworth begann nach einer Weile wieder von der erforderlichen Ruhe zu sprechen, eigentlich müßte er Bettruhe verschreiben, er wisse jedoch, daß Chang sich nicht an seinen Rat halten würde und Eng nicht die Macht besitze, seinen Bruder zu irgend etwas zu zwingen. Gar nicht zu reden vom Alkoholmißbrauch, diesem Laster, dem er sich bedingungslos ergeben habe. Chang überhörte sämtliche Ratschläge, alle Empfehlungen und Bitten um Verständnis und redete unbeirrt weiter von dem wunderbaren Gefühl, das ihn stets überkomme, wenn er an die Schneejagd denke, gerade hier, wo es so selten schneie. Eng sagte, ihm würde es angesichts der durchdringenden Nässe gewiß auch morgen, wie schon heute, lieber sein, im Warmen zu bleiben, hier drinnen. Im Warmen, hier drinnen!, mir ist ohnehin kalt bis in die Knochen, schrie Chang beinahe heraus, schlug mit unerwarteter Heftigkeit mit der flachen Hand auf die Armlehne und begann, nach dieser unnötigen Anstrengung von neuem zu husten, zu keuchen und nach Atem zu ringen. Wieder gab Eng den abgerissenen Bewegungen seines Bruders, indem er sich leicht und biegsam machte, nach. Sie brauchen keine Jagd, sondern dringend Ruhe, sagte Hollingsworth zum wiederholten Mal und nun in einem Ton, der Chang gegen ihn aufbringen wollte, woran er aber durch den Husten gehindert wurde. Als er, schwer atmend, nach einigen Minuten die Hand vom Mund nahm, weiteten sich beim Blick darauf seine Augen schreckensvoll. Der Schleim, den er herausgespuckt hatte, war blutig, mehr Blut als Schleim. Alle Farbe wich in diesem Augenblick aus seinem hochroten Gesicht, und er begann, am ganzen Leib zu zittern. Ich sterbe, sagte er wieder und ließ sich nun ohne Widerstreben dazu überreden, sich ins Bett zu legen, wo die Zwillinge den Rest des Tages unter warmen Decken verbrachten, während vor dem Fenster — das Adelaide hin und wieder öffnete, um frische Luft hereinzulassen — unaufhörlich Schnee fiel. Gegen Abend kam noch einmal für eine halbe Stunde Sturm auf, der sich pfeifend und aufschreiend an den Ecken des Hauses schnitt und zeitweise so stark war, daß man fürchten mußte, er decke die Ziegel des Dachs ab und werde die Bewohner des Hauses unter den Massen begraben. Die Kerzen und Lampen flackerten im Durchzug.

Chang redete bis weit über Mitternacht im Fieber, klapperte mit den Zähnen, schrie, rief nach seiner Mutter und nach seinem Vater, nach Eng, der seine Hand auf seine Stirn legte, und nach Adelaide, die im Nebenzimmer, dessen Tür nur angelehnt war, wachte, auf die Geräusche und Laute horchte, und immer wieder nach ihm sah. Hin und wieder stieß er gequälte siamesische oder chinesische Wortfetzen hervor, während Eng mit offenen Augen die Zimmerdecke nach einem Punkt, einem Fleck absuchte, an dem sich seine vor Erschöpfung brennenden Augen hätten festhalten können, dem er eine menschliche Gestalt und Seele verliehen hätte, wäre er nur endlich deutlich geworden, hätte er ihn halten können; alles, was er zu erfassen glaubte, verflackerte im Schein der Kerzen und Petroleumlampen. Er versuchte es weiter, bis er gegen drei Uhr morgens einschlief, nachdem der Sturm sich in ein dumpfes Wehen und fernes Rollen verwandelt hatte und der letzte Tropfen Petroleum und das letzte Stümpfchen Wachs abgebrannt war.

Nach dieser unruhigen Nacht, der ein etwas friedlicherer Morgen folgte, an dem Chang einige Stunden lang schlafen konnte, ohne von weiteren Hustenanfällen aufgeweckt zu werden, gab er seiner Überzeugung Ausdruck, daß es ihm bedeutend besser gehe als am Vortag oder gar in der Nacht, und daß er sich kräftig genug fühle, abends zu Sara zu fahren, um den dreitägigen Aufenthalt in deren und Engs Haus anzutreten. Noch immer sprach er davon, er habe nachts Blut erbrochen, was nicht der Fall gewesen war, fügte nun aber hinzu, mit dem Blut seien gewiß auch die Erreger der Krankheit herausgeschwemmt worden. Er aß ausgiebiger zu Mittag als Eng, der Husten war trockener, als sei Staub in seine Lungen geraten, brach nur wenige Male mit ähnlicher Heftigkeit wie nachts aus, weshalb Chang unmittelbar vor dem Mittagessen eines und nach dem Mittagessen mehrere Gläser Whisky trank, wodurch, wie er behauptete, sein Herz regelmäßiger schlug und Hals und Brust soweit erwärmt wurden, daß er mehr als bloß den eiskalten Schmerz darin verspürte. Dennoch war noch immer nicht die übliche Farbe in sein Gesicht zurückgekehrt, und immer wieder sprach er von Dingen, die in keinem erkennbaren Zusammenhang zueinander standen; während Chang Adelaide von seiner angeblichen Genesung erzählte, schwieg Eng abgewandt, obwohl er jetzt nicht mehr fürchtete, von seinem Bruder angesteckt zu werden. Den Nachmittag verbrachten sie im Bett, und am Abend wurde gegen Adelaides erbitterten und eloquenten Widerstand der leichte offene Wagen angespannt (einen anderen besaßen sie nicht), obwohl es unaufhörlich abwechselnd regnete und schneite und dieses Wetter sicher nicht dazu angetan war, daß ein Kranker darin bei offener Kutsche reiste. Über Adelaides Vorschlag, den Diener zu Sara zu schikken, der ihr ausrichten sollte, daß der Zustand ihres Mannes ein Verlassen des Hauses, ja des Bettes unter keinen Umständen erlaube gingen sie stillschweigend hinweg, auch über ihre Gewißheit, daß die Schwester sie verstehen würde. Chang und Eng kleideten sich an, aßen zu Abend, Chang verabschiedete sich an der Haustür von Adelaide und den beiden noch im Haus lebenden Kindern und bestieg mit seinem Bruder unter Aufbietung aller Kräfte den Wagen. Adelaide, die ihre Wut und ihre Tränen bis zum Augenblick der Abfahrt hatte unterdrücken können, schrie wie verwundet auf und hätte sich am liebsten die Kleider vom Leib gerissen, nachdem der Wagen in der schneeigen Dunkelheit verschwunden war. Sie scheuchte die Kinder nach oben in ihre Zimmer und blieb bis spät in die Nacht wie betäubt in der Küche am Tisch sitzen, wo das Feuer ausging, die Wasserpumpe tropfte und der Regen gegen die eisblumenverkrustete Fensterscheibe schlug. Als sie aufstand, spürte sie, wie kalt ihr war, und erst recht, als sie sich ins Bett legte.

Am Freitagmorgen bat Chang seinen Neffen Edward während des ausgiebigen Frühstücks darum, ihm seine Flinte aus dem Schrank zu holen, mit der er heute auf die Jagd zu gehen gedenke. Als habe er diese Bitte gleich darauf wieder vergessen, erzählte er in den folgenden Minuten ausführlich von der Beerdigung seiner Lieblingstochter, ganz so, als ob die anderen nicht gleichfalls anwesend gewesen wären, wobei der Umstand, daß die Yates'schen Schwestern sich nach Jahrzehnten wieder versöhnt hatten, unerwähnt blieb; ansonsten ließ er keine Einzelheit aus. Dann kam er auf den Besuch bei dem syphilitischen Hauslehrer ihrer Jugend zu sprechen, und erst viel später bemerkte er endlich Edward, der schon seit geraumer Zeit, in der seine Mutter erfolglos versucht hatte, ihn vom unsittlichen Geschwätz seines Onkels abzulenken, mit dem Gewehr in der Hand neben seinem Stuhl stand und wartete. Plötzlich unterbrach sich Chang, sah zu seinem Neffen hoch und fragte ihn vorwurfsvoll, was er denn mit seiner Flinte vorhabe, weshalb er sie überhaupt aus dem Schrank genommen habe, der abgeschlossen gehörte, das da sei kein Spielzeug für Kinder, worauf sich Edward hilfesuchend umsah und schließlich sagte, nun, er selbst, Onkel Chang, habe ihn vorhin, beim Frühstück, darum gebeten, woran sich Chang, der ihn abwesend betrachtete, offenbar nicht erinnerte. Ja, unbedingt die Jagd, murmelte er, und erst als Eng ihn mit lauter Stimme ansprach — so, als sei Chang schwerhörig —, fuhr er etwas zusammen und lächelte, und sie fürchteten, er würde von neuem zu husten beginnen. Natürlich wisse er, daß seine Lieblingstochter gestorben sei, und wieder lächelte Chang, während Sara unruhig auf ihrem Stuhl hin und her rutschte, sich jedoch nicht entschließen konnte aufzustehen. An Tuberkulose gestorben, ob ihnen das nicht bekannt sei, jawohl, an Tuberkulose, Joseph Hollingsworth selbst habe es festgestellt, sein Freund Hollingsworth. Wie jenes Kaninchen, sagte er, kicherte und deutete mit dem ausgestreckten Zeigefinger auf den Geschirrschrank. Ohne zu überlegen sprang Sara auf, schloß die zwei offenstehenden Glastürchen im oberen Teil des Schranks, schob gleichzeitig mit dem Bauch die Schublade, deren Inhalt ein klirrendes Geräusch verursachte, in sein hohl tönendes Inneres zurück und fragte ihren Schwager sichtlich beunruhigt, ob es ihn nach irgend etwas bestimmtem oder gar nach Hollingsworth verlange, sie würde seinen Wünschen gern entsprechen; unerwiderte Worte, die in Edwards Ohren neuartig und seltsam klangen, da sie sonst ausschließlich seinem Vater galten, wie auch die Wärme, die in sie hingelegt war. Engs Sohn hatte sich in eine Ecke der Küche zurückgezogen, unschlüssig über seine weiteren Aufgaben. Später würde ihn seine Mutter darum bitten, auf die Männer aufzupassen, das Feuer im Kamin in Gang zu halten und ihr jede bemerkenswerte Veränderung in Changs beängstigendem Gesundheitszustand mitzuteilen.

Aber bevor sich die Siamesischen Zwillinge gegen Abend wieder an den Kamin in der Bibliothek begaben, bestand Chang darauf, sich an das offene Fenster ihres Schlafzimmers zu setzen, wo er, das Gewehr im Anschlag, nach Beute Ausschau hielt, die er schießen wollte. Es schneite nicht mehr, und auf der weißen Fläche, die sich vor ihren Blicken ausdehnte, zeigte sich keinerlei Wild. Eine Katze blieb stehen, sah zu ihrem Fenster hinauf, erblickte die beiden Männer, blieb stehen, lauschte und sprang weg, als Chang in einer sachte schwingenden Bewegung das Gewehr auf sie richtete; die Geste genügte, um sie augenblicklich in die Flucht zu schlagen. Die Katze rettete sich unter einen Busch, von dessen tiefhängenden unteren Ästen der Schneestaub noch rieselte, als sie längst verschwunden war. Gewiß wartete sie dort auf die schutzbringende Dunkelheit. Danach schien es noch stiller und kälter geworden zu sein, und Chang glaubte zu wissen, daß sie das Haus heute noch einmal verlassen würden, obwohl nichts dergleichen verabredet war. Er schloß die Augen und stellte sich vor, es wäre Sommer; Wild stellte sich jedoch keines ein.

Sara hatte dafür gesorgt, daß beide Männer warm angezogen und in Wolljacken und Decken gehüllt am offenen Fenster saßen, und außerdem Edward und dessen jüngere Schwester Rebecca darum gebeten, ein großes Feuer im Kamin des Schlafzimmers zu machen, das die Männer zumindest von hinten wärmen würde, während Edward selbst, näher am Feuer als am Fenster, in Schweiß gebadet war; Rebecca war nach weniger als einer halben Stunde verschwunden und tauchte ohne Entschuldigung erst zum Abendbrot wieder auf.

Chang hustete nicht mehr, sein Atem jedoch ging ohne jede Regelmäßigkeit, schien mehrmals aussetzen zu wollen, kam mit klagenden, pfeifenden Geräuschen wieder in Gang, als wäre die Luftröhre der vergifteten Brust zugeschnürt oder die Lunge durchlöchert; eine genauere Vorstellung vermittelte sich Eng durch dieses schauerliche Rasseln und Seufzen nicht; Hollingsworth würde, wie er hoffte, eine beruhigende Erklärung dafür haben. Schweigend blickte er hinaus, während sein Bruder im Sitzen schlief oder jedenfalls so tat, als ob er schlafe. Er machte weder ihn noch seinen Sohn darauf aufmerksam, daß die Wintersonne, trotz des Nebels, erstaunlich gut sichtbar hinter all dem Grau unterging, nicht rot wie im Sommer und Herbst, auch nicht gelblich orange wie im Frühling, sondern schwarz; wie heute.

Erst als es vollständig dunkel war, standen die Siamesischen Zwillinge einmütig, und beide gleichzeitig ächzend, auf, falteten wortlos die Wolldecken zusammen, legten sie auf die Stühle und stiegen auf etwas unsicheren Beinen hinter Edward die nur schwach beleuchtete Treppe hinunter, um sich dann, nachdem sie kurz an der Küchentür stehengeblieben waren, wo Sara sich nach ihrem Befinden erkundigte, in der Bibliothek vor das offene Feuer zu setzen, das Edward mit weiteren Holzstücken versah. Dort stand eine angebrochene Flasche Whisky auf dem runden Tischchen bereit. Gegen alle Gewohnheit und zur Verwunderung Edwards, der auch später nichts davon zu seiner Mutter sagen würde, bat Eng seinen Sohn um ein zweites Glas, das er sich von seinem Bruder zur Hälfte mit der einschläfernden Flüssigkeit füllen ließ. Keiner der drei Anwesenden verlor ein Wort darüber.

Innerhalb weniger Minuten hatte Chang in vier langen Zügen zwei Gläser ausgetrunken, wonach er ohne Erfolg zu rülpsen versuchte; es würgte ihn nur, er atmete schwer, er rang nach Luft, er wollte husten, es gelang ihm nicht, er wollte etwas sagen, vielleicht brauchte er Hilfe, aber auf seinen trockenen Lippen platzten lediglich weiße Bläschen, die sich aus feinem Schaum bildeten; das Geräusch, das schließlich aus seinem Mund drang, war kein befreiendes Rülpsen, sondern ein dröhnendes und gleich wieder ersticktes Gurgeln, wie der letzte Laut eines Ertrinkenden, dachte Edward, der beinahe aufgesprungen wäre, sich aber zurückhielt, dessen Fantasie sich aus Büchern nährte; er hörte das Gurgeln als einen riesigen Strudel, der sich in weitem Umkreis um das untergehende Schiff ausbreitete und alles, selbst das Wasser verschlang, alles, was sich in seinem aufgewühlten, tödlichen, um und um gepflügten Feld befand. Dieser schreckliche, kranke Ton aus Changs Mund bewirkte, daß beide, Chang und Eng, den Kopf im gleichen Augenblick herumrissen, Changs Kopf nach links und Engs Kopf nach rechts schnellte. Sekundenlang sahen sie einander — wie Edward beobachten konnte — unverwandt an. Als ein glühendes Scheit in viele Stücke zerfiel und daraus Funken im Kamin aufstoben, wurden sie aus ihrer gemeinsamen Entrücktheit herausgerissen, und Edward stand auf, trat von hinten auf sie zu, ging leise um sie herum und legte Holz nach.

Chang sprach etwas später davon, daß er mächtigen Hunger habe und sehr müde sei, er klopfte sich auf den Bauch, was beides unzweifelhaft darauf hindeute, daß er in der kommenden Nacht nicht nur viel besser und länger schlafen werde als in der vergangenen, sondern auch, daß seine Gesundheit mehr oder weniger wiederhergestellt sei; vielleicht durch die nachmittägliche Jagd am Fenster beschleunigt. Daß ihm aber auf der Haut, verteilt über den ganzen Körper, brennend heiß war, erwähnte er nicht; sie würden es vielleicht für Einbildung halten. Wie er sich denn fühle, fragte Chang Eng, hörte Edward deutlich trotz des Abstands, der ihn von den beiden trennte, ob er glaube, einer Ansteckung entgangen zu sein. Eng nickte, wie Edward beobachten konnte. Und er nickte ein zweites und drittes Mal, als habe ihn die erste Kopfbewegung verunsichert.

Edward hatte sich inzwischen zurückgezogen und war unter der Tür stehengeblieben. Er verließ das Zimmer während des Schweigens, das Engs letzten Worten folgte. Beim Hinausgehen warf er einen kurzen Blick über die Schulter auf die beiden Männer, die einander die Gesichter wieder abgewandt hatten und nun ins Feuer sahen. Jeder ein Glas Whisky in der Hand. Chang das Glas in seiner Rechten, Eng das Glas in seiner Linken, in Changs Linken die halbvolle Flasche, beide die ungleichen, auf Holzbänkchen ruhenden Füße ausgestreckt, weshalb ihre Oberkörper noch zusammengefallener wirkten. Einen Sprung hätte Edward gern nach draußen getan.

Edward, der bereits Stunden zuvor im Schlafzimmer seines Vaters und seines Onkels mehrmals geglaubt hatte, ersticken zu müssen, wenn er den Raum nicht auf der Stelle verließ, war erleichtert, endlich auf den langen, dunklen Flur hinauszutreten, an dessen vor ihm liegenden Ende die Tür zur Küche offenstand, ein fahl flackerndes Rechteck, oben heller als unten, in dem seine Mutter Abendessen zubereitete. Die Geräusche ihrer verschiedenen Tätigkeiten drangen nicht bis hierher.

Für eine Weile konnte er Vater und Onkel gewiß sich selbst überlassen. Was währenddessen geschah, war der jetzt herrschenden Stille im Haus in den Schoß gelegt und ging Edward deshalb nichts an. Jetzt hätte er vor Erleichterung sogar singen können. Noch kurz zuvor wäre ihm die Kehle zugeschnürt, jedes Wort abgeschnitten gewesen, hätte man von ihm verlangt, auf irgend etwas zu antworten. Zum Gefühl der Befreiung trug die Stille des Hauses bei, eine Leere von Edwards Fußsohlen bis unters Dach. Er wußte jedoch, daß er von neuem gefangen wäre, sobald er das Zimmer wieder betrat, das sich jetzt in seinem Rücken befand, in welchem die alten Männer saßen und vielleicht sogar, ohne darüber zu sprechen, schon ungeduldig auf seine Rückkehr warteten. Die Mutter würde ihn mit Sicherheit bald dorthin zurückschicken, ihn und nicht etwa seine Schwester, die einzige, die außer ihm noch bei den Eltern lebte. Jetzt aber fühlte er sich schwerelos. Er machte einen Schritt vor und, als wollte er sich vergewissern, ihn tatsächlich getan zu haben, einen Schritt zurück. Dann ging er auf Zehenspitzen ganz langsam den Flur entlang auf die Küche zu, breitete die Arme aus, so daß seine ausgestreckten Finger zu beiden Seiten die Wände streiften, einen Bilderrahmen, einen vergessenen vorstehenden Nagel, eine Türfüllung, eine Portiere, einen Strauß trockene Blumen, leblose Gegenstände, die ihm vertraut und fremd waren.

Nachdem sich Sara Bunker nach dem Befinden beider, ihres Mannes und ihres Schwagers, erkundigt hatte, wurde Edward, wie erwartet, zu den alten Männern zurückgeschickt, die er schlafend und, alten Katzen gleich, schnarchend fand. Er setzte sich auf den Stuhl beim Fenster und wartete, bis seine Mutter ihn und Vater und Onkel zum Essen rief, an dem auch Joseph Hollingsworth teilnahm, der, wie der aufgeräumte Patient selbst, eine deutliche Besserung in Changs Gesundheitszustand feststellte. Chang trank ausgiebig Burgunder, ebenso der Arzt, der wie immer kaum aß und begierig auch den nebensächlichsten Bemerkungen seine ungeteilte Aufmerksamkeit schenkte, Sara, deren Wangen in den letzten Wochen hohl geworden waren, nippte während des ganzen, ungewöhnlich späten Abendessens an einem einzigen, nie nachgefüllten Glas, das sie unzählige Male hochhob und abstellte, ohne es an die Lippen geführt zu haben, während Eng sich wie üblich des Alkohols enthielt. Ein etwas bitterer Geschmack war ihm vom nachmittags genossenen Whisky auf der Zunge zurückgeblieben. Er glaubte sich weder schweigsamer noch blasser als gewöhnlich, aber natürlich entging ihm nicht, daß seine Frau ihn zu wiederholten Malen mit besorgter Miene musterte. Er hätte sie mit Worten oder einer besänftigenden Geste beruhigen wollen, war jedoch zu schläfrig; auch sie, dachte er, ist krank; nie würde sie auch nur ein Wort darüber verlieren. Er folgte weder der stockenden Konversation der anderen noch Changs alsbald einsetzenden wirren Reden. Binnen kurzem, dachte Eng, würde er auf beiden Ohren taub sein, vollständig und unwiderruflich gehörlos, und sich über das Schicksal, keinen einzigen Ton außer einem leichten Summen zu hören, gar nicht beklagen wollen und vielleicht auch verstummen, während sein Bruder, wie jetzt, unaufhörlich endlose Reden hielte. Er ertappte sich zu spät dabei, gegähnt zu haben, ohne höflicherweise die Hand vor den Mund zu halten, worauf er sich entschuldigte, er sei sehr müde, ihm sei auch etwas schwindlig, nichts von Bedeutung, Erschöpfung. Chang widersprach ihm, wollte ihm einreden, so müde könne er gar nicht sein, denn er habe fast den ganzen Tag sitzend verschlafen, und widersetzte sich dennoch nicht, als Eng ihn nur wenig später aufforderte, sich so bald wie möglich schlafen zu legen. Hollingsworth unterstützte ihn darin, ebenso Sara, die sich als erste erhob. Ihr folgte Edward, dem während des Essens mehrmals die Augen zugefallen waren, dann der Arzt, der sich zu seiner ebenfalls kränkelnden Frau begeben wollte, die seine Hilfe dringend benötigte. Rebecca lag bereits seit zwei Stunden im Bett. Hollingsworth versicherte während des kurzen Abschieds, daß er den nächsten Morgen gegen neun Uhr wieder vorbeischauen würde. Sara schloß hinter ihm, der zu Fuß gekommen war und zu Fuß nach Hause zurückkehrte, die Haustür. Auf dem Weg von dort zur Küche begegnete sie dem schwarzen Diener und dessen Frau, die begonnen hatten, den Tisch im Speisezimmer abzuräumen. Sie betrat an diesem Abend die Küche nicht mehr. Wie gewohnt bewegten sich die Angestellten so leise durchs Haus, daß man hätte meinen können, sie gingen auf Filzsohlen oder über Gras.

Gegen elf Uhr begaben sich die Siamesischen Zwillinge nach oben. Edward, dessen kleines Zimmer neben dem ihren lag, hörte sie auf und ab gehen, wie es fast jede Nacht der Fall war, hörte einen der beiden mit erhobener Stimme sprechen, ohne unterscheiden zu können, ob es die seines Vaters oder die seines Onkels war. Danach wurde es still, da sie aller Wahrscheinlichkeit nach inzwischen das doppelte Doppelbett bestiegen hatten, dessen Idee so alt wie ihre Ehen war, wie sie gern erzählten, und darin die Kissen und Decken so zurechtlegten und zurechtklopften, bis sich ihre Köpfe, Körper und Gliedmaßen in der ihnen jeweils angenehmsten Lage befanden.

Edward, der bereits eingenickt war, fuhr aus dem Schlaf hoch, als einer der beiden — oder beide mit einer einzigen Stimme — zu singen begann. Bei dem Lied, das aus dem benachbarten Zimmer ertönte, handelte es sich wohl um eine jener Varieténummern, die sie früher anläßlich ihrer Auftritte zum besten gegeben hatten, in einer Zeit, über die seine Mutter nie sprach, die aber von Chang und Eng dann und wann, von letzterem mit deutlichem Widerwillen, heraufbeschworen wurde; ein fremd klingendes Lied, das in gar nichts jenen Liedern glich, die Edward und Rebecca in der Schule von Mount Airy auswendig lernten; eine Melodie, die sich wie die letzten blassen Fetzen einer ehemals ausgedehnten Wolke zusammen mit den siamesischen Brüdern auf diesen Kontinent verirrt hatte, in diese Winternacht; aus Indien, aus China, aus Siam, aus weiter Ferne hergezogen. Einmal glaubte Edward, die singende Stimme gabele sich auf einem lang angehaltenen hohen Ton, oder es sängen tatsächlich jetzt beide, gleich darauf aber schien ihm wieder, als singe nur einer, einer allein. Es hatte nie zu ihren Gewohnheiten gehört, sich oder sonst jemanden — die Kinder etwa, als sie noch klein waren — in den Schlaf zu singen, warum gerade heute? Reglos verharrte der Junge im Bett, den Körper vor der im Zimmer herrschenden Kälte so gut wie möglich unter der zu dünnen Decke geschützt, und lauschte und folgte diesem seltsamen, herzzerreißenden Gesang, der wehmütig hoch, oft an der Grenze zu zerbrechen, durch die Flure zog und in die zumeist menschenleeren Zimmer drang, auf der Suche nach einem Halt, einem Abschluß; aber immer wieder stieg der Ton höher und schuf einen nächsten Ton. Noch während die Stimme sang, schlief Edward in seinem eiskalten Zimmer wieder ein, das nur samstags geheizt wurde.

Nach Mitternacht wurde er ein zweites Mal, diesmal durch ein lautes Geräusch aus dem Schlaf gerissen, das nur noch nachhallte, als er bereits hellwach auf der Bettkante saß und in der Dunkelheit etwas zu erkennen versuchte; der Lärm war außerhalb des Zimmers gewesen. Dann ertönte auf dem Flur Changs nun keineswegs mehr trockener, sondern nasser, schleimiger Husten, Edward glaubte ihn nach Atem ringen zu hören, ging leise zur Tür, öffnete sie wenige Zentimeter, nicht weiter als einen Spalt, und konnte im Zwielicht, das von einer auf dem Fußboden stehenden rußigen Lampe ausging, sehen, wie sein Onkel auf dem Boden kniete und sich, auf- und abgerissen, krümmte wie ein gebärendes Tier, im offenen Bademantel, mit gerötetem Gesicht, zerwühltem Haar, eine Hand an die Brust gepreßt, die sich in immer kürzeren Abständen hob und senkte, er schnappte nach Luft, stützte sich mit der anderen Hand auf den Dielen ab, um nicht hinzufallen und seinen Bruder mitzureißen, der sich, soweit es ihm möglich war, zu Chang herunterbeugte, ohne selbst in die Knie gehen zu müssen, was sich aber schließlich als unumgänglich erwies. Edward sah, wie Eng über Chang fiel und aufschrie, und beide danach auf allen vieren langsam auf den oberen Treppenabsatz zukrochen, wobei Eng mit einer Hand den Porzellanfuß der Lampe umklammerte und vor sich herschob, darauf bedacht, kein Petroleum zu verschütten. Am Treppengeländer endlich konnten sie sich festhalten. Chang zog sich stöhnend hoch und Eng versuchte, ihn zu stemmen. Erst in diesem Augenblick trat Sara in großer Aufregung, ohne Schlafrock, nur im Nachthemd, aus ihrem Zimmer, nachdem sie den Lärm, den beide verursachten, wohl jetzt erst gehört hatte. Sie half ihnen auf, sagte nichts und begleitete die zwei schwankenden Gestalten nach unten; Chang benutzte den Handlauf des Geländers und seinen Bruder als Stütze, Eng suchte Halt an der Wand. Sara ging dicht hinter ihnen die Treppe hinunter und machte beschützende Gesten, die im entscheidenden Augenblick gewiß keinerlei Hilfe geboten hätten. Allmählich verschwanden die drei aus Edwards Gesichtsfeld, das Licht verlor sich und ging aus, während ihre Seufzer, ihre Schritte, Changs Husten und Keuchen noch zu hören waren. Edward fürchtete, während er die für die Dauer der Betrachtung dieser Szene vergessene Kälte wieder spürte und sich deshalb so rasch wie möglich ins Bett zurückbegab, von seiner Mutter ein weiteres Mal den Auftrag zu erhalten, sich um die beiden Männer und um das Feuer im Kamin des Wohnzimmers zu kümmern. Aber es blieb still, er schlief ein, hörte keine Schritte auf der Treppe oder vor der Tür; er schlief ein und wurde nicht geweckt. Was geschieht, wenn er stirbt, dachte Edward frierend; auch im Traum umgab ihn keine Wärme, erst morgen würde er sein und Rebeccas Zimmer heizen dürfen, was geschieht mit meinem Vater, träumte er, was geschieht mit meiner Mutter, was geschieht mit uns, wenn er stirbt?

Ich bin müde, laß uns wieder zu Bett gehen, sagte Eng, aber Chang schüttelte den Kopf, und selbst diese geringe Anstrengung verursachte einen weiteren Hustenanfall, den auch das Tuch, das er sich vor den schäumenden Mund hielt, nicht abzuschwächen vermochte, das schon ganz rot vom Blut war.

Es ist besser, du versuchst zu schlafen. Wenn du liegst, wird sich der Husten beruhigen, wenn du liegst, wird dein innerer

Organismus zur Ruhe kommen, aber Chang weigerte sich kopfschüttelnd und hustend, wiegte den Kopf hin und her und wurde hinaufgerissen und zurückgestoßen, gestaucht und getreten, als wäre er willenlos einer Macht überantwortet, deren Sinn einzig und allein darin bestand, ihm Schmerzen zuzufügen. Das Lied, stieß er hervor, Chou-Chous Lied, die Indianer, am Feuer, meinte er, am Feuer sei es warm, so warm, wie es nie zuvor gewesen sei, Die Flammen bahnen sich Wege, brechen in meine Augen ein, stechen nach oben, strahlen nach unten. Eng versuchte, ihn zu beruhigen. Nur die Wärme, nichts sonst, sagte Chang, könne die Bestien, die gezackten Tiere vertreiben, ausmerzen, vernichten, die in seinem Innern, Nicht an deinem Innern fressen, es bald verschlungen und bald als stinkenden Kot verdaut haben werden, alles zerkaut haben werden, dann endlich wird Ruhe sein, ewiger Friede einkehren, der Abschied von Siam, der Abschied von der Welt, von dir, flüsterte er, Chou-Chou. Wie deutlich ich sie vor mir sehe, diese kleinen, unscheinbaren Mörder, die sich innen um sich selbst drehen und nach allen Seiten geschleudert werden wie Kriegsgeräte, um mich zu zerfleischen. Ich erkenne sie, sehe sie ganz nah, als ob ich in mich hineinschauen könnte, bitte, sie haben sich bereits über meine Gedärme hergemacht, da, hier, durchs halbe Herz und meine Lunge gefressen, Gott, und wieder hielt er beide Hände vor die Brust, dann auf den Magen, in dem sich Dämpfe ausgebreitet hatten, die nicht aus seinem Bauch entweichen konnten, wie er sagte. Dann griff er sich an den Kopf, Mir ist elend. Mir ist schwindlig, ich werde ohnmächtig, und wieder wurde er von einem Hustenanfall geschüttelt. Mein Gott, flüsterte Eng, Edward, Sara. Chang kippte beinahe nach vorn, Eng hielt im richtigen Augenblick den rechten Arm ausgestreckt vor seine Brust und verhinderte damit, daß er nach vorn fiel. Chang sank nach hinten in den Doppelsessel zurück, stöhnte auf und ließ die Schultern hängen. Eng wandte ihm den Kopf zu. Er sah, wie Changs Hände zuckten, seine schweißbedeckten Nasenflügel zitterten, daß seine Augenbrauen sich bewegten, seine Augen jedoch geschlossen waren, die Stirn glatt. Dann hob er langsam die schweren Lider. Er versuchte, die Hände zu heben, was ihm nur mit Mühe gelang, er fuhr damit vorsichtig, in kreisenden Bewegungen über die gespannte, schmerzende Haut unter seinem blutverschmierten Schlafrock. Er wollte nach Adelaide rufen, Adelaide, die nicht in seiner Nähe sein konnte, aber die Stimme versagte ihm noch vor der zweiten Silbe ihres Namens.

Nimm deine ganze Kraft zusammen, sagte Eng eindringlich, ungewiß, ob Chang ihn hörte, wir dürfen unter keinen Umständen hier sitzen bleiben, wir gehen nach oben, zu Bett. Denk an die Jagd. Du wirst mir nach oben folgen. Eine gewisse Freude lag für Augenblicke auf Changs Gesicht. Komm. Chang fügte sich seinem Bruder wortlos. Gleichzeitig standen sie auf, setzten gleichzeitig Schritt vor Schritt, wandten sich gleichzeitig um, Chang hustete nicht, gingen gleichzeitig zur Tür, Eng öffnete sie, Chang schloß sie, als sie auf dem Flur standen, gleichzeitig setzten sie ihre rechten Füße auf die unterste Treppenstufe, gleichzeitig erreichten sie ohne größere Anstrengungen das obere Stockwerk, ihr Zimmer und ihr Bett. Es hatte keiner Lampe bedurft, um sich zurechtzufinden, und weder Chang noch Eng war es überhaupt aufgefallen, daß sie ohne Licht durchs Haus gegangen waren, ohne auch nur einmal anzustoßen, ohne sich vortasten zu müssen.

Chang bestand darauf, die Kerze auf seinem Nachttischchen brennen zu lassen für den Fall, daß ihn ein Alptraum oder ein neuerlicher Hustenanfall aus dem Schlaf riß; er wollte dann nicht in die Dunkelheit hinausblicken müssen, die Beleuchtung würde ihm in solch einem Augenblick Sicherheit geben. Er nahm die Medizin und hielt mehrere Schnupftücher griffbereit. Seit seiner Bewußtlosigkeit atmete Chang ruhiger, beinahe gleichmäßig und hustete nicht mehr, als ob ihm die Ohnmacht die Gesundheit zurückgebracht habe. Eng schlief ein, gleich nachdem sie sich hingelegt und gut zugedeckt hatten. Chang lag noch mit offenen Augen da und lauschte dem leisen Schnarchen Engs.

Eine Stunde später wachte Eng, am ganzen Körper in Schweiß gebadet und mit ziehenden Schmerzen in Armen und Beinen, auf. Es dauerte einige Zeit, bis er sich im Zimmer, das im Halbdunkel lag, zurechtfand, wie es ihm nicht selten erging, wenn er morgens oder nachts aufwachte; nachdem er einen Blick zum Fenster geworfen hatte und an der Farbe der Vorhänge erkannte, daß er sich in seinem Haus befand, in seinem Bett lag, nur durch eine Tür und den Flur und eine zweite Tür von Sara getrennt, beruhigte er sich. Die Gliederschmerzen jedoch nahmen nicht ab, waren also wohl doch nicht, wie er gehofft hatte, die letzten körperlichen Spuren eines Traums, an den er sich nicht erinnern konnte. Es dämmerte nicht, und es fiel auch kein Regen, kein Tierlaut drang von draußen ins Schlafzimmer. Lange würde die Kerze nicht mehr brennen. Es konnte nicht allzuviel Zeit verstrichen sein, eine halbe Stunde, eine dreiviertel, eine volle Stunde, seit sie sich hingelegt hatten. Nachdem die Erschöpfung ihn sogleich hatte einschlafen lassen, verhinderte sie nun womöglich den nächtlichen Tiefschlaf, wie schon oft. Er sah die schwebenden Schatten an den Wänden, an der Decke, ohne den Kopf drehen zu müssen, er kniff die Augen etwas zusammen, so wurden die scharf umrissenen Konturen kleiner und verloren ihren letzten, harmlosen Schrecken; ein Spiel. Die Anstrengungen des vergangenen Tages mochten die Gliederschmerzen verursacht haben, vielleicht auch hatte ihn sein Bruder nun doch noch angesteckt. Er wandte den Kopf Chang zu, was ein Stechen hervorrief, das vom Nacken bis zum Scheitel verlief. Kurz wurde ihm schwarz von tanzenden Punkten vor Augen. Er betrachtete seinen Bruder, der ruhig auf dem Rücken lag, dessen Augenlider nicht zuckten, der nicht schnarchte, über dessen Lippen kein Laut drang. So schlief er friedlich. Aber Eng bemerkte zugleich, daß Chang nicht atmete. Changs Brust hob und senkte sich nicht. Im nächsten Augenblick gefror Eng das Blut in den Adern. Das Blut stockte, heiß oder kalt. Der Schweiß war aus Glas, als habe sich eine erstarrte Hitzeschicht auf seiner Haut gebildet. Die ziehenden Schmerzen in Armen und Beinen breiteten sich auf die anderen Körperteile und die Eingeweide aus; bis weit hinauf. Er konnte sich nicht bewegen. Er starrte auf seinen Bruder, er atmete nicht, er wollte ihn nicht wecken, er konnte ihn nicht wecken, er sagte nichts, hörte nichts, aber plötzlich glaubte er sich mit Changs Haut bedeckt, die sich über seine Knochen spannte, nachdem sich die eigene Haut in Luft aufgelöst hatte, mit Chang im Nichts verschwunden war. Alle Überlegungen, die er danach anzustellen versuchte, zerschellten wie unendlich oft an abweisende, zerklüftete Felsen schlagende Wellen, sie kamen nicht an, den Überlegungen war ein Ziel versagt, sie schlugen vom toten Bruder zurück, sooft sie sich auch einen Weg dorthin verschaffen wollten. Einer von ihnen, Chang — kalter Stein. Eng konnte nicht mehr denken.

Dann schrie er. Sein Schrei hielt so lange an, bis Sara die Tür aufriß, die hart gegen die Wand schlug, und auf das Bett zueilte, die Hand ihres Mannes nahm, sie so lange in der ihren hielt, fest hielt, bis er unvermittelt zu schreien aufhörte. Sie legte die andere Hand auf seine heiße, feuchte Stirn. Ihre Versuche, seinen Blick zu erreichen, die ausdruckslosen Augen zu durchdringen, schlugen fehl. Sie erhob sich und versuchte mit durcheinander geratenen Bewegungen mit ihren unbeherrschten Händen Licht zu machen, nachdem sie sich überall nach einer Lampe umgesehen hatte.

Edward betrat das Zimmer. Es fiel ihm schwer, den Blick von seinem toten Onkel loszureißen, auf dessen Gesicht eine marmorne Farbe lag und auch ein Ausdruck von Unschuld, den er nie am Lebenden wahrgenommen hatte. Edward selbst war schneeweiß noch als es ihm schließlich gelang, die beiden im Zimmer befindlichen Petroleumlampen anzuzünden.

Ich kann nicht mehr leben! Er sprach deutlich, wenn auch sehr leise. Ich kann nicht mehr leben, wiederholte Eng, nachdem Sara das Laken über Changs Gesicht hatte ziehen wollen, wovor sie jedoch zurückschreckte, als sie Engs leeren Blick auf sich gerichtet sah; leer und dennoch bedrohlich, als wollte er sie damit daran hindern, seinen Bruder zu berühren.

Rück ihn näher, er soll mir nah sein. Mir ist kalt. Ich sterbe, sagte er leise, nicht zu Sara, nicht zu seinem Sohn, nicht zum Hausdienerehepaar, das schweigend und tatenlos vor der Schlafzimmertür stand und auf irgendwelche Anweisungen wartete, die nicht erfolgten. Ich habe Schmerzen in allen Gliedern, sagte Eng etwas später. Es ist hell, es ist dunkel. Schließlich wandte sich die Hausherrin zu den Schwarzen um und trug ihnen auf, Wasser aufzusetzen, ohne zu wissen, zu was es nütze sein könnte, und Feuer im Kamin zu machen, da es im Zimmer zusehends kälter wurde. Die beiden verloren herumstehenden Gestalten verschwanden aus dem Türrahmen.

Kalt, flüsterte Eng. Die Arme sind kalt, die Beine. Ein Versuch, noch näher an seinen Bruder zu rücken, mißlang. Ein Zittern durchfuhr seinen Körper. Eng stöhnte, und weder Sara noch Edward konnten sich überwinden, den Toten anzufassen. Nachdem Sara Eng abgedeckt hatte, begann sie seine Beine zu reiben, das linke Bein, das rechte Bein. Mit einer Handbewegung gab sie Edward zu verstehen, es ihr gleichzutun. Er schob die Ärmel des Nachthemds seines Vaters hoch und rieb schnell und kräftig die dünnen, weißen Arme, während er der drängenden Versuchung zu widerstehen versuchte, seinen Onkel anzustarren, der sich nur dann leicht, durch Erschütterungen, bewegte, wenn seine oder die Bewegungen seiner Mutter zu heftig wurden. Sein Kopf wackelte leicht. Engs Arme waren nun, durch das Reiben, ebenso rot wie seine Beine, aber seine fast unverständlichen, gewimmerten Worte wurden immer leiser. Nachdem sie etwa eine Viertelstunde seine Extremitäten, offensichtlich erfolglos, gerieben hatten, ließ als erste die Mutter von ihm ab, danach der Sohn. Vorsichtig deckten sie ihn wieder zu. Sie beobachteten, wie er seinem Bruder den Kopf zuwandte und ihn mit weitaufgerissenen Augen lange Zeit betrachtete. Danach blickte er wieder geradeaus an die Zimmerdecke. Zu weiteren Bewegungen war er nicht fähig.

Der schwarze Diener hatte inzwischen Feuer gemacht. Erst jetzt, beim Anblick des alten Mannes, der am Kamin kauerte und dem sie eine Weile bei seiner Beschäftigung zugesehen hatte, durchzuckte es Sara plötzlich, und sie gab ihm den Auftrag, zu Dr. Hollingsworth zu eilen, der auf der Stelle kommen sollte, Denn Chang Bunker ist tot, wie sie endlich herausbrachte, und um seinen Bruder, meinen Gatten, steht es schlecht, sag es mit diesen Worten. Und er muß sich beeilen. Der Hausdiener wiederholte ihre Worte langsam und überdeutlich. Chang Bunker ist tot, und um seinen Bruder steht es schlecht. Sehr schlecht, murmelte Sara, als der Alte das Zimmer verlassen hatte.

Edward stand am Fußende des Betts und ließ die Arme hängen. Keiner der beiden bemerkte Rebecca, die auf dem Flur stand und deren blasses Gesicht hin und wieder hinter dem linken Türpfosten erschien und gleich wieder verschwand. Die Glieder sterben ab. Ich ersticke. Ich höre nichts. Es ist zu Ende. Rückt ihn näher. Der Herr sei meiner Seele gnädig. Aber alle diese Worte gingen in der Stille unter, die Eng um sich gesammelt hatte, in die Chang ihn unaufhaltsam hinabzog. Auch er war reglos, wenngleich er atmete. Beim Feuer stand ein Kupferkessel voll warmem Wasser, aber niemand wußte, was man damit hätte anfangen können.

Sara, die auf dem Bettrand neben ihrem sterbenden Mann saß, hatte wohl bemerkt, daß er nicht mehr atmete, daß er demnach tot sein mußte, jedoch sagte sie darüber kein Wort zu Edward, der es, den Blick unverwandt auf seinen Vater gerichtet, möglicherweise noch vor seiner Mutter erkannte. Er schwieg wie sie. Engs Körpertemperatur sank unterdessen, er wurde schnell kalt. Als Joseph Hollingsworth, begleitet von den beiden Schwarzen, das Zimmer betrat, stand Sara auf und ging mit gesenktem Kopf einige Schritte aufs Feuer zu, um den Arzt vorzulassen, der sich sogleich zu Eng hinunterbeugte, ein Ohr an dessen Brust hielt, sich wieder aufrichtete und an mehreren Stellen seines Handgelenks nach dem Puls tastete. Er legte den Arm behutsam, wie einen toten Gegenstand, der zerbrechen konnte, auf die Decke zurück, so daß beide Hände aufeinander zu liegen kamen, drehte sich zu Edward und Sara um und nickte. In steinerner Gelassenheit stand die Witwe mit dem Rücken zum knisternden Feuer, das hin und wieder ein wenig Rauch ins Sterbezimmer stieß. Die Frau des Hausdieners zuckte zusammen, als sie glaubte, einen Schatten hinter der Tür vorbeihuschen zu sehen. Hollingsworth ging um das große Bett herum. Die beiden Siamesen lagen in dessen Mitte enger beisammen als gewöhnlich. Nachdem der Arzt auch Changs Tod festgestellt hatte, gab Sara die Anweisung, unverzüglich möge jemand zu Adelaide fahren, um sie vom Tod ihres Mannes in Kenntnis zu setzen. Danach brach sie in Tränen aus. Es war Edward, den es schließlich, wie schon mehrere Male am vergangenen Tag, nicht länger in der Bewegungslosigkeit hielt. Er verließ das Zimmer als erster.

Die Nachricht vom Tod der Siamesischen Brüder breitete sich noch in dieser Nacht in Mount Airy und bald weit über den kleinen Ort hinaus in den Vereinigten Staaten von Amerika und wenig später auf dem europäischen und dem asiatischen Kontinent aus. Zeitungen, Almanache und Kalender würden davon berichten und noch einmal, ein letztes Mal die Geschichte des Wunderwesens erzählen, das von seiner Geburt im Jahre 1811 bis zu seinem Tod am 23. Januar 1874 aus zwei gleichen oder doch fast gleichen menschlichen Teilen bestand und sich dreiundsechzig Jahre lang nicht für einen Tag, nicht für eine Stunde, nicht für einen Atemzug getrennt hatte. Die siamesischen Brüder lebten nicht mehr.

Brief Edwards an seine Schwester Rebecca

... Unsere Mutter war, wie ich mich recht gut erinnere, völlig gegen eine Autopsie, ja überhaupt gegen jede Art einer näheren Untersuchung der sterblichen Überreste eingenommen, trotz eindringlicher Bitten Joseph Hollingsworths und obwohl er wiederholt und mit immer neuen, sie aber offenbar nicht überzeugenden Argumenten, auseinanderzusetzen versuchte, für wie wichtig, für wie außerordentlich wichtig er die Ergebnisse einer Obduktion für die medizinische Welt erachte. Aber lange Zeit blieb unsere Mutter und nicht minder Tante Adelaide all diesen, sie entweder nur halbwegs oder aber gar nicht überzeugenden Beweisgründen gegenüber verschlossen; alles Reden half nicht weiter.

Nach langem Hin und Her erhielt der Hausarzt unserer Eltern schließlich immerhin die Erlaubnis, die Körper der beiden Toten in einen Zustand zu bringen, der sie so frisch wie möglich erhalten sollte, bis jemand von Philadelphia angereist käme, der die Autopsie vornehmen würde. Hollingsworth, an den Du Dich vielleicht erinnerst, war überzeugt, die beiden Frauen bis zu diesem Zeitpunkt soweit zu haben, seine Überzeugung zu teilen, daß eine eingehende Untersuchung der Siamesischen Zwillinge unumgänglich und für die moderne Wissenschaft von unschätzbarem Nutzen sei.

Nachdem die Körper der beiden, nach etwa einem halben Tag, durch und durch kalt waren, konnte er sie in einen in aller Eile eigens angefertigten verzinnten Doppelsarg betten lassen, der in eine Holzkiste gelegt wurde, die man ebenfalls mit einer Zinnschicht überzog. All das geschah bereits am Tag nach ihrem Tod. Einzelheiten, an die ich mich vage erinnerte oder zu erinnern glaubte, wurden mir von Hollingsworth persönlich bestätigt, kurz bevor er starb; solche, von denen ich bis dahin nicht gehört hatte, kamen noch hinzu.

Der in der Kiste befindliche große Sarg wurde von vier Schwarzen unter Stöhnen, woran ich mich sehr deutlich erinnere, in den geräumigen, trockenen Keller unseres Hauses getragen, in dem die riesige Holzkiste fürs erste aufbewahrt werden konnte. Feuchtigkeit hätte den Leichen mit Sicherheit sehr geschadet. Die Kiste wurde mit Holzkohle zugeschüttet, die, wie ich annehme, den Verfall der Leichen so lange wie möglich hinauszögern sollte, was, wie sich später herausstellte, auch wirklich der Fall war.

Ich erinnere mich an unsere Mutter und an unsere Tante, die während des Transports der riesigen Kiste völlig aufgelöst im unteren Stockwerk unseres Elternhauses, vom Wohnzimmer in die Küche, von der Küche ins Speisezimmer, von dort wieder ins Wohnzimmer irrten, weinten und nervös auflachten, sich immer wieder auch umarmten und lautstark bereuten, ihre Toten in die Hand grobschlächtiger Fremder gegeben zu haben. Aber alles Weinen half nichts, sie hatten beide ihre Einwilligung gegeben — und würden sich ja auch bald wieder beruhigen. Sie schienen an diesem Tag gar nicht zu begreifen, was mit ihren Männern geschehen war und was jetzt mit ihnen geschah. Dich hatte man vorsorglich für einige Zeit ins Haus Tante Adelaides gegeben, die währenddessen bei uns wohnte.

Den Tod unseres Vaters betreffend, ist es sehr wichtig festzuhalten, daß Dr. Hollingsworth immer wieder, auch mir gegenüber, darauf beharrte, sein Tod müsse nicht unbedingt die Folge von Onkel Changs Ableben gewesen sein. Er ging sogar so weit, zu behaupten, daß er eine Trennung der beiden hätte vornehmen können, ohne unserem Vater zu schaden, die diesem vielmehr mit einiger Sicherheit das Leben gerettet hätte, wäre er nur rechtzeitig bei uns zuhause eingetroffen. Auf meine Frage, weshalb er denn in jener Nacht nicht bei seinen Patienten und Freunden geblieben sei, wurde Hollingsworth sichtlich nervös, und ich hatte den Eindruck, daß er sich dieser Verspätung wegen selbst oft genug Vorwürfe gemacht hatte und nach all den Jahren noch machte. Er erzählte mir dann, daß seine Frau, die ihn um viele Jahre überlebte, in jenen Tagen ebenfalls ernstlich erkrankt gewesen sei. So bleibt die Frage offen, ob unser Vater an den Folgen des Schreckens über den plötzlichen Verlust seines Zwillingsbruders gestorben ist oder aber an einer Krankheit, die so unvermittelt ausbrach wie sie auch wieder, mit seinem Tod, verschwand. Als habe, mit einem Bild gesprochen, der Tod des einen den Knochenmann so übermütig gemacht, daß er seine dürre Hand auch gleich nach dem anderen ausstreckte. Verzeih mir diesen Ausflug in die Religion, von der ich herzlich wenig verstehe.

Bereits kurz nach dem Tode unseres Vaters und unseres Onkels ersuchte ein gewisser Dr. William Pancoast den Bürgermeister von Philadelphia, dieser möge den Bürgermeister von Greensboro um die Erlaubnis bitten, eine postmortale Untersuchung vornehmen zu dürfen. Der Bürgermeister von Greensboro antwortete darauf, daß er weder über genügendes Wissen verfüge noch überhaupt die Entscheidungsgewalt in dieser Sache besäße; ihm seien die Hände aus vielerlei Gründen gebunden. Als Hollingsworth auf dem Weg nach Norden in Greensboro eintraf, wurde ihm Pancoasts Telegramm ausgehändigt. Am Abend seiner Ankunft in Philadelphia, einem Freitag, besprach er sich mit Dr. Pancoast und Prof. Gross. Zu dritt setzten sie einen beschwörenden Brief an die Witwen auf, worin sie ihnen unterbreiteten, Dr. Pancoast solle die Körper einbalsamieren und untersuchen; ein Schreiben, das ich trotz langen Suchens leider nicht wiederfinden konnte, damals jedoch zu Gesicht bekam. Es ist nach dem Tod unserer Mutter oder unserer Tante Adelaide wohl verlorengegangen.

Zwei Tage später traf Hollingsworth Professor John Neill. Nach eingehender Beratung beschlossen sie, daß diese Angelegenheit von bedeutendem medizinischen und deshalb allgemeinem Interesse sei und also keinesfalls vom Willen oder Unwillen irgendwelcher einzelner privaten Personen abhängig gemacht werden dürfe, so sehr deren Widerstreben und Voreingenommenheit auch zu verstehen und eine gewisse diskrete Rücksichtnahme zu beachten sei. Dennoch müsse den Forderungen der medizinischen Wissenschaft und nicht jenen, gewiß verständlichen, der Witwen entsprochen werden, weshalb man am notwendigsten erachtete, als das unverzüglichste Verfahren ein

Treffen all jener Ärzte anzuberaumen, die daran Interesse bekundeten und innerhalb kürzester Frist zusammenkommen konnten. Der Vorteil, welcher der Medizin und den Vereinigten Staaten Amerikas durch eine Obduktion der Siamesischen Zwillinge erwüchse, könne gar nicht hoch genug veranschlagt werden.

Dieses Treffen interessierter Ärzte fand am 26. Januar 1874, drei Tage nach dem Tod der Zwillinge, im Haus von Dr. Neill statt. Aber obwohl doch eine ganze Reihe von Ärzten eingeladen worden war, erschienen außer dem Hausherrn und Hollingsworth lediglich Professor Leidy und Dr. Rushenberger, wie ich dem Autopsiebefund entnehmen konnte. Man kam sehr bald zu dem Entschluß, daß zwei Herren sogleich nach Mount Airy fahren sollten, um die Körper so bald wie möglich zu untersuchen und einzubalsamieren. Der Widerstand der beiden Witwen mußte durch den Brief, den Hollingsworth, Pancoast und Gross, ersterer gewissermaßen als ihr Vertrauter, an sie gerichtet hatten, gebrochen sein, wie man hoffte. Man kam überein, daß die nicht anwesenden Doktoren Pancoast und Allen diese Aufgabe übernehmen sollten. Die Kosten der Reise wurden nicht etwa von der Medizinischen Akademie, sondern von deren prominenten Mitgliedern selbst getragen. Aber infolge verschiedener Hindernisse und Komplikationen, wohl auch familiärer Art, verließ die Kommission Philadelphia nicht vor Donnerstagnacht, dem 29. Januar. Auf Pancoasts Bitte hin schloß sich ihr ein gewisser Dr. Andrews als Begleiter und Assistent an; ein Mann, den ich später noch einige Male hier in Paris traf, inzwischen aber ganz aus den Augen verloren habe.

Zwei Tage später, am Samstagabend, dem 31. Januar, erreichten die Herren Mount Airy und begaben sich am darauffolgenden Morgen zu unserem Elternhaus. Begleitet wurden sie von einem Fotografen und Dr. William Hollingsworth, der in Abwesenheit von Dr. Joseph Hollingsworth diesen als Hausarzt der Familie vertrat; es handelte sich dabei um seinen ältesten Sohn, an den Du Dich vielleicht erinnerst. Die äußerst gefaßt auftretenden Witwen und der Rechtsbeistand unserer Familie empfingen die Kommission gastfreundlich.

Hinsichtlich einer Einbalsamierung der Siamesischen Zwillinge einigte man sich darauf, daß der Kommission die Erlaubnis erteilt werde, sie zu exhumieren und die sie unterscheidenden Strukturen zu untersuchen, sofern keine Einschnitte erfolgten, die die äußere Ansicht des Paares beeinträchtigten. Sodann setzte der Rechtsanwalt eine schriftliche Vereinbarung auf, die obige Einschränkungen festhielt, darüber hinaus aber die Vollmachten der Ärztekommission dahingehend ausweitete, daß diese die Körper nach Philadelphia überführen dürften, vorausgesetzt, sie würden dort in einem feuerfesten Gebäude aufbewahrt und unterständen wieder der Entscheidungsgewalt der Bunker'schen Familien, sobald diese von der Beendigung des Einbalsamierungsprozesses Nachricht erhielten. Unsere Mutter und Tante Adelaide setzten ruhig und würdevoll ihre Unterschriften unter das Dokument.

Der Besuch und der Grund des Besuchs der Ärzte aus Philadelphia, über den bereits in der nahen und weiteren Umgebung viel geredet wurde, hatte eine große Menge neugieriger Leute angezogen, die ihre Kräfte nur zu gern zur Verfügung gestellt hätten, um die nötige Hilfe zur Exhumierung der Leichen zu leisten. Sie hätten gern einen gierigen letzten Blick auf sie geworfen.

Nachdem wir in den Keller des Hauses hinabgestiegen waren, wurde der Hügel aus Holzkohle entfernt, der die Holzkiste bedeckte. Nachdem man diese geöffnet hatte, wurde die Zinnverkleidung des Sarges aufgelötet und dieser aufgeschraubt. Der Gegenstand der Untersuchung, unser Vater Eng und unser Onkel Chang, enthüllte sich unseren Blicken. Wenn ich Dir diese Beobachtungen auch nicht ersparen kann, weil sie, wie ich meine, zu Papier gebracht sein müssen (weniger für Dich als für Deine Nachkommen), so werde ich doch versuchen, sie in möglichst knappe und unbeteiligte Worte zu kleiden und auch verstehen, wenn Du die folgenden Zeilen überspringst. Als Arzt jedoch komme ich nicht umhin, sie an dieser

Stelle niederzuschreiben, da Du mich um eine möglichst genaue Beschreibung jener Wochen batest, die dem legendenumwobenen Tod unseres Vaters und unseres Onkels folgten, in denen Du nicht bei uns warst.

Eine Woche war seit ihrem Ableben verstrichen, ohne daß ein Mittel zur Erhaltung der Körper angewendet worden war. Sie lagen in ihren Särgen, in einer Kiste, bedeckt mit Holzkohle, geschützt durch zwei Zinnbeläge. Wie groß war die Überraschung darüber, daß keinerlei Geruch von Verwesung den Raum erfüllte, als sie sich den Blicken der Anwesenden darboten, und die Gesichtszüge keine Merkmale des fortschreitenden Verfalls trugen. Ganz im Gegenteil, das Gesicht unseres Vaters war das eines Schlafenden, und das einzig Unvorteilhafte in Onkel Changs Erscheinung war die leichte Blässe seiner Lippen und eine rötliche Verfärbung im Ohrenbereich.

Zu diesem Zeitpunkt betraten die Witwen, und auch ich, den Kellerraum, um inmitten der respektvollen Stille, die eingetreten war, einen letzten Blick auf die Verstorbenen zu werfen. Deren Anblick traf mich bis ins Herz, und damals, innerhalb eines einzigen Augenblicks, beschloß ich, Arzt zu werden.

Nach diesen Minuten der Besinnung wurden alle nicht an der Arbeit der Kommission Beteiligten aus dem Raum gebeten, die Körper der Toten entkleidet und für den Fotografen hergerichtet. Die Körper wurden in eine aufrechte Position gebracht und Negative der Gesamtfigur wie auch Nahaufnahmen des Bandes gemacht. Da der Himmel wolkig war und ohnehin wenig Licht durch die Kellerfenster in das Gewölbe fiel, mußte viel Zeit auf die Herstellung dieser Bilder verwandt werden, welche die Ärzte für erste Beobachtungen und Untersuchungen nutzten.

So notierten sie unter anderem, daß die Körper in gut erhaltenem Zustand gefunden worden waren, ein ganz leichter Kadavergeruch von Chang ausging, außerdem auffälliger passiver Blutandrang im hinteren Teil der Arme und des Nackens auf beiden Seiten und in geringerem Ausmaß in der hinteren Ansicht der Unterarme, Gesäßbacken, Oberschenkel und Beine vorherrschte. Im übrigen lag eine grünliche Verfärbung von Changs Bauchdecke vor. Das Haupthaar beider Leichname war grau; in der Schamgegend beider Leichname war das Haar der linken Seite grau, das der rechten Seite schwarz.

Die Schilderung der näheren Umstände der Einbalsamierung, wie ich sie dem Autopsiebefund entnahm, möchte ich Dir ersparen, da sie weder für Dich noch für Deine Kinder und Kindeskinder von irgendwelchem Interesse sein dürften, was Deinen zarten Nerven gewiß entgegenkommt. Sie endete jedenfalls damit, daß den Leichen Zinkchlorid injiziert wurde und man sich danach, durch Einschnitt, an die genaue Untersuchung jenes geheimnisvollen Bandes machte, das unseren Vater zeitlebens mit seinem Bruder verbunden hatte und, solange sie lebten, nie in extenso untersucht werden konnte. Dessen augenfällig äußerst komplexe Natur ließ einen Aufschub der gründlichen Untersuchung dieses Körperteils bis zur Überführung nach Philadelphia für ratsam erscheinen. Der Umstand, daß die Qualität der Fotografien weit davon entfernt war, wissenschaftliche Neugier zu stillen, bestärkte die Kommission in ihrem Entschluß, die Forschungen in diesem Stadium vorläufig zu beenden. Man nähte die Einschnitte zu, richtete die Kleidung her und legte die Siamesischen Zwillinge wieder in den verzinnten Doppelsarg und diesen in die verzinnte Holzkiste, deren Deckel sorgsam verlötet wurde. Unverzüglich trat die Kommission die Rückreise nach Philadelphia an, während die Körper, von Salem aus, als Eilgut verschickt wurden.

Die Kommission erreichte Philadelphia am 5. Februar, wo die bewachten Körper bereits sicher verwahrt waren. Zwei Tage später beschloß eine eigens einberufene Konferenz nach ausführlicher Beratung, daß sie die Kosten der Reise der sterblichen Überreste übernehmen wolle. Nachdem man den Herren, die nach Mount Airy gereist waren und Dr. Hollingsworth, der in Philadelphia ausharrte, gedankt und verschiedene finanzielle Zuschüsse gewährt hatte, bevollmächtigte die Akademie die Doktoren Pancoast und Allen, ein größeres Komitee zusammenzustellen, das die Untersuchung der siamesischen Brüder durchführen sollte; beschlossen wurde außerdem, daß ein ausführlicher Bericht vorzulegen sei.

Drei Tage später, den 10. Februar 1874, wurden die Körper Engs und Changs zur Untersuchung freigegeben, womit noch am gleichen Tag vor einem großen Auditorium begonnen wurde. Zu diesem Zeitpunkt fand man sie in leidlich befriedigendem Zustand, lediglich die unteren Extremitäten, die eine sofortige Behandlung erforderten, wenn man weitere zerstörerische Entwicklungen verhindern wollte, ließen zu wünschen übrig. Danach konnten die Untersuchungen ihren Anfang nehmen ...

Der Autor dankt
der Stiftung Pro Helvetia für
die Förderung dieses Romans.

Verlagsgemeinschaft Ernst Klett Verlag —
J. G. Cotta'sche Buchhandlung

Printed in Germany
Schutzumschlag: Klett-Cotta-Design
Im Bleisatz gesetzt aus der 10 Punkt Janson
von Alwin Maisch, Gerlingen
Auf säure- und holzfreiem Werkdruckpapier
im Buchdruck gedruckt von
Verlagsdruck, Gerlingen
Gebunden von Lachenmaier, Reutlingen

CIP-Titelaufnahme der Deutschen Bibliothek
Sulzer, Alain Claude:
Die siamesischen Brüder: Roman / Alain Claude Sulzer. —
Stuttgart: Klett-Cotta, 1990
ISBN 3-608-95702-2